国学经典

[唐]杜甫 著
葛景春 注评

杜甫诗选

中州古籍出版社
·郑州·

图书在版编目（CIP）数据

杜甫诗选 /（唐）杜甫著；葛景春注评．—郑州：中州古籍出版社，2011. 10（2024. 3 重印）

（国学经典）

ISBN 978-7-5348-3596-4

Ⅰ.①杜…　Ⅱ.①杜…②葛…　Ⅲ.杜诗–诗集 Ⅳ.① I222.742

中国版本图书馆 CIP 数据核字（2011）第 140321 号

DUFU SHIXUAN

杜甫诗选

责任编辑	吕　玲
责任校对	苏晓园
装帧设计	张　胜
美术编辑	曾晶晶

出 版 社	中州古籍出版社（地址：郑州市郑东新区祥盛街 27 号 6 层　邮编：450016　电话：0371-65723280）
发行单位	河南省新华书店发行集团有限公司
承印单位	辉县伟业印务有限公司
开　　本	640 mm × 960 mm　1/16
印　　张	21.25
字　　数	250 千字
印　　数	28 001—31 000 册
版　　次	2011 年 10 月第 1 版
印　　次	2024 年 3 月第 8 次印刷
定　　价	30.00 元

本书如有印装质量问题，请联系出版社调换。

前 言

一

唐代伟大的现实主义诗人杜甫,字子美,唐睿宗太极元年(712)正月初一,诞生于河南巩县(今河南巩义市)东二里的南瑶湾。他出身于一个世代"奉儒守官"的文化世家。他的十三世祖晋代镇南大将军当阳侯杜预,是一位有很高文化修养的儒将,对儒家的史学经典《左传》十分爱好,史称有《左传》癖,曾撰有《春秋左氏经传集解》三十卷。他的曾祖杜依艺,曾任巩县令。他的祖父杜审言是初唐著名诗人,为当时"文章四友"之一,官至膳部员外郎。其父杜闲,曾任兖州司马、奉天县令。杜甫受其先祖杜预和祖父杜审言的影响很大,从小就受到儒学的熏陶和作诗的训练,立志继承先祖和祖父的"素业",作为儒学大师和著名诗人的传人,他具有仁者的胸怀和诗人的气质。

开元时到天宝初年,是他人生的第一个阶段。杜甫自幼聪颖,"七龄思即壮,开口吟凤凰。九龄书大字,有作成一囊"(《壮游》)。杜甫幼年丧母,被寄养在洛阳仁风里二姑母家。他少年老成,苦读诗书,所从游皆当时名士,如李邕、王翰、崔尚、魏启心等。十九岁时,曾漫游郇瑕(今山西猗氏)。二十岁后,又漫游吴越数年。开元二十三年（735）曾回洛阳参加过一次进士考试，未中。开元二十四年赴东鲁探亲，并开始齐赵之游。此时的杜甫也与盛唐时的诗人一样，胸怀稷契之志，怀着浪漫的理想，想"立登要路津"，"致君尧舜上，再使风俗淳"（《奉赠韦左丞丈二十二韵》），立志于建功报国，一展鸿图。开元二十九年，杜甫回洛阳首阳山下陆浑庄祖茔，筑土室，作祭文《祭远祖当阳君》，约在此时与杨氏结婚。约在天宝元年（742），其父杜闲卒，杜甫在祖茔为父亲守墓。天宝三载，他与李白在洛阳相会，又与高适一起游梁宋，登吹台，慷慨怀古。后来又与李白客游齐鲁，过了一段"醉眠秋共被，携手日同行"的快活日子，二人结下了深厚的兄弟友谊，天宝四载秋，在兖州（今属山东）泗水边二人分手，从此以后，再也没有机会见面。当时的杜甫，是一个胸怀远大理想、能骑马射箭的青年壮士。但那时的大唐帝国已不再是开元盛世的鼎盛时代了，唐玄宗也不再是开元前期的有为帝王，而成了一个沉湎于声色犬马、开边黩武的腐朽的封建统治者。此时开元时期的姚崇、宋璟、张说、张九龄等贤臣良相都相继去世或被排挤出了朝廷，而代之以李林甫、杨国忠等奸佞之徒。

天宝五载后的长安十年，是杜甫人生的第二个阶段。天宝六载杜甫参加了长安的制举考试，结果无一人中第。李林甫表贺"野无遗贤"。杜甫在长安无依无靠，生活拮据，"饥卧动即向一旬，敝裘何啻联百结"（《投简咸华两县诸子》），只好"朝扣富儿门，暮逐肥马尘"，奔走干谒，过着"残羹与冷炙，到处潜悲辛"的困苦生活。天宝九载杜甫献《三大礼赋》，为玄宗所欣赏，命待制集贤院，等待授官。但直到天宝十四载才得到一个河西尉的小官，杜甫不就，于是又改授右卫率府兵曹参军。得官后不久，杜甫就回奉先县省亲，其年十一月，安史之乱爆发。杜甫在长安十年，长期生活在社会下层并奔走于权贵之间，对民间的疾苦和朝廷内部的黑暗及达官权贵的腐朽堕落都有较深刻的了解,对大唐由充满希望到逐渐失望,他也由对盛世的理想主义的向往,逐渐转向了现实主义的观照。他在天宝末年,就写出了揭露和批判封建统治者生活荒淫和穷兵黩武的诗,如《丽人行》、《兵车行》、《自京赴奉先县咏怀五百字》等,写出了"朱门酒肉臭,路有冻死骨"的诗句,揭示出了盛唐社会在表面繁荣下却深藏社会危机,显示了他卓越的眼光,并表达出他对国家和民族前途及百姓命运的深切关注和隐忧。

从天宝十四载末到乾元二年(759)七月的安史之乱初期,是杜甫人生的第三个阶段。这是他思想的一个转折点,在国家和民族危亡的时刻,杜甫的思想迅速地成熟了,国家命运和人民的苦难成了他关注的中心,忧国忧民从此是他思想的主调。他的诗歌也从此开辟了一个新的局面,一大批反映社会现实的闪耀着爱国主义和人道主义光辉的优秀诗歌在他的笔下诞生了。天宝十五载六月,玄宗携杨贵妃等逃出长安,至马嵬驿,将士哗变,杀死杨国忠,逼玄宗缢死杨贵妃,玄宗南奔巴蜀,太子李亨留关中讨贼,安史叛军攻占长安。至德元载(756)八月,唐肃宗即位于灵武(今属宁夏),杜甫闻此消息,便从羌村出发,间道延州(今陕西延安),欲投奔灵武,半道被叛军俘获,押至长安。在长安陷贼期间,杜甫作《悲陈陶》、《悲青坂》、《哀江头》、《春望》等诗。至德二载五月,杜甫从长安逃奔至肃宗行在所凤翔(今属陕西),"麻鞋见天子,衣袖露两肘"(《述怀》),肃宗感其忠诚,授左拾遗。房琯因率兵却敌失利,肃宗欲治重罪,杜甫冒死疏救,被认为是房琯同党,墨制杜甫归鄜州(今陕西富县)探亲,杜甫作《北征》。他从此被肃宗疏远。乾元元年六月,房琯被贬邠州刺史,杜甫亦被贬为华州司功参军。其年冬末,杜甫以事回东都偃师(今属河南)陆浑庄,在由东都返回华州的路上,所作的"三吏"、"三别"以及《洗兵马》等诗,被萧涤非先生誉为"他的现实主义的一个光辉的顶点,是他那种'穷年忧黎元'的进步思想和'毫发无遗憾'的艺术要求的高度结合的典范"(《杜甫诗选注》前言)。

乾元二年七月,杜甫由华州司功参军任上弃官西走,由秦州(今甘肃天水)入蜀开始了他人生的第四个阶段。在秦州住了三个月,十月离秦州赴同谷(今甘肃成县),十二月一日,又离同谷赴成都。此期间作了《秦州杂诗二十首》、《乾元中寓居同谷县作歌七首》以及由陇入蜀的纪行诗二十五首等一百多首诗,记录了他逃难生涯的艰辛历程。此时他已不再是一个朝廷的命官,而成了一个战乱时期逃难的难民,跌入了社会的底层。他一路上心感身受,亲身体验到了下层人民在战乱中所遭受的饥寒交迫、生死流离之苦。从乾元三年至永泰元年(765)正月,杜甫在成都、绵州(今四川绵阳)、梓州(今四川三台)、阆州(今四川阆中)等地,共度过了五个年头。在成都时曾依附严武,除了做过短时期的幕僚,并由严武上奏,得一个检校工部员外郎的虚衔之外,他主要是依靠亲朋的接济和自己种药、卖药维持生活,挣扎在贫困的生活线上。如果说在写"三吏"、"三别"时,他还是以人民群众之上的官员身份来观察和同情百姓的苦难,那么在此时他却是人民群众中的一分子,以一个普通百姓的身份来对苦难的现实生活进行亲身体验。他的忧国忧民的思想不再是一种理性的概念,而是一种生命的切身体验,因此他那首《茅屋为秋风所破歌》中所发出的"安得广厦千万间,大庇天下寒士俱欢颜,风雨不动安如山。呜呼!何时眼前突兀见此屋,吾庐独破受冻死亦足"的愿望,不是空洞的口号,而是发自诗人内心的真诚呼喊。在成都时期,他暂时有了一个相对安定的生活环境,因而也从审美的角度写了一些描写当地民风民俗和蜀地风光的优美诗篇,扩展了诗歌审美的意境和天地。但好景不长,由于他的好友严武已死,他在蜀中生活失去了依恃,便打算东出三峡,寻找新的生活出路。

从永泰元年四月，经嘉州（今四川乐山）、戎州（今四川宜宾）、渝州（今重庆）、泸州（今属重庆）、忠州（今重庆忠县）、云安（今重庆云阳），东赴三峡，永泰二年暮春至夔州（今重庆奉节），住了近二年，进入了他人生的第五个阶段。这个时期是他对历史和人生的回顾总结的阶段。他对大唐历史的经验教训，对自己一生诗歌创作的心得和经验，做了全面而系统的回顾和反思，尤其是对律诗的创作，作了细密深入的探索，写了《秋兴八首》、《咏怀古迹五首》等七律联章杰作和一大批如《阁夜》、《又呈吴郎》、《登高》等七律名作。此段时期，他创作诗歌十分勤奋，在夔州约作诗437首，约占其诗歌创作的三分之一。同时，由于他与当地的百姓生活更加贴近，因此他对民生疾苦更加关心，尤其是对封建社会的弱势群体——下层劳动妇女十分关心。他对夔州的负薪女和无夫无儿的寡妇等给予极大的同情，并为她们做了力所能及的帮助，表现出一个仁者博大的爱心。

大历三年（768）正月中旬之后的湖湘漂泊时期，是他人生的第六个阶段，也是杜甫最后的人生阶段。此时他已是一个"右臂偏枯半耳聋"的垂暮老人，但他仍时时挂心国事，关注人民。他虽然衣食不继，过着"疏布缠枯骨，奔走苦不暖"（《逃难》）的贫困潦倒、朝不保夕的流浪生活，却对"天寒网罟冻"的无以为生的渔民，"杼轴茅茨空"、"处处鬻男女"（《岁晏行》）的走投无路的农民十分关心，对"战血流依旧，军声动至今"的时局和国运十分忧虑。大历五年冬，他怀着尽快地结束战乱、复兴大唐太平盛世"焉得铸甲作农器，一寸荒田牛得耕"和"男谷女丝行复歌"的美好愿望，死在了一条由长沙至岳阳的船上。

杜甫生活在大唐由极盛而转衰、由太平而战乱的历史转折时期，在这个特定的历史时期中，他由一个官宦子弟和一个朝廷官吏一步步地走近了人民，由一个理想主义者逐渐转变成了一个直面社会人生的现实主义者和一个忧国忧民的伟大诗人。是时代玉成了他，也是诗人的努力不断地提升他自己的人格和思想境界，完成了由普通诗人向一个伟大诗人的转变。如果说盛唐社会是由前期的盛世和后期的衰世两部分组成的话，那么李白的诗歌主要是反映和表达了唐人在盛世时期着重于个人抱负实现和个体人格展现的理想主义精神，杜甫诗中则着重反映和表达的是在后期的衰世和安史之乱后的乱世中，唐人要重塑群体人格、将君臣民融为一体、直面社会和人生、齐心协力复兴国家和民族的群体愿望及关注社会和民生的忧世情怀。李、杜二人各反映了盛唐的一个侧面，他们二人的诗歌合起来所表现的才是一个完整的盛唐。而杜甫所展现的现实世界与内心世界比李白更加宽广，内容更为深刻。而且唐代以后的中国封建社会一直在走下坡路，再也没有盛唐那样的盛世出现，国家和民族的危亡、下层百姓的苦难遭遇时时成为衰世和乱世人们所关注的中心，这就是杜甫更能为后世人们所接受的原因，也是杜甫诗作更具有深邃的民族文化内涵的缘故。

二

儒家思想是杜甫的主导思想。忧患意识是儒家的思想传统之一，孟子说："生于忧患而死于安乐。"（《孟子·万章》）杜甫思想的最大特点是具有深厚的儒家忧患意识。其忧患意识主要表现在忧国和忧民，"少陵有句皆忧国"，的确如此。"向来忧国泪，寂寞洒衣巾"，表现出杜甫忧心社稷的爱国主义精神。安禄山叛乱，实质上是一场民族分裂势力分裂大唐国家的民族矛盾和落后的经济文化破坏先进经济文化的历史前进与倒退的矛盾。杜甫对安史之乱有着强烈的仇恨："东胡反未已，臣甫愤所切"，他迫切希望能够"祸转亡胡岁，势成擒胡月。胡命其能久，皇纲未宜绝"（《北征》）。这里，他是将国家和民族的利益，与国君紧密地联系在一起的。宋人说杜甫"一饭未忘君",这是一种误解。其实杜甫并不是一个愚忠之人,他所要忠的君是尧舜一样的圣君、明君,而不是昏君、庸君。如像唐太宗这样的君主,就是他心目中明君的榜样:"煌煌太宗业,树立甚宏达。"(《北征》)而像唐玄宗这样的皇帝,他就一分为二了。他对唐玄宗前期的开元之治充满了追忆和向往:"忆昔开元全盛时,小邑犹藏万家室。稻米流脂粟米白,公私仓廪俱丰实。"(《忆昔》)而对唐玄宗晚年昏愦、沉湎酒色、穷兵黩武的行为,则给予尖锐的讽刺和批评:"边庭流血成海水,武皇开边意未已。"(《兵车行》)对于宠信朝中奸佞小人而一味排挤异己的唐肃宗,他则冒死进谏,如他疏救房琯,就是以死谏诤的。他对肃宗为皇后张良娣及李辅国等群小所挟持,则加以讽刺:"关中小儿坏纪纲"、"张后不乐上为忙"(《忆昔》)、"唐尧虽自圣,野老复何知"(《秦州杂诗二十首》其二十)。有这种将批判的矛头直指最高统治集团和封建皇帝的批判意识,能说他是愚忠吗?至于他直接批评官军和官府的残民、扰民和过度搜刮剥削人民的言论,正是站在维护国家和百姓利益的立场上来揭露批判那些贪污腐败的丑恶现象和不正之风的。

杜甫忧患意识的另一个方面是心忧民瘼。在关心民间疾苦、同情百姓哀乐方面,中国古代诗人没有哪个能与杜甫相比的。他"穷年忧黎元,叹息肠内热",特别关注底层百姓的生活和命运。在唐玄宗的盛唐时期就写出了像《兵车行》、《前出塞》、《后出塞》和《秋雨叹》等同情黎民百姓的作品。对"去时里正与裹头,归来头白还戍边"的普通士兵表示深切的关怀和同情;对于"禾头生耳黍穗黑,农夫田父无消息"的贫民和农夫的艰难生活状况时刻挂在心头。安史之乱后,杜甫更进一步深入民间,对下层人民的生活有了更深入的了解,写出了大量前人未曾写过的同情人民的诗篇,成为贫苦大众的代言人。

杜甫还是一个勇于批判的现实主义诗人。他认识到"必若救疮痍，先应去蟊贼"，对那些人民苦难的制造者，必须对其展开揭露和批判，并应以清除。他不但把批判的矛头指向人民苦难的主要制造者安史叛军，而且对官府横征暴敛的残暴行为以及贪污腐化的丑行也决不放过。安禄山、史思明是安史之乱的罪魁祸首，给人民造成了无穷的灾难。杜甫对他们痛恨至极："禄山作逆降天诛"（《承闻河北诸道节度入朝欢喜口号绝句十二首》其一），将他们称作"逆胡"、"胡孽"、"胡虏"，要人天共诛之。对于官军、官府和地方军阀对人民的迫害和暴行，杜甫也毫不留情地给予揭露："殿前兵马虽骁雄，纵暴略与羌浑同。闻道杀人汉水上，妇女多在官军中。"（《三绝句》其三）他们横征暴敛，不但残酷地搜刮百姓以至于"杼轴茅茨空"（《岁晏行》），就连无儿无食的寡妇也不肯放过："哀哀寡妇诛求尽，恸哭秋原何处村"（《白帝》）。还有那些"横索钱"的贪官污吏们，他们想尽办法来敲诈盘剥、中饱私囊的丑行都为杜甫所谴责和批判。

杜甫不仅在思想上忧国忧民，他还将孔子的仁爱思想，自觉地付诸实践，并且将自己的仁爱推及于人，甚至于推及于物，将儒家的仁爱理念、忠恕之道和恻隐之心自觉付诸实践，形成了他伟大的人格。杜甫将儒家的道德人格贯彻自己的一生。在做官时，他是一个敢于谏诤的忠良之臣；在去职为民时，他不忘国忧和民瘼，是一个为天下百姓安身立命呼吁奔走的志士；作为人子，他是克守先人遗志、遵从父辈教导、"不敢违仁"的好子孙；作为人夫，他是一个体恤妻子和家庭的好丈夫；作为人父，他是一个慈祥尽心的好父亲；作为兄弟，他是一个时刻都在挂记关心兄妹的好兄弟；作为朋友，他是一个忠于友谊的良朋好友；为人做事时，他又是一个先人后己、处处为他人着想的仁人和长者。他的伟大人格，为后世树立了一个可堪效仿的榜样。

杜甫虽然身遭困苦流离，但他是一个正视苦难而心怀理想的现实主义诗人。他的理想就是构建一个君臣同心、朝野一致、四海统一、和平安定的和谐社会。杜甫在安史之乱后，曾不止一次对"贞观之治"的"君臣当共济，贤圣亦同时"（《诸葛庙》）、"会取君臣合"（《哭台州郑司户苏少监》）、"朝野欢呼同"、"中兴似国初，继体如太宗"（《往在》）的君臣一体、上下同心的社会表示向往。因他一生中有三分之二的时间生活在盛唐时代，因此，唐玄宗"开元之治"的"稻米流脂粟米白，公私仓廪俱丰实。九州道路无豺虎，远行不劳吉日出。齐纨鲁缟车班班，男耕女桑不相失。宫中圣人奏云门，天下朋友皆胶漆。百余年间未灾变，叔孙礼乐萧何律"的太平盛世，是他曾经经历过的如今又十分向往的安定和谐的太平盛世。正是这个和谐社会的理想，才是支撑和鼓舞他战胜痛苦、度过苦难的精神动力，从而使他在苦难中执著、顽强而不沦落于颓唐。这正是他与同时代的大历十才子悲观、失望和精神萎靡不振的精神状态所不同的地方。

三

杜甫对诗歌创作精益求精的认真态度及对诗歌文化品位的执著追求，也是值得我们今天继承与发扬的。杜甫一生从事诗歌创作，天宝之前就作了一千多首诗，但这些诗大多数都失传了。他给我们留下的1458首诗，多是安史之乱以后所作，他的诗大部分都是人口称颂的精品。杜甫是一个集大成的诗人，诸体兼善。他的五、七言古体诗，主要用来咏怀和叙事。如《丽人行》、《兵车行》、《洗兵马》、《悲青坂》、《悲陈陶》和"三吏"、"三别"、《茅屋为秋风所破歌》等都是用古体诗来表现的。他的咏怀诗，尤其是那些如《自京赴奉先县咏怀五百字》、《北征》等夹叙夹议的长篇咏怀诗以及《八哀》诗、《忆昔》、《遣怀》、《壮游》等带有传记、自传或叙事性内容的诗，大都是用五、七言古体诗来完成的。而那些抒情性较强的或写景的诗，则多是用五、七律写成的。他的五言排律，多是投赠之作，因为此类诗，最能表现作者驾驭诗律和对仗的艺术技巧，显示诗人运用典故的文化修养和才情。他的绝句，则一反盛唐诗人标举风神的传统，任意遣兴，内容无所不可入，极大地扩展了绝句所表现的内容和功能，如以生活琐事入诗，以绝句代札索物，以绝句议论时事，以绝句论诗等。在绝句的形式上也有创新，常用写律诗的方法来写绝句，或前二句对仗，或后二句对仗，或四句全对仗等。这可能是受到作律诗的影响，因他的绝句绝大多数都是他在入蜀以后写成的，而此时期正是杜甫创作律诗的高潮时期。他的五、七言律诗，大都是经过千锤百炼的传世之作。他对自己的诗歌创作是非常认真的，经常是"新诗改罢自长吟"。晚年对诗歌更是仔细推敲，字斟句酌，"晚节渐于诗律细"，力求使诗歌达到"语不惊人死不休"的最佳境界，初盛唐诗人所创制发展的律诗，终于在杜甫的手中得到了完善和定型，从此，律诗极为盛行，成为一种主要诗体，其数量占了中晚唐诗的大半。杜甫还对律诗的内容做了巨大的开拓和扩展。为了扩展五、七言律诗的内容，杜甫采取了用五律联章或七律联章的方式，来加大律诗的内容含量。如他的名作五律《秦州杂诗二十首》、七律《秋兴八首》、《诸将五首》、《咏怀古迹五首》等都是内容丰富、结构严谨的组诗。他的律诗标志着唐诗的成熟，是诗歌形式和声律的完美结合，最能代表唐诗的成就和特色。在乐府诗方面，杜甫取得了突破性的进展，杜甫之前的乐府诗，绝大多数都是沿袭旧题，或者说是旧瓶装新酒，而杜甫的新题乐府可谓是瓶酒俱新，是"即事名篇，无复依傍"的新体乐府诗，这是一种能够迅速反映社会现实的新诗体，是对诗歌体裁的一种创造性的发展，为元白等人的新乐府运动所继承发扬。他的诗歌是时空并驭的，既有阔大的空间容量，同时又具有深远的历史纵深度。

如"锦江春色来天地,玉垒浮云变古今"、"洛城一别四千里,胡骑长驱五六年"、"乾坤万里眼,时序百年心"、"江山有巴蜀,栋宇自齐梁"等,都是一句写空间,一句写时间,从空间的纵横度和历史的纵深度两个方面写出事物的立体感。又如"江汉思归客,乾坤一腐儒"(《江汉》)、"吴楚东南坼,乾坤日夜浮。亲朋无一字,老病有孤舟"。以乾坤和洞庭湖的阔大与诗人孤独一身的微小相比,形象反差极大,形成鲜明对比,可谓是沉郁顿挫至极,体现了诗人高超的写作技巧和独特的艺术风格。杜甫使中国的古典诗歌达到了一种臻于完美的境地,其诗歌成了中国古典诗歌的典范之作。

四

在中国文化史上,杜甫不仅是一位伟大的诗人,他还是一位杰出的思想家,是儒学思想的实践者。这一点越来越成了当今学者的共识。在匡亚明主编的《中国历代思想家传记丛书》中,杜甫就是作为一位思想家名列其中的。在唐代,他是早在韩愈之前的儒学复兴的先行者,他博大的仁者胸怀以及先秦儒家"仁者爱人"和"以民为本"的人本主义思想在其诗歌里贯彻始终。他不像一些思想家坐而论道,而是对儒学精神身体力行,是儒学思想的具体实践。他以自己的实际行动,使儒家"仁"的思想成为有血有肉、有鲜活生命的实践品格。他不仅是一个热爱祖国和人民的伟大的爱国主义者,还是一个对全人类命运及一切生命都极为关怀的伟大的人道主义者。如他反对战争中滥杀无辜,对其他民族也同样怀有一颗仁爱之心:"杀人亦有限,立国自有疆。苟能制侵陵,岂在多杀伤。"他对人世间其他有生命的东西,也怀有恻隐之心:"白鱼困密网,黄鸟喧佳音。物微限通塞,恻隐仁者心。"他的思想和品德已超越了儒家固有的宗法思想的藩篱,从而具有更为宽宏的关怀人类命运和众生命运的博大仁者胸怀,故杜甫的思想和人格,对后代的思想家、政治家、爱国志士以至于普通的读书人，都有着极大的影响。宋代政治改革家王安石一生最佩服的诗人就是杜甫。他极力称赞杜甫说："常愿天子圣，大臣各伊周。宁令吾庐独破受冻死，不忍四海赤子寒飕飕。伤屯悼屈止一身，嗟时之人我所羞。所以见公像，再拜涕泗流。惟公之心古亦少，愿起公死从之游。"（《杜甫画像》）南宋的大诗人陆游也极力称赞杜甫的思想和为人，把他看做是一个能"开太宗业"致君尧舜的大儒和政治家，他说杜甫道："后世但作诗人看，使我抚几空嗟咨。"（《读杜诗》）南宋的理学宗师朱熹，把杜甫与诸葛亮、颜真卿、韩愈、范仲淹并称为古今以来"光明正大"品德高尚的"五君子"（见《王梅溪文集序》）。南宋末的爱国主义志士文天祥被元人俘虏后囚在大都，他曾在狱中集杜诗二百余首，用杜甫精神来激励自己的爱国情操，并说："凡吾意所欲言者，子美先为代言之。"（《读杜诗·自序》）近代伟大的思想家、革命家和文学家鲁迅先生极力推崇陶渊明、李白和杜甫，但他说："我总觉得陶潜站得稍稍远一点，李白站得稍稍高一点，这也是时代使然。杜甫似乎不是古人，就好像今天还活在我们堆里似的。"（刘大杰《鲁迅谈古典文学》）连郭沫若也曾盛称杜甫为"诗中圣哲"。

至于杜甫在中国诗歌史上的成就，中唐以后更为人们所极力称颂。他一向是与李白并称的，中国诗人的代表，历以李、杜称首。唐代的大文学家韩愈称颂杜甫与李白说："李杜文章在，光焰万丈长。"（《调张籍》）但杜甫的实际地位，在中唐以后，却越来越高。中唐著名诗人元稹极称杜甫"上薄风骚，下该沈宋，古傍苏李，气夺曹刘，掩颜谢之孤高，杂徐庾之流丽，尽得古今之体势，而兼人人之所独专矣。……则诗人以来，未有如子美者"（《唐检校工部员外郎杜君墓系铭并序》）。宋代大诗人苏轼说："古代诗人众矣，而杜子美独为首。"（《王定国诗集序》）宋代诗人与著名词人秦观称杜甫为"集大成"(《韩愈论》)的诗人,宋代江西诗派奉杜甫为"诗祖"(方回《瀛奎律髓》),明代学者王穉登和明末清初的学者王嗣奭称杜甫为"诗圣"。近代著名诗人闻一多,则用诗一般的语言称赞杜甫是"四千年文化中最庄严、最瑰丽、最永久的一道光彩",是"中国有史以来第一个大诗人"。(《唐诗杂论》)近代著名学者陈寅恪也说:"少陵为中国第一诗人。"(《书杜少陵〈哀王孙〉后》)从以上历史名人对杜甫的评价我们可以看出,杜甫的确是中国思想史、文化史和诗歌史上最有资格代表中华民族传统文化的人物之一。

杜甫不仅是属于中国的,也是属于世界的,他是世界级的文化名人,是世界先进文化的代表人物。杜甫的诗歌早在13世纪时就流传到我国的东邻日本、朝鲜等国,以后又逐渐传入越南、东南亚及欧美各国。现仅日本一国就收藏自宋代至明代的杜甫各种版本的诗集87种。(见严绍璗《日本藏杜集文献》)当今世界各地,如英国、法国、德国、意大利、俄罗斯、美国等西方国家也都对杜诗进行翻译介绍和研究,他们对杜甫的伟大人格十分景仰,深为杜甫忧国忧民的精神所感动。日本的著名中国文学史家吉川幸次郎,曾多次来中国寻访杜甫的遗迹,他因故未能亲至杜甫的故居访问,感到终生的遗憾。他认为"杜甫是中国最伟大的诗人,中国人都称他为诗圣,即诗的圣人。……杜甫的诗作为人类的诗是完美的"(《吉川幸次郎全集·关于杜甫》第十二卷)。当代的韩国学者李丙畴,深为杜甫的爱国主义精神所感动,他说:"他(指杜甫)思念祖国,忧国忧民的诗句,历经千年而不衰,成为永恒的警句,拨动着千万人的心弦。"(见《杜甫研究三十载》,《国外社会科学》1988年第5期)美国现代著名诗人雷克斯罗思挚爱杜诗,为杜甫的伟大品格所感动,他说:"我三十年来沉浸在他的诗中,我深信,他使我成了一个较为高尚的人。"(转引自莫砺锋《杜甫评传》)俄罗斯学者谢列布里亚科夫对杜甫的高尚情操推赏不已:"这位古代优秀作家的诗句,至今还能激励读者,在他们的心中激起崇高的思想和情操。"(见李明滨《杜甫的声誉早已超越国界》,《杜甫研究学刊》1991年第1期)由于其高尚的人格、伟大的精神与他对世界文化的杰出贡献,在1961年斯德哥尔摩世界和平理事会上,杜甫被确定为世界文化名人,于1962年——杜甫诞生1250周年,在世界各地举行纪念杜甫的活动。他是继屈原之后,第二个被纪念的中国籍世界文化名人。

杜甫的一生,是光辉的一生,是忧国忧民的一生,是追求光明理想的一生。他热爱祖国,热爱人民,热爱生活,热爱民族文化,为中国诗歌和文化的建造,为中华民族的兴盛,呕心沥血,贡献出了毕生的力量。

总之,杜甫热忱的爱国情怀,深沉的忧患意识,博大的仁者胸怀,对国家和民族的崇高责任感,对民生民瘼的真诚关切,对人类与众生命运的人文关怀,对艺术精益求精的执著追求,以及他高尚的人格和品德,至今仍是我们中华民族的宝贵精神遗产,对中华民族人格的塑造与中华民族文化品位的提升,都起着重要的作用,这是我们建设先进民族文化不可缺少的精神财富。在当今动荡不安的世界中,我们中华民族要自立于世界民族之林,要实现中华民族的崛起,实现民族文化的伟大复兴,杜甫的忧患意识和为理想而奋斗的执著精神,无疑仍是一种值得继承和发扬的文化财富与精神力量。

五

这本《杜甫诗选》选录了杜甫诗歌169题225首,大都是传诵人口的杜诗的代表作。能够表现杜甫忧国忧民及博大思想的,在艺术上有特色和有代表性的,基本上都已选入。作为杜甫的乡人,对杜甫年轻时在家乡所作及怀乡思家的作品，也适当地多选录了些。本书所选的杜诗是以仇兆鳌《杜诗详注》为底本，以朱鹤龄的《杜工部诗集辑注》、钱谦益的《钱注杜诗》、杨伦的《杜诗镜铨》及其他本子参校，择善而从，不标明出处。在编年、注释和评析方面，也参考了当今时贤的一些著作，限于体例，不一一说明。在这里，向他们表示衷心的感谢！由于选注者水平有限，在书中可能有错误和不当之处，请专家学者和广大读者朋友多多批评匡正，是以为盼。

葛景春

2011年1月20日于郑州

目 录

游龙门奉先寺 1
望岳 1
登兖州城楼 3
房兵曹胡马 4
画鹰 5
过宋员外之问旧庄 6
夜宴左氏庄 7
赠李白 8
陪李北海宴历下亭 10
赠李白 11
春日忆李白 12
送孔巢父谢病归游江东兼呈李白 13
饮中八仙歌 15
奉赠韦左丞丈二十二韵 17
高都护骢马行 20
兵车行 22
前出塞九首选三 25
同诸公登慈恩寺塔 27

曲江三章章五句	29
丽人行	31
醉时歌	33
奉先刘少府新画山水障歌	36
自京赴奉先县咏怀五百字	38
后出塞五首选三	44
月夜	47
悲陈陶	49
悲青坂	50
春望	51
哀江头	52
自京窜至凤翔喜达行在所三首	54
述怀	56
羌村三首	58
北征	61
奉和贾至舍人早朝大明宫	69
春宿左省	70
曲江二首	71
义鹘行	73
瘦马行	75
望岳	77
九日蓝田崔氏庄	78
忆弟二首选一	80
得舍弟消息	81
不归	82
洗兵马	83

赠卫八处士	86
新安吏	88
石壕吏	90
潼关吏	92
新婚别	93
垂老别	95
无家别	97
秦州杂诗二十首 选五	99
月夜忆舍弟	104
梦李白二首	105
天末怀李白	108
佳人	109
空囊	110
病马	111
寄李十二白二十韵	112
发秦州	116
石龛	118
泥功山	120
凤凰台	121
乾元中寓居同谷县作歌七首	123
发同谷县	129
五盘	131
龙门阁	133
剑门	134
成都府	136
卜居	138

萧八明府实处觅桃栽	139
凭韦少府班觅松树子	140
又于韦处乞大邑瓷碗	141
堂成	142
蜀相	144
为农	145
狂夫	146
田舍	147
江村	148
云山	149
遣兴	150
戏题王宰画山水图歌	151
戏韦偃为双松图歌	153
南邻	155
恨别	156
后游	158
绝句漫兴九首 选四	159
客至	162
春夜喜雨	163
江亭	164
江上值水如海势聊短述	165
水槛遣心二首 选一	166
江畔独步寻花七绝句 选二	167
进艇	169
送韩十四江东觐省	170
楠树为风雨所拔叹	171

茅屋为秋风所破歌	173
石犀行	175
百忧集行	177
赠花卿	178
病橘	179
枯棕	180
野望	182
遭田父泥饮美严中丞	183
戏为六绝句	185
不见	191
陈拾遗故宅	192
闻官军收河南河北	194
天边行	195
送路六侍御入朝	196
舟前小鹅儿	197
对雨	198
放船	200
桃竹杖引赠章留后	201
释闷	203
阆山歌	204
别房太尉墓	205
将赴成都草堂途中有作先寄严郑公五首选一	207
登楼	208
绝句二首	209
黄河二首	210
绝句六首选三	212

绝句四首选一	213
丹青引赠曹将军霸	214
忆昔二首选一	217
奉和严郑公军城早秋	220
宿府	221
至后	222
莫相疑行	223
旅夜书怀	225
怀锦水居止二首选一	226
三绝句	227
漫成一首	229
白帝城最高楼	230
八阵图	232
负薪行	233
最能行	235
峡中览物	236
夔州歌十绝句选三	237
白帝	239
古柏行	240
诸将五首	242
壮游	248
遣怀	254
秋兴八首	257
咏怀古迹五首	266
解闷十二首选三	273
李潮八分小篆歌	275

阁夜	278
缚鸡行	279
愁	280
昼梦	281
送孟十二仓曹赴东京选	282
又呈吴郎	284
登高	285
观公孙大娘弟子舞剑器行并序	287
夜归	290
短歌行赠王郎司直	291
江汉	293
登岳阳楼	294
岁晏行	295
南征	297
清明二首选一	298
客从	300
蚕谷行	301
江南逢李龟年	302
小寒食舟中作	303
燕子来舟中作	305
风疾舟中伏枕书怀三十六韵奉呈湖南亲友	306

游龙门奉先寺 五古

已从招提游,更宿招提境①。阴壑生虚籁,月林散清影②。天阙象纬逼,云卧衣裳冷③。欲觉闻晨钟,令人发深省④。

[题解]

此诗约作于开元二十三年(735),杜甫时在洛阳。龙门,在今洛阳城南,两山对峙如门,中有伊水流过,故称伊阙,又称龙门。奉先寺,在龙门西山上,寺中有唐高宗时所凿卢舍那大佛。

[注释]

①招提:梵语音译的简称,即寺院的别称,此指奉先寺。②阴壑:指龙门下的阴暗山谷。虚籁:此指风声。③天阙:即指龙门。因其山势高,故称天阙。象纬:指星象经纬,谓日月五星。逼:迫近。云卧:在云中高卧。此喻所宿佛寺之高。④欲觉:将醒之际。深省:深刻的省悟。

[评析]

杜甫的家乡在唐代河南府巩县(今河南巩义市),因其母早逝,青少年时长期住在洛阳的姑母家。洛阳龙门的奉先寺于唐咸亨三年(672)开凿,至上元二年(675)竣工,是龙门石窟中规模最大的佛龛。这首诗是杜甫到龙门奉先寺游览后所作。首二句是说自己到奉先寺游览后并在该寺住了一宿;三、四句是写寺中的夜景;五、六句写佛寺位置之高,说自己仿佛在云中高卧,与日月星辰离得很近;末二句是写第二天听到寺中晨钟后所产生的"佛以鸿钟惊大梦"(李白语)的感觉。这首诗是唐诗中唯一写龙门奉先寺的诗。

望 岳 五古

岱宗夫如何,齐鲁青未了①。造化钟神秀,阴阳割昏晓②。

荡胸生层云，决眦入归鸟③。会当凌绝顶，一览众山小④。

[题解]

此诗当作于开元二十四年（736），杜甫游东鲁时。岳，此指东岳泰山，为五岳之首。望岳，此诗以望的角度来写泰山之高大。写此诗时，杜甫尚在山脚下，未登上峰顶，故称望岳。但据晚年所写的《又上后园山脚》"昔我游山东，忆戏东岳阳。穷秋立日观，矫首望八荒"一诗来看，他后来是登上过泰山顶的日观峰的。

[注释]

①岱宗：指泰山。宗，长也。泰山为五岳之首，故称岱宗。夫：指代词，即彼，指泰山。齐鲁：周代时的两个诸侯国，都在今山东境内，泰山以北是齐国，泰山以南是鲁国。青未了：青，指山色；未了，未尽。此句是形容泰山之高大，即使是走出齐鲁之地，仍然能看到泰山的青翠之色。②造化：指天地、大自然。钟：聚集。神秀：神奇、秀丽。此句谓大自然将最神奇秀丽的景色，都汇聚到泰山上来了。阴阳：山北背日为阴，山南向日为阳。割：分割、划分。昏晓：山阴阴暗，故曰昏；山阳明亮，故曰晓。此句谓泰山高大异常，故山北和山南阴阳各殊，昏晓各异，景象不同。③荡胸：心胸激荡。层云：重叠的云层。此句是倒装句，谓看到山间的云层涌动，觉得心胸为之激荡。决眦（zì）：决是裂开，眦是眼角。意谓张大眼睛看。入：进。归鸟：归巢之鸟。此句谓极力张大眼睛遥望，要把远去的归山的飞鸟收入眼眶。即极力而望，心随归鸟飞向泰山。④会当：定当，定要。凌：登上。绝顶：指泰山顶峰。众山小：此化用《孟子·尽心上》"孔子登东山而小鲁，登泰山而小天下"之意。

[评析]

此诗是开元二十四年杜甫漫游齐赵间时的作品。这首诗是立在泰山脚下作的，全诗以"望"字着眼。首二句写远望，以大的格局描写泰山之宏伟。三、四句则是近望，具体描写泰山之高大。五、六句以望山间的层云及望归山的飞鸟来写心中的感受及对登上泰山顶峰的向往。结尾二句则抒写要登上泰山之顶的决心，欲站在顶峰，小视群山。这首诗境界高远，气魄宏伟，表达了青年杜甫的雄心壮志和阔大胸襟。这是首押仄韵的五言古诗，但中四句却讲究对仗，仇兆鳌评此诗曰："格似五律，但句中平仄未谐，盖古诗之对偶者。而其气骨峥嵘，体势雄浑，能直驾齐梁以上。"（《杜诗详注》卷一）

登兖州城楼 五律

东郡趋庭日，南楼纵目初①。浮云连海岱，平野入青徐②。孤嶂秦碑在，荒城鲁殿余③。从来多古意，临眺独踌躇④。

[题解]

此诗约作于开元二十四年（736），时杜甫的父亲杜闲在兖州任州司马，杜甫到兖州省亲，漫游齐赵。此诗写登临兖州城楼，东望海、岱，南眺青、徐，近观此地的古迹，心中感慨万千。兖州，即今山东兖州市，唐时属河南道。

[注释]

①东郡：指兖州。趋庭：《论语·季氏》："鲤趋而过庭。"说的是孔子的儿子孔鲤，到庭前受父亲教诲。此指杜甫到兖州省父。南楼：指兖州南城楼。纵目：放眼遥望。初：指第一次登上兖州的城楼。②海岱：指东海与泰山。此句写东望，只见远处的浮云与东海泰山相连。青徐：指青州和徐州。青州在今山东青州市，徐州在江苏北部，均与兖州相邻。此句是说，青州与徐州地望相接。③孤嶂：单独的一座山，此指峄山，在今山东邹县东南。秦碑：秦始皇所刻的碑，据《史记》载，秦始皇东巡郡县，登峄山，刻石立碑，以纪秦德。相传此碑为秦相李斯所书。荒城：指山东曲阜故城。鲁殿：指鲁灵光殿，在曲阜城中。余：残余。④从来：历来。多古意：怀古思今，多有历史沧桑之感。踌躇：徘徊之意。此句是说，登临多思古伤今之情，独自徘徊不已，不忍离去。

[评析]

这是首五言律诗。杜甫登临怀古,有感而作。黄生说:"前半写登楼之景,后半写怀古之情。"首联写登楼远望,颔联写远景、虚景,颈联写近景、实景,尾联抒发怀古之幽思。明人李梦阳说,此诗"最(得)律诗三昧",写景"前半阔大,后半工细,唐法律甚严惟杜,变化莫测亦惟杜"(《养一斋李杜诗话》卷二)。也有学者指出,此诗乃法其祖杜审言《登襄阳城》的写法。这说明杜甫在年轻时在五律律法方面,是狠下了一番工夫的。

房兵曹胡马 五律

胡马大宛名,锋棱瘦骨成①。竹批双耳峻,风入四蹄轻②。所向无空阔,真堪托死生③。骁腾有如此,万里可横行④。

[题解]

此诗是杜甫青年时代的作品,具体年月无可考证。房兵曹:兵曹是兵曹参军事的省称,唐代东宫、诸王府及上州、中州设兵曹参军事,负责武官选举及兵器甲仗等事。房是其姓。胡马,泛指西域等边疆地区所产的骏马。

[注释]

①大宛(yuān):汉代西域古国名,在今乌兹别克斯坦境内,以产汗血马闻名。锋棱瘦骨:即骨骼瘦劲,马腿劲健带棱。②竹批:形容马的双耳小而锐,像削出的竹筒。仇兆鳌注:"贾思勰《齐民要术》:'马耳欲小而锐,犹如斩竹筒。'"峻:尖锐。风入四蹄:马跑起来四蹄生风,形容马跑得轻而快。③无空阔:路长地远都无所谓,意指多远的路都不在话下。堪:值得、能够。托死生:以生死相托。④骁(xiāo)腾:谓骏马奔驰飞腾。横行:指在征战中闯关夺隘,横不可挡,所向无敌。

[评析]

此诗是咏物以言志。诗中前四句先咏胡马其品种之贵,神采之异。大宛是产骏马之国,故以大宛马为名种。马以瘦健为美,"锋棱瘦骨成"句,即写其劲健,李贺有咏马诗云:"向前敲瘦骨,犹自带铜声"(《马诗二十三首》其四),是杜甫这句诗的最好注脚。"竹批"句写其神峻,"风入"句写其快捷。后四句赞骏马如血性之男儿,所向无所畏惧,横行万里,堪托死生。以物喻人,以马言志。明人张綖评曰:"前表其相之异,后状其用之神。四十字间,其神其相,其才其德,无所不备,而形容痛快,凡笔望一字不可得。"(《杜工部诗通》卷一)

画 鹰 五律

素练风霜起,苍鹰画作殊①。㧕身思狡兔,侧目似愁胡②。绦镟光堪摘,轩楹势可呼③。何当击凡鸟,毛血洒平芜④。

[题解]

此为咏画诗,是杜甫早年的诗歌。诗中咏所画之鹰栩栩如生,充满了盛唐时代的不同凡响的英雄精神。

[注释]

①素练:画画所用的白绢。风霜:指所画之鹰生动逼真,如挟风霜。画作殊:画作,图画创作。殊,特异,指画得很有独特风格。②㧕(sǒng)身:两翅耸立欲飞之状。思狡兔:想要去捕捉兔子。狡兔,兔性狡猾难捉,故称狡兔。侧目:侧目而视,即斜视。鹰眼长在头的两侧,正面视物则必须侧着脑袋。愁胡:皱眉凝视的猢狲。一说是怒目而视的胡人。因猢狲和胡人都是碧眼深目,故以此为喻。出自晋孙楚《鹰赋》:"深目蛾眉,状若愁胡。"③绦(tāo):丝绳。镟(xuàn):金属环。指系鹰丝绳另一端的套在架梁上的金

属环。堪摘：可将系鹰之金属环从鹰架上解下来。轩楹：堂前的廊柱，指挂鹰架的地方。势可呼：指画上的鹰，仿佛可呼之而去，随人打猎。④"毛血"句：化用班固《西都赋》"风毛雨血，洒野蔽天"句意。平芜，平地原野。

[评析]

这是首五言律诗。首联解题，即指出这是一幅画鹰的图画。入手便写出了此画不同凡响的感觉，所画苍鹰栩栩如生。颔联是对画上之鹰的具体描绘：仿佛振翅欲飞，思搏狡兔；鹰眼碧绿犀锐，似一双胡人的眼睛，炯炯有神。颈联展开想象，此鹰若从系鹰架子上解下来，从堂前廊柱上呼之而下，便可随人去打猎。尾联则进一步联想，如果让它去搏击燕雀一类的凡鸟的话，定会让它们魂散羽飞，血染黄沙。此诗借咏鹰，一发青年诗人胸中之豪气，赵汸曰："末联兼有疾恶意。"甚得诗中寄托之意。

过宋员外之问旧庄 五律

宋公旧池馆，零落首阳阿①。枉道秖从入，吟诗许更过②。淹留问耆老，寂寞向山河③。更识将军树，悲风日暮多④。

[题解]

此诗作于开元二十九年（741），时杜甫在偃师陆浑庄（即土娄村），筑土室为其先祖守墓。宋员外之问，即宋之问，初唐著名诗人，虢州弘农（今河南灵宝）人，中宗时任户部员外郎和考功员外郎。其有别墅在首阳山。过，经过，拜访。旧庄，即指首阳山庄。

[注释]

①宋公：指宋之问。旧池馆：宋之问有山庄好几处，如蓝田别墅，后为王维所买。此指旧别墅首阳山庄，以区别之。零落：萧条败落之意。首阳阿：首阳山脚下。首阳山在今河南偃师市西北二十五里。阿，山脚。②枉道：绕

路。秪：适，恰。从入：随人而入。许：允许，同意。更过：再一次访问。"过"读平声。以上二句是说：今我绕道经过这里，可允许我再来访问吟诗吗？③淹留：停留。耆老：老年人。此指宋之问的年龄较大的后裔或邻人。宋之问与杜甫的祖父杜审言同时，故其子孙年龄也不小了。"寂寞"句：谓宋之问已亡，其家今已零落，与眼前的黄河及首阳山寂寞相对。④将军树：宋之问之弟宋之悌，曾任右羽林将军。此诗题下原注："员外季弟执金吾见知于当代，故有下句。"因知是指宋之悌。此处用《汉书·冯异传》"诸将并坐论功，异独屏树下，军中呼为大树将军"典，以大树喻其家传亦有将风，不仅有诗风也。"悲风"句：谓唯有其家中的大树在晚风中悲吟。

[评析]

杜甫先祖的庐墓与宋之问的旧庄同在首阳山附近。他在为先祖守墓时，路过宋之问的首阳旧庄，对这位与其祖父交往甚密的先辈很是景仰。此诗是首五律，前四句写过宋之问旧庄，后四句对旧庄的零落十分感慨。一代诗人，如今物是人非，只剩下了旧庄一处，满目悲凉，流露出深厚的伤悼之情。赵汸曰："之问与公祖审言及陈子昂、沈佺期四人，为唐律之祖，实公诗法渊源也。武后时，之问、审言俱为修文馆学士，世交亦厚。然之问为人实不足道，诗无讥词，以其契家前辈也。但曰'零落'、'寂寞'、'悲风'，则感慨系之矣。"（《杜诗详注》卷一引）

夜宴左氏庄 五律

林风纤月落，衣露静琴张①。暗水流花径，春星带草堂②。检书烧烛短，看剑引杯长③。诗罢闻吴咏，扁舟意不忘④。

[题解]

此诗是杜甫青年时代的作品，是诗人游吴越之后归洛阳时所作。庄,指庄园。左氏即此庄园的主人,名不详。

[注释]

①林风:林中之微风,一作"风林",当以"林风"为是。纤月:指初弦之新月,纤细如钩。衣露:衣裳上所沾的夜露。静琴:幽静的雅琴。张:弹琴。②暗水:夜间只听得流水响,却看不见,故云暗水。春星:春夜的星光。带:映带。黄生云:"上句妙在一个暗字,觉水声之入耳。下句妙在一个带字,见星光之遥映。"③检书:查阅书籍。烧烛短:蜡烛越来越短。此指阅书之久。看剑:把剑细视。引杯长:引满酒杯。长,兴味深长。④闻吴咏:听到有人用吴音吟诗。"扁舟"句:《史记·货殖列传》载范蠡助勾践灭吴之后,功成引退,"乘扁舟浮于江湖"。意不忘,杜甫于开元十九年至二十二年(731~734)曾游吴越,故闻有人以吴音咏诗,勾起了他对游吴越之往事的回忆,故念念不忘。忘,读平声。

[评析]

这是一首写夜宴之诗。首联写风微月落,带露听琴。颔联写室外景色。因纤月已落,只能听到在花径中的流水声,看到草堂上空闪烁的些微星光。上句写听觉,下句写视觉。颈联则写草堂内的饮酒情景:分韵赋诗,检书用典,看剑引杯。上句写翻阅诗书,说的是文事;下句写把剑饮酒,用的是武事。文以诗书陶冶性情,赋诗言志;武以看剑引兴,向往武功。写出杜甫的少年心事:读书习剑,为将来报国立功。皆借夜宴之酒杯发之。尾联以闻吴咏而联想吴越之远游,既切座中有人以吴音咏诗之事,又不局限于夜宴,兴味悠长。赵汸曰:"此诗寄兴闲游,状景纤悉,写情浓至,而开阖参错,不见其冗,乃诗之入妙之处。"(《杜诗详注》卷一引)

赠李白 五古

二年客东都,所历厌机巧①。野人对腥膻,蔬食常不饱②。

岂无青精饭，使我颜色好③。苦乏大药资，山林迹如扫④。李侯金闺彦，脱身事幽讨⑤。亦有梁宋游，方期拾瑶草⑥。

[题解]

此诗是天宝三载（744）在洛阳时所作。李白于此年因为群小所谗，辞京还山路过洛阳，与杜甫相会，并相约有梁宋之游。

[注释]

①客：客居。杜甫家在巩县（今河南巩义市），开元初，杜甫寄居在洛阳仁风里的二姑家。之后，也经常到洛阳城中客居。开元二十九年（741）在偃师（今属河南）土娄村，筑土室为先祖守墓。天宝二年客居东都。东都：指洛阳。所历：自己的亲身经历。厌机巧：厌恶尔虞我诈的生活。此指东都的官场。②野人：平民布衣，杜甫自谓。对：面对，眼看。腥膻：指鱼肉羊肉等高级食品。蔬食：指无鱼肉的粗饭。以上两句谓眼看着达官贵人过着吃鱼吃肉的生活，自己却连普通的饭菜也吃不饱。③青精饭：一种道教认为可以延年益寿的饭。陶隐居《登真隐诀》："用南烛草木叶，杂茎皮煮，取汁浸米蒸之，令饭作青色，高格曝干，当三蒸曝，每蒸辄以叶汁溲令浥浥，日可服二升，勿服血食，填胃补髓，消灭三虫。"颜色好：变得年轻些。④大药资：炼丹药所费的巨资。大药，金丹。"山林"句：谓因没有炼丹药的钱，所以我无法到山林中去采药炼丹。迹如扫，绝迹。⑤李侯：指李白。侯是敬称。金闺彦：朝廷中的俊杰之士。李白曾为翰林供奉，待诏金马门，故称。金闺，指金马门。彦，俊才。脱身：指李白辞京还山，从官场上脱身。事幽讨：在山林中求仙学道。⑥梁宋：指唐代河南道的汴州（今河南开封）和宋州（今河南商丘）一带。方期：已约定。拾瑶草：指采仙药学长生之道。瑶草，玉芝一类的仙草。

[评析]

李白与杜甫天宝三载在洛阳相会，是唐代文学史上的一个大事件，被闻一多称为"太阳和月亮走碰了头"，二人从此结下了生死相许的友谊。二人结伴一起漫游梁宋和齐鲁。杜甫为李白睥睨权贵、辞京还山、退隐山林求仙学道的高蹈人格所倾倒，欲随李白一道前去寻道访友。诗中流露出诗人厌恶机诈争斗的都市生活，向往道家退隐山林生活的思想。但这只是杜甫人生的一段小插曲,进取入世的儒家思想很快又占据了他思想的主流。

陪李北海宴历下亭 五古

东藩驻皂盖,北渚凌青荷①。海右此亭古,济南名士多②。云山已发兴,玉佩仍当歌③。修竹不受暑,交流空涌波④。蕴真惬所遇,落日将如何⑤。贵贱俱物役,从公难重过⑥。

[题解]

此诗为天宝四载(745)第二次游齐鲁时所作。李北海:指李邕,唐代著名的文学家和书法家。时为北海(在今山东昌乐县东南)太守,故世称李北海。李邕为官正直,名高当世,为奸相李林甫所忌,天宝六载被李林甫所害。李邕是杜甫旧交,开元间在洛阳相识,杜甫有诗曰:"李邕求识面,王翰愿卜邻。"(《奉赠韦左丞丈二十二韵》)历下亭,在济南历山(今名千佛山)下,故称。

[注释]

①东藩:指李邕的任官之地北海郡。藩,屏藩。周时分封诸侯以屏藩王室,称为藩国。唐时太守和刺史的地位相当于古时的藩国诸侯,北海在京城长安之东,故以古例今,称为东藩。皂盖:青色的车盖。汉太守出行之车皆用皂盖。此借指李邕。北渚(zhǔ):指济水北的沙洲。凌:经过。青荷:一作清河。青荷指青色的荷叶,清河则指济水。②海右:济南在大海之西,古时以右指西,左指东,故海西称海右。此亭古:此亭指历下亭,建于北魏之前,至杜甫时已有数百年,故称之古。济南:即今山东济南市,在古济水之南,故称。名士多:《汉书·儒林传》说,济南伏生传《尚书》,其时张生、欧阳生、林尊皆传其学,皆济南人也。杜甫集原注:"时邑人蹇处士辈在坐。"此为杜甫尊主之法,赞称"济南名士多"。③云山:指历下亭周围之山色风景。发兴:引发起诗人的兴致。玉佩:歌伎所佩之玉饰,此借指歌伎。④"修竹"句:

谓修竹蔽日送爽之意。不受暑,感受不到暑气。交流:指历水和泺水交汇而入鹊山湖。空涌波:谓徒然涌波送凉。⑤蕴真:蕴含自然真趣。"落日"句:谓天色已晚,宴席将散,令人无奈。⑥贵贱:贵,指李邕,贱,杜甫自指。俱物役:皆为物所役。李邕身居太守之位,而杜甫则尚是布衣。公:对前辈的尊称,此指李邕。此时李邕长杜甫三十四岁。难重过:今后难以再会。

[评析]

李邕是杜甫的前辈大家,与杜甫的祖父杜审言相识,故杜甫少年在洛阳时即为李邕所提携赞誉。杜甫在天宝四载游齐鲁时特前去拜谒。李邕之侄李之芳时为齐州司马,邀其至济南,三人相会,相得甚欢。此是杜甫在历下亭宴会上即席之作。此诗虽是首五古,却多有对偶句。如前四句属对精工,平仄合律,是以律句入古者。杜甫五古中常有这种现象。

赠李白 七绝

秋来相顾尚飘蓬,未就丹砂愧葛洪①。痛饮狂歌空度日,飞扬跋扈为谁雄②?

[题解]

天宝四载(745)秋,杜甫与李白再遇于东鲁,过了一段"醉眠秋共被,携手日同行"的快意日子。二人相处甚惬,时有相谑戏之语。李白有《戏赠杜甫》诗:"饭颗山前逢杜甫,头戴笠子日卓午。借问别来太瘦生,总为从前作诗苦。"而杜甫则以此诗戏答李白。据有关考证,饭颗山即兖州的甑山。

[注释]

①相顾:相见。未就:尚未炼成。丹砂:即朱砂。矿物名。色深红,古代道教徒用以化汞炼丹,葛洪《抱朴子·金丹》:"凡草木烧之即烬,而丹砂

烧之成水银,积变又还成丹砂。"葛洪:晋代著名道士,三国吴葛玄之从孙。善炼丹砂,著有《抱朴子》。传闻后来尸解成仙。②"痛饮"句:谓李白整天以饮酒狂歌过日子。空,有可惜之意。飞扬跋扈:指纵情使气,狂放不羁的举动。为谁雄:为何人展示雄风。前句谓李白好借酒浇愁,后句指李白喜任侠击剑。

[评析]

此诗前二句谓李白浪迹天涯,未能炼成丹砂、修仙得道,有愧于道教先师葛洪。后二句是说李白整日里纵酒狂歌,时日虚度,术学纵横、任侠击剑也无人赏识。对李白之大才而无所用的失意和不遇十分感慨,同时在字里行间,也微寓有规劝之意。此诗用短短四句,就概括出李白一生行迹。蒋弱六评此诗曰"是白一生小像"(《杜诗镜铨》卷一引),最为得之。此诗后二句"痛饮"、"狂歌"和"飞扬"、"跋扈"是句中自对,"空度日"与"为谁雄"是二句相对。

春日忆李白 五律

白也诗无敌,飘然思不群①。清新庾开府,俊逸鲍参军②。渭北春天树,江东日暮云③。何时一樽酒,重与细论文④。

[题解]

此诗于天宝五载(746)作于长安。李杜自齐鲁之游后,结为文章知己。曾谈诗论文,互相探讨诗歌创作心得。自分别后,相念益深。故杜甫在长安不到一年,即写此诗以表相思之意。

[注释]

①白也:白,指李白。也,语助词。意为李白啊,表示亲切。诗无敌:其诗无敌手。极赞李白之诗才。飘然:诗风飘逸、立意高妙。思:诗思。不

群：不同凡响，超越了一般诗人。②庾开府：即庾信。南朝梁代诗人，后入北周，曾任骠骑大将军，开府仪同三司，简称庾开府。其五言诗风格清新。鲍参军：即鲍照，南朝刘宋时诗人，曾任临海王子顼前军参军，其七言歌行风格俊逸豪放。③渭北：泛指渭水两岸，即指长安，杜甫此时的所在地。因与下句"江东"对举，故称"渭北"。江东：长江以东的吴越之地，此时李白在江东漫游。日暮云：与上句的"春天树"对举，互文见义，即指两人处于两地，在春天的傍晚，互为相思之意。后来"春树暮云"的成语，即由以上二句化出。④重与：重新相与。细：深入仔细。论文：即论诗。六朝文章以有韵为文，无韵为笔。此处有杜甫向李白请教和切磋之意。

[评析]

此诗前半极力赞扬李白之诗才高超，人不可及，其诗风兼庾信之清新和鲍照之俊逸，评价十分恰切到位。诗的后半表达自己对李白无限思念之情，并希望能够再度相会，把酒论诗。诗仙和诗圣之友情可谓笃矣。诗为五律，对仗十分工稳。首联即对，"白也"对"飘然"，白是人名，飘为风名，也、然都是虚词，对得很巧妙。"诗无敌"对"思不群"，不但对得工巧，而且将李白在盛唐诗史上的地位和创作特色也说得很准确。"诗无敌"是说李白是盛唐第一作手，"思不群"是说李白是"奇之又奇"的浪漫诗人。杜甫可谓李白第一知己矣。

送孔巢父谢病归游江东兼呈李白 七古

巢父掉头不肯住，东将入海随烟雾①。诗卷长留天地间，钓竿欲拂珊瑚树②。深山大泽龙蛇远，春寒野阴风景暮③。蓬莱织女回云车，指点虚无是征路④。自是君身有仙骨，世人那得知其故⑤。惜君只欲苦死留，富贵何如草头露⑥。蔡侯静者意有余，清夜置酒临前除⑦。罢琴惆怅月照席，几岁寄我空中书⑧。南寻禹穴见李白，道甫问信今何如⑨。

[题解]

天宝五载（746）作于长安。孔巢父，冀州（今河北冀州）人。开元末年曾与李白、韩准、张叔明、陶沔（miǎn）、裴政在徂徕山（在今山东泰安）结为"竹溪六逸"。谢病，以生病的理由辞官。江东，即长江以东的吴越地区。本诗是写给孔巢父的，因孔巢父要游江东，此时李白也在江东漫游，杜甫赠诗给他，并希望他到江东见到李白后，也将此诗呈给李白看。

[注释]

①巢父：孔巢父。他的名字取自于传说中尧时的一位著名隐士巢父。此处是双关语。以古隐士巢父来打趣孔巢父。掉头：一去不回头的意思。不肯住：不愿留住在长安。意即孔巢父归隐的决心很大，不听朋友的劝留。入海：到海上去。烟雾：指海上仙岛上的云烟。此句是说，孔巢父要东去到海上仙山寻仙隐居。②诗卷：仇兆鳌曰："本集注：巢父有《徂徕集》行于世。"此书今已不传。此句说，您虽然出世做神仙去了，但您的诗卷却长留于人间。珊瑚树：珊瑚本是热带海中的许多珊瑚虫死后集结钙化而成，犹如树状，古人以为是植物，故称珊瑚树，古人认为是一种古代名贵的珍宝。《本草纲目》说，珊瑚可以合成长生之药，故此句"钓竿欲拂"，兼有采药服食之意。③龙蛇：此是偏意复词，实指龙。《左传·襄公二十一年》："深山大泽，实生龙蛇。"孔巢父辞京到山林隐居，故称他为深山大泽之龙蛇。风景暮：天色已晚，气氛低沉。④蓬莱：传说中的海上仙山之一。织女：传说中的天帝孙女，此指仙女。云车：仙人的车驾。此句说，蓬莱仙山上的仙女，驾着云车，前来迎接孔巢父。虚无：道家所指的是思想最高境界，道教指的是神仙之境。征路：一作"归路"。征路指远行之路，归路指归宿。此句说，仙女为孔巢父指点成仙得道之路。⑤仙骨：能成仙的骨相。葛洪《神仙传·刘根传》载，神人对刘根说："汝有仙骨，故得见吾耳。"以上二句是说，因你身有仙骨，所以才晓得成仙得道的缘故，像我们一般人哪能知晓呢？按：此指孔巢父之所以退隐求

仙,是因他与仙道有缘,有高明的见识。⑥惜君:指众人爱惜孔巢父的才德。"富贵"句:此句谓人生富贵不过是草头之露而已。"富贵何如"是问话,"草头露"是答案。⑦蔡侯:名不详,侯是对男子的尊称。静者:性情恬静、淡泊名利之人。意有余:多有意气。前除:庭前台阶。⑧席:筵席。因别宴已终,行将分别,故大家的心情都不愉快。几岁:何年、何时。空中书:从仙界寄来的书信。⑨禹穴:相传大禹葬于会稽山(在今浙江绍兴市)上的一个洞穴之中,称禹穴。又有大禹于宛委山穴中得黄帝金简书之说。杜甫写此诗时,李白正在吴越一带游历,故有"南寻禹穴见李白"之说。甫:杜甫自道其名。这是杜甫让孔巢父转达自己对李白的问候。

[评析]

李白的好友孔巢父要辞京东游吴越,杜甫等人在长安设宴相送。孔巢父因与李白等人结为"竹溪六逸",曾以隐逸之士著名,故此诗以历史上著名的隐士巢父作寓。诗中用了许多求仙学道的典故,来形容孔巢父此游为神仙之游。其中谐趣横生,有调侃之意,颇有幽默感。此诗为七言古诗,纵横开阖,颇有李白七言歌行的味道。自从杜甫与李白交游以后,杜甫诗中的七言歌行就多了起来,这是杜甫学李白歌行的结果。

饮中八仙歌 七古

知章骑马似乘船,眼花落井水底眠①。汝阳三斗始朝天,道逢麹车口流涎,恨不移封向酒泉②。左相日兴费万钱,饮如长鲸吸百川,衔杯乐圣称世贤③。宗之潇洒美少年,举觞白眼望青天,皎如玉树临风前④。苏晋长斋绣佛前,醉中往往爱逃禅⑤。李白一斗诗百篇,长安市上酒家眠。天子呼来不上船,自称臣是酒中仙⑥。张旭三杯草圣传,脱帽露顶王公前,挥毫落纸如云烟⑦。焦遂五斗方卓然，高谈雄辩惊四筵⑧。

[题解]

作于天宝五载（746），杜甫在长安时。饮中八仙，李白天宝元年至三载应诏至长安，任翰林供奉。传闻与贺知章、李琎、李适之、崔宗之、苏晋、张旭、焦遂等结为"饮中八仙"。杜甫因据之以作"饮中八仙"歌。

[注释]

①知章：即贺知章，会稽永兴（今浙江萧山）人，少以文词知名，自号四明狂客，与张旭、包融、张若虚，合称"吴中四士"。时任太子宾客、秘书监。好酒，性放旷善谐谑。工书法，尤擅草隶。似乘船：因知章为南方人，故说他醉后骑马摇摇晃晃似乘船一般。"眼花"句：此时贺知章已八十多岁，故以"眼花落井水底眠"谑之。②汝阳：汝阳王李琎，让皇帝李宪长子。为避猜忌，常酣酒玩乐以示无大志。常与贺知章等人为诗酒之游。斗：一种大的酒器，有玉斗等。朝天：朝见天子。麹（qū）车：载酒的车子。麹，酿酒的酒母，此处以麹代指酒。酒泉：郡名，即今甘肃酒泉市。相传城下有泉，其味如酒。此三句写汝阳王嗜酒，说他上朝之前也要喝足酒，路逢酒车也流涎水，恨不得能移封酒泉，以满足其酒欲。③左相：指李适之。天宝元年代牛仙客为左相，为李林甫所忌，天宝五载罢相，赋诗曰："避贤初罢相，乐圣且衔杯。为问门前客，今朝几个来？"贤，讽称李林甫。圣，指清酒。语出《三国志·魏志·徐邈传》："平日醉客谓酒清者为圣人，浊者为贤人。"此三句写李适之，说他日饮酒万钱，如长鲸吸水一般，罢相后仍然嗜饮不辍。"衔杯"句是从李适之诗句中化出，适之罢相在天宝五载四月，七月为李林甫所害。故此诗作年不早于此年。④宗之：即崔宗之，开元初吏部尚书崔日用之子，袭封齐国公，官右司郎中，是李白的好友。白眼：眼高无人之状。语出《晋书·阮籍传》："籍又能为青白眼，见礼俗之士，以白眼对之。"玉树临风：形容酒后临风潇洒摇曳之态。《世说新语·容止》："魏明帝使后弟毛曾与夏侯玄共坐，时人谓蒹葭倚玉树。"此喻崔宗之之风度翩翩。此三句写崔宗之醉后之潇洒风度。⑤苏晋：弱冠举进士，开元年间任户部、吏部侍郎，信佛，守斋，性嗜酒。卒于开元二十二年（734），本不可能在天宝初与李白参加饮中八仙之会，杜甫

得之于传闻,因写之。绣佛:佛的绣像。逃禅:不守佛家戒律。佛戒之一是不饮酒。此二句写苏晋一边念佛,一边破戒饮酒。⑥一斗诗百篇:是写李白才思敏捷,斗酒百篇。杜甫《不见》:"敏捷诗千首,飘零酒一杯。"写的是相同的意思。酒家眠:《旧唐书·李白传》:"(李白)既嗜酒,日与饮徒醉于酒肆。玄宗度曲,欲造乐府新词,亟召白,白已卧于酒肆矣。召入,以水洒面,即令秉笔,顷之成十余章,帝颇嘉之。"即说此事。"天子"二句:范传正《唐左拾遗翰林学士李公新墓碑》:"(玄宗)泛白莲池,公不在宴。皇欢既洽,召公作序。时公已被酒于翰苑中,仍命高将军扶以登舟。"即此事。以上四句写李白才思敏捷,斗酒百篇,醉卧酒肆,酒醉不能奉诏,恃才狂放的傲岸形象。⑦张旭:苏州(今属江苏)吴人。初为常熟尉,后官金吾长史,世称"张长史"。为"吴中四士"之一,唐代诗人、著名书法家,人称为"草圣"。草圣传:草圣的名誉已传开。脱帽露顶:李肇《国史补》:"旭饮酒辄草书,挥笔大叫,以头揾水墨中而书之,天下号为张颠。醒后自视,以为神异。"此三句写张旭醉酒后挥笔草书的狂态。⑧焦遂:布衣之士,生平不详。卓然:精神焕发貌。惊四筵:语惊四座。此二句写焦遂也是一位奇人,醉后雄辩滔滔,语惊四座。

[评析]

此诗是首七古,在写法上颇有创意。是一篇人物传奇诗,为盛唐中有名的八位饮君子列传。叶梦弼云:"此歌分八篇,人人各异,虽重押韵,无害。亦周时分章之意也。"采取的是一种浪漫夸张的手法,有李白之风。或二句,或三句,或四句,长短不一,因人而异。其中唯独李白为四句,盖李白最具传奇风采,为八仙之首也。近人程千帆论此诗曰"一个醒的与八个醉的",盖云八人皆醉而杜甫独醒也,此为杜甫之现实意识与盛唐诸公浪漫狂放情怀之别也,此论令人深思。

奉赠韦左丞丈二十二韵 五古

纨袴不饿死,儒冠多误身①。丈人试静听,贱子请具陈②。

甫昔少年日，早充观国宾③。读书破万卷，下笔如有神④。赋料扬雄敌，诗看子建亲⑤。李邕求识面，王翰愿卜邻⑥。自谓颇挺出，立登要路津⑦。致君尧舜上，再使风俗淳⑧。此意竟萧条，行歌非隐沦⑨。骑驴十三载，旅食京华春⑩。朝扣富儿门，暮随肥马尘⑪。残杯与冷炙，到处潜悲辛⑫。主上顷见征，欻然欲求伸⑬。青冥却垂翅，蹭蹬无纵鳞⑭。甚愧丈人厚，甚知丈人真⑮。每于百僚上，猥诵佳句新⑯。窃效贡公喜，难甘原宪贫⑰。焉能心怏怏，只是走踆踆⑱。今欲东入海，即将西去秦⑲。尚怜终南山，回首清渭滨⑳。常拟报一饭，况怀辞大臣㉑。白鸥没浩荡，万里谁能驯㉒。

[题解]

此诗约作于天宝七载（748），杜甫困守长安时。韦左丞，指韦济，时任尚书左丞。丈，对老年长辈的尊称。韦济前任河南尹，曾多次到杜甫的偃师土娄村过访，杜甫曾作《奉寄河南韦尹丈人》表示感谢。后韦升任尚书左丞，杜甫写此诗进行干谒。二十二韵，古诗二句一韵，共四十四句。

[注释]

①纨袴：亦作"纨裤"，细绢制的裤，古代贵族子弟所服。后因以借指富贵人家子弟。儒冠：儒生所戴的帽子。此处代指儒生和读书人。二句意谓富贵人家的纨绔子弟是不会饿死的，可读书人却大多误了自身。②丈人：对老年男子的尊称。此指韦济。贱子：杜甫自我卑称。具陈：详细禀告。二句谓请您老人家听我仔细向您述说。③观国宾：观国都之宾，此指参加进士考试的士子。指开元二十四年（736）杜甫二十五岁在洛阳参加进士考试事，语出《易·观卦》："观国之光，利用宾于王。"此二句说我早在少年之时，即到国都充为"观国之光"的士子了。④"读书"二句：意即读书超过万卷，下笔左右逢源，如有神助。⑤扬雄：汉代辞赋家，著有《长杨》、《甘泉》等赋。敌：匹敌。子建：曹植字，建安时著名诗人，人称才高八斗，有《曹子建集》。亲：相近，不相上下。二句说我的辞赋可与扬雄相匹敌，诗可与曹子建

相媲美。⑥李邕：唐代著名文学家、书法家，早擅才名，尤长于碑版文字。求识面：《新唐书·杜甫传》："子美少贫不自振，客吴越齐赵间，李邕奇其才，先往见之。"王翰：唐代著名诗人。卜邻：选择做邻居。二句谓杜甫少年时的才华为前辈诗人学者所器重。⑦挺出：才华出众、人才优异。要路津：原指重要的关口和渡口，喻指为重要的官职和地位。语出《古诗十九首·今日良晨会》："何不策高足，立登要路津。"⑧"致君"二句：要将皇帝辅佐成像尧舜一样的圣君，使社会风俗重现上古浑厚淳朴的风气。此为杜甫的终生志向和儒家的政治理想。⑨此意：指"致君尧舜上"之意。行歌：奔走作诗之意。隐沦：隐者。二句谓虽然理想不能够实现，失意行歌，但我并非是要做隐士一类的人物。⑩骑驴：自言生活穷困，以寒驴为代步工具，与后句富儿骑"肥马"对举。十三载：一作"三十载"，仇兆鳌曰："公两至长安，初自开元二十三年赴京兆入贡，后以应诏到京，在天宝六载为十三载也。他本作三十载，断误。"旅食：客居谋生。京华：京都的美称。⑪富儿：即纨绔子弟，此有鄙视之意。肥马：乃用《孟子·梁惠王上》："庖有肥肉，厩有肥马，民有饥色，野有饿殍。"有为富者不仁之意。二句言其在长安困顿和屈辱的生活，靠别人接济为生。⑫潜：隐含。悲辛：悲哀和辛酸。⑬顷：前不久。见征：被征召。指天宝六载玄宗下旨召有一技之长的人到长安应试一事，杜甫也参加了这场应试，结果李林甫以"野无遗贤"为由而致无一人被录取。欻（xū）然：忽然。欲求伸：希望能伸展自己的才能。⑭青冥：天空、青云。垂翅：飞鸟垂下了翅膀，从高空中坠落。喻遭受挫折。蹭蹬：困顿、失势貌。无纵鳞：鱼儿不得纵情而游。鳞，鱼的鳞甲，此代指鱼。此二句言自己像折翅的鸟儿不得高飞，像失势的鱼儿不能纵游。⑮愧：心感。厚：情义深厚。真：为人真诚。⑯百僚：文武百官。猥：谬承。此为自谦语。佳句：指杜甫向韦济所献的诗篇。新：有新意。二句言韦济曾向百官们称赞杜甫的诗。⑰贡公：指西汉的贡禹，他与王吉是好友，见王吉贵显，心中非常高兴，弹冠相庆，认为他必将推荐自己做官。这里将韦济比作王吉，并以贡禹自比。原宪：孔子的弟子。家贫而其志不短。此句是说自己不甘心一直受贫。二句希望韦济能像王吉推荐贡禹一样提携自己，从而使自己摆脱困苦生活。⑱走踆（cūn）踆：徘徊瞻顾，不忍离去貌。⑲入海：到海岛上隐居。语出《庄子·让王》："石户之农……携子以入于海,终身不返也。"去秦:离开长安。去,离开。秦,借指长安。二句谓如果得不到引荐,自己将离开长安隐居。⑳终南山:在长安城南五十里。清渭:指渭河,在长安北五十里。因渭水清而泾水浊,故称清渭。二句谓对长安有留恋不舍之意。㉑报一饭:报答一饭之恩。大臣:朝中的重臣,韦济身为尚书左丞之要职,故称大臣。二句谓一饭之恩尚且思报,何况如今要与赏识自己的大臣相别呢。㉒白鸥:杜甫自喻。浩荡:指浩荡之烟波。谁能驯:谁还能拘束于我。此二句表达杜甫桀骜不驯的性格。

[评析]

杜甫在长安时期,到处寻找做官和报国的门路。向达官权贵干谒,虽然是杜甫最不愿走的门路,但是在李林甫把持朝政、排斥贤能的情况下,正常的科举门路又走不通,他只好走干谒一途。此诗即是干谒之诗。诗中首先对自己的志向和才能做了一番展示,其后又对韦左丞对自己的赏识表达了感激之情。诗中委婉地表达了不忍辞别大臣而去的眷恋之情。诗末则怀着不卑不亢的态度表示,若不能得志,自己就要远走高飞,一遂退隐江海之志。此诗虽是古风,却颇多俪句。王嗣奭评曰:"此篇本古诗,而颇带排句,以呈左丞,故体近庄雅耳。通首直抒隐衷,如写尺牍,而纵横转折,感愤悲壮之气,溢于行间,缱绻踌躇,曲尽其妙。"(《杜诗详注》卷一引)

高都护骢马行 七古

安西都护胡青骢,声价欻然来向东①。此马临阵久无敌,与人一心成大功②。功成惠养随所致,飘飘远自流沙至③。雄姿未受伏枥恩,猛气犹思战场利④。腕促蹄高如踣铁,交河几蹴曾冰裂⑤。五花散作云满身,万里方看汗流血⑥。长安壮儿不敢骑,走过掣电倾城知⑦。青丝络头为君老,何由却出横门道⑧?

[题解]

此诗作于天宝八载（749）。高都护即高仙芝，高丽人，开元末为安西副都护，安西大都护府设于唐太宗贞观年间，都护府治原在交河（在今新疆吐鲁番），后移置龟兹（今新疆库车），管辖于阗（今新疆于田县）以西、波斯（今伊朗）以东十六都督府。天宝六载，高仙芝破小勃律（唐西域国名，在今帕米尔以南），天宝八载还朝觐见。杜甫时在长安，而作此诗。骢（cōng）马：毛色青白相间的马。

[注释]

①胡青骢：西域产的青骢马。声价：声名大和价贵重的意思。欻然：忽然，很快。此二句说安西高都护的青骢胡马，随着高都护向东还朝，其声价很快在长安传开。②久无敌：无可匹敌。与人一心：指此马能领会人意，打仗时能与主人配合。成大功：指助高仙芝破小勃律。二句写此马久经战阵，勇敢、机灵，通人意，助人成功。③惠养：得到好的关照和喂养。随所致：听从主人的指令，指向哪里，就奔向哪里。流沙：指西域大沙漠。二句言青骢马在打仗立功之后，随着主人远从大漠来到京城。④伏枥：伏在马槽上吃草。化用曹操《步出夏门行》"老骥伏枥，志在千里"句意。战场利：在战场上建功。二句是说，此马不甘心被伏槽养，心存猛气，还一心想着到战场上建功立业。表面上虽是写马，其实是写人。⑤腕促蹄高：良马的骨相特征是腕节短，马蹄厚。《相马经》："马腕欲促，促则健；蹄欲高，高耐险峻。"踣（bó）铁：马蹄坚硬，如铁踏地。交河：在今吐鲁番西，因城下有两河相交汇，故名。蹴（cū）：踏，用蹄子刨地。曾冰：即层冰、厚冰。二句写此马蹄之劲健，几蹄子就可将交河之坚冰踏裂。⑥五花：即五花马，马之毛斑如五花之纹。云满身：是说五花毛斑如云锦遍布马身。"万里"句：是说此马奔驰万里之后，才开始流汗。汗流血，即汗血马。《汉书·李广利传》注："大宛旧有天马种，蹄石汗血，汗从前肩髆中小孔中出，如血。"二句写此马之超凡出众，乃西域大宛国之名种五花汗血马也。⑦"长安"二句：是说此马跑得太快了，像风掣电闪一般，连长安的壮小伙都不敢骑，言外之意是唯有高都护这样的英雄才

能驾驭此马。⑧青丝络头：用青丝绳做的马辔头。何由却出：怎样才能出去。横（guāng）门：汉时长安西北的第一道门，出此门即是通向西域的大道。《雍录》卷二："自横门渡渭而西，即是趋西域之路。"二句意谓此马愿为主人效力，直至老死，不知道如何才能再出横门，奔赴西域的征途，为国再立新功。借赞扬马之品格，咏己之胸怀。

[评析]

这是一首咏物诗，以咏马为题材。杜甫咏马，有胡马、老马和病马，各有寓意。此咏马诗与《房兵曹胡马》寓意略同。王嗣奭曰："'与人一心成大功'，此盛赞马德，即所谓'真堪托死生'也。"此诗虽为咏马，亦是赞叹马的主人高仙芝镇守西域屡建功勋之意。其次，则以马之才德，兼寓一己之胸怀，并渴望自己能有建功立业的机会，报效朝廷。张綖曰："凡诗人题咏，必胸次高超，下笔方能卓绝。此诗'雄姿未受伏枥恩，猛气犹思战场利'、'青丝络头为君老，何由却出横门道'，如此状物，不唯格韵特高，亦见少陵人品。"（《杜诗详注》卷二引）

兵车行七古

车辚辚，马萧萧，行人弓箭各在腰①。耶娘妻子走相送，尘埃不见咸阳桥②。牵衣顿足拦道哭，哭声直上干云霄③。道傍过者问行人，行人但云点行频④。或从十五北防河，便至四十西营田⑤。去时里正与裹头，归来头白还戍边⑥。边庭流血成海水，武皇开边意未已⑦。君不闻汉家山东二百州，千村万落生荆杞⑧。纵有健妇把锄犁，禾生陇亩无东西⑨。况复秦兵耐苦战，被驱不异犬与鸡⑩。长者虽有问，役夫敢申恨⑪。且如今年冬，未休关西卒。县官急索租，租税从何出⑫。信知生男恶，反是生女好。

生女犹得嫁比邻，生男埋没随百草㉃。君不见青海头，古来白骨无人收㉄。新鬼烦冤旧鬼哭，天阴雨湿声啾啾㉅。

[题解]

此诗约作于天宝九载（750）。《杜臆》卷一："注谓玄宗用兵吐蕃而作，是已。"邓魁英、聂石樵曰："钱谦益谓系写天宝十载征南诏事，似非。寻绎诗意应是写征吐蕃事。在此前一年（按指天宝八载）六月间，哥舒翰攻克石堡城，但唐兵死伤数万人，故云：'边庭流血成海水'；本年冬十二月，关西游奕使王难得又与吐蕃交战，故云：'且如今年冬，未休关西卒。'"（《杜甫选集》）按此说是。兵车行，此为杜甫新题乐府诗，写战争事也，故曰兵车行。

[注释]

①辚辚：众车行之声。语出《诗经·秦风·车邻》："有车邻邻，有马白颠。""邻"同"辚"。萧萧：马长嘶声。语出《诗经·小雅·车攻》："萧萧马鸣，悠悠旆旌。"行人：指出征之人。二句写车马出行，战士携弓带箭的出征之状。②耶娘：同"爷娘"，指父母亲。咸阳桥：即西渭桥，在陕西咸阳市西南十里的渭水上。是出征青海的必经之路。二句写父母妻子送别征夫的混乱情景。③干云霄：直冲云霄。二句描写亲人牵衣顿足、哭声震天生离死别的惨状。④过者：过路之人，或诗人自指。点行：按户册强抽兵丁服役。频：指官府多次征兵。二句通过"过者"和"行人"的问答，来叙述此役的来由。"行人但云"以下至"归来头白还戍边"设为征人答诉之辞。⑤或：指有的人。十五、四十皆指年龄，虚指。北防河：指长安以北的黄河防卫。开元年间，吐蕃多次从河西入侵，已成边患，唐廷派军队在河西驻防。营田：屯田。军队战时打仗，平时开垦种田，自产粮食以供军用。⑥里正：里长，唐时以百户为里，设里长一人。裹头：古时以黑罗帕裹头为头巾。因十五岁年尚小，故里正为之裹头。以上四句揭示唐代兵役制不合理，十五岁尚未成丁（天宝二年，令十八以上为中男，二十三岁成丁），就被征去防河，四十岁又调至边地屯田，至头白之老年，仍要被征服役守边。⑦武皇：汉武帝。此以汉代唐，指唐玄宗。开边：开疆扩土。二句指唐玄宗时开边战事不断，流血成海，但玄宗仍

穷兵黩武不止。⑧汉家：指唐朝。山东：指华山以东地区。二百州：据《十道四番志》载，唐朝关东地区凡二百一十七州。上举其成数。二句是说华山以东地区，本是唐代膏腴之地，可现在千村万户因频频征兵缺少劳动力，而田地无人耕种，长满了荒草。⑨无东西：庄稼种得不成行。二句谓村中只有妇女下田种地，但阡陌不分，庄稼长得乱七八糟。⑩秦兵：秦地的兵。秦，指陕西一带。耐苦战：能吃苦打仗。二句说因秦地之兵英勇善战，故像鸡狗一样被驱使。⑪长者：征夫对问者的尊称。役夫：征夫自指。申恨：诉苦。从"长者虽有问"句到"生男埋没随百草"句，都是征夫的陈诉语。⑫今年：指天宝九载。未休：不让休息。关西卒：即"秦兵"。关西，函谷关以西，指秦地。县官：此指天子。四句说今年冬仍不让关西之卒休兵回家种地，官家急着征税，可租税从哪里来呢？⑬信知：诚知。四句慨叹生男不如生女，生女尚能嫁入邻家，生男就要战死疆场。⑭青海：即今青海省之青海湖。因青海湖一带一向是唐朝与吐蕃和吐谷浑等交战之地，故尸骨横野，无人收埋。⑮烦冤：多怨恨。烦，多意。啾啾：鬼哭声。二句谓战死在青海边的新鬼和旧鬼，在天阴下雨之际，一片苦叫之声。

[评析]

《兵车行》是杜甫所写的新题乐府。所谓新题乐府就是"即事名篇，复无依傍"（元稹语），以记实叙事的手法，写当代时事，犹如当今诗体纪实文学。蔡宽夫曰："惟老杜《兵车行》、《悲青坂》、《无家别》等篇，皆因时事，自出己意立题，略不更蹈前人陈迹，真豪杰也。"此诗即写天宝八载（749）哥舒翰征吐蕃事，诗末有"君不见青海头，古来白骨无人收"，则写唐军与吐蕃的青海之战明矣，何必曲写杨国忠征南诏之事乎？王道俊《杜诗博议》引王深父云："时方用兵吐蕃，故托汉武事为刺，此说是也。……若云惧杨国忠贵盛而诡异其词于关西，则尤不然。太白《古风》云：'渡泸及五月，将赴云南征。怯卒非战士，南方难远行。长号别严亲，日月惨光晶。泣尽继以血，心摧两无声。'已明刺之矣，太白胡不畏国忠耶？"此诗在写法上也有特点，如以作者目击现场、并与出征士卒当面对话的方式,进行表述,如当代记者采访一般,使人觉得有现场感,更增加作品的生动性和可信度。

前出塞九首 五古,选三

其一

戚戚去故里,悠悠赴交河①。公家有程期,亡命婴祸罗②。君已富土境,开边一何多③。弃绝父母恩,吞声行负戈④。

[题解]

作于天宝十一载(752),与《兵车行》约作于同时。天宝末年唐玄宗屡发开边战争。《前出塞》写西部的战争,刺主将贪恋边功及玄宗的穷兵黩武。这组诗共有九首,此选三首。《出塞》是汉乐府《横吹曲》中的曲名。因杜甫写了两组《出塞》诗,此组诗命为《前出塞》,后组诗命为《后出塞》。杜甫用旧题乐府曲名来写当时之战事,乃以旧瓶装新酒也。

[注释]

①戚戚:愁苦之貌。悠悠:路途遥远貌。交河:在今新疆吐鲁番西。②公家:即官家。程期:行程有一定的期限。婴:通"撄",触犯。祸罗:灾祸、法网。二句说官家规定行程有期限,逾期和逃亡都要受到处罚,还会祸及家属。③君:指皇帝。富土境:疆土富余辽阔。一何多:即何其多之意。二句指斥唐玄宗贪图疆土,一味开边。④行负戈:扛着戈矛行军。二句谓不能在膝前行孝报答父母养育之恩,忍气吞声奔赴前线。

[评析]

这组诗是以第一人称的手法,记述一个士兵的军中经历。诗中既述说了士卒们抵御外侵的卫国之志,也有对唐玄宗穷兵黩武政策的不满和怨愤。此诗原为组诗的第一首,写士兵告别父母被迫出征的情景,发泄对开边战争使家人不得团圆的不满情绪。征夫到达的地点是西域的交河古城,交河曾为唐代安西大都护府的驻地,是唐廷与西域诸国及吐蕃交战的前线指挥所。朱鹤龄指出:"天宝末,哥舒翰贪功于吐蕃,安禄山构祸于契丹,于是征调半天下。《前出塞》为哥舒翰发,《后出塞》为禄山发。"其意见可参。

其 二

挽弓当挽强,用箭当用长①。射人先射马,擒贼先擒王②。杀人亦有限,立国自有疆③。苟能制侵陵,岂在多杀伤④。

[注释]

①挽弓:拉弓。挽,牵引。强:指强弓、硬弓。强弓射程远。②"射人"二句:从《射经·辨的》"射人先射马,擒贼必擒头"化出。以上四句,当来自军中作战之歌诀。马被射倒则人必被擒,捉住贼王,则敌军群龙无首,其军自溃。其中也包含着少伤人命的思想。③立国:一作列国,亦通。自有疆:各自有一定的疆域。二句是说,打仗要尽量少杀人,国土自应有规定的疆域范围。④制:制止。侵陵:即侵犯、侵略。陵,通"凌"。二句谓只要能抵御外侮和制止外侵,就没有大肆杀伤的必要。

[评析]

此诗原为组诗的第六首,也是这组诗立意的核心思想,一是打仗要擒贼擒王,制止外侵,尽量少杀人;二是立国有疆,守住疆土即可,不可妄开边衅,穷兵黩武。此诗前四句用歌谣谚语入诗,语意精警,通俗自然。陆时雍指出:"或是成语,或自己出,用得合拍,总为妙境。"(《唐诗镜》卷二一)

其 三

单于寇我垒,百里风尘昏①。雄剑四五动,彼军为我奔②。

虏其名王归,系颈授辕门③。潜身备行列,一胜何足论④。

[注释]

①单于(chán yú):本是对汉代匈奴首长的称呼,此泛指外族首领。寇:侵犯。我垒:我军的营垒、军营。风尘:战争烟尘。②雄剑:春秋时干将所铸有雌雄二剑。雄剑这里喻指唐军的军队。四五动:发动了四五次反击。四五是指仅有几次。彼军:指故军。奔:败阵而逃。二句是说,我军还没有打几仗,敌军就被我打败了。③名王:指敌军中重要的首领和将帅,指如左贤王、右贤王之类。授:献。辕门:主将的营门。古时军队出征,驻扎时以车辕相交而为营门,称辕门。二句说擒住了敌人的首领,系其颈献于辕门之前。④备:备位、充任。行列:士卒的队列。二句是说,虽然擒得敌军之首,立了大功,但仍悄悄回到士卒的行列中去,立一次功何足挂齿,不必张扬。

[评析]

此为原组诗的第八首,表现了一个士兵虽然为国立了大功,但仍然潜身备列行伍之中、不事张扬的优秀品德。弘历曰:"九首皆代从军者之词,指事深切,以沉郁写其哀怨。有亲履行间所不能自道者。可使天雨粟、鬼夜哭也。"(《唐宋诗醇》卷十)

同诸公登慈恩寺塔五古

高标跨苍穹,烈风无时休①。自非旷士怀,登兹翻百忧②。方知象教力,足可追冥搜③。仰穿龙蛇窟,始出枝撑幽④。七星在北户,河汉声西流⑤。羲和鞭白日,少昊行清秋⑥。秦山忽破碎,泾渭不可求⑦。俯视但一气,焉能辨皇州⑧?回首叫虞舜,苍梧云正愁⑨。惜哉瑶池饮,日晏昆仑丘⑩。黄鹄去不息,哀鸣何所投⑪?君看随阳雁,各有稻粱谋⑫。

[题解]

作于天宝十一载(752)秋。时杜甫在长安,与诗人高适、岑参、储光羲、薛据同登慈恩寺塔。此诗原注云："时高适、薛据先有作。"此诗是首和诗。同，即和诗的意思。慈恩寺，是唐高宗为其母文德皇后祈福所建，寺院在长安东南角。西院有寺塔一座七层，乃玄奘所建。今此塔仍在，名为大雁塔。

[注释]

①高标：原指高木、高树，此指高塔。苍穹：苍天，青天。穹，古人认为，地是四方形的，而天垂四角如穹庐。《敕勒歌》："天似穹庐，笼盖四野。"烈风：大风。因塔高直入云霄，故多烈风。二句写塔高招风。②旷士：胸怀超然的旷达之士。翻：翻涌。百忧：指忧虑之多。王粲《登楼赋》："登此楼以四望分，聊暇日以销忧。"二句是说自己不是旷士，登楼不但不能销忧，反而生出更多的忧愁。③象教力：即佛教的力量。象教，亦作像教，即佛教。因以形象进行教化，故称象教。《文选·头陀寺碑》："正法既没，象教陵夷。"冥搜：即极其想象、探其幽深。二句谓佛法高深，其幽深的奥义，足可极尽想象去探讨。④龙蛇窟：指塔内阶梯曲折穿行，如龙蛇之洞窟。枝撑：即支撑。此塔内阶梯为木结构，故称枝撑。二句谓登塔如穿龙蛇之窟，仰头上爬，始出暗阶。⑤七星：指北斗七星。北户：北窗。河汉：银汉、天河。西流：古人认为天倾西北，故银河向西而流。二句极写此塔之高。站在塔的顶层，只见北斗高挂北窗，仿佛能听到天上银河的流水声。⑥羲和：神话传说中羲和是日神的御者。鞭白日：鞭赶日神之车。少昊：即白帝，传说中掌管秋季之神。行清秋：使秋天到来。二句亦形容塔之高耸，塔顶层能见天上日御行车、少昊布秋。均是想象之辞。⑦秦山：指终南山，在长安城南五十里。破碎：写众峦大小错落之状。泾渭：指泾水和渭水。不可求：泾浊而渭清，二水在临潼合流，故清浊难以分辨。⑧一气：茫茫一片，混沌不分。皇州：指长安。以上四句写在塔上俯瞰人间。只见秦山破碎、泾渭清浊难分，茫茫不辨长安真面，虽是写实，但寓时局乱象。⑨虞舜：古代圣王。寓指唐太宗。因唐高祖禅位给唐太宗，故唐人多以虞舜寓指唐太宗。苍梧云：《文选》谢玄晖《新亭渚别范零陵》"云去苍梧野"李善注："有白云出自苍梧，入于大梁。"苍梧，古郡名，包括今两广和湖南部分地区。传说舜死于苍梧，葬于九疑山（在湖南宁远）。此处苍梧指太宗昭陵。二句是说杜甫回望昭陵，高呼太宗之名，希望太宗之英灵护佑

大唐国运。⑩瑶池饮：《穆天子传》卷三："天子觞西王母于瑶池之上。"瑶池，神话中的昆仑山上西王母居处。此指清华池。王母，寓指杨贵妃。唐人多以王母喻杨贵妃。⑪黄鹄（hú）：天鹅，善高飞，天鹅为白色，亦有黄色和红色的。喻才能之士。去不息：纷纷离去，《韩诗外传》卷二："田饶谓哀公曰：臣将去君，黄鹄举矣。"何所投：无处可投身。二句说贤士不遇，纷纷离去，己所哀者，无处可投，即不舍离开长安之意也。⑫随阳雁：即大雁。天冷时便纷纷南飞，逐日之暖。各有：即只为自己着想。稻粱谋：衣食之谋。二句讽刺趋炎附势的小人，各为私利而奔走。

[评析]

天宝末年，大唐王朝因唐玄宗沉湎声色，不理朝政，外有强藩尾大之势，内有权奸祸国之危，国势日蹙，而玄宗却浑然不晓。杜甫深忧之，故于登塔望远之际，其忧国之情，蕴于五内而借此机发之。此诗的上半首，写塔高耸之势，上摩苍穹，高与北斗河汉相接，可见白日经天之行，秋气弥空之状。言所见之广也。下半首则写其忧思之深，秦山破碎，泾渭不辨，皇州不明。皆喻乱象，不好明讲，故以言外出之。足见此老眼界之高，所见之远也。同登塔的几位诗人，薛据诗今已不传，高适歌怀才之不遇，岑诗悟佛理之精深，储诗怅宇宙之浩瀚，皆不及老杜忧国之深、立足之高也。故程千帆指出："他们并非站在同一高度上。"

曲江三章章五句 七古

其 一

曲江萧条秋气高，菱荷枯折随风涛，游子空嗟垂二毛①。白石素沙亦相荡，哀鸿独叫求其曹②。

[题解]

天宝十一载（752）作于长安。曲江，在长安城东南，为汉武帝所开，因其池面曲折而名为曲江。曲江南有芙蓉苑、西有慈恩寺，为唐代游乐胜地。三章，三首。章五句，每首诗五句，前三句为一顿，此体为杜甫创。

[注释]

①菱荷：菱角、荷藕，水中植物。游子：杜甫自谓。二毛：黑发和白发相间。此三句谓曲江秋景萧条，池中菱藕已枯折，随风漂流，见此景象，深感自己双鬓斑白，年将老矣。此时杜甫仅年届四十。②素沙：白沙。相荡：即水中沙石相互磨擦。哀鸿：失群哀鸣的孤雁。求其曹：寻其共飞的同伴。二句以秋景之冷落和孤雁失群之哀状，抒写自己寂寞孤独之心情。

其 二

即事非今亦非古，长歌激越捎林莽，比屋豪华固难数①。吾人甘作心似灰，弟侄何伤泪如雨②。

[注释]

①即事：据眼前之情景吟咏写诗。非今亦非古：所用的诗体是七言五句，非古体也非今体。长歌：此为三章连章之体，故谓之长歌。激越：激昂高亢。捎：摇动。林莽：丛生的草木。木曰林，草曰莽。比屋豪华：高屋豪宅鳞次栉比。三句谓望着眼前景物，激昂长歌，歌声动摇草木，曲江沿岸尽是数不尽的豪宅。②吾人：指自己。心似灰：心灰意冷。何伤：何必伤心。二句谓我本人对富贵荣华已心灰意冷，甘心受穷，弟侄之辈不必为此伤心。

其 三

自断此生休问天，杜曲幸有桑麻田，故将移住南山边①。短衣匹马随李广，看射猛虎终残年②。

[注释]

①自断：自我断定。杜曲：亦称下杜，在长安城南。杜甫祖籍原在京兆

杜陵。桑麻田：唐代均田制规定永业田要种桑、麻，为交租庸之用。此是指杜甫在杜曲有自己的土地。南山：指终南山。因杜曲在终南山下，故称南山边。三句谓杜甫自断此生穷困潦倒，幸而在杜曲还有几亩薄田可以为生，故将要搬到杜曲去住。②短衣匹马：骑马射箭须穿短袖衣服。李广：汉代名将。他被削官后曾到蓝田射猎。《史记·李将军列传》："广出猎，见草中石，以为虎而射之，中石没镞，视之石也。"杜甫年轻时也能骑马射箭，故云要学李广射虎南山，以终残年。二句说，杜甫也要像李广那样，归隐山林，打猎耕田，以终残生。

[评析]

天宝十一载，杜甫献《三大礼赋》后，空得了个集贤院待制的名义，不曾授官。杜甫在长安时期，生活十分困苦，常常一个人到曲江去游览解闷。这三首诗就是他到曲江即目感事而作。第一首诗人自叹长年流落长安，一无所遇，而人已将老；第二首写见曲江华屋邻比，富家无数，生出无限感慨；第三首说自己出头无望，行将隐居乡里，以终残年。其实，杜甫对自己在长安的遭际和不遇，是不甘心的，但这里却故作旷达，以抒发自己心中之郁愤和不平。此诗三章，章皆五句，形制独特，前所未有。其章法错落，顿挫有致，虽分三章，气脉相属，总为一体。

丽人行 七古

三月三日天气新，长安水边多丽人①。态浓意远淑且真，肌理细腻骨肉匀②。绣罗衣裳照暮春，蹙金孔雀银麒麟③。头上何所有，翠微䔢叶垂鬓唇④。背后何所见，珠压腰衱稳称身⑤。就中云幕椒房亲，赐名大国虢与秦⑥。紫驼之峰出翠釜，水精之盘行素鳞⑦。犀箸厌饫久未下，鸾刀缕切空纷纶⑧。黄门飞鞚不动尘，御厨络绎送八珍⑨。箫鼓哀吟感鬼神，宾从杂遝实要津⑩。后来鞍马何逡巡，当轩下马入锦茵⑪。杨花雪落覆白蘋，青鸟飞去衔红巾⑫。炙手可热势绝伦，慎莫近前丞相嗔⑬。

[题解]

作于天宝十二载（753）春。天宝十一载十一月，权相李林甫死。杨国忠继任右相，其姊妹或为贵妃，或封为国夫人。杨国忠与其堂妹虢国夫人私通，相与调笑，恬不知耻。此诗借杨国忠与杨氏姊妹上巳节曲江游春，揭露他们生活奢侈腐化、势炎冲天。

[注释]

①三月三日：上巳节。古代风俗，在上巳节这一天，到水边去洗浴，祓除不祥，称为"修禊"。后来演变成在水边宴饮和郊野踏春的节日。长安水边：此指曲江池边。②态浓意远：体态浓艳，神情淡远。淑且真：善良端庄，纯真自然。二句写丽人之体态。③绣罗：上面有刺绣的丝绸衣服。罗，轻软的丝织品。照暮春：与晚春的风光相互映衬。蹙（cù）：一种刺绣方法。用金银线绣花而皱缩其线纹，使其紧密而匀贴。金孔雀、银麒麟：指衣服上所绣的图案和花样，为金线所绣的孔雀和银线所绣的麒麟。二句写丽人身上的衣着。④翠微㔩（gé）叶：翠蓝色的花叶形的首饰。㔩，鬓饰。鬓唇：鬓角。二句写丽人发髻上的首饰，直垂鬓角。⑤压：紧贴。腰衱（jié）：裙带。衱，衣服后襟。稳称身：非常合体。二句写丽人的背后腰饰。⑥就中：其中。云幕：指宫殿中幕帐多似层云。椒房亲：指皇后的亲属。因杨贵妃的地位如同皇后，她的姊妹可称为椒房亲。椒房，汉代皇后的宫室用花椒和泥涂壁，取其多子之意。以椒房指皇后，此指杨贵妃。虢与秦：杨贵妃有姊三人，大姨封为韩国夫人，三姨封为虢国夫人，八姨封为秦国夫人。这几位国夫人相当于大国的封号，有其名而无封土。此处因诗的字数限制的关系，以虢、秦概举三位国夫人。二句开始拈出诗中的主角杨氏姊妹。⑦紫驼之峰：用驼峰的肉做的一道佳肴，名为驼峰炙。翠釜：锅，翠指精美。水精：水晶。行：传送。素鳞：银白色的鱼。二句写食品之精和餐具之美。⑧犀箸：用犀牛角做的筷子。厌饫（yù）：吃得过饱。厌，同"餍"，饫，饱食。久未下：吃不下，无处可下筷

子。鸾刀：刀环上系有鸾铃的刀，指刀具很讲究。缕切：切得很细。空纷纶：空忙了一阵子。二句说，这些珍贵的食品，都是杨氏姊妹等人的家常便饭，都已经吃腻了。⑨黄门：太监、宦官。飞鞚：骑马如飞。鞚，马勒，此代指马。不动尘：不扬尘土。即指太监骑术高超。八珍：八种珍品。泛指珍贵食品之多。二句说太监飞马报知皇帝，皇帝命御厨送来御制珍食。⑩杂遝（tà）：指人多杂乱。实：占据。要津：位置重要的渡口。此喻指重要部门的官位。二句谓在哀婉的音乐声中，众多朝廷重要官员在后面跟随着。⑪后来鞍马：后面骑着大马的人。逡巡：欲行不行、旁若无人的傲慢之状。当轩下马：厅前下马。入锦茵：走上绣锦地毯。二句说杨国忠旁若无人毫不遮掩地走进室内，与虢国夫人相会。⑫"杨花"句：《埤雅》云："杨花入水化为萍。"杨花与萍本是同类，喻杨国忠与虢国夫人本是同宗。覆白蘋，覆盖着白蘋。覆，指杨家同宗兄妹淫乱。蘋同"萍"。青鸟：传说中西王母的使者。红巾：贵妇人所用之手帕。二句谓杨氏兄妹私通，暗中相互传情。⑬炙手可热：气焰逼人。丞相：指杨国忠。嗔（chēn）：一作"瞋"，皆通。嗔，嗔怪，发怒；瞋，生气、恼火。二句告诫游人切勿近前观视，以免引起丞相震怒。揭露杨国忠乱伦之丑行。

[评析]

《丽人行》是杜甫所作的新题乐府诗，他以在曲江畔的所见所闻而写下了这首纪实性的诗，借描写杨氏姊妹的一次宴游，揭露了他们生活的奢侈腐化以及杨国忠和虢国夫人兄妹之间的乱伦丑闻。其批判的矛头直指当朝宰相，态度大胆，手段辛辣，显示出杜甫疾恶如仇、不畏权贵的性格。诗中描写丽人的体态、首饰和服饰及铺叙故事等，借鉴了汉乐府《陌上桑》、《羽林郎》等的细致刻画写法和叙事手法，十分具体生动。周敬曰："起结中情，铺叙得体，气脉调畅，的从古乐府摹出，另成老杜乐府。"（《唐诗选脉会通评林》）

醉时歌 七古

诸公衮衮登台省，广文先生官独冷①。甲第纷纷厌粱肉，广文先生饭不足②。先生有道出羲皇,先生有才过屈宋③。德尊一代常坎坷,名垂万古知何用④。杜陵野客人更嗤,被褐短窄鬓如丝⑤。日籴太仓五升米,时赴郑老同襟期⑥。得钱即相觅,沽酒不复疑⑦。忘形到尔汝,痛饮真吾师⑧。清夜沉沉动春酌,灯前细雨檐花落⑨。但觉高歌有鬼神,焉知饿死填沟壑⑩。相如逸才亲涤器,子云识字终投阁⑪。先生早赋归去来,石田茅屋荒苍苔⑫。儒术于我何有哉,孔丘盗跖俱尘埃⑬。不须闻此意惨怆,生前相遇且衔杯⑭。

[题解]

天宝十三载(754)作于长安。题下原注:"赠广文馆博士郑虔。"郑虔是杜甫好友,杜甫在长安时,时常与他过往。郑虔多才多艺,诗书画兼长,唐玄宗曾誉他"郑虔三绝"。但他却未得重用,只得了个广文馆博士的闲职。此诗写杜甫与郑虔醉酒高歌的情景,因之取名为"醉时歌"。

[注释]

①衮(gǔn)衮:众多貌。台省:指御史台、中书省、尚书省、门下省,为中央政府机构。广文先生:指郑虔,因任广文馆博士,故称。官独冷:官位冷清。广文馆不为朝廷重视,其馆舍后被风雨所坏,朝廷不为修建,让郑虔移寓于国子监。②甲第:头等府第。汉代贵族的居处分为甲乙次第,故以第称府邸。此指豪门贵族。厌:同"餍",过饱。梁肉:梁为小米之精品,以梁为饭,以肉为肴。泛指精美食品。二句谓豪门大族美食佳肴都吃餍了,郑虔连饭都吃不饱。说郑虔吃不饱饭有些夸张之意,是形容他穷困。③有道出羲皇:道德超越羲皇之世。羲皇指伏羲氏。有才过屈宋:才能过于屈原和宋玉。屈、宋为战国时著名辞赋家。二句有些调侃之意。④德尊一代:道德为一代人所尊崇。二句谓生前虽为人所尊,但生活困顿,死后留名又有什么用处。⑤杜陵野客:杜甫自指。杜陵,杜甫祖籍长安杜陵。人更嗤(chī):更被人所嘲笑。被褐(hè)短窄:衣裳短窄,不够尺寸。被,同"披",穿之意。褐,毛麻所制之粗衣。鬓如丝:鬓发已白。丝,蚕丝,色白。二句意谓自己比郑虔更贫穷,

连件合身的衣服都没有。⑥籴（dí）：买米。太仓：京城所设的国家粮库。五升米：《旧唐书·玄宗本纪》："（天宝十二载）八月，京城霖雨，米贵，令出太仓米十万石，减价粜与贫人，每人每日五升。"此句可谓是纪实。郑老：指郑虔。因其年长，故尊称老。同襟期：志同道合之会。襟，指怀抱。二句谓杜甫贫至靠领救济为生，因此时常到郑虔处蹭酒喝。⑦"得钱"二句：有了几个小钱就毫不迟疑地去买酒，找对方一起吃酒。⑧忘形：不拘形迹。尔汝：彼此以你我相称，指亲昵无间。"痛饮"句：谓只要能喝酒，就是老师。这是酒徒之语。⑨春酤：春酒。酤，斟酒。此指酒。檐花落：指檐下飘落的细雨经灯光照耀，如花之落。⑩有鬼神：指才思喷涌，有若鬼神相助。填沟壑：指死后无人掩埋，往沟壑里一填了事。二句说只管喝酒放歌行乐，管它将来死后怎样处置。此为故作豁达之语。⑪"相如"句：汉代的司马相如，之临邛，与卓文君开酒坊，文君当垆，相如身穿短裤，亲为涤器。逸才，高才。司马相如善为辞赋，称为逸才。涤器，洗碗刷碟。子云：扬雄，字子云。汉代著名辞赋家，博学，多识奇字。《汉书·扬雄传》说，扬雄曾教其弟子刘棻识奇字，后刘棻因献符命得罪，连累扬雄。当时扬雄正在天禄阁校书，听说有官府前来捉他，便从阁上跳下，几乎摔死。二句说即便是司马相如和扬雄这样的大才，也有不遇的时候，而况我等呢。这里是杜甫的自慰之词。⑫归去来：指陶渊明《归去来兮辞》。其中云："田园将芜胡不归？"石田：满是石头的瘠田。荒苍苔：田园荒芜，长满了青苔。二句说要学陶渊明，早做归隐的打算，躬耕田园。⑬儒术：儒家的思想学说和治国之道。盗跖：春秋时的鲁国大盗。二句说，儒术知道得再多有什么用？如今贤愚不分、好坏不辨，终会同归于尽。这是牢骚怨愤之语。⑭闻此：听说此语（指儒术二句）。意惨怆：感到颓丧，不舒服。衔杯：饮酒。二句谓要达观些，不必为这些奇谈怪论感到气馁，还是朋友相会，一起饮酒解闷吧。此以纵酒自适为慰。

[评析]

此诗是杜甫在长安极为潦倒穷困之时，与郑虔饮酒发牢骚，为郑虔抱屈，也为自己鸣不平。在一个黑白颠倒、是非不分的社会里，不管你是像司马相如一样的大才，或是像扬雄一样的识奇文异字的大学问家，统统是不会被重用的。就是孔圣人与盗跖，也都被人等量齐观。世人不分好坏,那么我学再多的儒术有什么用呢?谁又能用我呢?这些既是牢骚话,也是抗议书。诗中嘲人而又自嘲,充满了幽默感和诙谐之趣,是醉后语又是独醒语。

奉先刘少府新画山水障歌 七古

堂上不合生枫树,怪底江山起烟雾①?闻君扫却赤县图,乘兴遣画沧洲趣②。画师亦无数,好手不可遇③。对此融心神,知君重毫素④。岂但祁岳与郑虔,笔迹远过杨契丹⑤。得非悬圃裂,无乃潇湘翻⑥。悄然坐我天姥下,耳边已似闻清猿⑦。反思前夜风雨急,乃是蒲城鬼神入⑧。元气淋漓障犹湿,真宰上诉天应泣⑨。野亭春还杂花远,渔翁暝踏孤舟立⑩。沧浪水深青溟阔,欹岸侧岛秋毫末⑪。不见湘妃鼓瑟时,至今斑竹临江活⑫。刘侯天机精,爱画入骨髓⑬。自有两儿郎,挥洒亦莫比⑭。大儿聪明到,能添老树巅崖里⑮。小儿心孔开,貌得山僧及童子⑯。若耶溪,云门寺⑰。吾独胡为在泥滓?青鞋布袜从此始⑱。

[题解]

作于天宝十三载(754)秋。杜甫因"长安米贵",故将家属移至奉先县寄居。奉先,今陕西蒲城。刘少府,唐时称县尉为少府。《文苑英华》本下注:"奉先尉刘单宅作。"可见刘少府即刘单,此诗杜甫作于奉先县。山水障,画有山水的屏障。

[注释]

①不合:不应。怪底:奇怪为何。二句开头即问,枫树不是堂中之物,山水云雾为何也出现在堂内?此以真假难辨来形容画之逼真。②闻君:指刘单。扫却:画完。扫,用画笔横扫。赤县图:唐时京城属县有赤、畿等分,奉先县属赤县。此指奉先县境内的山水景物。遣画:作画。沧洲趣:山水逸趣。

二句谓刘少府是位画家,他乘兴作山水画,画的是本县的风光景物。③"画师"二句:赞刘单画艺不凡,是把好手。④融心神:心神融贯画中。重毫素:以画艺为重。毫,毛笔。素,白绢。以二者代书画。二句说刘单是将自己的心神都贯注画中,其山水画有较高的艺术水准。⑤祁岳:唐时名画家,名见朱景玄《唐朝名画录》,事迹不详。郑虔:杜甫好友,诗书画俱善。笔迹:指画技。杨契丹:隋代著名画家。事见张彦远《历代名画记》,其画"六法备该,甚有骨气"。二句高度评价刘单之画艺,不但祁岳、郑虔比不上,就是杨契丹也远不如他。⑥得非:问语,莫非之意。悬圃裂:从悬圃之仙峰裂移至此。悬圃,传说中昆仑山的顶峰。无乃:反诘语。潇湘翻:潇湘水浪翻滚奔腾。潇、湘,二水名,在今湖南境内。二句说其山水绝似玄圃仙境和潇湘二水之美景。⑦坐我:置身于。天姥(mǔ):山名。在今浙江新昌县。李白有《梦游天姥吟留别》一诗,杜甫也有"归帆拂天姥"(《壮游》)之句。闻清猿:听到猿的凄清叫声。二句写杜甫入画之神游。前句写悄然无声,明说是画;后句听似有声,神已入画。⑧蒲城:是奉先县旧名。因唐睿宗死后葬于蒲城西北桥陵,故改名为奉先。鬼神入:指鬼神入画中。二句联现实,是说前夜的疾风暴雨之中,奉先县的鬼神乘机潜入画的山水中。极说此画非凡人能为,乃鬼神之力也。⑨元气淋漓:真元之气在画中充溢。障犹湿:形容淋漓之状。亦可解为此画是刘单新作,墨迹未干。障,屏风。真宰:造物主。上诉:向天帝报告。二句极写此画似真,连造物主也感到震惊。诉之天帝,天帝也非常感动。⑩野亭:山野中的亭子。春还:春天已到。杂花:各种鲜花。渔翁暝踏:渔翁夜晚立在孤舟之上。二句写画中景色人物:有野亭杂花,渔翁孤舟。⑪沧浪:水清深色。一说指沔水,即汉水。在今湖北境内。青溟:指大海。欹岸:曲折之岸。侧岛:靠近岸侧之岛。秋毫末:细如秋毫。二句写水景和岸景。上句是写远景,大景,收汉水与大海于一纸之上;下句是写近景,草木岸石,皆清晰可辨。⑫不见:岂不见之意。湘妃鼓瑟:《楚辞·远游》:"使湘灵鼓瑟兮。"湘灵即湘妃,原为舜之二妃,尧之二女,名娥皇、女英。传说追舜至洞庭,溺死湘江,为湘水之神。斑竹:传说舜之二妃闻舜崩,二妃啼哭,挥泪洒竹,竹为之斑,称斑竹。二句说,仿佛能在画上听见湘灵在鼓瑟,甚至能看见临江的斑竹栩栩如生。⑬刘侯:对刘单的敬称。天机:天资。入骨髓:酷爱作画。⑭两儿郎：两个儿子。挥洒：指挥毫作画。莫比：人莫能比。说他有两个儿子，也继承父业，很有绘画才能。⑮巅崖：山顶上。二句说大儿能画老树一类的风景。⑯心孔开：心灵开窍。貌得：画得。二句说小儿子能画山僧、童子等人物。⑰若耶溪：在浙江诸暨，是春秋时西施曾经浣纱的地方。云门寺：临若耶溪，是个风景优美的地方。⑱胡为：何为。在泥滓：在尘世之中。青鞋布袜：指隐逸山林之士的穿着。从此始：是说从此打算走上隐逸之路。

[评析]

　　此是一首题画诗。画家刘少府是他的一个朋友，一次杜甫到他家去拜访，看到他堂上有一幅山水画屏，是刘少府新近所画，于是就写了这首题画诗。诗先从赞赏刘画的逼真开始，这是符合杜甫的现实主义美学观的，就是首先要画得像。再则是要融心于画，用真心来画，才能元气淋漓。三是收万里于一幅之中，将沧浪之水与大海、天姥山与潇湘水集中于一纸。四是具有丰富的想象力，将昆仑悬圃仙境与湘妃鼓瑟等神话故事融于欣赏的想象之中。最后在诗中还寄托了自己想青鞋布袜、重游江东的出世之思。此诗开了题画诗之先河，此后，他共作了十多首题画诗，成为唐诗中的一绝。

自京赴奉先县咏怀五百字 五古

　　杜陵有布衣，老大意转拙①。许身一何愚，窃比稷与契②。居然成濩落，白首甘契阔③。盖棺事则已，此志常觊豁④。穷年忧黎元，叹息肠内热⑤。取笑同学翁，浩歌弥激烈⑥。非无江海志，萧洒送日月⑦。生逢尧舜君，不忍便永诀⑧。当今廊庙具，构厦岂云缺⑨。葵藿倾太阳，物性固莫夺⑩。顾惟蝼蚁辈，但自求其穴⑪。胡为慕大鲸，辄拟偃溟渤⑫。以兹悟生理，独耻事干谒⑬。兀兀遂至今，忍为尘埃没⑭？终愧巢与由，未能易其节⑮。

沉饮聊自适，放歌破愁绝⑯。岁暮百草零，疾风高冈裂⑰。天衢阴峥嵘，客子中夜发⑱。霜严衣带断，指直不能结⑲。凌晨过骊山，御榻在嵽嵲⑳。蚩尤塞寒空，蹴踏崖谷滑㉑。瑶池气郁律，羽林相摩戛㉒。君臣留欢娱，乐动殷胶葛㉓。赐浴皆长缨，与宴非短褐㉔。彤庭所分帛，本自寒女出㉕。鞭挞其夫家，聚敛贡城阙㉖。圣人筐篚恩，实欲邦国活㉗。臣如忽至理，君岂弃此物㉘。多士盈朝廷，仁者宜战栗㉙。况闻内金盘，尽在卫霍室㉚。中堂舞神仙，烟雾散玉质㉛。暖客貂鼠裘，悲管逐清瑟㉜。劝客驼蹄羹，霜橙压香橘㉝。朱门酒肉臭，路有冻死骨㉞。荣枯咫尺异，惆怅难再述㉟。北辕就泾渭，官渡又改辙㊱。群冰从西下，极目高崒兀㊲。疑是崆峒来，恐触天柱折㊳。河梁幸未坼，枝撑声窸窣㊴。行李相攀援，川广不可越㊵。老妻寄异县，十口隔风雪㊶。谁能久不顾，庶往共饥渴㊷。入门闻号咷，幼子饿已卒㊸。吾宁舍一哀，里巷亦呜咽㊹。所愧为人父，无食致夭折㊺。岂知秋禾登，贫窭有仓卒㊻。生常免租税，名不隶征伐㊼。抚迹犹酸辛，平人固骚屑㊽。默思失业徒，因念远戍卒㊾。忧端齐终南，澒洞不可掇㊿。

[题解]

作于天宝十四载（755）十一月。安史之乱刚刚爆发，这时消息还未传到长安。杜甫刚任右卫率府军曹参军之职不久，被允许探亲。他从长安出发，路过骊山，前往奉先县探望住在那里的家属。一路上及到家的所见所闻、所思所想，均在诗中作了忠实的记录，可谓是"诗史"。奉先县，在今陕西蒲城。

[注释]

①杜陵布衣：杜甫自谓。杜陵，在长安南，杜甫的祖籍杜曲在此。他在杜曲薄有田产，有一个时期在此生活，故自称杜陵布衣。此从杜甫在长安十年未得官的布衣生活说起。老大：岁数已大。杜甫时年四十四岁，故自称老大。

意转拙：脾气越来越倔强、执著。②许身：自许立身。一何愚：何等之愚。稷与契（xiè）：稷是尧时的贤臣，教民种五谷；契是舜时贤臣，对百姓进行教化。二句指杜甫的政治理想很高，以辅佐尧舜的大臣稷、契自许。③瀌（huò）落：同"瓠落"，大而无当之意。语出《庄子·逍遥游》："剖之以为瓢，则瓠落无所容。"甘契阔：甘心接受困顿劳苦的生活。二句谓因为理想过于高远，而不为所用，但我也要坚守信念甘愿过困顿的生活。④"盖棺"句：谓死而后已。盖棺，指死。此志：指许身稷契。觊（jì）豁：觊，希望。豁，达到。二句谓实现稷、契之志，是他一生至死的追求。⑤穷年：一年到头，累年。忧黎元：为百姓忧虑。肠内热：心肠发热，指心焦。二句说整年为百姓发愁、心焦。⑥取笑同学翁：即为同学所取笑。同学，指同辈或时人。翁，即今之所谓大佬，有贬意。浩歌：明志向的浩然之歌。弥激烈：愈发激昂。弥，愈、更加。二句谓尽管被人嘲笑，但意气更加昂扬。⑦江海志：放浪江湖之志，指隐逸。江海，即江湖。萧洒：通"潇洒"，无拘无束。日月：指日子。二句说不是没有隐逸江湖，过自由自在的日子的想法。⑧尧舜君：即圣君，指唐玄宗。这是臣子对皇帝的客套话。永诀：长别。唐玄宗是一个功过各半的皇帝。开元年间，他基本上是一个有为之君，造就了大唐盛世，晚年渐昏聩腐化，亲信群小。此时杜甫对他是既恨又爱，情绪复杂。欲进则无门，诀别又不忍。⑨廊庙具：国家栋梁之材。二句谓当今的朝廷人才济济，建造大厦难道还少栋梁之材吗？这话是牢骚语，指斥朝廷无求访遗贤之心。天宝六载李林甫以"野无遗贤"为借口，使杜甫等人落选。⑩葵藿：葵，指冬葵；藿，豆叶。物性：这两种植物的本性。二句谓葵、藿向着太阳的方向倾斜，这是其本性决定的。语出曹植《求通亲亲表》："若葵藿之倾太阳，虽不为回光，然向之者诚也。"这是杜甫借此自表其忠君爱国之心。⑪顾惟：回看。求其穴：经营一己之家私。⑫辄拟：则效法。偃溟渤：栖身于大海。二句意谓自己为何羡慕栖身驰骋于在海中的鲸鱼呢？这是杜甫自表其远大的理想和宏图壮志。⑬以兹：由此。悟生理：明白人生处世之道。悟，一作"误"，亦通。但似以悟字为善。事干谒：从事向权贵请托的活动。以上四句是说，从蝼蚁辈只顾自己的小窝和大海中的鲸鱼纵身于大海这两件事来看，明白了为一己之私利而走钻营求进的活动，是可耻的行为，要像海中之鲸一样，实现志在江海的远大理想。这是杜甫对长安十年生活的反省。⑭兀兀：穷苦奔劳貌。忍为尘埃没：这是个问句。忍，意是不忍。尘埃没，为世尘所埋没。二句说自己虽一直穷困潦倒，但也不忍心就此默默无闻，为世尘所埋没。⑮巢与由：巢父和许由，传说中尧时的两位隐士。二句是说，自己终不能改变志向，像巢父、许由那样去隐逸。⑯自适：自取其乐。愁绝：极端愁闷。二句说自己饮酒浇愁。自首句以下三十二句为第一段，是杜甫自述志向。⑰岁暮：年底。杜甫此行在十一月。高冈裂：高冈山石被冻裂，写天气严寒。二句写时令和天气的严酷。⑱天衢：天空。阴峥嵘：阴云密布状。峥嵘，高峻貌，此指云气如山。客子：杜甫自称。中夜：半夜。二句写出发时的天气阴霾，是实写，也兼写诗人压抑的心情。⑲"霜严"二句：指天气太冷，将衣带冻断，手指僵直，不能系结衣带。能，一作"得"。⑳骊山：在今陕西临潼东南，山上有温泉，筑有温泉宫，后改名为华清宫。在嵽嵲（dié niè）：在山顶上。嵽嵲，高峻貌。唐玄宗常在岁十月时，带领杨贵妃姊妹到骊山华清宫避寒。㉑蚩（chī）尤：指雾。传说黄帝与蚩尤作战时，蚩尤能作大雾，故此以蚩尤作雾之代称。蹴（cù）踏：踩踏。形容走山路时高一脚低一脚。蹴，踩、踢。二句写杜甫在骊山雾中艰难行走之状。㉒瑶池：传说中西王母的住处。此暗指杨贵妃在华清宫的汤池。气郁律：水汽蒸腾的样子。羽林：皇家卫队。相摩戛（jiá）：指其枪戟相摩擦撞击，喻其人多。戛，撞击声。二句说骊山汤池郁蒸，戒备森严。㉓留欢娱：在一起寻欢作乐。殷：盛大。胶葛：深远广大貌。二句谓玄宗群臣在华清宫中寻欢作乐，乐声之大，远上云霄。㉔赐浴：皇帝赏赐在骊山温泉洗浴。长缨：冠帽的长带，是贵族和高官象征。此指达官贵人。非短褐：不是一般的平民百姓。㉕彤庭：指朝堂。因皇宫的宫殿墙柱是红色的，故称。出：生产、贡献。二句谓朝堂上赏赐给达官权贵的丝绸绮罗，本出自于穷苦百姓家的女子之手。㉖鞭挞（tà）：鞭打。其夫家：寒女的丈夫。贡城阙：上贡朝廷。城阙，本是城上的建筑，此代指京城。以上四句指出：皇帝滥赏给大臣的东西，都是从贫苦农民的身上压榨搜刮来的。揭露出了封建统治阶层剥削下层人民的实质。㉗筐篚：指皇帝赏赐给大臣的用箩筐所装的金银绢帛。筐，指方形的竹器；篚，指圆形的竹器。邦国：国家。活：兴旺强盛。二句说，皇帝给大臣赏赐的本意是为了使臣子尽力治理好国家。这是为皇帝遮丑的面子话。㉘忽：忽视。至理：大道

自京赴奉先县咏怀五百字

理。指上文所说的君赏臣子，是为了让臣子尽心报国的本意。君：皇帝。弃此物：要把这些财物白白扔掉吗？这二句是借指斥人臣来讽刺人君。㉙多士：群臣。《诗经·大雅·文王》：“济济多士。”盈朝廷：充满了朝堂。宜战栗：应该戒慎警惕。二句说希望在朝堂的济济多士中，一些有仁心的贤良大臣有所警戒。㉚内金盘：皇宫大内中的金制器皿。卫霍室：皇亲国戚家中。卫、霍，指汉武帝时的外戚卫青、霍去病，实指杨国忠兄弟姊妹，因不好明说，只好借古人以比之。二句指斥唐玄宗宠赐杨氏一家无度。㉛中堂：即厅堂。舞：一作“有”，不若“舞”字传神。神仙：指美女，此指杨贵妃等人。杨贵妃善舞《霓裳羽衣舞》。烟雾：指宫廷中的熏炉香料所生的烟气。玉质：玉体，指美人。二句指唐玄宗与杨贵妃姊妹歌舞取乐。㉜暖客：指穿着轻裘的宠臣。貂鼠裘：用名贵的貂鼠皮所制成的衣裘。悲管、清瑟：指管弦乐器。㉝驼蹄羹：用骆驼肉蹄所烹制的羹汤，是食品中八珍之一。霜橙：秋天的橙子。压：堆积。这些都是南方的水果，在当时较珍贵。以上四句是说宠臣们穿着暖衣轻裘，听着动听的音乐，喝着蹄羹美味，吃着珍贵的水果。均含有讽刺意。㉞朱门：指富贵人家，此以朱门代指。路有冻死骨：指冻饿而死的路殍。《艺文类聚·人部八》引王孙子《新书》：“将军子重谏曰：‘今君厨肉臭而不可食，樽酒败而不可饮，而三军之士，皆有饥色。’”又《孟子·梁惠王上》：“庖有肥肉，厩有肥马，民有饥色，野有饿殍。”杜甫当取此意。他用简练的诗句，勾画出封建社会贫富对立的现实。㉟荣枯：荣指朱门，枯指冻死骨。咫尺异：大墙内外只有咫尺之隔，却有天地之别。二句说富与贫，只隔咫尺，这样不合理的社会现象，实在令人伤心。自“岁暮百草零”以下三十八句为第二段，讲述路过骊山华清宫时的所见所闻及心中的感受。㊱北辕：向北走的车。辕，车辕，以此代指车。就泾渭：靠近泾水和渭水。官渡：官家设的渡口。又改辙：这里指官渡又改换了地方。㊲群冰：冬天河已结冰，此指水中的流冰。从西下：从西面过来。高崒兀（zú wù）：指群冰叠起，像堆起的高山。㊳崆峒（kōng tóng）：山名，在今甘肃平凉西。天柱折：将天柱撞断。《淮南子·天文训》：“昔者共工与颛顼争为帝，怒而触不周之山。天柱折，地维绝。”二句谓河中的群冰好像是西方崆峒山上下来的，其势不可挡，能将天柱撞折。这里隐含着大唐即将发生大动乱的迹象。㊴河梁：桥梁。未坼（chè）：未断裂。枝撑：

支桥的梁柱。窸窣(xī sū):被冰块撞击发出的响声。⑭行李:行人、使者。相攀援:相互攀扶。㊶寄:寄居。异县:指奉先县。隔风雪:谓家人与自己为风雪所阻隔。㊷庶往:希望前去。庶,表示愿望。共饥渴:共患难。二句谓谁能长久弃亲人不管不问呢,愿同他们在一起同甘共苦。自"北辕就泾渭"以下十四句为第三段,写杜甫在旅途上的艰难及急见家人之心切。㊸号咷:放声大哭。幼子:最小的儿子。㊹舍:割舍、忍住。一哀:指失子之痛。里巷:邻居。二句说,我就是能忍住失子之痛,不为之一哭,可是邻里尚为之悲伤,暗示他们也正遭受丧失亲人的悲痛。㊺为人父:作为孩子的父亲。二句说作为一个父亲,深感到惭愧,竟然因没有粮食吃致使儿子夭折。㊻贫窭(jù):贫穷人家。仓卒(cù):突然之变。二句是说,岂知并非是荒年粮食歉收,当年的秋庄稼是丰收的,而是贫穷人家一时粮食接济不上,突然发生的事故。㊼生:生来。隶征伐:名列应征兵役之册。二句说自己享受不纳租税、不征兵役的特权。因杜甫是出生于官宦家庭,其祖父是膳部员外郎,其父是兖州司马、奉天令,杜甫当时是右卫府兵曹参军。唐朝规定官僚之家享有豁免租税和兵役之权。㊽抚迹:追思往事之迹,指幼子饿死之事。平人:平民百姓。唐人因避唐太宗李世民之讳,改"民"为"人"。骚屑:骚动不安。二句谓自己身为享受免租免役的官员,尚遇到为儿子饿死的事而感酸辛,那么黎民百姓整日感到骚动不安,就情所难免了。㊾失业徒:指没有土地的农民。㊿忧端:忧愁之高。端,顶端。齐:一样高。澒(hòng)洞:无边貌。不可掇:不可收拾。掇,同"辍",终止、停止。以上四句是说,想一想那些无地的农民和在远方打仗的士兵,我的忧愁之高,可齐终南山之巅,漫无边际,不可收拾。自"入门闻号咷"以下十六句为第四段,写杜甫到奉先家中见幼子饿死之惨状及感想。

[评析]

  此诗写在安史之乱刚刚爆发之时,虽然杜甫此时还不知道安禄山叛乱的消息,但大唐王朝的内在矛盾,已被杜甫看得十分清楚,如贫富的差距、阶级的对立、剥削的残酷、君臣的腐败、赏罚的不公、小人的得志、贤士的不遇都在诗中反映得淋漓尽致。此公眼光之敏锐、思想之深刻,是无人可比的。"朱门酒肉臭,路有冻死骨"这样的千古名句,是对大唐行将没落的社会现实的最好写照。杜甫的伟大人格，在此诗中也突显了出来。自己的幼子已被饿死，但他并不局限于个人之遭遇与悲哀，其悲悯之心从一己之遭遇又推及比他境遇更差的农民和士卒，其仁爱之心、忧民之志，真是可表青天。是诗全用仄韵，有沉郁顿挫之风。浦起龙称此诗"是集中开头大文章"，可谓是杜甫五古中的长篇杰作之一。全诗以议论为主，以叙为辅，故曰咏怀。诗中夹叙夹议，排比铺陈，如长江大河，波涛滚滚，一泻千里。

后出塞五首 五古，选三

其 一

男儿生世间，及壮当封侯①。战伐有功业，焉能守旧丘②。召募赴蓟门，军动不可留③。千金买马鞭，百金装刀头④。闾里送我行，亲戚拥道周⑤。斑白居上列，酒酣进庶羞⑥。少年别有赠，含笑看吴钩⑦。

[题解]

此组诗作于天宝十四载（755）冬，安史之乱爆发不久。《出塞》为乐府旧题，因此组诗晚于《前出塞》，故命名为《后出塞》。钱谦益云："《前出塞》为征秦陇之兵赴交河而作。《后出塞》为征东都之兵赴蓟门而作也。"安禄山时在幽州拥兵自重，不时挑起边衅，向朝廷邀功。由于野心膨胀，他已决心扩展军队，广征江南之粮与吴越之帛为他叛变做精心准备。此组诗通过一个士兵之口，叙述他从被召募入军、在安禄山军中所见所闻及最后脱身而归的经历，揭露安禄山叛乱的全过程，诗中流露出杜甫对时局危机的深切隐忧。组诗原五首，此选三首。

[注释]

①及壮：成年。壮，古代男子三十为壮，此泛指成年。封侯：建立功业，致身高位。此二句用《汉书·班超传》典抒其豪情壮志："（超）尝辍业投笔叹曰：'大丈夫无他志略，犹当效傅介子、张骞立功异域，以取封侯，安能久事笔砚间乎！'" ②"战伐"二句：通过参军打仗来建立功业，怎能老死于家乡呢。旧丘，故园、家乡。③召募：天宝时唐朝的府兵制已废弛，开始实行募兵制，士兵是召募而来的。蓟门：即范阳，范阳节度使大都督府治设在幽州古蓟城，蓟门是蓟城的别称，故城在今北京市。军动：军队开拔。不可留：不得停留，形容走得很仓促。二句说，召募的兵即将奔赴蓟门，得赶快走，途中不得停留。④"千金"二句：化用古乐府《木兰辞》"东市买骏马，西市买鞍鞯"句意，指准备马匹和武装。⑤闾里：即邻里。亲戚：古代亲指族内父母兄弟，戚指族外姻戚。道周：道旁。二句谓邻居和家人及亲戚在路边送行。⑥斑白：头发花白，指年长者。庶羞：各种佳肴。庶为品种之多，羞指味道之美。羞同"馐"。二句写别宴上的情景：年长者坐上座，酒过三巡之后，上各种佳肴。⑦别有赠：指赠的礼物与众不同。吴钩：春秋时吴国制的弯刀，此指宝剑。二句说，一个少年朋友赠给应征者一把宝剑，使他高兴得反复摩挲观看。

[评析]

《后出塞五首》组诗，是一个完整的整体，诗中的主人公在组诗中有一个认识变化的过程。开始应募时，很高兴，认为是为国建功立业的时机到了，于是怀着十分兴奋的心情，应募入伍。及至入伍后，逐渐发现安禄山扩军备战，是为了叛逆，于是态度发生了巨大变化。在安禄山果真叛逆时，他就坚决地逃离了安史叛军，回到了家乡。这是杜甫借战士之口，揭露安禄山从准备叛逆，到最后进行叛逆的全过程。以史笔实录的形式，声讨了安禄山叛国篡权的罪行。此为组诗的第一首，写士兵应募出发时的豪壮之情。

其 二

献凯日继踵，两蕃静无虞①。渔阳豪侠地，击鼓吹笙竽②。

云帆转辽海,粳稻来东吴③。越罗与楚练,照耀舆台躯④。主将位益崇,气骄凌上都⑤。边人不敢议,议者死路衢⑥。

[注释]

①献凯:献捷。继踵(zhǒng):后脚跟着前脚,指接连不断。踵,脚后跟,亦泛指脚。两蕃:指东北部的奚和契丹。静无虞:指边境安静,不必担心。《通鉴》载:"天宝十三载四月,禄山奏击奚破之,虏其王。十四载四月,奏破奚、契丹。"二句说安禄山的捷报一个接着一个,奚和契丹两蕃所在地安静无事,朝廷无可忧虑。②渔阳:唐渔阳郡,在今河北蓟县,战国时属燕国。豪侠地:燕地古多慷慨悲歌之士,出过荆轲、高渐离一类的豪侠人物。击鼓、吹笙:指笙歌一片的升平景象。③云帆:指运粮的船只。辽海:辽河近渤海,故称这一带为辽海。粳(jīng)稻:不黏的稻米。东吴:今江苏省南部。春秋时属吴国,又在东南沿海,故称东吴。二句谓安禄山从东吴一带用海船转运粮食到辽海供其军需之用。④越罗:越地所产的绮罗绸缎。楚练:楚地所产的素绢。舆台:指安禄山手下的奴仆下人。躯:身躯。二句说,安禄山的下人都穿着越地和楚地运来的丝绸衣服。⑤主将:指安禄山。位益崇:地位越来越高。指安禄山天宝七载(748)封柳城郡公,九载封东平郡王,十三载位至河东、平卢、范阳三镇节度使,加授左仆射。凌上都:气焰可凌京师,即目无天子之意。二句指安禄山随着权重位高,其气焰熏天,野心膨胀。⑥边人:边地之人,此指安禄山辖区的人。死路衢:死在街头。衢,四通八达的大路。指安禄山严禁有人揭发他,唐玄宗也不准有人告安禄山。《通鉴》卷二一七,天宝十三载:"有言禄山反者,上(玄宗)皆缚送之。由是,人皆知其将反,无敢言者。"二句讲安禄山实行控制言论的做法,凡是揭露告发其有反迹者,格杀勿论。

[评析]

此为组诗原第四首,通过士兵之口,揭露了安禄山转江南之粮、运吴越之罗,充叛乱之资;杜边人之口、屠议者之躯,塞告发之路,使其行将叛乱之真相,大白于天下。

其 三

我本良家子,出师亦多门①。将骄益愁思,身贵不足论②。跃马二十年,恐辜明主恩③。坐见幽州骑,长驱河洛昏④。中夜间道归,故里但空村⑤。恶名幸脱免,穷老无儿孙⑥。

[注释]

①良家子:家世清白的子弟。古代多以罪人及商贾子弟充兵役,以良家子弟入军者称良家子。多门:多次参加各种战斗。②将骄:主将骄横。③跃马:指从军。明主恩:皇帝的恩德。二句说自己已从军二十年,只知一心报国,唯恐辜负皇帝的恩德。④坐见:眼看着。幽州骑:指安史叛军。河洛:指洛阳。河,指黄河;洛指洛水,都在洛阳附近。昏:天昏地暗,指战尘遮天蔽日。二句指安史叛军攻占洛阳。⑤间道:偏僻小道。归:逃回家。"故里"句:指家乡已遭到安史乱兵的洗劫,村室已空。⑥恶名:从叛的罪名。无儿孙:因此士兵二十年一直从军,没有成家,无有子孙后代。二句是说,虽然有幸逃出叛军贼营,免去了从叛的恶名,但家乡已是空村,自己也无后代,算是报应吧。

[评析]

此是组诗原第五首,写此士兵在安禄山叛乱时,及时地逃出了贼营,不肯从逆,在大是大非面前,站稳了立场,保住了晚节。

月 夜 五律

今夜鄜州月,闺中只独看①。遥怜小儿女,未解忆长安②。香雾云鬟湿,清辉玉臂寒③。何时倚虚幌,双照泪痕干④。

[题解]

唐肃宗至德元载(756)八月作于长安。此年六月,安史叛军攻破潼关，杜甫将妻子儿女由奉先县迁往鄜（fū）州（今陕西富县）附近的羌村安置。长安沦陷后，玄宗西逃入蜀，太子李亨留关中抗敌，七月即位于灵武（今宁夏灵武市），是为肃宗。杜甫得知消息，由羌村投奔灵武，途中为叛军所获，被押至长安。此诗是初至长安时思念羌村的妻子儿女所作。

[注释]

①闺中：本意是内室，后多指女子所居之室，此指羌村家中。二句谓今夜鄜州的家中，只有妻子一人在望月思亲。②遥怜：从长安遥念。怜，怜念。未解：不懂得。二句指儿女年龄还小，还不懂得思念远在长安的父亲。此二句申明首联妻子独自望月的原因。③香雾：指雾气因沾染妻子发鬟的香气而变香。云鬟：女子环形的发髻。清辉：指月光。二句谓妻子因在室外望月良久，头发都被雾露打湿了，赤露的臂膀也觉出了月光的寒意。④虚幌：薄纱所制的帷幕。二句为期盼之词，意谓何时才能够与妻子一起倚着薄帷共赏明月，让月光将我们的眼泪照干呢？

[评析]

此诗是杜甫在长安思念远在鄜州的妻子儿女之作。但诗人不说自己对妻子儿女如何想念，反从对面说起，只说妻子如何在闺中望月想念自己。他不写自己如何思念年幼的儿女，却写可怜他们尚未解思亲之情，不晓得父亲对他们的深切思念。"香雾云鬟湿，清辉玉臂寒"一联，写出妻子独自望月的美丽形象，用香雾、云鬟、清辉、玉臂等丽语写出，可见杜甫夫妻之伉俪情深。湿、寒二字，写出妻子望月之久，表现对自己的一片痴情，其实也是诗人写自己对妻子的深情。结语写自己想与妻子早日团圆的衷心愿望，但也不知这个愿望，在自己被叛军困于长安、朝不保夕的境遇中能否实现，故用"何时"二字，表示对此愿望之殷切期盼。此诗写得曲折婉转，一往情深，是唐人写夫妻之情的典范之作。

悲陈陶 七古

孟冬十郡良家子,血作陈陶泽中水①。野旷天清无战声,四万义军同日死②。群胡归来血洗箭,仍唱胡歌饮都市③。都人回面向北啼,日夜更望官军至④。

[题解]

至德元载(756)冬作于长安。本年十月,宰相房琯(guǎn)率北军、中军进攻盘踞在长安的安史叛军,二十一日战于陈陶斜(在今陕西咸阳东),又名陈陶泽。官军大败,死伤四万余人。杜甫在长安城中,闻此消息,又见叛军归长安得意猖狂之状,悲而作此诗。

[注释]

①孟冬:农历十月。十郡:指今陕西地区的十个郡。良家子:家世清白的子弟。古代多以罪人及商贾子弟充兵役,以良家子弟入军者称良家子。"血作"句:谓战死的官军兵士极多,血将泽水都染红了。②"野旷"二句:写战争结束后的情景,四万官军同日战死。房琯本书生,既无作战经验,又妄用古战法,因此未经接战,就已大败。此皆是为国战死之士,故称为"义军"。③群胡:指安史叛军。归来:回到长安城内。血洗箭:箭上沾满了官军的鲜血。箭,泛指武器。"仍唱"句:指叛军骄横之状,唱着胡歌到市中酒肆大吃大喝,以庆胜利。④都人:指长安居民。向北啼:因唐肃宗此时在彭原(今甘肃宁县),在长安之北,故都人向北而哭。

[评析]

此篇与后篇的《悲青坂》等诗即元稹所说的"即事名篇,复无依傍"的新题乐府。这些诗像战时的诗体新闻报道,及时地反映了当时所发生的战况。诗的前四句,即说明了事情所发生的时间(孟冬)、在战场上牺牲的官军籍贯(关中十郡)、作战的地点(陈陶)、战死的人数(四万),全部是实录,具有诗史的特点。后四句是写诗人在长安的所见所闻,叛军战胜归来的骄横之状及长安人民对官军的殷切盼望,表现出对叛军的仇恨。

悲青坂 七古

我军青坂在东门,天寒饮马太白窟①。黄头奚儿日向西,数骑弯弓敢驰突②。山雪河冰野萧瑟,青是烽烟白人骨③。焉得附书与我军,忍待明年莫仓卒④。

[题解]

此诗作于至德元载(756)冬,约与《悲陈陶》作于同时。陈陶斜战败之后,房琯率余部与叛军对垒,不欲急进,以待战机。由于宦官监军邢延恩催促再战,十月二十三日又与叛军战于青坂(bǎn),结果大败,从此唐军主力大伤元气。杜甫闻战败消息后,作此诗以悲之。青坂,当与陈陶斜不远。

[注释]

①军:驻扎军队。东门:青坂之东门,即驻军的地点。饮马太白窟:引用陈琳乐府"饮马长城窟,水寒伤马骨"之句意。太白,太白山,在陕西武功县,离长安二百余里。此处借指山地。窟,洞穴,此指水洼。二句说官军条件十分艰苦。②黄头奚儿:唐有黄头室韦,是当时室韦二十余部之一。《新唐书·北狄列传》:"室韦,契丹别种。"安史叛军由契丹、奚等少数民族组成,故称黄头奚儿。日向西:天天向西进犯。驰突:冲锋陷阵。二句谓叛军天天向西进犯,少数几个骑兵就敢于冲锋陷阵。是说敌人军气正盛。③"山雪"二句:写官军战败之后,战场萧条冷落之状:萧瑟的雪野上只留下了战后的烽烟和白骨。白人骨,白是人骨。因句字的限制,省略一个"是"字。④附书:

托人捎信。忍待：耐心等待。因杜甫此时仍被叛军所控制，所以急于想办法托人捎信给房琯，让他耐心等待时机，不可仓促应战。

[评析]

此诗与上诗一样，是听到青坂之战失败后，即事所作。诗中既对官军的再次战败表示惋惜和悲痛，同时还建议军中主帅不可凭一时之愤，急于出兵与军锋正盛的敌军作战，要耐心等待战机，等敌人兵疲师老后再出击，方能制胜。此诗中既见杜甫忧国之心切，还表现出他在军事上的一些远见卓识。

春 望 五律

国破山河在，城春草木深①。感时花溅泪，恨别鸟惊心②。烽火连三月，家书抵万金③。白头搔更短，浑欲不胜簪④。

[题解]

至德二载（757）三月作于长安。杜甫此时被叛军拘于长安城中已有八个月，其间战乱不止，家中消息全无，心情十分苦闷，只有见花流泪，闻鸟伤心，城中的一草一木，皆是愁媒。

[注释]

①国：指国都长安。山河在：指人世已改，而山河依旧。城春：春天来到长安城中。草木深：指长安城内人迹稀少，草木横生。②感时：感伤时局。花溅泪：即见花开而伤心流泪。恨别：怨恨与家人的离别。鸟惊心：见飞鸟而伤心。二句写出杜甫当时痛苦而悲愤的心情，以乐景写哀情。花鸟本是春天可爱之物，可是在国破家亡之人的眼中，越是花开鸟飞，越是感到时危国破的悲痛和自己不能与亲人相见的悲哀。③连三月：指三个月都战争未息。据《通鉴》载，本年的正月有叛军与官军的太原之战、睢阳之战，二月有蒲州之战、潼关之战，三月又有睢阳之战和蒲州之战。又一说，是连着两个三月，即从去年冬至今年春六个月一直都有战争。④白头：白头发。搔：用手指挠。短：指

白发短而疏。浑：简直。不胜簪（zān）：用簪子都挽不住头发了。古代男子的头发挽在头顶上，用发簪插住。二句谓因愁而频频挠头，白发短而稀，用发簪都快挽不住了。

[评析]

这是一首杜甫的名作。时杜甫围坐愁城之中，苦无脱身之术，愁苦已极，故见花流泪，望鸟伤心，忧国思家之念，痛彻骨髓，感人至深。此诗结构，前四句写景，后四句言情。仇兆鳌曰："此忧乱伤春而作也。上四，春望之景，睹物伤怀；下四，春望之情，遭乱思家。"此诗不但用乐景写哀情，而且意在言外，极耐人寻思。司马光曰："近世诗人，唯杜子美最得诗人之体。如'国破山河在，城春草木深。感时花溅泪，恨别鸟惊心。''山河在'，明无余物矣；'草木深'，明无人迹矣。花鸟，平时可娱之物，见之而泣，闻之而悲，则时可知矣。他皆类此。"（《温公续诗话》）

哀江头 七古

少陵野老吞声哭，春日潜行曲江曲①。江头宫殿锁千门，细柳新蒲为谁绿②。忆昔霓旌下南苑，苑中万物生颜色③。昭阳殿里第一人，同辇随君侍君侧④。辇前才人带弓箭，白马嚼啮黄金勒⑤。翻身向天仰射云，一笑正坠双飞翼⑥。明眸皓齿今何在，血污游魂归不得⑦。清渭东流剑阁深，去住彼此无消息⑧。人生有情泪沾臆，江水江花岂终极⑨。黄昏胡骑尘满城，欲往城南望城北⑩。

[题解]

作于至德二载（757）春，时杜甫被叛军拘于长安，但在长安城内尚有一定的行动自由。江头，指曲江池边。曲江，是长安游乐处,太平年代时多皇亲国戚、王公贵族到此游览,杜甫此次游曲江时长安已经沦陷,所见物是人非,因生悲哀,故云"哀江头"。

[注释]

①少陵野老:杜甫自称。少陵是汉宣帝陵墓,在长安城东杜陵附近。天宝十三载(754),杜甫从洛阳移家长安时,住在少陵附近。野老,即指村夫野老之意,此时杜甫已无官无职,故以野老自居。吞声哭:不敢哭出声来。曲江曲:曲江的江弯处。②江头宫殿:指曲江边的紫云楼、芙蓉苑、杏园、慈恩寺等建筑。锁千门:宫门都已封锁,无人居住。二句谓玄宗君臣都已逃走,池边的绿柳新蒲,已无人欣赏。③霓旌:指皇帝的仪仗。南苑:指芙蓉苑,因在曲江之南岸,故称南苑。生颜色:为之增色之意。二句意谓,以前玄宗行幸芙蓉苑,苑内风光为之增色。④昭阳殿:汉殿名,为汉成帝时赵飞燕所居。第一人:皇帝最宠幸的嫔妃,此指杨贵妃。同辇:与皇帝同坐一辆辇车。辇,帝后所乘之车,由太监或宫女推着行走。二句回忆昔年杨贵妃常陪着玄宗同辇来游芙蓉苑之盛事。⑤才人:唐代宫中正四品的女官。嚼啮(niè):口衔。黄金勒:用黄金制成的马嚼子,用来勒马。二句说御前有身着武装的才人,骑着勒金嚼的白马在前面开道。⑥仰射云:仰身射云中的飞鸟。一笑:指杨贵妃粲然一笑。正坠双飞翼:即一箭双雕之意。二句指御前女侍卫仰射飞鸟,只见一箭而中双鸟,从空中落下,引得贵妃一笑。⑦明眸皓齿:指杨贵妃。血污游魂:指马嵬坡兵变,士兵杀了杨国忠及杨氏姊妹,杨贵妃也被迫自缢于马嵬坡佛堂之中。因杨贵妃客死异地,故称"游魂"。二句谓明眸皓齿的杨贵妃已死于非命,她的游魂再也回不到长安的芙蓉苑了。⑧清渭:渭水清而泾水浊,故称"清渭"。马嵬坡南靠渭水,故以渭水代指杨贵妃所死之处。剑阁:即剑门关,玄宗入蜀所必经处。去住:去指玄宗西巡蜀中,住指杨贵妃死葬马嵬坡。二句谓杨贵妃薨葬渭滨,玄宗西逃巴蜀,从此去住生死两隔,彼此永无消息。⑨泪沾臆:眼泪洒在胸襟上。岂终极:岂有尽时。二句写杜甫对物是人非的感慨,见此不禁泪洒胸臆。人是有感情的动物,岂能像江花江草一样年年泛红吐绿,无动于衷,不解人情。⑩胡骑(jì):安禄山的骑兵。尘满城:指胡骑在城中驰骋纵横,肆无忌惮。"欲往"句:杜甫家在城南,他本欲回家去,但因胡人的铁蹄将满城弄得尘土飞扬,乌烟瘴气,致使他迷了方向,向城北的方向走

去。望城北：一作忘城北或忘南北。

[评析]

《哀江头》一诗记叙杜甫被扣押在长安城中时，偷偷前往曲江游览，追怀开元时代的盛世情景。因此时杨贵妃已亡，长安城也被安史叛军占领，所以杜甫觉得有国破家亡之感，对杨贵妃有着深切的同情之心。不像他在天宝末年作《丽人行》之时，对杨氏姊妹皆有痛斥之意。此诗用前后对比的手法，以当前曲江的冷落萧条，来对比追怀当年的盛世，寄寓了诗人深切的家国之思。亦有人认为此诗有微讽杨贵妃之意，黄生曰："此诗半露半含，若悲若讽。天宝之乱，实杨氏为祸阶，杜公身事明皇，既不可直陈，又不敢曲讳，如此用笔，浅深极为合宜。"可备一说。

自京窜至凤翔喜达行在所三首 五律

其 一

西忆岐阳信，无人遂却回①。眼穿当落日，心死著寒灰②。雾树行相引，连山望忽开③。所亲惊老瘦，辛苦贼中来④。

[题解]

至德二载（757）四月作于凤翔（今属陕西）。此时肃宗朝廷已迁至凤翔。杜甫经过精心的准备，四月由长安的金光门逃出，走小道奔至凤翔，投奔肃宗。此诗生动地记载了自京奔至凤翔的经过和感受。行在所，又称行在，指天子离开京城后的临时驻所。

[注释]

①岐阳：即凤翔，因在岐山之南，故称。信：指杜甫在逃亡之前事先给凤翔故旧联络的信函。"无人"句：谓一直未见到从凤翔回到长安的回信人。

②眼穿:望眼欲穿。当落日:向着落日的方向。因凤翔在长安西,故云。心死:感到没有接到回信的希望了。著寒灰:心如死灰一般。二句写杜甫因未能与凤翔方面的人联络上,感到非常失望。③"雾树"二句:谓冒着大雾,沿着驿树行走,越过连绵的群山,忽觉眼前豁然开朗,前面就是凤翔。连山,杜甫所经过的武功山和太白山,都在凤翔附近。④所亲:指在凤翔的亲友。惊老瘦:指友人见到杜甫在短短半年多时间里,变得又老又瘦,感到十分吃惊。贼中来:从贼手中逃了出来。

[评析]

此诗写杜甫在逃往凤翔之前,曾托人捎信到凤翔,预先联系,但一直未见到回信,心中失望已极。但还是决定冒险逃出长安,经过长途的奔波之后,才到达凤翔,其老瘦之状令友人十分吃惊。

其 二

愁思胡笳夕,凄凉汉苑春①。生还今日事,间道暂时人②。司隶章初睹,南阳气已新③。喜心翻倒极,呜咽泪沾巾④。

[注释]

①愁思(sì):愁人的思绪。胡笳:一种胡人吹奏的管乐器,此指叛军的号角。汉苑:借指曲江池南苑等地。二句回忆在长安城中被叛军所拘及曲江潜游之事。②生还:指脱离长安奔赴凤翔如同生还。间(jiàn)道:走偏僻的小路。暂时人:暂时活着的人。这里是说自己生死不能自保,只是暂时活着。③司隶:指东汉光武帝刘秀。《后汉书·光武帝纪》说,刘玄任刘秀为司隶校尉,作文移,一如旧章。三辅吏士见司隶僚属,皆欢喜异常。一老吏竟高兴得流着泪说:"不图今日复见汉官威仪!"南阳:刘秀为南阳人。气已新:《后汉书·光武帝纪》载,一个望气者到南阳春陵,惊叹说:"气佳哉,郁郁葱葱然。"此以刘秀比肃宗,说他有中兴气象。④"喜心"二句:是说杜甫喜极而泣,泪洒衣巾。

[评析]

此诗前四句是回忆在长安被困之事,今日偶得生还心中仍觉侥幸。后四句写初见肃宗朝廷，觉得如见汉光武之气象，喜极而泣，觉唐室中兴有望矣。

其 三

死去凭谁报，归来始自怜①。犹瞻太白雪，喜遇武功天②。影静千官里，心苏七校前③。今朝汉社稷，新数中兴年④。

[注释]

①"死去"二句：自己若是在长安或逃亡的途中死了，连个报信的人都没有，到了凤翔回想起来，尚有些后怕，觉得自己好生可怜。②瞻：观看。太白雪：太白山上的雪。太白山主峰高约四千多米，常年积雪，故称太白。太白山在陕西眉县，在凤翔附近。武功：武功山，在陕西武功县南。山势亦高，《三秦记》："武功太白，离天三百。"二句写见到太白山和武功山的高兴心情。③影静：身影安恬。千官：指肃宗朝中的群臣。心苏：心神焕发。七校：泛指朝中武将。二句谓如今身影能随着文武群臣上朝，觉得既心情安然，又精神焕发。④汉社稷：即唐社稷。唐人惯以汉喻唐。中兴：即复兴。中应读去声。二句指唐王朝中兴的时刻如今到来了。

[评析]

这首诗写杜甫见到肃宗行在朝中文武百官的情景，觉得心里有了主心骨，对将来充满了希望：大唐中兴有望矣。三首诗写出了杜甫历尽艰辛终于来到凤翔见到肃宗朝廷的喜悦心情。仇兆鳌曰："首章曰心死，次章曰喜心，末章曰心苏。脉络自相照应，首章见亲知，次章至行在，末章对朝官，次第又有浅深。"（《杜诗详注》卷五）

述 怀 五古

去年潼关破，妻子隔绝久①。今夏草木长，脱身得西走②。

麻鞋见天子，衣袖露两肘③。朝廷愍生还，亲故伤老丑④。涕泪授拾遗，流离主恩厚⑤。柴门虽得去，未忍即开口⑥。寄书问三川，不知家在否⑦。比闻同罹祸，杀戮到鸡狗⑧。山中漏茅屋，谁复依户牖⑨。摧颓苍松根，地冷骨未朽⑩。几人全性命，尽室岂相偶⑪。嶔岑猛虎场，郁结回我首⑫。自寄一封书，今已十月后⑬。反畏消息来，寸心亦何有⑭。汉运初中兴，生平老耽酒⑮。沉思欢会处，恐作穷独叟⑯。

[题解]

至德二载（757）夏，作于凤翔。杜甫因从长安经过千难万险投奔肃宗，被授予左拾遗，获官后，杜甫想起了已经一年未有消息的鄜州羌村家中妻小，对其生死未卜的命运，十分担忧。

[注释]

① "去年"句：指天宝十五载（756）六月，安史叛军攻破潼关。潼关，在今陕西潼关县。隔绝久：此时杜甫自别妻儿以来将近一年。② "今夏"二句：谓今年夏天，趁着草木已长便于隐蔽，才得以从长安脱身西逃至凤翔。③ "麻鞋"二句：是说在逃奔的路上，衣袖已被荆棘挂破，袖不遮肘，穿着麻鞋见着了天子。麻鞋，用麻绳织成的鞋子，形如草鞋，此为穷苦百姓所穿，形容穿着简陋。④愍（mǐn）：怜悯。老丑：杜甫自谓，形容自己的老瘦憔悴之态。二句谓朝廷和旧亲故朋都很哀怜自己的遭遇。⑤ "涕泪"二句：说自己受封左拾遗官职时，感动得涕泗横流，在流离之中能得此赐封，实感皇上的厚恩。⑥ "柴门"二句：说自己想回去探家，但才得官便提出此项要求，实在不好开口。柴门，指杜甫在鄜州羌村的家。去，前往。⑦三川：旧县名，唐时属鄜州，这里实指鄜州羌村。二句谓向鄜州羌村寄了一封信，但不知家还在否。⑧ "比闻"二句：谓近来听说鄜州一带叛军荼毒生灵，已鸡犬不留。比闻，近来听说。同罹祸，都遭到了祸害。⑨山中：杜甫妻小所寄居的羌村，是鄜州西北二十五里的小山村。户牖：门窗。茅屋、户牖均指杜甫家。二句说不知家中妻儿是否还在。⑩ "摧颓"二句：是推想妻子儿女已死，已埋于树下，尸骨应尚在。摧颓，尸骨横陈貌。⑪ "几人"二句：谓战乱中有几人还

能保存性命,全家团圆?相偶,在一起。⑫嵚岑(qīn cén):山势高峻貌。猛虎场:比喻叛军盘踞横行之地。郁结:心情郁闷不解。二句谓眼望着叛军盘踞之地,使我回头叹息,郁闷满怀。⑬"自寄"二句:谓自从上次向家中寄信至今已有十个月了。⑭"反畏"二句:是说如今反而怕收到家中的消息,恐怕得到的是噩耗。寸心何有,指心中空荡荡的。⑮汉运:实指唐运。中兴:复兴。耽酒:嗜酒。二句说大唐的国运就要中兴,我这嗜酒的老毛病又要犯了。⑯"沉思"二句:在我沉思幻想与家人欢会团聚之时,恐怕实际上我已是一个妻儿俱无的孤寡老人了。穷独叟,孤寡的穷老头。

[评析]

此诗叙述了在凤翔得官后思念鄜州羌村家中妻小的心情。他猜想妻儿在战乱中已为叛军杀害,心中愁肠百结,忧心如焚。用语平实,如话家常。一个情真意切的好丈夫、好父亲的形象,如在目前。申涵光评曰:"此等诗,无一语空闲,只平平说去,有声有泪,真三百篇嫡派,人疑杜古铺叙太实,不知其淋漓慷慨耳。"(《杜诗详注》卷五引)

羌村三首 五古

其 一

峥嵘赤云西,日脚下平地①。柴门鸟雀噪,归客千里至②。妻孥怪我在,惊定还拭泪③。世乱遭飘荡,生还偶然遂④。邻人满墙头,感叹亦歔欷⑤。夜阑更秉烛,相对如梦寐⑥。

[题解]

至德二载(757)闰八月,作于鄜州羌村。杜甫因上疏救宰相房琯得罪于唐肃宗,肃宗墨制杜甫回家探亲。杜甫于本月初一起程赴鄜州羌村与妻儿团聚。此三首诗写他至家中与家人和邻里相聚的情景。

[注释]

①峥嵘：山高貌，这里形容云层似山。日脚：夕阳透过云层下射的光芒。②乌雀噪：乌雀为喜鹊一类，叫为喜兆。《西京杂记》："乾鹊噪而行人至。"此为实写，亦是用典。归客：即行人，杜甫自指。③妻孥（nú）：妻子和儿女。孥，子女。怪我在：料想不到我还活着。怪，出于意料之外。这是战乱时家人重逢的常见心理。杜甫在凤翔时也时常怀疑家人是否还活着："不知家在否。"（《述怀》）惊定：惊魂定后。④遭飘荡：身逢乱世，漂泊流离。"生还"句：侥幸能活着回来。偶然，侥幸。遂，遂愿，指生还。⑤"邻人"二句：谓邻居们隔着矮墙头见到杜甫与家人重逢涕泪交加的情景，也感动得歔欷（xū xī）流泪。歔欷，叹息、悲泣声。歔，即"嘘"。⑥夜阑：夜深。更秉烛：再次举起蜡烛。二句谓不敢相信团聚是真的还是梦境。

[评析]

本诗是写杜甫刚回到家中的情景，妻子见他活着回来，还疑为是在梦中，夜深之后，还端起蜡烛互相对看，不敢相信这就是真的。写出了战乱中偶能逃生与亲人相见的又惊又喜的复杂心情。刻画真实，曲折入微。

其 二

晚岁迫偷生，还家少欢趣①。娇儿不离膝，畏我复却去②。忆昔好追凉，故绕池边树③。萧萧北风劲，抚事煎百虑④。赖知禾黍收，已觉糟床注⑤。如今足斟酌，且用慰迟暮⑥。

[注释]

①晚岁：老年。此年杜甫四十六岁，就已感到老了，他往往自称"老翁"（《对雪》）、"野老"（《哀江头》）、"老夫"（《北征》）等。迫偷生：被迫苟且活着。杜甫身怀致君尧舜之志，但他屡次受挫，不但理想不得实现，反而为生计所迫。如今年已老大，被肃宗斥逐还家，不知前途如何。②"娇

儿"二句:言孩子们经常围绕在膝下,见我心情不佳,没有笑容,又畏我而去。又一说:孩子们生怕我又离家而去,所以围绕膝下,不愿离开。③"忆昔"二句:回想起去年六七月在羌村时,正逢夏时,好乘凉,经常绕着池边的树散步。好(hào),喜好。追凉,追逐凉爽的地方。④"萧萧"二句:现在已是萧萧北风劲起之时,抚事感慨,百虑在怀,十分心焦。此二句触景生情,当前的家事、国事、天下事,都涌上心头。⑤赖知:因知。禾黍收:粮食丰收。已觉:此为推想。糟床注:酒从糟床中流出。糟床,榨酒器具。二句是说听说今年收成好,现在已感到今年有粮食造酒,喝酒不成问题了。⑥足斟酌:酒够喝的了。慰迟暮:宽慰晚年,排遣忧愁。

[评析]

本诗写了杜甫回家之后,心情很压抑,心事重重。儿女们先是围在他膝前亲热,见他不高兴,又一个个走开了。诗人既为将来的生计发愁,又忧心国事,可真是"抚事煎百虑"了。但又一转念,愁有何用?且饮酒自我宽慰吧。

其 三

群鸡正乱叫,客至鸡斗争①。驱鸡上树木,始闻叩柴荆②。父老四五人,问我久远行③。手中各有携,倾榼浊复清④。莫辞酒味薄,黍地无人耕⑤。兵革既未息,儿童尽东征⑥。请为父老歌,艰难愧深情⑦。歌罢仰天叹,四座泪纵横⑧。

[注释]

①"群鸡"二句:写杜甫家中的真实场景,喂了许多鸡子,在院中乱叫、争斗,很生活化。②"驱鸡"二句:主人将群鸡驱上了树,才听到了客人叩门的声音。古代农村有的地方是让鸡子栖在树上的。③父老:指乡邻中上年纪的人。问我:向我慰问。④"手中"二句:谓父老们各自都携带着礼物,其中有酒有菜。倾榼(kē),将酒从酒器中倒出来。榼,一种盛酒的器具。浊复清,酒刚倒出时是浊的,过了一会儿就澄清了。因这些酒是农家自酿的村酒,没有经过过滤。又一说:说带来的酒有浊酒也有清酒。⑤莫辞:休嫌之

意。酒味薄：因是自酿酒，酒的度数不高。黍（shǔ）地：指庄稼地。黍，北方产的一种谷子。这里泛指庄稼。⑥兵革：指战争。儿童：指年轻人，也包括不够年龄而被强征的未成年人。尽东征：指收复两京之役。以上四句是父老所说的话，解释为何酒味薄，是因为儿孙辈都去打仗了，地无人耕种，酿酒用的粮食不够之缘故。⑦"请为"二句：面对乡亲们在艰难生活中的深情厚谊，深愧无以为报，请让我高歌一曲作为谢答。这是杜甫的话。所歌即此诗。⑧"歌罢"二句：谓此歌吟唱完之后，四座乡邻皆为所感，泪流满面。

[评析]

其三是写羌村的父老乡亲携酒前来慰问的情景。在谈话间知道村中的年轻人都被拉去当兵打仗了，土地无人耕种，庄稼歉收。在此艰难困苦的情况下，乡亲们还如此热情地对待自己，诗人深为感动，于是高歌了这首诗，作为对乡亲父老的报答和感谢。

这三首诗，语浅情深，用生动朴实的语言，描写了回到羌村与家人团聚的惊喜及乡邻们的深情厚谊，表达了诗人对家人和乡亲的深切关爱。《唐宋诗醇》评曰："真语流露，不假雕饰，而情文并至。"此组诗为连章诗，一题三首，每首有一重心，三首联系紧密，互为一体。

北 征 五古

皇帝二载秋，闰八月初吉①。杜子将北征，苍茫问家室②。维时遭艰虞，朝野少暇日③。顾惭恩私被，诏许归蓬荜④。拜辞诣阙下，怵惕久未出⑤。虽乏谏诤姿，恐君有遗失⑥。君诚中兴主，经纬固密勿⑦。东胡反未已，臣甫愤所切⑧。挥涕恋行在，道途犹恍惚⑨。乾坤含疮痍，忧虞何时毕⑩。靡靡逾阡陌，人烟眇萧瑟⑪。所遇多被伤，呻吟更流血⑫。回首凤翔县，旌旗晚明灭[13]。前登寒山重，屡得饮马窟[14]。邠郊入地底，泾水中荡潏[15]。猛虎立我前，苍崖吼时裂[16]。菊垂今秋花，石带古车辙[17]。青云动高兴，幽事亦可悦[18]。山果多琐细，罗生杂橡栗[19]。或红如丹砂，或黑如点漆[20]。雨露之所濡，甘苦齐结实[21]。缅思桃源内，益叹身世拙[22]。坡陀望鄜畤，岩谷互出没[23]。我行已水滨，我仆犹木末[24]。鸱鸟鸣黄桑，野鼠拱乱穴[25]。夜深经战场，寒月照白骨[26]。潼关百万师，往者散何卒[27]。遂令半秦民，残害为异物[28]。况我堕胡尘，及归尽华发[29]。经年至茅屋，妻子衣百结[30]。恸哭松声回，悲泉共幽咽[31]。平生所娇儿，颜色白胜雪[32]。见耶背面啼，垢腻脚不袜[33]。床前两小女，补缀才过膝[34]。海图折波涛，旧绣移曲折[35]。天吴及紫凤，颠倒在裋褐[36]。老夫情怀恶，呕泄卧数日[37]。那无囊中帛，救汝寒凛慄[38]。粉黛亦解苞，衾裯稍罗列[39]。瘦妻面复光，痴女头自栉[40]。学母无不为，晓妆随手抹[41]。移时施朱铅，狼藉画眉阔[42]。生还对童稚，似欲忘饥渴[43]。问事竞挽须，谁能即嗔喝[44]。翻思在贼愁，甘受杂乱聒[45]。新归且慰意，生理焉能说[46]。至尊尚蒙尘，几日休练卒[47]。仰观天色改，坐觉妖氛豁[48]。阴风西北来，惨澹随回纥[49]。其王愿助顺，其俗善驰突[50]。送兵五千人，驱马一万匹[51]。此辈少为贵，四方服勇决[52]。所用皆鹰腾，破敌过箭疾[53]。圣心颇虚伫，时议气欲夺[54]。伊洛指掌收，西京不足拔[55]。官军请深入，蓄锐可俱发[56]。此举开青徐，旋瞻略恒碣[57]。昊天积霜露，正气有肃杀[58]。祸转亡胡岁，势成擒胡月[59]。胡命其能久，皇纲未宜绝[60]。忆昨狼狈初，事与古先别[61]。奸臣竟菹醢，同恶随荡析[62]。不闻夏殷衰，中自诛妹妲[63]。周汉获再兴，宣光果明哲[64]。桓桓陈将军，仗钺奋忠烈[65]。微尔人尽非，于今国犹活[66]。凄凉大同殿，寂寞白兽闼[67]。都人望翠华，佳气向金阙[68]。园陵固有神，扫洒数不缺[69]。煌煌太宗业，树立甚宏达㉗。

[题解]

此诗作于至德二载（757）闰八月，题下原注："归至凤翔，墨制放还鄜州作。"所谓墨制，即皇帝所下的不经中书省审议的诏书，实际上是肃宗私人对杜甫的处罚。杜甫五月任左拾遗，因宰相房琯率官军平叛用古车战法，在陈陶斜、青坂为叛军所败，肃宗便罢免了他的宰相之职。杜甫上疏为房琯辩护，触怒肃宗，遭到审讯，为宰相张镐所解救，才得免罪。肃宗从此疏远杜甫。不久，肃宗便墨制令杜甫回鄜州探亲。此诗是杜甫在回到鄜州羌村家中所作。因鄜州在凤翔东北，故题作《北征》。

[注释]

①皇帝二载：肃宗至德二载。闰八月：农历为调整岁差，每三年一闰，五年再闰。这年闰八月，即八月多一个月。初吉：朔日，即八月初一。这种纪年月日的写法，是史书的写法。②杜子：杜甫自称。苍茫：迷茫不清。因路途遥远而感前途苍茫，因心绪不佳而感到迷茫。问家室：即回家探亲。问，探望。③维时：此时。艰虞：指艰难忧患。朝野：即朝廷上下。二句谓是时国家举步维艰，朝廷上下都忙成一片，没有空闲。④顾惭：自觉惭愧。恩私被：皇帝对自己格外加恩。这是门面话，其实是肃宗讨厌他，才让他远离朝廷。归蓬荜：回到家中。蓬荜，指用蓬草和荜草编制的门户，这里代指羌村的茅屋。⑤诣阙下：到宫阙下晋见。诣，晋见。怵惕（chù tì）：惊惧不安。二句谓到宫中拜辞皇帝，感到心中惊惧不安，久未忍出。⑥"虽乏"二句：意思是说虽然自己是个不称职的谏官，但仍坚持谏诤，是因为怕君上有处理不当的地方。遗失，指谋划不周，处事失当。⑦诚：诚然，固然。经纬：本指织布的经线和纬线，此借指治国的方略。密勿：勤勉谨慎。二句是说臣知君上是个中兴之主，但治国务要勤勉谨慎。⑧东胡：指安史叛军，因他们主要是由东北胡人所组成的叛军，故称。臣甫：杜甫自称。这是奏章上所用的字面。愤所切：最愤恨的事。指安禄山反叛一事。⑨恋行在：舍不得离开皇帝的临时驻地。道途：指自己赴鄜州的探亲之路。二句说恋恋不舍地离开皇帝的驻地，一路上心

神未稳、精神恍惚。⑩乾坤：天地，此指普天之下。疮痍：指创伤。忧虞：忧虑。二句谓天下到处是创伤，忧虑何时能结束。自首句以下二十句为第一段，写杜甫辞阙探亲时的忧国之情。⑪靡靡：迟迟貌。《诗经·王风·黍离》："行迈靡靡，中心摇摇。"此用其语。逾：跨越。阡陌：田间小路。南北为阡，东西为陌。眇：稀少。二句说跨过纵横的田埂，只见村野人烟稀少，一片萧条景象。⑫二句谓经过安史叛军的荼毒之后，所见所闻皆是人民的流血和哀叹。⑬"回首"二句：回头遥望渐渐远去的凤翔县，只见旌旗在落日下明灭闪耀。此写杜甫对皇帝行在的留恋之情。⑭寒山：秋天的山已有寒意。重：指山峦重叠。屡得：屡次遇到。饮（yìn）马窟：饮马的井洞和水洼。这意味着此地曾是战场。⑮邠（bīn）郊：邠州的郊野。邠州，在今陕西彬县。入地底：此是杜甫站在高处俯视，邠州是盆地，地处低洼，仿佛邠州的郊野如入地底。泾水：即泾河，是渭水的支流，从邠州北境流过。中：泾水在邠州之中。荡潏（jué）：河水涌流貌。⑯"猛虎"二句：谓怪石如猛虎耸立面前，苍崖的缝隙好像是被猛虎的吼声震裂的。⑰"菊垂"二句：路旁开着菊花，石上带有旧车辙的印痕。垂，伸展，开放。带，一作戴，上承，呈现之意。古车辙，旧车辙。⑱"青云"二句：言山行见青云而引起了兴致，眼前的幽景亦令人心情可悦。动，引起。幽事，指山中幽景。⑲罗生：罗列丛生。橡栗：橡树的果实，橡子如栗而小。⑳"或红"二句：谓山果红黑杂陈，有的红如丹砂，有的黑如点漆。丹砂，即朱砂。点漆，形容小而黑，如漆点一般。㉑"雨露"二句：是说众多的山果树经过雨露的滋润，不管是甜果还是苦果，到了秋天都结实了。濡（rú），沾湿、润泽。以上六句是写山中的令人可悦的"幽事"。此六句看似闲笔，其实闲笔不闲，其言外暗含大自然有好生之德，实比人类社会公平之意。㉒缅思：遥想。桃源：指陶渊明《桃花源记》中的桃源仙景，这是杜甫见山中的幽景所联想的。身世拙：言自己的处境的艰难。二句是说想到世外桃源的美好，更加感到自己所处之世的多灾多难。㉓坡陀（tuó）：冈峦起伏貌。鄜畤（zhì）：昔秦文公设畤于鄜州，故称鄜州为鄜畤。岩谷：高地与洼地。互出没：交替出现。二句言从起伏的山冈上望鄜州，只见一会儿高，一会儿低，鄜州欲隐欲现。㉔"我行"二句：我已经走到了河边，而仆人还在山上。木末，树梢。由于山坡上有树林，从山脚向山上看，行人如走在树梢之上。㉕鸱（chī）鸟：一作鸱枭（xiāo），即鸱鸮，猫头鹰属。黄桑：叶子发黄的桑树。此时已是秋天，故桑叶发黄。拱乱穴：在乱穴中拱手而立。此句指一种能站立，前爪如拱手状的野鼠，一名拱鼠，又名礼鼠。二句写野外傍晚的荒凉景象。㉖"夜深"二句：写深夜所见的战场情景，寒月下累累白骨可见。㉗"潼关"二句：据《资治通鉴》载，至德元载六月，哥舒翰率二十万大军守潼关，坚守不战，以待战机。杨国忠屡迫其出战，后被叛军所败，全军覆没。百万师：百万大军，非实数，此极言其多。散何卒（cù）：溃散得何等仓猝。卒，通"猝"，突然。㉘令：致使。半秦民：一半的秦地人民。为异物：化为鬼类，指人死。二句言遂使半数以上的秦人，战死在沙场上。自"靡靡逾阡陌"以下三十六句为第二段，写在赴鄜州探亲的路上所见所闻，重点在对潼关战场上的目击。㉙堕胡尘：落在了叛军手中，指诗人被叛军押往长安的遭遇。及归：回到鄜州家中。㉚经年：诗人从去年七月离家到今年八月回家，已过了一年时间。至茅屋：回到羌村的家。妻子：妻子和儿女。衣百结：衣服破旧，都是补丁。㉛"恸哭"二句：言恸哭之声与松风共荡，抽泣之泪与悲泉同流。感天动地之谓也。㉜所娇儿：所疼爱的儿子，指宗文、宗武。颜色：脸色。白胜雪：一指皮肤洁白，二指因营养缺乏而贫血。㉝耶：即爷，父亲的口头称呼。背面啼：不敢正面哭泣，因初见父亲，怯生之故。垢腻（gòu nì）：指污垢满身。脚不袜：赤脚穿鞋，脚上没有袜子穿。二句及下面六句，描写家中的贫困。㉞补缀：一作补锭（dìng），缝补。此指打过补丁的衣服。二句写两小女的穿着褴褛。㉟"海图"二句：衣上的补丁是用有图案的旧衣服，上面绣的是波涛翻腾的海图。但图案已裂成了两半，两个补丁的图错乱得对不齐了。折，一作坼（chè），裂开。曲折，对不齐的样子。㊱天吴：神话中的水神，有八首，人面，虎身，十尾。紫凤：与天吴都是旧绣衣上的图案。本来的图案应是紫凤在上，天吴在下，如今的补丁却颠倒了过来。裋褐（shù hè）：一作短褐，短袖的粗衣。以上四句说女儿的衣服是用旧衣服打补丁的，结果将旧的绣衣乱七八糟地补在粗布短衣上。㊲老夫：诗人自指。情怀恶：心情不好。亦指肠胃不好，水土不服。㊳"那无"二句：哪能囊中没有一点布帛来救汝等寒冻之苦呢？意即虽然官职不大，但给你们带些衣物还是有的。寒凛慄，因寒冷而身体发抖。㊴粉黛：女子化妆用的铅粉和画眉的青黑颜料。苞：

一作包。衾裯（qīn chóu）：衾指被子，裯指帐子。稍罗列：依次罗列出来。二句说解开包裹，拿出粉黛等化妆品和被子、帐子等物。㊵面复光：指化了妆后面色光洁。痴女：不懂事的女儿。头自栉（zhì）：自己梳头。栉，梳子，此用作动词。㊶“学母”二句：写两小女儿学母亲化妆事。无不为，指尽学母亲梳妆的动作。随手抹，随手乱涂。㊷“移时”二句：在脸上施朱涂粉，花了好长的时间，又胡乱把眉毛画得宽宽的。朱铅，胭脂和铅粉。狼藉，杂乱无章貌。㊸“生还”二句：能活着回来面对稚小的儿女，把饥渴都忘了。童稚，指幼小的子女。㊹问事：问话。竞挽须：争着扯胡须。嗔（chēn）喝：嗔着面孔呵斥。二句写儿女的娇憨玩闹，自己又不忍吵他们。㊺“翻思”二句：想到身陷贼手时的愁苦，甘愿受儿女的吵闹。翻，反。杂乱聒（guō），乱吵乱闹。㊻新归：刚刚回来。慰意：聊以自慰。生理：生计。二句说回家能见着妻子儿女，就已经很宽慰了，至于今后的生计问题，一时还谈不上，以后再说吧。自“况我堕胡尘”以下三十六句为第三段，写回家与家人团聚之事以及生活困窘之状。㊼至尊：对皇帝的敬称。这里指唐肃宗。蒙尘：指皇帝逃亡在外，此时肃宗在凤翔。休练卒：停止练兵，即平息叛乱，不再打仗。㊽“仰观”二句：借天气变化喻国家形势有所好转。坐觉：遂觉。妖氛豁：指叛军的气焰消散。㊾“阴风”二句：指唐肃宗向回纥借兵事。《资治通鉴》载，至德二载九月，郭子仪向肃宗建议借兵回纥，以助平叛。肃宗采纳了这个意见。阴风、惨澹，皆形容回纥兵的肃杀之气，有贬意。回纥，即今维吾尔族，唐时为西北强族，以勇猛善战著称。㊿其王：指回纥首领怀仁可汗。本年九月，他派其子叶护王子率兵助唐收复长安。愿助顺：愿意帮助唐王朝。其俗：指其民俗。善驰突：善于用骑兵冲锋陷阵。(51)“送兵”二句：言回纥可汗派兵五千（其实回纥只派兵四千余人，这里是举其成数）和一万战马参战。回纥兵作战，一人两匹马，轮流骑换。(52)此辈：指回纥兵。少为贵：越少越好。服勇决：谓回纥兵素以勇敢决断为四方所服。杜甫认为，回纥兵虽然英勇善战，但不好驾驭节制，故越少越好。(53)“所用”二句：其兵都是鹰扬之士，快捷无比，破敌的速度比箭还快。(54)“圣心”二句：肃宗对回纥兵十分满意，而大臣有不同的意见，但都慑于肃宗威势，不敢坚持己见。《资治通鉴》载，肃宗急于要回纥出兵，让太子与叶护结拜为兄弟，并约定：“克城之日，土地、士庶归唐，金帛子女皆归回纥。"圣心，皇帝的心思。虚伫，虚心以待。时议，当时朝廷中不同的意见和议论。气欲夺，因此事皇帝已经定夺，只好忍气吞声，不敢再发表不同意见。㊺伊洛：流经洛阳的伊水和洛水，代指东都洛阳。此时仍为叛军盘踞。指掌收：反掌之间即可收复。西京：指长安。不足拔：言长安的收复更是不在话下。㊻"官军"二句：谓可请官军深入敌巢，乘着锐气一起发兵。这是杜甫的建议。㊼"此举"二句：此次进攻可打下青州、徐州，很快就能拔下恒山和碣石山。青州在今山东，徐州在今江苏。恒山在今河北曲阳，碣石山在今河北昌黎。此二处皆为安史叛军老巢。㊽"昊天"二句：谓秋天正是霜露降落、正气肃杀之季，是进攻叛军的好时机。㊾亡胡岁、擒胡月：二语互文见义。祸转，灾祸已转到叛军身上。二句说现在正是灭胡的日子。㊿胡命：胡人的命数。胡指安史叛军。皇纲：唐王朝的纲纪。二句说叛军的命数不会长久，大唐的皇纲也不应断绝。自"至尊尚蒙尘"以下二十八句为第四段，议论的是国家命运的大事，这里杜甫是以谏官的思维，向皇帝进谏，他建议回纥应限制使用，对叛军应几路进攻，直捣老巢。㉑"忆昨"二句：是指唐玄宗在杨国忠的怂恿下，弃长安西逃，至马嵬驿，士兵哗变，诛杨国忠姊妹，玄宗被迫赐死杨贵妃之事。事与古先别，与古代有所区别。下面四句即叙其别。㉒奸臣：指杨国忠。菹醢（zū hǎi）：剁成肉酱。同恶：指杨国忠的同伙。荡析：被清除。㉓"不闻"二句：从未听说夏桀和殷纣王自己肯主动诛掉自己宠妃妹（mò）喜和妲（dá）己的事。言外之意是说唐玄宗是主动将杨贵妃兄妹诛死的明君，与古代的昏君不一样。妹妲：一作褒（bāo）妲。妹是指夏桀的宠妃妹喜，妲是指殷纣王的宠妃妲己。褒是指周幽王的宠妃褒姒。如作褒妲，则是包括夏、殷、周三代亡国之君的。顾炎武《日知录》云："'不闻夏殷衰，中自诛褒妲'，不言周，不言妹喜，此古人互文之妙。"可备一说。按：此二句是为玄宗回护，所谓为君者讳是也。㉔"周汉"二句：是说唐肃宗是像周宣王和汉光武帝一样的中兴之君。这是杜甫对唐肃宗的一种期待。宣光，周宣王、汉光武帝。明哲，明智。㉕桓桓：勇武貌。陈将军：指为玄宗护驾的龙武大将军陈玄礼。仗钺（yuè）：手持黄钺。钺，大斧，是一种掌握军权的象征。奋：发扬。㉖"微尔"二句：意谓如果没有你陈将军，国人将遭到安史叛军的非人待遇，由于有了你，如今国家依然存在。这是高度赞扬陈玄礼的话。微，没有。此是化用《论语》中孔子赞扬管仲的话"微管仲，吾其被发左衽矣"。⑥⑦大同殿：在长安南内兴庆宫中，玄宗常于此朝见大臣。白兽闼：即白兽门，是长安宫中禁苑的南门。二句谓如今长安仍为叛军所据，长安宫中一片凄凉、寂寞。⑥⑧望翠华：盼望皇帝早日还京。翠华，皇帝的仪仗。佳气：瑞气。金阙：皇宫。⑥⑨园陵：指唐王朝历代先帝的陵墓。固：定。有神：有先人的神灵保佑。扫洒：指拜谒扫墓。数不缺：不缺少礼数。⑦⑩煌煌：光明、辉煌貌。太宗业：唐太宗的伟业。二句赞扬唐太宗伟业，是杜甫对唐肃宗的勉励和期待。自"忆昨狼狈初"以下二十句为第五段，是结束语。其中既有对前事的褒贬，也有对肃宗的劝勉和鼓励。总之是劝谏唐肃宗吸取历史的经验和教训，以唐太宗为榜样，做一个有为的中兴之君。

[评析]

《北征》实际上是杜甫用诗体所写的谏书。从文体制式上讲，它很近于一篇纪实报告。诗的开端有年月日，还有"臣甫"的字样，这说明他的原意是要写给皇帝看的。因为是肃宗特批他回家探亲，故他在诗中除了写辞别皇帝的恋阙之情外，主要写了赴鄜州探亲途中的所见所闻、在家中与亲人团聚的具体情况、对时局的一些看法等，有的是切中时弊的好建议，有的也未必切合实际。诗的最后，勉励肃宗继承光大太宗伟业，做一个像周宣王、汉光武帝一样的中兴之君。由于诗中充满了忧国忧民之情，因此受到后世很高的评价。此诗有一百四十句，七百字，比《自京赴奉先县咏怀五百字》还要长，是杜甫五古中最长的作品，因此被称为是"诗家第一篇大文"（《唐诗别裁》卷二）。此诗的特点是夹叙夹议，既有文的铺陈，也有诗的凝练。诗中议论直率，直击现实，描写细致，以史笔写诗，故后人称为"穷极笔力，如太史公纪传，此固古今绝唱也"（《竹坡诗话》）。虽有溢美之词，也确实道出了其中特点。此诗情感深沉又以入声为韵，体现了沉郁顿挫的风格。

奉和贾至舍人早朝大明宫 七律

五夜漏声催晓箭,九重春色醉仙桃①。旌旗日暖龙蛇动,宫殿风微燕雀高②。朝罢香烟携满袖,诗成珠玉在挥毫③。欲知世掌丝纶美,池上于今有凤毛④。

[题解]

作于乾元元年(758)春。杜甫去年十二月从鄜州返回长安,仍任左拾遗。与贾至、王维、岑参同为僚友。时有唱和,贾至时为中书舍人,作有《早朝大明宫呈两省僚友》诗:"银烛朝天紫陌长,禁城春色晓苍苍。千条弱柳垂青琐,百啭流莺绕建章。剑佩声随玉墀步,衣冠身惹御炉香。共沐恩波凤池上,朝朝染翰侍君王。"杜甫、王维、岑参皆有和作。此为杜甫和诗。大明宫,唐代宫名,又名蓬莱宫,是群臣朝见天子的地方。

[注释]

①五夜:即五更,天将黎明。一夜有五更,五更是最后一更。漏声:古时用漏壶计时,此指漏壶的滴水声。箭:指漏壶上的水标。随着壶水的减少,水标也不断地下降,可辨识时间。九重:天子之居九重,此指大明宫。醉仙桃:指红艳如醉的桃花。首二句点明时间。②旌旗(jīng qí):上面画有龙蛇的旗帜。旌,古代用牦牛尾或兼五采羽毛饰竿头的旗子。旗,同"旗"。燕雀高:燕雀高翔之意。二句写早朝气象。③香烟:指宫殿中香炉的烟气。携满袖:香气盈袖之意。珠玉:指字字珠玑。二句写退朝后作诗的情景。④世掌丝纶:贾曾、贾至父子都做过中书舍人,为皇帝起草诏诰,故称世掌。此诗题下原注云:"舍人先世,尝掌丝纶。"丝纶,帝王诏书称丝纶。《礼记·缁衣》:"王言如丝,其出如纶。"池:凤凰池,即中书省。凤毛:《世说新语·容止》:"王敬伦风姿似父,作侍中,加授桓公公服,从大门入。桓公望之,曰:'大奴固自有凤毛。'"余嘉锡笺疏:"南朝人通称人子才似其父者为凤毛。"此云贾

至之才似其父。二句赞美贾至。

[评析]

贾至及杜甫、王维、岑参四人以早朝大明宫为主题的唱和诗,属于颂诗。其内容和应制诗差不多,以颂美为主,有些点缀升平的味道,从思想内容上无可多言。杜甫在这之前,多写五古、五律和七古,很少写七律。从此之后,杜甫的七律就多了起来,而且愈写愈精,大概与他们这次对七律写作技巧的切磋有些关系。关于对他们七律的评价,清人黄生曰:"合观四作,贾首唱殊平平,三和俱有夺席之意。就三诗论之,杜老气无前,王、岑秀色可揽,一则三春秾李,一则千尺乔松。结语用事,天然凑泊,语更稠挚,故当推为擅场。"(《杜诗说》卷八)从格律上来说,贾、王二诗的尾联与颈联之间皆有失黏之病,杜诗则格律工整严谨,确有胜处。

春宿左省 五律

花隐掖垣暮,啾啾栖鸟过①。星临万户动,月傍九霄多②。不寝听金钥,因风想玉珂③。明朝有封事,数问夜如何④。

[题解]

作于乾元元年(758)春。长安于至德二载(757)九月收复,肃宗于十月还京,杜甫也于本年冬由羌村回到长安仍任左拾遗一职。左拾遗为谏官,属门下省,门下省在殿庑之左,故称左省,又称左掖。此诗是杜甫在左省值夜时所作。

[注释]

① "花隐"二句:写掖垣黄昏时的情景。花隐,是说花被夜幕所掩。掖垣(yè yuán),唐代称中书、门下两省为掖垣。啾啾,鸟叫声。栖鸟,归巢的鸟。过(guō),飞过。"花"字点出是春天,"啾啾"二字衬出黄昏之静。

②星临：星近。万户：指宫中的千门万户。动：闪烁。月傍：月亮靠近。九霄：高空、九天之意。一说是指宫殿之高，喻指帝居之尊。多：指月光之多，明亮之意。二句写出皇宫的月夜，光亮而神秘。这是从视角上写深夜的景色。③听金钥：听到太监用钥匙开门。此指一夜未寝，心盼天明之意。想玉珂：想象天明时百官上朝的马铎的声响。玉珂，马的佩饰。二句从听觉上写宫内外的动静和急盼天明的心情。④明朝：第二天早晨。有封事：是说有密事要上奏。封事，密封的奏章。夜如何：是夜间几时了。即表明着急的心情。尾联写关心国事。

[评析]

杜甫是一个兢兢业业、恪尽职守的谏官。因在宫中门下省值夜，他竟一夜未睡，等待着天明上奏章，其敬业之精神，可见一斑。此诗层次分明，结构严谨。首联写花隐暮色、归鸟投林，是写黄昏；颔联写星临万户、月傍九霄，是写夜深；颈联写整夜不寐，心盼天明，是写情切；尾联写心牵国事，急于上奏，点出不寐之原因。此诗还善于炼字。如"临"字、"傍"字、"动"字、"多"字等，皆生动有神。明唐元竑称此诗为"五言近体中之精妙者"（《杜诗捃》卷一），的确如此。

曲江二首 七律

其 一

一片花飞减却春，风飘万点正愁人①。且看欲尽花经眼，莫厌伤多酒入唇②。江上小堂巢翡翠，苑边高冢卧麒麟③。细推物理须行乐，何用浮名绊此身④。

[题解]

作于乾元元年（758）暮春。杜甫虽然仍担任左拾遗一职，但并不受到重视。他的好友房琯和贾至等人,都先后被贬出朝,杜甫也被认为是房琯一党,有志不得伸。在这种情况下,他只好借酒浇愁,醉卧江头,以遣忧闷。

[注释]

①减却春:春色减少。万点:指花飞满天,到处都是。二句谓"一片花飞"即可使春天减色,"风飘万点"就将整个春天送走了。②欲尽花:将落尽之花。伤多酒:因悲伤而多饮之酒。二句谓面对落花满眼,无限惆怅,而无可奈何,且纵情饮酒,以遣忧怀吧。③江上小堂:曲江上的亭堂。巢翡翠:指翡翠在小堂内作巢,可见其荒废已久。翡翠,一种小鸟,红羽名翡,绿羽名翠。苑边:指芙蓉苑的旁边。高冢:高大的坟墓。卧麒麟:石麒麟倒卧在墓下。谓墓的主人已败亡,其坟墓已久无人祭扫。二句言安史之乱已打破正常的社会秩序,皇家的宫苑由盛至衰,昔日的达官贵人也有败落之时,人生真是富贵无常。④物理:万物盛衰之理。绊此身:为虚名所牵绊。此是牢骚之语。其言外之意是,多少达官贵人都免不了有此下场,我这个小小的拾遗,又算得上什么呢?

[评析]

由落花而想到春之不能久,由翡翠巢堂和麒麟倒卧而想到富贵之不能久,由细推盛衰之理而想到浮名之不能久,杜甫此时的思想非常矛盾,真是进亦忧,退亦忧,只想用纵酒来暂时消忧解愁。杜甫已知自己在朝将不能久,心中已萌退志。

其 二

朝回日日典春衣,每日江头尽醉归①。酒债寻常行处有,人生七十古来稀②。穿花蛱蝶深深见,点水蜻蜓款款飞③。传语风光共流转,暂时相赏莫相违④。

[注释]

①朝回:下朝之后。典春衣:将春衣典当。江头:曲江江边。日日典春衣,说明经济之拮据,没钱买酒喝,只有典当春衣才能尽得一醉。②寻常:日

常、平常。此是常义,寻常还有数字的意义。古时以七尺为一寻,两寻为一常。故能与下句的"七十"相对仗。此为借对。七十古来稀:当是古谚语,杜甫引入诗中。后称"七十"为古稀之年,本源于此。③穿花蛱蝶:蝴蝶在花丛中穿来穿去。深深见:谓蝴蝶入花丛之状。点水蜻蜓:蜻蜓在水上飞行,时常在水面上点一下,一触即起,称之为蜻蜓点水。④传语:寄语。风光:指春光。共流转:与我一起盘桓相与。相赏:共同欣赏。这是对春光说的话。二句说愿与春光相与相赏,不要失去这美好的时刻。

[评析]

此诗写诗人尽日在江头典衣买酒,取醉而归。人生短暂,虽处处酒债亦不为辞。穿花之蝴蝶,点水之蜻蜓,是何等自由自在,能与春光为友,相与相赏,是何等之乐事也。此貌似达语,实则为伤心语也。两诗皆为七律。其诗格律之工整、对仗之巧妙,诗思流丽,表现出杜甫七律之作有显著进步。尤其是"酒债寻常行处有,人生七十古来稀。穿花蛱蝶深深见,点水蜻蜓款款飞"两联,更是为人赞赏。以"寻常"借对"七十",更是诗词修辞的一个著名的凡例。

义鹘行 五古

阴崖二苍鹰,养子黑柏颠①。白蛇登其巢,吞噬恣朝餐②。雄飞远求食,雌者鸣辛酸③。力强不可制,黄口无半存④。其父从西归,翻身入长烟⑤。斯须领健鹘,痛愤寄所宣⑥。斗上捩孤影,噭哮来九天⑦。修鳞脱远枝,巨颡拆老拳⑧。高空得蹭蹬,短草辞蜿蜒⑨。折尾能一掉,饱肠皆已穿⑩。生虽灭众雏,死亦垂千年⑪。物情有报复,快意贵目前⑫。兹实鸷鸟最,急难心炯然⑬。功成失所往,用舍何其贤⑭!近经氵鹿水湄,此事樵夫传⑮。

飘萧觉素发,凛欲冲儒冠⑯。人生许与分,只在顾盼间⑰。聊为义鹘行,用激壮士肝⑱。

[题解]

乾元元年(758)春,作于长安。这是首寓言诗,诗中写了一只健鹘,为一鹰所请,杀死大蛇为鹰雏报仇的故事。这虽是来自于民间传说,杜甫却在诗中为之立传,不啻是一篇太史公的《游侠列传》。意在弘扬侠风,激励正气,敢与社会上的邪恶势力做斗争,表现出杜甫性格中刚烈侠义的一面。

[注释]

①阴崖:在山崖的背阳之处。养子:养育鹰雏。黑柏颠:在黑色柏树的树顶上。颠,顶处。②朝餐:当作早饭。前四句是说在山阴的一棵柏树上,有两只苍鹰,它们养的一窝鹰雏,被一只白蛇当作早餐吃掉了。③"雄飞"二句:谓此时雄鹰正到远处寻食,母鹰正感悲痛。④力强:指白蛇凶猛力大。黄口:指雏鹰。因幼鸟的口呈黄色,故称黄口。无半存:都被蛇吃掉了,一个也没留下。⑤其父:指雄鹰。入长烟:飞入长空之中。二句说雄鹰回巢听说雏鹰为蛇所吞,便翻身远飞长空寻找猛隼来报仇。⑥健鹘(hú):雄健的鹘鸟。鹘,即隼,一种凶猛的鹰类。"痛愤"句:意谓雄鹰把自己的痛愤都宣讲给鹘听,并将复仇的希望寄托在鹘身上。⑦斗:通"陡"。掠(liè):回旋。孤影:指鹘的身影。嗷(jiào)哮:厉声长鸣。二句说健鹘陡然翻上长空,然后厉声又从高空俯击而下。⑧修鳞:指长蛇。脱远枝:指长蛇被健鹘从高枝上击下来。巨颡(sǎng):指长蛇的大脑袋。拆:撕裂。老拳:指健鹘的劲爪。二句说健鹘将长蛇从树上击下,用劲爪将蛇头撕裂。⑨"高空"二句:说白蛇在高空中尚能挣扎几下,摔到草地上就不会动了。蹭蹬(cèng dèng),失势挣扎貌。短草,指草地,此指地面。辞蜿蜒,即不会爬行了。蜿蜒,蛇曲折爬行貌。⑩"折尾"二句:说白蛇虽还能折尾摆动一下,但其肠子已被健鹘啄穿。一掉,摆动一下。饱肠,指白蛇刚吃过一窝鹰雏,故谓饱肠。⑪"生虽"二句:虽说白蛇在生前能吞食众鹰雏,但其死也能垂戒千年。⑫物情:理之常情。有报复:即一报还一报之意。快意:最令人痛快的事。贵目前:最好的是

得现报。⑬兹：指健鹘。鸷鸟：猛禽。最：最厉害的。急难：急人所难。心炯然：心地光明貌。⑭"功成"二句：谓功成而去，不求报答，能进能退，何其贤德。《论语·述而》："用之则行，舍之则藏。"此用其意。⑮潏（jué）水：渭水的支流，流经长安。湄（méi）：水边。二句说明故事来源：是从潏水边的樵夫那里听来的。⑯飘萧：头发稀疏貌。冲儒冠：谓素发冲冠，为之感动。儒冠，儒生之冠，指诗人自己。⑰许与分：应许的情分。顾盼间：指时间很短，来不及仔细考虑。二句是说这种侠义之人，只要一诺相许，在顾盼之间即可行事，用不着患得患失来考虑。⑱激壮士肝：激励壮士的侠肝义胆。

[评析]

唐代崇尚行侠仗义，举世都有一种侠风，杜甫的好友李白就是这样的一个"好任侠"的行侠仗义之人。杜甫的家族中也有这种崇尚侠义的传统。其先祖杜叔毗，因其兄为曹策所害，曾白昼手刃仇人，而后从容面缚请就戮；杜甫的叔父杜并，在十六岁那年，为父报仇而死，人称之为"孝童"。杜甫也继承了家传的侠义精神，为了疏救房琯，他抗颜犯上，受到了肃宗的贬斥，心中有不平之气，于此诗中发之，故后人评曰："子美千古大侠，司马迁之后一人。子长为救李陵，而下腐刑；子美为救房琯，几陷不测，赖张相镐申救获免，坐是蹉跌，卒老剑外，可谓为侠所累。"（《杜诗胥抄·大凡》）

瘦马行 七古

东郊瘦马使我伤，骨骼硉兀如堵墙①。绊之欲动转欹侧，此岂有意仍腾骧②。细看六印带官字，众道三军遗路旁③。皮干剥落杂泥滓，毛暗萧条连雪霜④。去岁奔波逐余寇，骅骝不惯不得将⑤。士卒多骑内厩马，惆怅恐是病乘黄⑥。当时历块误一蹶，委弃非汝能周防⑦。见人惨澹若哀诉，失主错莫无晶光⑧。天寒远放雁为伴，日暮不收乌啄疮⑨。谁家且养愿终惠，更试明年春草长⑩。

[题解]

作于乾元元年（758）冬。杜甫于本年六月被贬为华州司功参军，此诗作于华州（今陕西华县）。杜甫见有一病马被官军遗弃在郊外，感念此马曾为平叛立过战功，如今老病而被弃，心有凄然，故作诗以悲之。

[注释]

①碑兀（lù wù）：岩石突兀耸立貌，此喻马的瘦骨嶙峋状。如堵墙：因瘦而单薄得像一堵墙。②绊之：牵它一下。转：转而。欹（qī）侧：歪歪斜斜，欲倒的样子。指病马体弱，站不稳。腾骧：飞腾奔跑。二句说这匹老马，你牵动一下，虽歪歪斜斜站不稳，但好像还有奔腾飞跑之意。意即它仍有为国建功立业驰骋疆场的愿望。③六印带官字：马身上烙有六个印，其中带有官字，说明它是官马。三军：古代军制，诸侯大国有上中下三军，又指步、车、骑三军。此泛指军队。④毛暗萧条：毛色发暗，而且稀少。⑤"去岁"二句：去年奔波在战场上的战马扫荡残余的叛军，当时即使像骅骝这样的骏马未经训练也上不了战场。骅骝，骏马名。不惯，未经调教，不习惯打仗。将，与，共。⑥内厩马：皇帝御厩中的御马。惆怅：为瘦马而愁叹。乘黄：一种千里马的名字。二句意思是这匹病马很可能就是御厩中的御马。⑦历块：马走如飞，越过城池就如越过小土丘，一闪而过。王褒《圣主得贤臣颂》："过都越国，蹶如历块。"此指征战逐寇。误一蹶：即马失前蹄之意，不小心失足。委弃：被抛弃。二句是说，当时追赶敌寇时，跑得太快，误失马蹄，后被官军所遗弃，也是你所预防不到的。此处杜甫是以马失足而喻自己疏救房琯而得罪了皇帝，从而自己被贬官，这是自己不曾想到的。⑧失主：失去了主人的欢心。错莫：索寞、落寞、失意。无晶光：无精打采的样子。⑨远放：在远地放牧。雁为伴：只有大雁做伴，云其处地荒凉，孤寂无伴。不收：无人收管。乌啄疮：马背之疮任乌鸦所啄，受尽欺负之意。⑩"谁家"二句：希望有人能收养这

匹瘦马，待到明年春草茂盛之时，再试此马，其材必有可观。

[评析]

此诗表达诗人对一个曾立过战功的病马老病伤残而被弃的命运十分同情。昔"田子方曰：'少尽其力而老弃其身，仁者不为也。'束帛而赎之。穷士闻之，知所归心矣"(《韩诗外传》卷八)。杜甫这首《瘦马行》与其旨相似。杜甫对唐肃宗可谓忠心耿耿，为投奔肃宗，他曾为叛军所俘，押往长安，他又千方百计历尽艰险从长安出逃，奔往肃宗行在。在谏官任上，他屡进谠言，却因一言不合肃宗之意，就被贬斥出朝，与病马之遭遇，何其相似！诗的末二句表明，他希望当政者能够体会他一个老臣的忠贞，相信他的才能，能够再起用他。其用心可谓良苦。

望 岳 七律

西岳崚嶒竦处尊，诸峰罗立如儿孙①。安得仙人九节杖，拄到玉女洗头盆②？车箱入谷无归路，箭栝通天有一门③。稍待秋风凉冷后，高寻白帝问真源④。

[题解]

作于乾元元年（758）夏，时杜甫任华州司功参军。此首《望岳》望的是西岳华山，在华州（今陕西华县东南）。此次杜甫并未登上华山，只是远望。他打算等到秋天天气凉爽时，再登上华山。

[注释]

①西岳：华山在五岳中位于西部，故称西岳。崚嶒（léng céng）：山高峻突兀貌。竦（sǒng）处尊：在众峰中最为崇高。尊，地势最高。诸峰：指在华山下的众峰。罗立：环绕而立。如儿孙：是说华山主峰犹如一个长者，高高耸立，而四周的小山如儿孙拱立。②"安得"二句：写的是诗人的愿望。

意谓若能拄得仙人的九节杖登到山顶去看一看玉女的洗头盆该有多好。九节杖，《列仙传》："王烈授赤城老人九节苍藤竹杖，行地马不能追。"玉女洗头盆，《集仙录》："明星玉女居华山祠，前有五石臼，号曰玉女洗头盆。"③车箱入谷：华山有车箱谷，深不可测。车箱，指山谷狭窄，仅能容下一驾车的车箱，不能回旋，故此句后称"无归路"。箭栝（guā）：指箭杆尾部，有一凹槽，为扣弦之用。此形容山顶的微凹处似箭栝。通天有一门：指微凹处有一通天门，可直上峰顶。二句极写华山奇险高峻，路狭难登。④白帝：古称少昊为白帝，是管理西岳和掌管秋天的神灵。真源：仙人的居所。二句是说，诗人将来要上华山寻仙访道。

[评析]

杜甫被贬华州司功参军，心中比较郁闷，很想到处转一转，散散心，眼前的西岳，正是绝佳处，但由于天气炎热，未敢登临，只好远望。此诗全从"望"字着眼：首联先写华山之大势，主峰巍峨耸立，众峰罗立四周，真如一丈人为一群儿孙所拱围也。颔联写想象，何时才能得仙人之助，到山顶一览神仙之迹？颈联写华山奇险难行之状，下有车箱难回之谷，上有箭栝通天之门。尾联写登上绝顶的愿望，只有待以来日了，天气凉爽之时，一定要实现这个愿望。此诗写得古朴苍劲，写华山之特色，"无一句移得岱宗、嵩、衡"（《义门读书记》），与早年写泰山的《望岳》，心境也大有不同。那时年轻气盛，也正当盛唐时代，其诗"会当凌绝顶，一览众山小"写得极有气概，而这首诗却有几分苍老之意，须借助于"仙人九节杖"，方可登山，盖时代不同，年龄不同，心境也就不一样了。

九日蓝田崔氏庄 七律

老去悲秋强自宽，兴来今日尽君欢①。羞将短发还吹帽，笑倩旁人为正冠②。蓝水远从千涧落，玉山高并两峰寒③。明年此会知谁健，醉把茱萸仔细看④。

[题解]

乾元元年（758）秋，作于蓝田崔氏庄，时杜甫仍在华州司功参军任上。九日，即九月九日重阳节。蓝田，唐属京兆府，故城在今陕西蓝田县西。崔氏庄，即王维内兄崔季重（一云为其内弟崔兴宗）的别业，又称东山草堂，在蓝田县东南。

[注释]

①老去：此诗人自指，谓年已老衰。其实杜甫此年仅四十七岁。强自宽：勉强自我安慰。尽君欢：与君玩个痛快。君，指崔氏。首联二句点出此诗宗旨，意在会友尽兴。②"羞将"二句：《晋书·孟嘉传》载，孟嘉为征西将军桓温参军时，很受器重。九月九日桓温在龙山举行宴会，一阵秋风将孟嘉的帽子吹落，孟嘉没有发觉，桓温让人作文嘲之。孟嘉看过后，即著文答之，其文甚美，一时孟嘉落帽便传为佳话。杜甫此联反其意而用之，以不落帽为风流。二句意谓风休要将我的帽子吹落，露出一头稀疏的短发，该多难为情，于是笑着请人为他正了正帽子，好戴牢固一些。倩（qìng），请。颔联写宴会上的趣事。③蓝水：一名蓝溪，源出于陕西商州西北秦岭，西北流过蓝田县界，流入灞水。千涧：指蓝水上游的众多小溪谷。玉山：即蓝田山，在县东二十八里，因产玉，故称玉山。两峰：《华山志》载，岳东北有云台山，两峰悬绝。颈联二句写眼前之景。④明年此会：即来年的蓝田重阳之会。知谁健：明年重阳谁还健在呢？此应首句"老去悲秋"意。醉把：醉中把看。茱萸：一种能避邪祛病的香草。古代九月九日登高，有佩茱萸的习俗。仔细看：认真反复地看，有珍重此会之意。此句应诗题"九日"。尾联二句照应诗题及首句。

[评析]

杜甫四十多岁就已满头华发，自称"老翁"、"野老"，这是艰难的生活和残酷的政治环境造成的。此诗就九日登高"老来悲秋"为主题，写了与崔氏等人的蓝田九日之会，内容有些悲凉气氛。虽然他"强自宽"，故作旷达，在颈联中写出"蓝水远从千涧落，玉山高并两峰寒"这样的劲拔之句,但从"落"字与"寒"字仍能看出他的悲凉之感。诗的结语也对未来不抱多大希望,感叹:明年此会知谁健?一次又一次的政治打击,使他备受折磨,他又怎能高兴得起来呢?此诗在写作上很有特点。宋人杨万里曰:"唐七言律,句句字字皆奇。如杜《九日》诗,绝少。首联对起,方说悲忽说欢,顷刻变化。颔联,将一事翻腾作二句。(孟)嘉以落帽为风流,此以不落为风流。最得翻案妙法。入至颈联,笔力多衰,复能雄杰挺拔,唤起一篇精神。结联意味深长,悠然无穷矣。"(转引自《杜诗详注》卷六引)

忆弟二首 五律,选一

且喜河南定,不问邺城围①。百战今谁在,三年望汝归②。故园花自发,春日鸟还飞③。断绝人烟久,东西消息稀④。

[题解]

作于乾元二年(759)春,时杜甫离开华州到洛阳探亲,此诗题下原注"时归在河南陆浑庄"。陆浑庄在洛阳东偃师西北二十五里。开元二十九年(741),杜甫在陆浑庄筑土室居住。诗中所忆之弟为杜颖,杜颖曾在济州临邑(今属山东)任主簿,因战乱不得归乡。杜甫回到陆浑庄家中,十分想念他,故作此诗。

[注释]

①河南定:时河南道已被官军收复。邺城围:此时官军数十万人正在围攻邺城(在今河南安阳)。②今谁在:家中亲人还有谁活着。三年:从洛阳陷入安史叛军手中,至今已有三年。望汝归:盼望着弟弟回家。③故园:指家园陆浑庄。二句说,春日里只见家园中花自开鸟自飞,可是亲人都不见了。④断绝人烟:指家乡因战乱已人烟稀少。东西:东指弟杜颖的所在地济州,西指家

园陆浑庄。二句说很久没有听到弟弟的消息了。

[评析]

安史之乱造成了中原人烟断绝，亲人离散。杜甫回到陆浑庄后，家中已空无一人。他的一个弟弟远在千里之外的济州，三年来一直没有消息，因此他十分想念。这首律诗首联失对，似是写了之后，就无暇修改，也似乎为了保存当时心境的真实状况，就一由旧章，干脆不改，以保持原貌。

得舍弟消息 五律

乱后谁归得，他乡胜故乡①。直为心厄苦，久念与存亡②。
汝书犹在壁，汝妾已辞房③。旧犬知愁恨，垂头傍我床④。

[题解]

作于乾元二年（759）春。杜甫在陆浑庄终于得到了弟弟的消息，但是其弟之妾已经离开了杜家。

[注释]

① "乱后"二句：乱后有几个能回到家乡的，留在未遭战乱的他乡反而比故乡好。因其故乡是战乱的重灾区，所以杜甫才说此话。②心厄苦：心中痛苦。与存亡：亲人的生死存亡。与，指亲人。二句说，因惦念亲人的生死，一直感到心中十分痛苦。③汝书：你的书法。已辞房：是说弟妾已经改嫁他方。④ "旧犬"二句：只有家中的老犬，还对我恋恋不舍。意指家中已经无人。

[评析]

前诗说舍弟三年一直无消息，令诗人愁思难解，今日忽然得到了舍弟的消息，可还是高兴不起来，因为其弟媳已离家别去，其弟若是回家了，让他情何以堪？此诗以朴素的诗句写出了妻离子散的人间悲情。此诗颔联和颈联失黏，颈联又有两个"汝"字，作为律诗，不大工整，但感情悲切，急不择语，也在理中。

不 归 五律

河间尚征伐，汝骨在空城①。从弟人皆有，终身恨不平②。数金怜俊迈，总角爱聪明③。面上三年土，春风草又生④。

[题解]

作于乾元二年（759）春，时杜甫在洛阳。诗为悼念战乱中死于河间的堂弟而作。

[注释]

①河间：今河北河间市。尚征伐：现在仍在与叛军作战。尚，仍然。汝骨：从弟的尸骨。空城：指河间，因激战，死亡人很多，河间已是空城一座。河间在天宝十四载（755）冬，就陷落在安史叛军之手，杜甫的从弟就是那时遇害的。二句说河间一带仍在征战，你的尸骨就埋葬在这座空城中。②从弟：堂弟。二句说，谁没有堂兄弟呢，如今我却没有了，这使我恨恨不已。③数金：点数金钱。汉代童谣有"河间姹女工数钱"，因联想从弟小时既精于计算，也舍得花钱。俊迈：俊逸豪爽之意。总角：头有两个小丫角，古时儿童的打扮，此指儿童时代。爱聪明：可爱聪明。④"面上"二句：是说从弟已死三年了，坟上已长满了青草。

[评析]

杜甫的家人因战乱或离散，或出走，或死于非命。生逢乱世，杜甫和家人深受其害。此次回乡探亲，亲人未见到一个，得到的坏消息可是不少，这怎能让杜甫不悲伤呢？杜甫这首诗可谓字字血，声声泪。

洗兵马 七古

中兴诸将收山东，捷书夜报清昼同①。河广传闻一苇过，胡危命在破竹中②。只残邺城不日得，独任朔方无限功③。京师皆骑汗血马，回纥喂肉蒲萄宫④。已喜皇威清海岱，常思仙仗过崆峒⑤。三年笛里关山月，万国兵前草木风⑥。成王功大心转小，郭相谋深古来少⑦。司徒清鉴悬明镜，尚书气与秋天杳⑧。二三豪俊为时出，整顿乾坤济时了⑨。东走无复忆鲈鱼，南飞觉有安巢鸟⑩。青春复随冠冕入，紫禁正耐烟花绕⑪。鹤驾通宵凤辇备，鸡鸣问寝龙楼晓⑫。攀龙附凤势莫当，天下尽化为侯王⑬。汝等岂知蒙帝力，时来不得夸身强⑭。关中既留萧丞相，幕下复用张子房⑮。张公一生江海客，身长九尺须眉苍⑯。征起适遇风云会，扶颠始知筹策良⑰。青袍白马更何有，后汉今周喜再昌⑱。寸地尺天皆入贡，奇祥异瑞争来送⑲。不知何国致白环，复道诸山得银瓮⑳。隐士休歌紫芝曲，词人解撰清河颂㉑。田家望望惜雨干，布谷处处催春种㉒。淇上健儿归莫懒，城南思妇愁多梦㉓。安得壮士挽天河，净洗甲兵长不用㉔。

[题解]

乾元二年（759）二月，作于洛阳。诗题一作"洗兵行"，题下原注："收京后作。"作此诗时，郭子仪、李光弼等九个节度使率二十万兵马将安庆绪合围在邺城，杜甫闻此消息十分高兴，认为官军胜利指日可待，平叛战争即将结束。于是乐观地认为可以净洗兵器和战马，收兵于库、放马南山了，于是命诗题为"洗兵马"。

[注释]

①中兴诸将：指成王李俶、郭子仪、李光弼、王思礼等。山东：指华山以东的地区。夜报清昼同：即日夜不断地传来。②河广、一苇：《诗经·卫风·河广》："谁谓河广，一苇航之。"此用其语，指渡过黄河很容易。"胡危"句：谓叛军命运处于迅速的崩溃中。③邺城：在今河南安阳境内。朔方：指朔方节度使郭子仪。郭子仪的朔方军，是肃宗平叛最倚重的力量。但九节度使不设主帅，只让一个宦官鱼朝恩为观军容使，杜甫深以为忧，故希望独任郭子仪。④京师：指长安。汗血马：回纥的良马，其脖下一孔出汗如血色，故称。喂肉：指回纥兵用肉来喂马。蒲萄宫：汉代上林苑中有葡萄宫，汉元帝曾在此接待单于，此指回纥在长安的住处。《资治通鉴》载：至德二载（757）十月，"回纥叶护自东京还，上命百官迎至于长乐坡，上与宴于宣政殿"。此借喻此事。⑤皇威：朝廷的威势。清海岱：扫清海岱。此指已清除了今山东一带的叛军，故句首云"已喜"。海岱，泰山和沿海一带，即今之山东地区。仙仗：指皇帝的仪仗。过崆峒：路过崆峒山，肃宗曾经路过此处，故句首云"常思"。⑥"三年"二句：谓三年抗战，军士奔走关山打仗，天下百姓饱受战乱之苦。三年，指自安史之乱爆发，至今已有三年。笛里关山月，《关山月》是汉乐府《横吹曲》名。内容多写征战之苦，战士常用笛子来吹奏它。万国，万方，天下。兵前草木风，言百姓在战乱中风声鹤唳，备受惊吓。以上十二句为第一段，言前线捷报频传，破敌在即，好不容易有如今的大好局面，劝肃宗要倍加珍惜。⑦成王：即李俶，封为成王，后立为太子，改名李豫，即位后为唐代宗。功大：成王在收复两京时为天下兵马大元帅，立有大功。心转小：变得谦虚谨慎起来。郭相：即郭子仪，他曾一度为中书令，故称其为"相"。⑧司徒：指李光弼，他曾加封为检校司徒。清鉴：识见清远。尚书：指王思礼，时任兵部尚书。气与秋天杳：言其气度如秋空一样高远。⑨二三豪俊：指上述李俶、郭子仪、李光弼、王思礼等人。为时出：指他们是应运而生。整顿乾坤：指光复大业、重建河山。济时：救危济困之意。了：完成。⑩"东走"二句：人们从此不用东走西藏躲避战乱，可以安居乐业了。忆鲈鱼，借用晋代张翰见秋风起思家乡莼菜、鲈鱼而辞官东归的故事（见《晋书·张翰传》）。南飞，曹操《短歌行》："月明星稀，乌鹊南飞。绕树三匝，无枝可依。"安巢鸟，此

反曹操诗意,谓战乱平息,人民可以像安巢鸟一样安居乐业了。⑪青春:春天,此以春天比喻朝廷的新气象。冠冕:本指官员的官帽,此代朝臣。紫禁:指皇宫。烟花:指春天的景色。二句言朝臣们又重新入朝上班,皇宫里一派青春气象。⑫鹤驾:太子的车驾。凤辇:指肃宗的宫辇。鸡鸣:天明。问寝:指肃宗和太子李俶向太上皇李隆基问安之事。龙楼:指太上皇所居之宫殿。自"成王功大"以下十二句为第二段,写李俶、郭子仪等人的丰功伟绩,安定天下,使朝廷恢复了正常的活动。⑬攀龙附凤:指攀附皇帝和皇后的小人。二句指封爵之滥,那些在肃宗和张皇后周围的李辅国、王玙等阿谀奉承之辈,他们一个个都封官加爵,飞黄腾达。⑭汝等:指李辅国之流。蒙帝力:靠蒙受皇帝的偏私。"时来"句:是说他们一时走运,并非自己有才能。⑮关中:指今陕西关中地区。萧丞相:汉高祖时丞相萧何,楚汉相争时,他在关中留守。此以萧何比喻房琯。张子房:汉高祖的谋士张良。此喻张镐。这里杜甫是提醒肃宗,应该继续起用房琯和张镐。⑯张公:指张镐。江海客:性简澹,不以权势为重。⑰"征起"二句:张镐被起用的时候,适逢风云际会,任宰相时对唐王朝扶危济困,屡出良策。⑱青袍白马:用梁侯景叛变之事,来喻安禄山、史思明。《梁书·侯景传》载:"普通中,童谣曰:'青丝白马寿阳来。'后景果乘白马,兵皆青衣。"后汉:指汉光武帝。今周:指周宣王。杜甫将肃宗比作汉光武帝和周宣王,希望他能成为中兴之主。自"攀龙附凤"以下十二句为第三段,指斥李辅国一类的奸佞小人,规劝肃宗重用房琯和张镐这些贤良大臣。⑲寸地尺天:指普天之下。争来送:是说当时有些官民为阿谀迎合肃宗,争献祥瑞,以求封赏。⑳白环、银瓮:指所献祥瑞之物。白环,《竹书纪年》:"帝舜九年,西王母来朝,献白环、玉玦。"银瓮,《孝经援神契》中说,有宝物银瓮,不汲自满。二句用"不知"、"复道"二语,表示诗人对祥瑞之物的怀疑和对王玙等人专事献媚之事的不满。㉑"隐士"二句:意在讽刺投机献媚之徒。是说所谓的"隐士"也不再唱《紫芝曲》,而纷纷出世求官了,所谓的"词人"也争写《河清颂》一类的颂歌来讨好皇帝。紫芝曲,汉初隐士商山四皓曾作《紫芝歌》。清河颂,应作"河清颂",因与上句中"紫芝曲"相对仗,故改"河清"为"清河"。南朝宋文帝时,黄河水变清,鲍照以此为太平吉兆,写了《河清颂》。此指歌颂太平的诗文。㉒"田家"二句:时值春耕天旱，田家期盼老天下场雨，因布谷鸟已处处催人早日播种了。催春种：布谷鸟的叫声似"播谷插禾"，好像在催春播种。㉓淇上健儿：指此时在邺城打仗的战士。淇上，淇水在邺城附近，此以代邺城周围。归莫懒：意即打完仗早日归家。城南思妇：指战士的妻子。城南，长安城南，此为泛指。沈佺期《独不见》："白狼河北音书断，丹凤城南秋夜长。"高适《燕歌行》："少妇城南欲断肠，征人蓟北空回首。"㉔"安得"二句：意谓希望壮士能力挽天河之水，即平定叛乱，净洗甲兵，从此天下太平，人们安居乐业。挽天河，一意为挽来天河之水，净洗甲兵；一意为挽来天河之水，解除旱灾。诗中二意兼而有之。从"寸地尺天"以下十二句至结束，为第四段。痛斥宵小之辈争相阿谀奉承以邀私利；关心农民和农业生产，望天降大雨，解除干旱，并净洗甲兵，使天下太平，人民安居乐业。

[评析]

《洗兵马》一诗，是杜甫在九节度使围攻邺城、叛军命运岌岌可危的形势下写出来的，所以诗中充满即将胜利的喜悦、对诸将功勋的歌颂、对宵小得势的忧虑及对未来天下太平的期盼，心情十分亢奋。但使杜甫未料到的是，邺城之役却战败了，使得唐王朝的这场平叛战争进行了长达八年之久。使战乱早日结束，使天下早日太平，使人民安居乐业，一直是诗人的一个美好愿望。这个愿望，就充分体现在这首诗中。此诗虽是七古，却形似排律。诗中的对偶句和律句非常之多，且十二句一转韵，转韵时平仄相间，显得声韵铿锵，气势恢宏，可见作者之匠心。王嗣奭评曰："此诗四转韵，一韵十二句，句兼排律，自成一体。而笔力矫健，词气老苍，喜跃之象，浮动笔墨间。"（《杜臆》卷三）

赠卫八处士 五古

人生不相见，动如参与商①。今夕复何夕，共此灯烛光②。

少壮能几时，鬓发各已苍③。访旧半为鬼，惊呼热中肠④。焉知二十载，重上君子堂⑤。昔别君未婚，男女忽成行⑥。怡然敬父执，问我来何方⑦。问答未及已，驱儿罗酒浆⑧。夜雨剪春韭，新炊间黄粱⑨。主称会面难，一举累十觞⑩。十觞亦不醉，感子故意长。明日隔山岳，世事两茫茫⑪。

[题解]

作于乾元二年（759）春，杜甫回乡探亲，同时寻访在洛阳地区的亲友，卫八处士就是杜甫年轻时的朋友。二十年后才得重逢，真是悲喜交加，深感沧桑变化，但不变的是友谊。卫八，名不详，姓卫，排行八。处士，隐居不仕之人。

[注释]

①动如：往往如同。参与商：参星与商星。二星在夜空中此出彼没，永远不会在同一夜空中出现，故用来比喻会面之难。②"今夕"二句：是说今夕是何等幸运，竟然能与卫八在烛光下相逢。语出《诗经·唐风·绸缪》："今夕何夕，见此良人！"表达惊喜之情。③"少壮"二句：谓人生如白驹过隙，转眼间都已老了。④半为鬼：一半人都亡故了。热中肠：即肠中热，即心中发烫，心酸难受之意。⑤"焉知"二句：谓二十年后的今天又重到你家。君子，对人的尊称，此指卫八。⑥"昔别"二句：谓我们上次告别时，你还未婚，如今儿女都可以排成行了。⑦敬：有礼貌地。父执：父亲的挚友。⑧"问答"二句：意谓在二人说话之际，就安排儿女张罗酒席。⑨夜雨：指冒着夜雨。新炊：刚刚煮好的饭。间：掺杂。黄粱：味道很香的黏黄米。二句是说吃的都是家常饭菜，有春天的嫩韭菜和用黄米与粟米相掺的二合饭。⑩主：主人，指卫八。累十觞：接连喝了十杯酒。⑪"明日"二句：是说明日一别就山川相隔，将来的事就很难预料了。世事，国家的前途和个人的命运。两茫茫，这二者都如迷雾一片，无法预知。这是对在战乱的时代人们都无法掌握自己命运的慨叹。

[评析]

诗贵情真。此诗就是一片真情贯于始终。语虽浅近，却感人至深。《增订唐诗摘抄》曰:"只是'真',便不可及,真则熟而常新。"《读杜心解》也说:"一路皆属叙事,情真、景真。"此诗基本上不用典,只是家常事、家常话,娓娓道来,便觉深情无限。此诗似当天夜间写就的,一气呵成,不暇修饰,故真气弥漫,只从肺腑流出。全诗浑然一体,不可句摘,有陶诗之风。

新安吏 五古

客行新安道,喧呼闻点兵①。借问新安吏,县小更无丁②?府帖昨夜下,次选中男行③。中男绝短小,何以守王城④?肥男有母送,瘦男独伶俜⑤。白水暮东流,青山犹哭声⑥。莫自使眼枯,收汝泪纵横⑦。眼枯即见骨,天地终无情⑧。我军取相州,日夕望其平⑨。岂意贼难料,归军星散营⑩。就粮近故垒,练卒依旧京⑪。掘壕不到水,牧马役亦轻⑫。况乃王师顺,抚养甚分明⑬。送行勿泣血,仆射如父兄⑭。

[题解]

作于乾元二年(759)三月。杜甫从洛阳回华州的途中,一路所见所闻俱现于诗。这年二月,史思明降而复叛,从河北调兵解邺城之围。九节度使无统一指挥,邺城之战为叛军所败,诸节度各溃归本镇,郭子仪朔方军退守河阳,以保洛阳。为补充兵力,官府到处抓丁,正为杜甫所见,于是写成了《新安吏》、《新婚别》等六首诗。这组诗被简称为"三吏"、"三别"。"三吏"为对话体,"三别"为客体人物自白体,均为纪述之词。因这组诗体似乐府,而又不用古乐府题目,被元稹称为"即事名篇,无复依傍"的新题乐府。题下原注:"收京后作。虽收两京,贼犹充斥。"《新安吏》写官吏征兵,男丁已尽、次征及中男之事。新安,唐属河南府,今河南新安县,在洛阳西。吏,此指负责征兵的官员。

[注释]

①客:杜甫自谓。点兵:按征兵的名册查点所征之兵。②借问:指客发问。下句是问话。更无丁:难道无丁可点了吗?由于杜甫看到所征之兵都是些孩子,故有此问。丁,据《通鉴》载,天宝三载(744),官府规定男子十八岁为中男,二十二岁为丁。③"府帖"二句:是县吏的答词。府帖,州府所下的征兵文书。次选中男,因官府连年征兵,县中已无丁男可征,故次及中男。行,指服兵役。④"中男"二句:是客的问话。王城,指东都洛阳。⑤肥男:指健壮些的中男。有母送:有母亲相送,暗示其已无父。瘦男:指瘦弱的中男。独伶俜:一个人孤苦伶仃。暗示其父母双亡,无人相送。⑥白水:指谷水,洛水支流,从新安县南流过。因谷水为夕阳所照,一片白光。"青山"句:谓山间犹回荡着送别的哭声。仇兆鳌注:"白水流,指行者,青山哭,指居者。"二句写出山河与民同悲之意,也写出了诗人此时的感受。⑦自"莫自使眼枯"以下至结束,是杜甫对行者和送行者的宽慰之词。二句劝说要忍住悲痛,保重身体。⑧"眼枯"二句:意谓即使是哭瞎眼睛也无济于事,在上者是不会改变主意的。天地,影射朝廷。这是诗人对统治者不关心人民死活的怨言。⑨"我军"二句:是说我军攻取相州,日夜都想平定那里的叛军。相州,即邺城,指今河南安阳地区。⑩"岂意"二句:谁知贼情难料,我军竟败在贼人手里,溃败之官军各逃奔归其营。贼难料,指史思明降而复叛之事。乾元元年十月,安庆绪以皇位相让,请史思明发兵,于是史思明重新叛变,发范阳十三万兵救邺城被困之安庆绪,致使官军溃败。⑪就粮:就食,吃饭。近故垒:在旧的营地附近。练卒:练兵,操练。旧京:指洛阳。二句言当兵有饭吃,去的地方也不远,就在洛阳附近。⑫掘壕:挖战壕。不到水:不深,不及地下水位线。牧马:指放牧事。二句说也不上前线打仗,只是干些挖战壕、放马的杂役。⑬王师顺:说官军是正义之师。抚养:是说对士卒体恤爱护。⑭送行:指送行的人。勿泣血:不要过于伤心流泪。仆射(yè):指郭子仪,他当时任左仆射。这些都是诗人对征夫和送行者宽慰的话,意思是不要让他们担心,故尽量往好处说。

[评析]

《新安吏》言征兵之事。男丁征尽,而次及中男。中男矮小,不堪守王城,但前线之兵已死亡大半,故不得不征之。杜甫虽怜中男之年少,但从国家命运大局来考虑,又不得不认可这种情不可忍的事,又有情有可原的一面,于是转加好言相慰,劝其勉为从事。这正反映出杜甫在忧民与忧国之间的矛盾的思想感情。但国事为大,皮若不存,毛将焉附?此诗前八句为问答体,中四句虽纪实,而实带感情,"白水暮东流,青山犹哭声",实为杜甫之心声也。后十二句为杜甫宽慰行者与送行者的话,虽有避重就轻之词、美化郭相之语,非为欺诓,乃勉其安心从军也。王嗣奭评此诗曰:"此诗炉锤之妙,实五(六)首之最。"(《杜臆》卷三)可备一说。

石壕吏 五古

暮投石壕村,有吏夜捉人①。老翁逾墙走,老妇出门看②。吏呼一何怒,妇啼一何苦③!听妇前致词,三男邺城戍④。一男附书至,二男新战死⑤。存者且偷生,死者长已矣⑥。室中更无人,惟有乳下孙⑦。有孙母未去,出入无完裙⑧。老妪力虽衰,请从吏夜归⑨。急应河阳役,犹得备晨炊⑩。夜久语声绝,如闻泣幽咽⑪。天明登前途,独与老翁别⑫。

[题解]

石壕村在河南陕县东观音堂镇西北山区,今名甘壕村。杜甫从新安县去潼关的路上,在此村投宿,日暮正遇县吏在村中捉人当兵。诗人目睹此事,写了此诗。

[注释]

①夜捉人:夜间捉人,因为征兵征不到,只好夜间去捉。②老翁:老人,

已过了征兵之年龄,但还要被捉,愈见官府非正当性。③"吏呼"二句:说抓人的县吏上门大呼向老妇要人,老妇上前哭诉。一何怒,盛气凌人貌。一何苦,叫苦不绝。④前致词:上前回答差吏的问话。三男:三个儿子。邺城戍:到邺城当兵打仗去了。从"三男"句起,到"犹得备晨炊"都是老妇的话。⑤附书至:曾有书信来,表明还活着。⑥存者:活着的人。且偷生:不过是暂时还未死而已。⑦更无人:此外没有其他的人,此指不能上前线打仗的人。乳下孙:一个还在吃奶的小孙子。⑧孙母:小孙子的母亲。未去:未改嫁。可见此儿媳的丈夫已战死。出入:偏义复词,指出门。无完裙:没有完整的遮体衣裳。可见其家庭之贫穷。⑨老妪(yù):老妇自称。二句是说老妇恐夜长梦多,怕挨到天明老翁回来,所以提出今夜就跟差吏走。⑩河阳役:指郭子仪屯守的战地。河阳,在今河南孟州西。犹得:还来得及。备晨炊:准备早饭。是说我老太婆还可以为军队做做饭。老妇的想法是,只要我家出了一个人,可能差吏就不会再来捉人了。这是在为老翁着想。⑪夜久:指老妇被带走了,差吏也走了,夜深人静了。泣幽咽(yè):吞声哭泣。指老妇儿媳的哭声。⑫"独与"句:是说因老妇已被捉走,儿媳不便亦因"无完裙"不能露面,此时老翁已经偷偷回家,故诗人只能和他一人告别。

[评析]

这是杜甫在石壕村中亲历亲见,极可能诗人就投宿在老妇的家中。诗中的老妇,是一个机智而又深明大义的人。她之所以要保护老翁,就是要保住她家唯一的一条根即"乳下孙"。她被抓走尚不要紧,若老翁被抓走,家中就没有一个劳动力了,她全家人包括她的小孙子,就可能饿死。若她不跟差吏走,差吏今后对她家也不会甘休。"舍车保帅"是她唯一的选择。其实杜甫此时内心矛盾已极,国家命运困厄如此,人民遭遇艰难如此,百姓的可怜,差吏的可恨,使他十分无奈。忧国和忧民,使他的心灵在煎熬着、痛苦着,而又矛盾着,这都在他诗歌里做了真实的表现。此外,此诗描写生动,语言真实,故事简洁精练,对老妇人物形象塑造鲜明,达到了极高的艺术水平。

潼关吏 五古

士卒何草草，筑城潼关道①。大城铁不如，小城万丈余②。借问潼关吏，修关还备胡③？要我下马行，为我指山隅④。连云列战格，飞鸟不能逾⑤。胡来但自守，岂复忧西都⑥。丈人视要处，窄狭容单车⑦。艰难奋长戟，万古用一夫⑧。哀哉桃林战，百万化为鱼⑨。请嘱防关将，慎勿学哥舒⑩。

[题解]

潼关，在陕西潼关县，古为桃林塞，是洛阳通往长安的咽喉。杜甫经过这里时，士卒正在筑城。因其战略地位十分重要，哥舒翰即在此战败，导致安史叛军入关。杜甫担心重蹈覆辙，因此嘱托防守潼关的将领，勿掉以轻心。

[注释]

①草草：劳碌疲惫貌。潼关道：指潼关道上的关隘要塞。②大城、小城：二者互文见义。一说大城指旧关，小城指新关。铁不如：即比钢铁还要坚固。万丈余：城在山上，故看上去极高峻。③"修关"句：是诗人的问话。还备胡：还要防止叛军。因哥舒翰在天宝十五载（756）曾在这里筑关防备安史叛军。胡，安禄山和史思明等都是胡人。④要我：邀请我。要，同"邀"。指山隅：指点山角，介绍修筑关隘的具体情况。隅，角。⑤"连云"句至"万古用一夫"八句是潼关吏的话。连云，指高且长。列，排列。战格，用来防御敌人进攻的栅栏。⑥"胡来"二句：言叛军来攻时，只要坚守，不用再忧虑西都长安的安全。因潼关地势宜守不宜攻，哥舒翰守潼关时，初只坚守不战，杨国忠催其出战，以致为叛军所败。⑦丈人：潼关吏对杜甫的尊称。要处：险要之处。容单车：指道路窄狭，仅能通过一辆车子。⑧奋长戟：用长戟作战。奋，奋起而战。用一夫：只用一个人就能守住。即李白"一夫当关，万夫莫开"（《蜀道难》）之意。以上是潼关吏的话。只是介绍潼关地势之险，关隘

之坚,而不及将士的因素。⑨"哀哉"以下四句,为杜甫的话。桃林战:指哥舒翰被迫出战一事。百万化为鱼:潼关桃林塞临近黄河,此战之中官军坠河而死者数万人,故云。⑩请嘱:请关吏转达嘱言。"慎勿"句:要以哥舒翰为戒。

[评析]

此诗亦是由对话组成,通过二人的对话,表达出两个人的不同观点。潼关吏着重修关筑城,认为只要关隘筑得结实,敌人就过不来。因他的职责是负责筑城,因此他强调的是关坚城固的物质因素。而杜甫则联想到哥舒翰仓促出关攻敌而遭失败的惨重教训,更看重将士的作用,认为还是人的因素起决定性作用。他的见解无疑是高明的。

新婚别 五古

兔丝附蓬麻,引蔓故不长①。嫁女与征夫,不如弃路旁②。结发为妻子,席不暖君床③。暮婚晨告别,无乃太匆忙④。君行虽不远,守边赴河阳⑤。妾身未分明,何以拜姑嫜⑥。父母养我时,日夜令我藏⑦。生女有所归,鸡狗亦得将⑧。君今生死地,沉痛迫中肠⑨。誓欲随君去,形势反苍黄⑩。勿为新婚念,努力事戎行⑪。妇人在军中,兵气恐不扬⑫。自嗟贫家女,久致罗襦裳⑬。罗襦不复施,对君洗红妆⑭。仰视百鸟飞,大小必双翔⑮。人事多错迕,与君永相望⑯。

[题解]

《新婚别》是以一个新娘子的口气写的一首诗。新婚的第二天,丈夫就被征兵服役,既不合礼制,又不符人情,真德秀云:"先王之政,新有婚者,其不役政。"即按封建礼法,新结婚的男子,可以一年不服役，更何况新婚仅一夜就被征兵乎？可见官府抓丁已经是不择手段了。

[注释]

①兔丝：即菟丝子，一种蔓生草，常附在其他植物上生长。蓬麻：蓬蒿和麻，是两种长不高的植物。引蔓：藤蔓的延伸。二句说菟丝附在蓬麻上，其藤蔓就不可能长得很长，比喻一个女子依附在一个社会地位低下的贫苦人身上，不可能有很好的结果。这两句是当时的谣谚，此用来作比兴。②弃路旁：丢弃在路边无人管。二句说，嫁给一个当兵的，还不如被抛弃在路边。即没有任何保障。③结发：古礼，成婚之夕，男左女右，挽髻束发，故称。《苏武诗》其三："结发为夫妇，恩爱两不疑。"席不暖床：床上之席还未暖热，指时间很短。④"暮婚"句：即结婚后只在家睡了一夜就匆匆而别。⑤"守边"句：称河阳为守边，说明叛军已打到家门口来了。河阳，河南孟州，离洛阳仅几十里远。⑥妾身：为妻的身份。未分明：古时结婚三日，拜过公婆之后，才算正式完成了婚礼，名分才能确定。"何以"句：因身份未明，故不能拜见公婆。姑嫜（zhāng），即公婆。⑦"父母"二句：谓在家中当闺女时，父母日夜不让我露面。藏，即藏在深闺。⑧有所归：有所归属，即嫁人的意思。"鸡狗"句：即嫁鸡随鸡、嫁狗随狗的意思。得将，随之而去。⑨君：指丈夫。生死地：生死未卜之地，此指战场。生死地，一作"往死地"。迫中肠：心中感到不好受。⑩形势：指处境。苍黄：有变化。《墨子·所染》："见染丝者而叹曰：染于苍则苍，染于黄则黄，所入者变，其色亦变。"二句是说若随你到部队，你的处境会变得很难，因军中士兵是不能带妇女的。⑪"勿为"二句：是鼓励丈夫从军报国。⑫"妇人"二句：是说军中有女子，恐怕会影响士气。⑬久致：需要多年积蓄置办。罗襦（rú）裳：结婚时的绸缎上衣和裙子。⑭"罗襦"二句：意谓脱去嫁衣，不再妆扮。不复施，不再穿。洗红妆，洗去脸上的脂粉。⑮"仰视"二句：感叹人不如鸟，鸟还能成双成对的。⑯"人事"二句：人间之事，多不如意，但我永远等着与你团聚。表明坚贞和决心。错迕（wǔ），相互抵触，即不如人意的意思。望，读平声。

[评析]

此诗写了一个对爱情坚贞而又识大体的新娘子，她对暮婚晨别的遭遇虽然有怨恨，但并不停留在个人小我的一己私怨上，最后还是勉励其夫"努力事戎行"，鼓励他奔赴前线，为国立功。此将官府之无情与人民之大义做了鲜明对比，其思想倾向是很明显的。诗写得声情并茂，感人至深。仇兆鳌曰："此诗君字凡七见。君妻君床，聚之暂也。君行君往，别之速也。随君，情之切也。对君，意之伤也。与君永望，志之贞且坚也。频频呼君，几于一声一泪。"此诗首二句用民谚起兴，且善以俗语、口语入诗，有乐府民歌之风。查初白评曰："语浅情深，从古乐府得来。"（《初白庵诗评》）可谓有识。

垂老别 五古

四郊未宁静，垂老不得安①。子孙阵亡尽，焉用身独完②。投杖出门去，同行为辛酸③。幸有牙齿存，所悲骨髓干④。男儿既介胄，长揖别上官⑤。老妻卧路啼，岁暮衣裳单⑥。孰知是死别，且复伤其寒⑦。此去必不归，还闻劝加餐⑧。土门壁甚坚，杏园度亦难⑨。势异邺城下，纵死时犹宽⑩。人生有离合，岂择衰盛端⑪。忆昔少壮日，迟回竟长叹⑫。万国尽征戍，烽火被冈峦⑬。积尸草木腥，流血川原丹⑭。何乡为乐土，安敢尚盘桓⑮。弃绝蓬室居，塌然摧肺肝⑯。

[题解]

此诗是以第一人称自叙，写一个子孙都已为国献身阵亡的老人，告别老妻，愤而从军的故事。诗人既对他的家庭遭遇感到悲愤，又对他的爱国热情肃然起敬。

[注释]

①四郊：城的四周，此指洛阳的郊区。未宁静：战火频仍之意。《礼

记·曲礼上》："四郊多垒。"此化用其意。二句谓战乱时期，老人也不得安度晚年。②"子孙"二句：是说儿孙们都战死了，我这条老命还能得以保全吗？身独完，独自保全生命。③同行：一起去参军的人。为辛酸：为我感到心酸。④"幸有"二句：所幸的是牙齿还在，感到悲哀的是筋骨已衰。骨髓干，指体衰无力。⑤"男儿"二句：作为男人一旦穿上戎衣，就要精神抖擞，向长官行长揖之礼告别，走向战场。介胄，盔甲。此作动词，即披甲戴盔。仇兆鳌曰："介胄长揖，犹带倔强意气。"⑥"老妻"二句：老伴躺在路上哭啼，想拦住我，我见其天寒衣薄，真不忍弃之而去。⑦"孰知"二句：明知道此去即为死别，但我还是对她天寒受冻感到担心。其，指老妻。⑧劝加餐：保重身体之意。此为老伴的叮嘱之词。《古诗十九首》："弃捐勿复道，努力加餐饭。"此用其意。以上四句，仇兆鳌曰："夫伤妻寒，妻劝夫餐，皆永诀之词。"⑨土门：地名，即土门口，属太行八陉之一，在今河北鹿泉市获鹿镇西南。壁：指墙垒，是官军所筑。杏园：地名，在河南卫辉南。二句说土门的寨墙很坚固，杏园也很难被攻破。⑩势异邺城：土门和杏园其形势与邺城不同。《杜诗详注》引卢注："邺城之役，贼为主，我为客。土门、杏园之守，我为主，贼为客，劳逸不同，故曰势异。""纵死"句：即使会战死，时间还长着呢，意即不至于马上就会死。"土门"四句，是老翁安慰老妻的话。仇兆鳌曰："此慰妻而兼为自解之词。"⑪"人生"二句：意谓人生在世总会有分手之日，哪管它是年老或是年盛之时。离合，偏义复词，指离。⑫少壮日：年轻时，即盛唐之时的太平年代。迟回：徘徊、流连貌。长叹：感慨万端。叹，仇兆鳌曰："（读）平声。"⑬"万国"二句：指天下兵荒马乱，烽火遍燃山峦。即到处是战火的意思。⑭"积尸"二句：是说死人极多，血流遍地。⑮"何乡"二句：哪里还有什么乐土，怎能坐视不管呢？盘桓，徘徊不进，犹豫不决。二句写出老翁毅然从军的情怀。仇兆鳌曰："此伤乱而激为奋身之语，言与其遭乱而死，不如讨贼而亡，毅然有敌忾勤王之义。"⑯"弃绝"二句：意谓抛弃我这个破家而去，还是感到心中难受。蓬室，草屋。塌然，丧魂失魄貌。摧肺肝，五内俱焚的意思。

[评析]

此诗中的老翁形象与《石壕吏》中之老翁形象迥然不同。彼老翁因忧及家室之养，遭遇抓兵逾墙而走，此老翁因子孙战尽，愤而投军。他毅然告别老妻，身着介胄，主动走向战场，俨然是个报国的志士。他的形象诗中并未做简单化处理，而是写出了他复杂的内心情绪，既有对老妻的留恋不舍之情，又对家庭遭遇充满了悲愤，也有将与子孙同归于尽的悲伤。但看到安史叛军使他的家园"积尸草木腥，流血川原丹"的惨景，他最终决心弃绝蓬室、走向抗敌的前线。胡夏客曰："上能用其民，下能应其命，至杀身弃家不顾，以成一时恢复之功。"（《杜诗详注》卷七引）是说到点子上的。无人民的爱国热情和极力支持，大唐是不会平定叛乱国运中兴的。此诗犹有汉诗"十五从军征"等古诗之遗风，写得曲尽人情，而又苍凉悲壮。陆时雍评曰："语多诀别，痛有余情，'男儿既介胄，长揖别上官'，此语犹有少年意气。"（《唐诗选脉会通评林》引）其语可参。

无家别 五古

寂寞天宝后，园庐但蒿藜①。我里百余家，世乱各东西②。存者无消息，死者为尘泥③。贱子因阵败，归来寻旧蹊④。久行见空巷，日瘦气惨凄⑤。但对狐与狸，竖毛怒我啼⑥。四邻何所有，一二老寡妻⑦。宿鸟恋本枝，安辞且穷栖⑧。方春独荷锄，日暮还灌畦⑨。县吏知我至，召令习鼓鞞⑩。虽从本州役，内顾无所携⑪。近行止一身，远去终转迷⑫。家乡既荡尽，远近理亦齐⑬。永痛长病母，五年委沟谿⑭。生我不得力，终身两酸嘶⑮。人生无家别，何以为蒸黎⑯。

[题解]

此诗亦由诗中人物自白的形式写成。诗中描写了安史之乱后中原广大农村被破坏的荒凉凋敝的凄凉情景，也叙述了诗中主人公母死妻走的悲惨遭遇，深刻地表现出当时中原地区农村的真实面貌及广大农民的不幸命运。

[注释]

①天宝后：指天宝之后的战乱时期。天宝十四载（755）十一月，安史之乱爆发，中原一带惨遭叛军蹂躏，人口大量死亡和流亡，人烟稀少，农村凋敝，田园寂寞。园庐：田园和房舍。但蒿藜：但见荒草一片。蒿，蓬蒿。藜，称灰藋、灰菜，其茎长老后可做拐杖。二者皆是野草。②里：故里，家乡。唐制，百户为一里。二句说我故里的百余户人家，战乱后都各奔东西，即指村中已基本无人了。③"存者"二句：是说活着的人没有消息，死的人都化为泥土。④贱子：诗中主人公自称。阵败：打了败仗。说明此人是从邺城之败逃归的兵士。寻旧蹊：寻找家园。旧蹊，以前走熟了的村中小路。此指旧家。⑤日瘦：日光惨淡。⑥"但对"二句：村中狐狸出没，狐狸见人也不逃走，反而对人发怒，竖毛而吼。狐狸既不怕人，可见此村荒凉之久，已成兽穴。⑦老寡妻：年老的寡妇。二句说四邻之中，只有一两个年迈的寡妇还没有逃亡。即指村中的人能逃走的都逃了。⑧"宿鸟"二句：以鸟恋故巢为喻，指人不愿辞别故里。⑨方春：正值春天。荷锄：扛着锄头下地干活。二句说自己既然回家了，就将田地收拾一下，干些农活，重操旧业。⑩"县吏"二句：县吏知道我回家了，就重新征我当兵。习鼓鞞（pí），操练战阵之事。鞞，同"鼙"。鼓鞞声是指挥作战进退的号令。大曰鼓，小曰鞞。⑪本州役：只在本州之内服役。内顾：顾视家中。无所携：无所牵挂之意。⑫"近行"二句：在本州服役还能够栖身苟安，远去打仗就不知命运如何了。此为庆幸语，幸而不远离家乡。止一身，安身息命。止，安，栖。⑬"家乡"二句：家园已荡然无存，自己是个无家之人，从道理上来讲，离家远近服役都一样。⑭"永痛"二句：使自己永远感到痛苦的是，长年卧病的母亲，在五年前战乱时就死了。从天宝十四载十一月到乾元二年（759）春，已经过了五个年头。委沟谿，指野死葬于山谷之中。⑮不得力：不得孝养之济。两酸嘶：指母子二人在阴阳两界互为悲痛思念。仇兆鳌曰："谓母子饮恨。"⑯"人生"二句：谓人生到了无家可别的地步，真愧为一个大唐的黎民百姓啊。蒸黎，即黎民百姓。蒸、黎均有

众多之义。

[评析]

此诗从一个战败归乡的兵士的角度,来述其悲惨遭遇。他回到家乡以后,田园荒芜、母死妻亡,家中已经无人了。县吏见他回家,便令他重新入伍。他与家中告别,但已无亲可别,他悲痛欲绝,感到自己一个无家之人,死到哪里都一样,天下已无百姓的生路。

这六首诗深刻地反映了中原人民在安史之乱中所经历的苦难。他们的苦难,有安史叛军加给他们的,也有官府加给他们的。诗中有负责筑城防御的县吏,有不够当兵年龄而被征的矮小中男,有替夫被抓去服役的老妇,有暮婚晨别的新娘子,有抛杖别妻而上战场的老翁,有无家可别而重被征兵的孤身汉,总之,从各种角度、各种层次、全方位地来揭示那个时代人民群众的苦难。作者在忧国与忧民之间徘徊、犹豫、思索,既真实地反映了那个时代,同时也如实地表现了诗人心中的困惑和矛盾。这些诗已达到了唐代现实主义诗歌的高峰,也完成了在思想上和艺术上的质的飞跃。王嗣奭高度评价这组诗曰:"上所数章诗,非亲见不能作,他人虽亲见亦不能作。公往来东都,目击成诗,若有神使之,遂下千年之泪。"(《杜臆》卷三)

秦州杂诗二十首五律,选五

其 一

满目悲生事,因人作远游①。迟回度陇怯,浩荡及关愁②。水落鱼龙夜,山空鸟鼠秋③。西征问烽火,心折此淹留④。

[题解]

这组五律诗,是杜甫在乾元二年(759)秋弃官后由华州携家流奔秦州后写成的。共有二十首。因此组诗非为一事一时所作,故名为杂诗。秦州,唐属陇右道,今在甘肃天水市。

[注释]

①"满目"二句:忧心生计之事。乾元二年,杜甫在华州时,关中大旱,关辅大饥,又加以安史叛军再度猖獗,华州又将面临战火,民不聊生,杜甫全家已无法在华州生活下去,且他对朝廷的政治已完全失望,因此无意恋栈,故弃官携家西走。满目,即所见之处,皆为生计发愁。因人,投靠他人。杜甫有本家侄杜佐住在秦州东柯谷,是投奔的对象。②迟回:由于道路曲折难行,走得很慢。度陇:翻越陇山。陇山上有陇坂,曲折难行,《三秦记》:"陇坂九回,不知高几里,欲上者七日得越。"怯:心中发怵。浩荡:阔远貌。及关:到达关口。关指陇关,又名大震关,在今陕西陇县西陇山南。③水落、山空:指陇右山川风景。鱼龙、鸟鼠:皆秦州的山川名。鱼龙,即鱼龙川,因水中出五色鱼,俗以为龙,故名。鸟鼠,即鸟鼠山,在今甘肃渭源县西南,以鸟鼠同穴得名。④西征:即西行。问烽火:打听前面有无战事。因此地常有吐蕃侵扰。心折:心惊。此:指烽火。淹留:长久留滞。说明暂住秦州的原因。

[评析]

此诗是这组诗的第一首,写赴秦州之原因。杜甫既已弃官,此行完全是逃难的性质。因中原战事频仍,已无法继续生活,只好西奔秦州,投亲靠友,解决生计。一路上的艰难困苦,尽在颔联中说出。颈联"水落鱼龙夜,山空鸟鼠秋",是这首诗中的名句。二句将两个地名,说得活灵活现,富有传奇色彩,为此诗生色,亦冲淡了逃难生活中的些许哀愁。尾联则说明在秦州停留的原因。杜甫本为逃避战火而来,来到秦州之后,才发现吐蕃常在此地侵扰,可见边地亦不安宁,则大唐危机之深可知。

其 二

南使宜天马,由来万匹强①。浮云连阵没,秋草遍山长②。

闻说真龙种,仍残老骕骦③。哀鸣思战斗,迥立向苍苍④。

[注释]

①南使:唐代管理牧马的官职。《旧唐书·职官志》载:"凡诸群牧立南、北、东、西四使以分统之。"南使管辖的牧马场在秦州北部。宜天马:适宜牧养良种马。天马,又名汗血马,原产西域龟兹,汉武帝时传入内地,武帝时曾作《天马歌》。此指良马。万匹强:此是约指。②浮云:喻指马群如浮云一般。一说,骏马名。《西京杂记》载:"(汉)文帝自代还,有良马九匹,一曰浮云。"连阵没:指马匹都在战场上战死了。乾元二年三月,九节度使与安庆绪叛军战于邺城,大败,原有战马万匹,只残三千。概指此事。"秋草"句:因马匹皆征为打仗用,故此地空余草场,而且草长得很高。③真龙种:指真正的天马良种。龙种,《开山图》云:"陇西神马山有渊池,龙马所生。"又,马高八尺曰龙。仍残:还剩下。骕骦(sù shuāng),骏马名。二句是说草场虽空,但听说还有一些老骏马在。即留下了骏马的良种,将来还有在这里复兴马群的希望。④"哀鸣"二句:是说这些经过战阵的老马,常仰天长嘶,好像是还想着过去战斗的日子。迥立,卓然而立。

[评析]

此诗是组诗中的第五首,写及秦州的军马场。唐朝在此处养育了一大批骏马,以供军用。但安史之乱后,这些骏马大批死于平叛战争,如今马场已空,但听说现在仍有一些经过战阵的良种骏马残留了下来,一听见鼙鼓之声,便仰首嘶鸣,其英姿不减战场雄风。这是一曲战马的颂歌,诗人以马喻人,寄托自己的报国雄心。浦起龙曰:"七、八(句)乃因神马而思建功,只就马说,壮心自露。"(《读杜心解》卷三)

其 三

莽莽万重山,孤城石谷间①。无风云出塞,不夜月临关②。属国归何晚,楼兰斩未还③。烟尘一长望,衰飒正摧颜④。

[注释]

①孤城，指秦州城。石谷：一作"山谷"。首联以俯视的大视角，来纵观秦州城的地理形势，一座孤城坐落在万山丛中，显得愈加孤独。②"无风"二句：写出了秦州城的地理特点。因它坐落在山谷盆地中，城中无风，但高空却有风，故城中人虽感觉不到风的吹动，却能看到云朵在塞上移动。又因秦州所处之山谷呈东西走向，故有时在夕阳未落山时就能看到初月东上。杜甫观察十分敏锐，所谓奇语，皆实语也。③属国：即典属国，汉代管理藩属国的官员，此用苏武典。《汉书·苏武传》："苏武使匈奴，二十年不降，还，乃为典属国。"此借指与吐蕃、西域往来的使者。楼兰：汉西域古国名，据《汉书·傅介子传》载，汉昭帝时，楼兰与匈奴通好，不附汉朝，傅介子至楼兰，斩其王奉其王首而归。斩未还：此反用其典，指当时有一些外族政权，乘机侵边。颈联以苏武、傅介子立功异域事，感慨时无英雄以除边患。④烟尘：战火、烽烟。长望：久久凝望。衰飒：指景象萧条。摧颜：促使容颜衰老。尾联写边地的烽烟和景色的萧条，使人发愁不安。

[评析]

此诗是组诗的第七首，写秦州的地貌特色。前两联写秦州的地理和风光特点，后两联写杜甫对吐蕃边患的忧虑。秦州地处西域的交通要道，是胡汉相争的重要之地，离城不远即可望见烽烟，故使杜甫顿生忧国之念。"无风云出塞，不夜月临关"一联，为写景名句，深契秦州地形风貌的特征，故王嗣奭称赞说："非目见不能描写如此。"（《杜臆》卷三）

其 四

山头南郭寺，水号北流泉①。老树空庭得，清渠一邑传②。秋花危石底，晚景卧钟边③。俯仰悲身世，溪风为飒然④。

[注释]

①南郭寺：坐落在秦州（今甘肃天水市）城南三里的南山北坡。北流泉：寺中有一井泉，泉水向山北而流，故称。仇兆鳌曰："言寺得山水之胜。"

②"老树"句：在南郭寺的庭院中，有一棵秦汉以前的古柏树，俗称"南山古柏"。得，是说古寺得有此古树之意。仇兆鳌曰："庭得老树而生色。""清渠"句：北流泉流水清澈，在城中转流而过。邑，指秦州城。传，流传、流布之意。二句以古树写寺之悠久，以清渠过邑写秦州得北流泉之惠。③"秋花"二句：在危石下面开着秋花，夕阳照在卧钟的旁边。二句以秋景喻己之老境已至。④俯仰：俯首和仰望之间。悲身世：为自己的身世而悲慨。溪风：溪上的秋风。飒然：指风声，有萧飒之意。结语写出身世之悲，以伤时乱也。

[评析]

此诗是组诗的第十二首，写及秦州的名胜南郭寺。诗前两联写寺中景色，后两联感慨身世。此诗善于状物炼字，如"老树空庭得"之"得"字、"清渠一邑传"之"传"字，皆用字奇警，是为诗眼。"秋花"和"晚景"二语，虽写景而兼有自况老境之意，可谓"一切景语皆情语"也。

其 五

地僻秋将尽，山高客未归①。塞云多断续，边日少光辉②。警急烽常报，传闻檄屡飞③。西戎外甥国，何得迕天威④。

[注释]

①客：杜甫自指。未归：指未能回到中原家乡，即他乡为客之意。②塞云：指关塞之云。多断续：秦州处于西北地区，多风而少雨，故云多被吹散，难以连成一片。边日：边地之日。少光辉：即西北多风沙天气，日色不朗。二句写出秦州天气特色，兼写对秦州时有边患的隐忧。③警急：危急时刻的警报。传闻：指军方传送的消息。二句说经常可以见到报警的烽火和听到传送的紧急檄文，形容边地形势紧张。④西戎：指吐蕃。吐蕃是藏人的政权，藏人是羌人的一支，羌属西戎。外甥国：唐王朝屡次与吐蕃联姻，太宗时有文成公主、中宗时有金城公主嫁与吐蕃王，今之吐蕃王应是唐王朝的外甥辈，故称其为外甥国。迕天威：触犯天颜。迕，迕逆，触犯。天威，天子的威颜。二句斥责吐蕃违盟失义的犯边行为。

[评析]

此诗是组诗的第十八首,写及秦州地区的吐蕃之患。秦州并非世外桃源,亦是乱象频生之地。吐蕃乘安史之乱,唐王朝无暇西顾之机,屡次犯边,侵扰秦州一带。故杜甫除忧心安史之乱祸扰中原以外,在秦州亦深忧吐蕃之患。此诗前两联写他乡为客的孤独和边地之秋的阴霾气氛;后两联写边城的危急形势,直斥吐蕃违盟犯边的不义之举,表达了诗人的忧国之思。此诗写得极有层次,浦起龙曰:"一、二,就谷中写;三、四,引到边塞;五、六,落出烽橄;七、八,点明吐蕃,妙在逐层拓出。"(《读杜心解》卷三)

月夜忆舍弟 五律

戍鼓断人行,边秋一雁声①。露从今夜白,月是故乡明②。有弟皆分散,无家问死生③。寄书长不达,况乃未休兵④。

[题解]

乾元二年(759)秋,作于秦州。杜甫之弟有杜颖、杜观、杜丰、杜占四人。仅杜占随杜甫西行,其他三人皆分散山东、河南各地。此年白露节,杜甫忆及在外地的三个弟弟,因有此诗。舍弟,对弟的谦称。

[注释]

①戍鼓:戍楼上夜时的禁鼓。断人行:敲响禁鼓之后,街上即不准人行走。一雁声:听到一只孤雁在哀鸣。古人以雁行比喻兄弟,失群之孤雁鸣叫而引起兄弟之思。②"露从"句:言今天是白露节,按节气来说,是开始降白露之时。"月是"句:故乡的月亮总比他乡的明,虽不合理,但却合情。二句深寓思乡之情。③"有弟"二句:自己与弟弟们各自分散,家中也已无人,故无处去打听他们的消息。④长不达:常常寄不到。未休兵:指战乱一直没有

停止。二句后句是因,前句是果。

[评析]

此诗对月怀乡,听雁思弟,全诗以看月为主线,以思弟为主轴,展开他之怀念故乡和思念兄弟之情。"月是故乡明"一句,道出了人类最基本最深厚的情感之一,堪与太白的"举头望明月,低头思故乡"相媲美。此诗的对仗也很有特点。"露从今夜白,月是故乡明"一联,本是"从今夜白露,是故乡明月",而析出"露"、"月"二字置句前,突出了主语,显得更加醒豁;"月"对"露"、"明"对"白",整洁而明亮。"有弟皆分散,无家问死生"一联,"无家"对"有弟"、"死生"对"分散",词意和词性对仗工整。

梦李白二首 五古

其 一

死别已吞声,生别常恻恻①。江南瘴疠地,逐客无消息②。故人入我梦,明我长相忆③。恐非平生魂,路远不可测④。魂来枫林青,魂返关塞黑⑤。君今在罗网,何以有羽翼⑥。落月满屋梁,犹疑照颜色⑦。水深波浪阔,无使蛟龙得⑧。

[题解]

乾元二年(759)秋,作于秦州。肃宗至德二载(757),李白因参加永王李璘幕府,肃宗认为永王有争夺帝位之嫌,视其为逆,派高适前去征讨,永王败,李白以"附逆"罪名系浔阳狱。后又被长流夜郎,行至白帝城遇赦而放还。李白遇赦事,因战乱消息不通,杜甫尚未得知。因李白的籍贯是陇西成纪,成纪属秦州,杜甫在李白的祖籍老家秦州,自然会想起李白来。因此三个夜晚都梦到了李白。因写此二诗，表示对李白的怀念。

[注释]

①死别：生死的离别。已：止。吞声：无声的悲泣。二句说生别比死别还要痛苦。仇兆鳌曰："恐生死难定，故心常恻恻。"②瘴疠地：江南潮湿蒸热，常发生疟疾等疾病，李白被流放夜郎，杜甫想象他要经过湖湘等湿热多瘴疠的地方。逐客：指李白。逐，流放。无消息：杜甫在秦州，至今也没有关于李白的消息传来。③故人：老友，此指李白。明：证明。二句说梦中经常出现老友的影子，说明我对故人的相忆之深。④平生魂：生时之魂。不可测：料想不到的危险。二句是说恐怕不是李白的生魂，长流的路途遥远，什么不测之事都可能发生的。即怀疑李白已遭不测。仇兆鳌曰："疑其死于狱也。"⑤枫林：南方的景物。语本《楚辞·招魂》："湛湛江水兮上有枫，目极千里兮伤春心。魂归来兮哀江南。"关塞：指秦州的边关，亦指千山万岭。"青"、"黑"二字都有灰暗阴冷的气氛，与阴魂夜间来往的景象相一致。二句想象李白之魂从江南到秦州来回飞越的情景。⑥在罗网：李白获罪被流放，犹如为罗网所拘，失去自由。二句说明明李白已无自由，莫非是他生了翅膀飞到我这里来不成？⑦"落月"二句：谓杜甫惊醒后，只见月光照着屋梁，仿佛还能看到李白的容颜。这是一种幻觉，是梦中的余象。⑧"水深"二句：是杜甫的祝愿，是说李白一路上水深浪阔，千万要小心，不要落入蛟龙之口。即恐李白真的遭到灾难。蛟龙，传说是一种水中的凶猛动物，能食人。水深、蛟龙，喻险恶的政治环境和凶恶的政治势力。

[评析]

杜甫与李白虽然只有在天宝三、四载（744~745）一段时期的短暂交往，但已结下了生死相许的深厚友谊。杜甫对这位亲如长兄的朋友，一贯是念兹在兹，牵挂于怀。在李白遭难之时，尤见杜甫之深情厚谊。杜甫写给李白的诗，据现存杜诗，有十四首之多，在秦州就写了四首。这首诗因梦见流放中的李白，而深为其担心，恐他遭遇不测，而心中一直惴惴不安，魂牵梦绕。

其 二

浮云终日行,游子久不至①。三夜频梦君,情亲见君意②。告归常局促,苦道来不易③。江湖多风波,舟楫恐失坠④。出门搔白首,若负平生志⑤。冠盖满京华,斯人独憔悴⑥。孰云网恢恢,将老身反累⑦。千秋万岁名,寂寞身后事⑧。

[注释]

①浮云:李白有"浮云游子意"的诗句,《古诗十九首》有"浮云蔽白日,游子终不返"的诗句。二句以"浮云"起兴,谓李白这个游子,平时像浮云一样自由自在,到处飘游,如今因小人谗蔽圣聪,却久久不能归来。游子,指李白。②"三夜"二句:说三个夜晚都梦到了李白,可见李白对我的情意之深。君,指李白。仇兆鳌曰:"情、意皆属李,情就梦时言,意就平日言。"③"告归"二句:即梦中的李白常常见面之后就匆匆告别,苦诉来之不易。局促,匆忙不安。④失坠:舟沉入水。《汉书·贾谊传》:"若夫经制不定,是犹渡江河亡维楫,中流而遇风波,船必覆也。"此用其意。二句说江湖路险,恐李白遭遇不测。⑤"出门"二句:写李白之魂告别出门的情景。搔白首,用手指挠头上的白发,这当是失意时的习惯动作。平生志,李白一生的志向是安社稷、济苍生,做帝王师。如今李白已成阶下囚,被判长流夜郎,故谓之"若负平生志"。⑥冠盖:做官人的官帽和车盖,此代指达官权贵。斯人:此人,指李白。二句为李白鸣不平。才能平庸的达官贵人长安满街都是,唯有李白困顿潦倒,才高而不得展。"满"与"独"二字形成鲜明对比。⑦网恢恢:《老子》:"天网恢恢,疏而不漏。"恢恢,宽广貌。将老:指李白,此年五十九岁。身反累:指深陷肃宗与永王兄弟阋墙的泥潭。二句对老子"天网恢恢"质疑,即真正的恶人没有受到惩罚,像李白这样的爱国志士,却身陷法网,表现杜甫对肃宗处理李白的不满。⑧"千秋"二句:谓李白即便是名垂千秋万代,也是身后之事,生前于事无补。仇兆鳌曰:"此伤其遭遇坎坷,深致不平之意。身累名传,其屈伸亦足相慰。但恻恻交情说到痛心酸鼻,不是信将来,还是悼目前也。"杜甫知肃宗深忌玄宗朝的老臣,李白也被视为

玄宗朝的旧臣,故杜甫认为肃宗是不会饶了李白的。

[评析]

此诗为频梦李白而作,比上诗更进一层。仇兆鳌分析此诗云:"前云明我意,是白知公;此云见君意,是公知白。前云波浪蛟龙,是公为白忧;此云江湖舟楫,是白又自为虑。前章说梦处,多涉疑词;此章说梦处,宛如目击。形愈疏而情愈笃,千古交情,惟此为至。"(《杜诗详注》卷七)可谓深入细微。又《诗论》曰:"真朋友必无假性情。通性情者,诗也。诗至《梦李白》二首,真极矣,非子美不能作,非太白不能当也。"都道出了此二诗的情真意挚处。

天末怀李白 五律

凉风起天末,君子意如何①。鸿雁几时到,江湖秋水多②。文章憎命达,魑魅喜人过③。应共冤魂语,投诗赠汨罗④。

[题解]

乾元二年(759)秋,作于秦州。此诗约与《梦李白二首》写于同时。前二首诗是用五古来写对李白的思念,但还觉得意犹未尽,这首诗是用五律,表达为李白的命运担忧。天末,秦州地处边陲,远如天边,故称天末。

[注释]

①君子:称李白。二句说,秦州秋风渐凉,不知道李白此时感觉如何。②鸿雁:代指书信,传说大雁可为亲友捎带书信。"江湖"句:言李白流放途中江湖众多,道途艰险。③"文章"句:有诗才和文才的人多为才华所累,故多穷困潦倒。命达:官运亨通。魑魅:鬼怪。喜人过:夜郎等地是魑魅之地,喜人经过其地,以伺机加害,此喻指坏人会借机加害李白。因李白才高言直,得罪了不少权贵。④冤魂:指屈原。屈原因受小人之谗,被流放湘沅,最

后自投汨罗江而死。二句是说杜甫认为李白流放到夜郎,要途经汨罗江,会写诗投江以吊屈原。

[评析]

杜甫与李白是至交,他曾与李白"醉眠秋共被,携手日同行",共同度过了一段美好的日子。李白因参加永王璘幕府,被肃宗判长流夜郎,一时成为"世人皆欲杀"的罪人,唯有杜甫"吾意独怜才",可以说杜甫是李白的真正知己。此诗对李白"文章憎命达"的遭遇,"魑魅喜人过"的危险,表示深切的同情和关心,见得杜甫对朋友的一片真情。"文章憎命达"一语,概括了天下不得志文人的命运,其中也寓有杜甫对自己人生的深刻感慨。

佳 人 五古

绝代有佳人,幽居在空谷①。自云良家子,零落依草木②。关中昔丧败,兄弟遭杀戮③。官高何足论,不得收骨肉④。世情恶衰歇,万事随转烛⑤。夫婿轻薄儿,新人美如玉⑥。合昏尚知时,鸳鸯不独宿⑦。但见新人笑,那闻旧人哭⑧。在山泉水清,出山泉水浊⑨。侍婢卖珠回,牵萝补茅屋⑩。摘花不插发,采柏动盈掬⑪。天寒翠袖薄,日暮倚修竹⑫。

[题解]

乾元二年(759)秋,作于秦州。此诗写战乱时一位弃妇的命运,亦有自寓身世之意。杜甫被肃宗认为是房琯一党,被斥出朝,如同弃妇,故对此弃绝在山谷的佳人,有"同是天涯沦落人"之感,故作此诗。

[注释]

① "绝代"句:语出《李延年歌》:"北方有佳人,绝世而独立。"绝

代,即绝世。唐人避太宗李世民之讳,改世为代。上句写佳人貌美,下句写佳人品高。②良家子:出生于家世清白的人家。零落:家世败落。依草木:喻流落在村野之中。③关中:指函谷关、潼关以西的陕西一带,此指长安。昔丧败:指天宝十五载(756)六月,叛军陷长安之事。二句说长安陷落时,兄弟均为叛军杀害。④"官高"二句:是说兄弟以唐室高官被杀,叛军不让她收尸。二句顺便点出此女出身于仕宦大家。⑤恶:厌恶,讨厌。衰歇:指家世败落。转烛:指烛焰随风向而倒,喻世事多变。⑥"夫婿"二句:谓此女之夫因女家衰落,对她不再宠爱,另娶新人。如玉:形容美貌。语出《古诗十九首》:"燕赵多佳人,美者颜如玉。"⑦合昏:即夜合花,合欢树,朝开夜合。鸳鸯:一种雄雌不离的鸟,常喻情侣和对爱情忠贞之男女。二句以花鸟之守信和忠贞,衬其夫之薄幸。⑧"但见"二句:指斥其夫喜新厌旧。⑨"在山"二句:以在山泉清、出山水浊为喻,言自己坚守贞节,决不改嫁。仇批注:"此谓守贞清而改节浊也。"⑩卖珠:言佳人以典当过日。"牵萝"句:扯来藤萝以补屋漏,极写生活之贫困。⑪"摘花"二句:摘花而不插发,谓无心修饰。采柏子而盈掬,谓心贞如柏。松柏为不畏岁寒之常青树,又柏子清苦,此有自甘清苦之意。⑫翠袖:妇女常穿的青衣,此指衣衫。修竹:修长的竹子。竹子有节,此喻佳人的高尚节操。

[评析]

仇兆鳌认为,杜甫写此诗当有此人,他说:"天宝乱后,当是实有其人。故形容曲尽人情。旧谓托弃妇以比逐臣,伤新进之猖狂,老成凋谢而作,恐悬空撰意,不能淋漓恺至如此。"(《杜诗详注》卷七)但旧说仍有一定的道理。杜甫当是有感而作,并将自己的身世之感融入其中,故此诗颇具毛诗之比兴寄托之意。

空 囊 五律

翠柏苦犹食,明霞高可餐①。世人共卤莽,吾道属艰难②。

不爨井晨冻，无衣床夜寒③。囊空恐羞涩，留得一钱看④。

[题解]

乾元二年（759）深秋，作于秦州。空囊，谓钱袋已空。杜甫在秦州生活穷困，常靠亲朋接济维持生活。此以空囊为题，对自己调侃。

[注释]

①翠柏：此指柏实，即柏籽。苦犹食：柏籽味清苦，传说仙人以柏籽为食。《列仙传》："赤松子好食柏实。""明霞"句：道家学道求仙有辟谷之说，可以餐霞食气。司马相如《大人赋》："呼吸沆瀣餐朝霞。"二句是说没有饭吃，何不学仙人食柏实餐霞气。这是幽默的说法，表达自己没钱买饭。②卤莽：即鲁莽，粗疏之意。引申为人情冷漠，疏淡，缺少同情心。吾道：安贫之道。二句谓如今世间人情冷漠，我的安贫乐道的生活也坚持不下去了。仇兆鳌引胡论曰："世人贵苟得，多卤莽而获；吾道守贫穷，故值此艰难也。"③不爨（cuàn）：家中无粮，故不爨。爨，烧火煮饭。井晨冻：早晨未打水，故井已结冰。无衣：无御寒之衣。上句说无米下锅，晨炊已断，下句说无衣衾御寒，夜冷难眠。皆因囊空无钱之故也。④"囊空"二句：是说怕囊空脸面上过不去，故在囊中仍留一文钱看守钱袋。看，看守。看读平声。

[评析]

杜甫在秦州过得十分艰苦，因无米下锅，经常早晨不做饭，夜间也无衣衾御寒，皆为无钱之故。但让钱囊空着，还称得上钱囊吗？为了名副其实，还是要留一文钱看守钱袋，表明并非空囊，里面还有一钱在。此老虽穷且饿，还是不失诙谐之心，幽它一默，聊以自慰。

病 马 五律

乘尔亦已久，天寒关塞深①。尘中老尽力，岁晚病伤心②。

毛骨岂殊众，驯良犹至今③。物微意不浅，感动一沉吟④。

[题解]

乾元二年（759）秋，作于秦州。杜甫为一匹跟随其由华州入秦的老马而作。这匹老马病了，杜甫很是心痛。虽然这是一匹普通的马，但它为主人出尽了力，其精神为人所感动。

[注释]

①尔：指老马。关塞：指秦州。深：深远。二句说老马为杜甫一家人长途奔走，来至塞上的边远之地。②尘中：风尘之中。老尽力：马虽老却尽其全力。岁晚：指秋冬之际。病伤心：指老马病了令诗人伤心。二句谓马为我尽力而病，我为马得病而悲，足见诗人仁者之心。③毛骨：指马的毛色和骨相。驯良：马的性情很温顺，这里强调的是马之德。④"物微"二句：说这匹马虽然并不珍贵，但它的精神却令我感动。物微，微贱。意不浅，指马对人的情意不浅。

[评析]

杜甫是一个有大爱的仁者，他不仅对下层的百姓深为关心同情，而且他的仁爱之心还达及天下众生。这匹老马病了，他像对一个亲人一样关心，说明他有佛家众生平等的观念。杜甫对一切弱小者的同情，来源于他博大的人格，也源于自己的亲身经历，在他与下层百姓的交往中，觉得贫贱者往往比高贵者更具人情，更为善良。此诗以马喻人，对其在患难中不离不弃的善良品德进行歌颂，虽为微物，也对其怀有一颗感激之心。《杜诗镜铨》引蒋弱六语曰："贫贱患难中，只不我弃者，便生感激，写得真挚。"可谓知言。

寄李十二白二十韵 五言排律

昔年有狂客，号尔谪仙人①。笔落惊风雨，诗成泣鬼神②。

声名从此大，汩没一朝伸③。文彩承殊渥，流传必绝伦④。龙舟移棹晚，兽锦夺袍新⑤。白日来深殿，青云满后尘⑥。乞归优诏许，遇我宿心亲⑦。未负幽栖志，兼全宠辱身⑧。剧谈怜野逸，嗜酒见天真⑨。醉舞梁园夜，行歌泗水春⑩。才高心不展，道屈善无邻⑪。处士祢衡俊，诸生原宪贫⑫。稻粱求未足，薏苡谤何频⑬。五岭炎蒸地，三危放逐臣⑭。几年遭鹏鸟，独泣向麒麟⑮。苏武元还汉，黄公岂事秦⑯？楚筵辞醴日，梁狱上书辰⑰。已用当时法，谁将此义陈⑱。老吟秋月下，病起暮江滨⑲。莫怪恩波隔，乘槎与问津⑳。

[题解]

乾元二年（759），作于秦州。杜甫在秦州作了四首怀念李白的诗，《梦李白二首》及《天末怀李白》皆是初闻李白长流夜郎时的诗，因对李白的消息不明，故对他的生死多有揣测之词。此诗似得到了李白赦还江东的确切消息，情绪已经稳定，于是写了这首回顾李白生平及与自己交往的诗，可作为李白生平的小传看。李十二白，即李白，因李白在兄弟中排行十二，故称李十二。称排行表示亲切。

[注释]

①狂客：指贺知章，自号四明狂客。谪仙人：从天上贬谪下来的仙人。据孟棨《本事诗·高逸第三》载，李白初至京师，贺知章首访之，请所为文，白出《蜀道难》示之，贺称叹数四，号为谪仙人。李白《忆贺监诗序》："太子宾客贺公，于紫极宫一见，呼余为谪仙人。"②"笔落"二句：极赞李白诗的艺术魅力。泣鬼神：范传正《唐左拾遗李公新墓碑并序》载，贺知章称赞李白《乌栖曲》曰："此诗可以泣鬼神矣！"仇兆鳌曰："惊风雨，称其敏捷。泣鬼神，称其神妙。"③汩（gǔ）没：埋没。一朝伸：指才能一朝得以伸展。二句说自从贺知章高度评价李白的诗之后，李白的声名一天大似一天，以前被埋没的才能突然得以发挥。④文彩：指诗文的光彩。承殊渥（wò）：得到了皇

帝的特殊恩遇。渥，恩泽。指李白被玄宗召为翰林供奉及召见金殿、草答番书和醉草《清平调词》等事。"流传"句：指李白所写《清平调词》及《蜀道难》等诗流传天下。二句说李白的文采为皇帝所殊赏，其大作流传之广，无与伦比。⑤"龙舟"句：范传正《唐左拾遗李公新墓碑并序》载，玄宗泛舟白莲池，召李白作序，时李白在翰苑酒醉，玄宗命高力士扶其登舟。移棹，开船。"兽锦"句：《旧唐书·宋之问传》载，武则天命群臣赋诗，东方虬先成，赐以锦袍。宋之问诗继成，诗尤工于东方虬，于是夺袍与之。此处借用其事，说明李白才高于众，并非李白亦有其事也。兽锦，绣有兽形图案的锦袍。二句言李白受到玄宗的优宠。以上十句为第一段，仇兆鳌曰："首叙太白诗才，能倾动于朝野。上六，见推贺监也。下四，受知明皇也。"⑥"白日"二句：言李白日间上朝，如在青云之上，后面的追随者步其后尘。青云，喻李白当时有直步青云之概。后尘，指其追随者。⑦"乞归"句：谓李白因不为朝中权贵所容，自请辞京还山，玄宗赐金放还，事见《新唐书·李白传》。优诏，对李白优待的诏书。"遇我"句：谓李白遇我如见故交，遂我夙愿。宿心，即夙心，平生心愿。二句言天宝三载（744）杜甫在洛阳与李白相见之事。⑧"未负"二句：言李白辞京还山，未辜负其山林隐逸之志，而且全身而退。宠辱身，谓其身之宠辱，全在皇帝喜怒之间，指伴君如伴虎，荣辱无常。此为李白庆幸，辞京还山，引身而退，未必不是好事。⑨剧谈：谓李、杜二人在一起促膝畅谈。怜野逸：野逸是杜甫自指。时杜甫尚是白身且诗名未扬，而李白却是名满天下的御前大诗人，故称李白高看自己是怜野逸。见天真：谓李白醉后，说话直率，尽出肺腑，一派天真之言。⑩"醉舞"二句：回忆二人在天宝三、四载，同游梁宋和东鲁事。梁园：即梁苑，据《史记》载，梁园在汴州与宋州三百里之间，故今河南开封与商丘二地，都有梁园遗迹。泗水：在今山东境内，流经曲阜、兖州，南入淮河。自"白日来深殿"以下十句为第二段。仇兆鳌曰："此叙白辞归后，两相交契之情。"⑪"才高"二句：谓李白才华盖世而不得志，其安邦济世之道不能行世，其高尚之志无人理解。此为李白才高遭忌而鸣不平。⑫处士：未出仕做官之人。祢衡：三国时才士，初事曹操，后又事刘表、黄祖，以文才著称。著有《鹦鹉赋》等，终因恃才倨傲而为黄祖所杀。诸生：弟子，学生。原宪：孔子弟子。以贫穷守节著称。二句喻李白才似祢衡，贫如原宪。⑬"稻粱"句：谓李白在流放时生活贫困，食不果腹。"薏苡"（yì yǐ）句：谓李白因参加永王幕府遭诬陷而蒙不白之冤。薏苡谤，《后汉书·马援传》："初，援在交址，常饵薏苡实，用能轻身省欲，以胜瘴气。南方薏苡实大，援欲以为种，军还，载之一车。时人以为南土珍怪，权贵皆望之。援时方有宠，故莫以闻。及卒后，有上书谮之者，以为前所载还，皆明珠文犀。"后因称蒙冤被谤为"薏苡之谤"。薏苡，一种南方的植物名，其实色白如珠。⑭五岭：指大庾岭、骑田岭、都庞岭、萌渚岭、越城岭，总称五岭，或称南岭。三危：山名，在今甘肃敦煌东南。放逐臣：指李白。二句以五岭和三危山皆遥远之地，喻李白流放之地夜郎之远。⑮遭鹏鸟：指汉代贾谊被贬长沙事。贾谊贬长沙王太傅，见鹏鸟入室而赋《鹏鸟赋》，以悲身世。泣麒麟：据《公羊传》载，鲁哀公十四年（前481），狩猎得麒麟，孔子以麒麟为仁兽，出非其时，故闻之而泣曰："胡为乎来哉，吾道穷矣!"二句说李白像贾谊之遭贬，慨其不幸，又如泣麒麟之孔子，叹其道穷。自"才高心不展"以下十句为第三段。仇兆鳌曰："此伤其高卧庐山而见污永王也。"⑯"苏武"二句：是说李白像苏武和夏黄公一样，是心向朝廷的。苏武，据《史记》载，苏武出使匈奴被扣留，在北海牧羊，他坚持不降匈奴，十九年后才回到汉朝。黄公，即夏黄公，秦汉时人，为避秦而隐居商山之中，四皓之一。⑰楚筵辞醴：《汉书·楚元王传》载，楚元王敬穆生为上宾，穆生不嗜酒。王每次置酒，常为穆生设醴。及楚王戊即位，初也经常为穆生设醴，后来就忘了，穆生退曰："可以逝矣，醴酒不设，王之意怠，楚人将钳我于市。"辞醴，仇兆鳌曰："谓不受伪官。"梁狱上书：西汉邹阳为梁孝王门客，文才出众，后为羊胜、公孙诡所忌，二人诬陷他，梁孝王将其下狱。邹阳在狱中上书，为自己辩诬。梁王见其书，将他释放，置为上宾。二句说李白虽及时辞去永王幕府之职，仍遭到肃宗下狱，李白在狱中曾上书为自己辩冤。⑱"已用"句：是说李白在当时以"附逆"的罪名被判长流夜郎。"谁将"句：谓当时有谁能为李白辩冤呢？此义指穆生辞楚和邹阳狱中上书辩冤事。⑲"老吟"二句：此时杜甫已经知道李白已赦还江东，在当涂一带卧病吟诗。⑳"莫怪"二句：这是安慰李白的话。切勿埋怨皇帝的恩泽未至，我若有机会的话，一定要向皇帝为您讨个公道。自"苏武元还汉"以下十句为第四段。仇兆鳌曰："此痛其抱枉莫伸，而流落浔江也。"

[评析]

　　此诗共分为四段。首叙李白诗才及在天宝初被玄宗召为翰林供奉事；次叙辞京还山，李杜同游梁宋、东鲁事；又次叙李白身遇蹭蹬，从璘被流放事；最后为李白蒙冤鸣不平。作为李白的知己，杜甫对李白最了解，包括他的盖世才华和人生理想、兀傲的人格及才高被谤的遭遇，都为杜甫所理解和同情。他认为李白并不是什么叛逆，而是为人所诬陷，他深信李白"道屈善无邻"，是因小人嫉妒才招致"薏苡谤何频"，他想要为李白讨个公道。这首诗是为李白鸣不平，也是为李白生平立传。王嗣奭曰："此诗分明为李白作传，其生平履历备矣。白才高而狂，人或疑其乏保身之哲，公故为之剖白。"（《杜诗详注》卷八引）卢世㴶曰："天壤间维持公道，保护元气之文字。"（《杜诗胥钞馀论》）均为有见之言。又，此诗虽为排律，却能叙事真切，真情一片，通体流畅，而无因对仗和用典所生的板滞之病，是杜诗排律中的优秀之作。

发秦州五古

　　我衰更懒拙，生事不自谋①。无食问乐土，无衣思南州②。汉源十月交，天气如凉秋③。草木未黄落，况闻山水幽④。栗亭名更佳，下有良田畴⑤。充肠多薯蓣，崖蜜亦易求⑥。密竹复冬笋，清池可方舟⑦。虽伤旅寓远，庶遂平生游⑧。此邦俯要冲，实恐人事稠⑨。应接非本性，登临未销忧⑩。谿谷无异石，塞田始微收⑪。岂复慰老夫，惘然难久留⑫。日色隐孤戍，乌啼满城头⑬。中宵驱车去，饮马寒塘流⑭。磊落星月高，苍茫云雾浮⑮。大哉乾坤内，吾道长悠悠⑯。

[题解]

此题下原注曰："乾元二年自秦州赴同谷县纪行。"本年十月，杜甫接到同谷县（今甘肃成县）"佳主人"的邀请信，遂举家欣然前往。此诗是离开秦州前往同谷途中所写的纪述行程的诗，即"纪行诗"。共有十二首，此为第一首。

[注释]

①我衰：杜甫时年四十八岁，因战乱奔波，身力憔悴，故提前衰老。懒拙：指懒于应酬，不善于逢迎。生事：生计。不自谋：自己不善于谋生之意。二句自叹老衰，生计无谋。②问：寻找。乐土：即衣食无忧的地方。《诗经·魏风·硕鼠》："逝将去汝，适彼乐土。"此借用其意。无衣：天冷无御寒之衣。思南州：想到南方去避寒。南州，指同谷，同谷在秦州之南，故称。二句言在秦州无食无衣，因思离去，欲往南州。以上四句，述说离秦州赴同谷之缘由。③汉源：县名，在今甘肃西和县汉源镇，同谷邻县，是汉水的发源地之一，故称汉源。十月交：九月底与十月初之际。如凉秋：指天气尚未十分冷。④"草木"二句：指同谷县气候较暖，风景也较幽美。二句上应"思南州"之句。⑤栗亭：在同谷县东五十里，今为徽县的栗川乡。名更佳：见地名而思物产，认为此地是盛产板栗的地方。良田畴：上等良田。⑥薯蓣：即山药。崖蜜：山崖上野蜂所酿之蜜，即石蜜。以上四句是说同谷物产丰富，以解决"无食"的问题。⑦冬笋：因同谷气候较暖，冬日竹笋已开始滋生，言冬天有冬笋可供食用。方舟：两船并行，言水面较宽。言可乘舟游览风景。仇兆鳌曰："此言同谷之当居。上四，记风景之暖，应上'无衣思南州'；中四，记物产之美，应上'无食问乐土'。"⑧庶：庶几，也许可以。遂：遂愿。平生游：旅游亦为杜甫平生所好。自"汉源"以下十二句，叙述同谷的温暖气候、丰富物产与美丽风光，其中充满了美好想象。⑨此邦：指秦州。俯：俯临之意。要冲：交通要道。人事稠：人事繁杂，应酬的事多。⑩应接：接来迎往的应酬。登临：登高临水，观览风景。未销忧：不能解忧。实言秦州风景平常，不足畅怀。⑪无异石：没有奇石风景可观赏。塞田：山田。微收：收成微薄。⑫岂复：怎还能。老夫：杜甫自指。自"此邦"以下八句，申述要离开秦州的理由。⑬"日色"句：谓太阳落下城头。孤城：孤城，指秦州。"乌啼"

句:写傍晚群鸟归巢时的情景,由此联想自己即将离去,心中有不舍之意。⑭中宵:夜半。夜半离秦州是为了不惊扰亲友。饮(yìn)马:给马饮水。寒塘流:天寒水冷,人马皆苦。⑮磊落:错落分明貌。指天上星星和月亮。上四句写夜间旅途上的情景。⑯"大哉"二句:感慨天下之大,吾生道路之长,前途之迷茫。乾坤,天下。自"日色"以下八句,写夜半出发至同谷途中的情景和感受。

[评析]

杜甫在秦州从七月至九月住了三个月,始终未找到一个安身之所。因天气渐寒,衣食无着,又为同谷县令所邀,于是决定离秦州前往同谷。诗中"无食问乐土,无衣思南州"写出了此时的困境和赴同谷的原因。诗中对同谷物产的丰富和景色的美丽,充满了美好的想象。但他的心中也是没底的,因此在篇末也隐约透露出对前途的忧虑和迷茫。

石 龛 五古

熊罴哮我东,虎豹号我西①。我后鬼长啸,我前狨又啼②。天寒昏无日,山远道路迷③。驱车石龛下,仲冬见虹霓④。伐竹者谁子,悲歌上云梯⑤。为官采美箭,五岁供梁齐⑥。苦云直簳尽,无以应提携⑦。奈何渔阳骑,飒飒惊蒸黎⑧。

[题解]

此诗是由秦州赴同谷途中十二首纪行诗之一。石龛(kān),即石窟,凿山壁为洞,内刻仙佛之像的石窟,在甘肃西和县南八十里之半山腰。此诗写经过此地时虎啸熊吟的恐怖景象、途中的艰难困苦之状及当地人民上山采箭杆所受的劳役之苦。

[注释]

①羆：熊的一种，体型较大。②鬼：鬼怪，实指野兽。狨（róng）：猿类的一种。即金丝猴。以上四句是写石龛这个地方是野兽出没之所，荒无人烟，环境恐怖。③"天寒"二句：写天色灰暗，山路艰险难行。④仲冬：本指十一月，此泛指冬天，因当时仅为十月，应是初冬。见虹霓：冬天出现虹霓是异常现象，按《礼记·月令》："孟冬之月，虹藏不见。"而此云仲冬见之，是纪实之言，是此地的地气较暖使然。⑤谁子：何人。上云梯：谓登山之高。云梯，石磴入云。言采竹者之艰难和危险。⑥美箭：谓此地之竹是做箭杆的好材料，可做美箭。五岁：五年。梁齐：指河南、山东一带。梁，汴州，今河南开封。齐，山东北部，当时梁齐之地一直是官军与叛军的交战之地。⑦苦云：诉苦说。直榦（gǎn）：可做箭杆的小竹。应提携：应付差事。提携，提交东西。⑧渔阳骑：指安史叛军，其老巢在渔阳，即今北京地区。飒飒：风声。指叛军铁骑的奔驰声。惊蒸黎：竟然也惊动这里的老百姓。

[评析]

此诗前八句写经过石龛这个地方，山路十分艰险而荒凉，到处是野兽出没，即使是白天也昏暗不见天日，道路极为难行。冬天竟然出现了虹霓，天象有些异常。后八句写途中见到为官家采箭杆的百姓，在直入云霄的山上采伐竹子，以供军用。但经过五年采伐，直杆已采尽，将无法向官府交差。这些都是安史之乱造成的，让边远的老百姓也不得安生啊。此诗前四句采用乐府民歌夸张排比的手法，从东、西、后、前四个方位来描写环境的险恶，并连用四个"我"字，十分生动，读后如身临其境，这在杜诗中是很少见的。前半篇写自己的遭遇，后半篇写百姓的苦难，仇兆鳌引张綖注："上叹行路之艰，是伤己；下叹征求之苦，是悯人。"（《杜诗详注》卷八）

泥功山 五古

朝行青泥上，暮在青泥中①。泥泞非一时，版筑劳人功②。不畏道途远，乃将汩没同③。白马为铁骊，小儿成老翁④。哀猿透却坠，死鹿力所穷⑤。寄语北来人，后来莫匆匆⑥。

[题解]

此诗亦是自秦州赴同谷途中所作的十二首纪行诗之一。泥功山，在成县西北三十里，路多泥泞，故称。

[注释]

①"朝行"二句：谓在泥功山行走，从早到晚都在青泥中跋涉。言此山泥泞难行。②非一时：一年四季都是如此。版筑：用木板夹土筑墙。劳人功：意谓都是稀泥筑不起来，徒费人力。③汩没：没入泥中。同：一起。二句谓不怕路远，就怕一起没入泥潭中爬不出来。指此路非常危险。④铁骊：黑色的马。二句谓在此泥中行走，白马被泥所污，变成了黑马，小儿满脸溅满了泥浆，形如老翁。⑤哀猿：悲叫的猿猴。透：跳跃。坠：坠落泥中。死鹿：将死之鹿。力所穷：用尽了力气。二句谓猿猴善跳跃，却坠入泥中出不来，惨叫不已；野鹿陷进泥潭，用尽力气也无用，最后死在泥中。形容污泥之深。⑥寄语：传告。北来人：北面过来的行人。莫匆匆：不要匆忙过此路，即需谨慎小心之意。

[评析]

泥功山，山上多土，因长年多雨积水之故，山间多泥泞和泥潭。在这样的路上通过，常有陷入泥潭的危险。"白马为铁骊，小儿成老翁"尚只是泥泞艰辛之苦，而"哀猿透却坠，死鹿力所穷"则是陷于死地矣，可见过此山之艰难和危险。此诗用语通俗、形象、生动，有乐府诗之余风。开头四句，写泥功山之泥泞，"白马"

二句，写行路之艰，极生动而形象，是当时情况的真实写照。"悲猿"二句，虽为想象之词，然道途中处处隐藏陷泥之险，却是实情。结语表现出诗人一贯之仁人之心。杨伦曰："记地之作，朴老如古乐府，亦极刻划。"（《杜诗镜铨》卷七）

凤凰台 五古

亭亭凤凰台，北对西康州①。西伯今寂寞，凤声亦悠悠②。山峻路绝踪，石林气高浮③。安得万丈梯，为君上上头④。恐有无母雏，饥寒日啾啾⑤。我能剖心血，饮啄慰孤愁⑥。心以当竹实，炯然无外求⑦。血以当醴泉，岂徒比清流⑧。所贵王者瑞，敢辞微命休⑨。坐看彩翮长，举意八极周⑩。自天衔瑞图，飞下十二楼⑪。图以奉至尊，凤以垂鸿猷⑫。再光中兴业，一洗苍生忧⑬。深衷正为此，群盗何淹留⑭。

[题解]

此诗作于乾元二年（759）十月，杜甫到达同谷之后。此诗是由秦州赴同谷途中十二首纪行诗最后一首。凤凰台，在同谷县东南七里凤凰山上，题下原注："山峻，人不能至其顶。"应是在山下望凤凰台之作。

[注释]

①亭亭：高峻貌。北对：因凤凰山在同谷县东南，故云。西康州：即同谷县城。唐高祖武德初年，置西康州，贞观初改称同谷县。②西伯：指周文王。文王被商纣王封为西伯。今寂寞：因文王早已不在人世，故云寂寞。"凤声"句：传说周文王时，凤鸣岐山，周兴。凤鸣为祥瑞之声，但周文王时之凤鸣并不在同谷，而在岐山，此因凤凰台而借用之。③路绝踪：无路可登。此句应为原注中"山峻，人不能至其顶"意。石林：指山上的石峰众多如林。

气高浮：指山顶云气缭绕。④万丈梯：直达山顶的云梯，此为想象之词。君：指凤雏，即后面的"无母雏"。上：登。上头：山顶。⑤恐有：可能有，此为揣测之词。无母雏：失母的凤雏。啾（jiū）啾：凤雏的叫声。⑥剖心血：剖出自己的心与血，喂养凤雏。饮啄：饮血啄心。慰孤愁：宽慰孤雏之忧愁。孤，指无母的孤凤雏。⑦竹实：传说凤凰非竹实不食，非醴泉不饮。炯然：显然。二句谓我将我的心当作竹实，这样凤雏就无须到别处寻食了。⑧醴泉：甘美的泉水。清流：清泉之水，即指醴泉。二句说我将自己的血当做醴泉献上，岂不比醴泉还要强？⑨王者瑞：指凤凰的出现是王者之祥瑞。微命：微贱之命，杜甫自指。休：死。二句说凤凰是王者之瑞，为了它我可以献出性命。⑩坐看：即将看到。彩翮：凤羽。因凤羽呈五彩，故云，此代指凤雏。长：长大。八极周：指周游八极。⑪自天：从天帝之处。衔瑞图：衔来祥瑞之图。《春秋元命苞》："凤皇衔图至帝前，帝再拜受图。"十二楼：神仙所居处。《十洲记》载，昆仑山"其一角有积金为天墉城，而方千里，城上安金台五所，玉楼十二所"。⑫至尊：指皇帝。垂鸿猷（yóu）：垂大业于后世。鸿猷，鸿业，伟业。⑬中兴业：复兴大业，指肃宗再造唐朝。二句说希望肃宗能够重建大唐之中兴大业，使苍生安居乐业，无战乱之忧。⑭为此：指为凤雏奉献心血。群盗：指安史叛军。何淹留：何能滞留不去，意即群盗必灭。

[评析]

　　杜甫因见凤凰台而突发奇想，将之与岐山鸣凤联系起来，认为它是国家兴盛的祥瑞之征。于是杜撰了一个无母雏的孤凤，愿将己之心血奉献给它，让它早些长大，为大唐复兴，带来好运。这虽是一首寓言诗，但却寄托了杜甫对大唐国运中兴的衷心希望，以表达他忧国忧民之心。此诗是用一种浪漫主义的手法写成。在杜诗的众多写实手法所写的诗中，偶现异彩，显现出他诗歌艺术风格的多样性。

乾元中寓居同谷县作歌七首 七古

其 一

有客有客字子美,白头乱发垂过耳①。岁拾橡栗随狙公,天寒日暮山谷里②。中原无书归不得,手脚冻皴皮肉死③。呜呼一歌兮歌已哀,悲风为我从天来④。

[题解]

作于乾元二年(759)十一月。杜甫到同谷后寓居凤凰山下的杜崖村。这组诗为七古连章诗,结构相同。每诗前六句为叙事,后两句为诗人之感慨;前六句为一韵,后两句为一韵。

[注释]

①有客:杜甫自呼。白头乱发:此时杜甫因生活困顿头发已全白,且无暇修整,头发散乱。垂过耳:白发飘萧,其长过耳。②岁:指岁末。橡栗:即橡树之籽实,似栗而小,可食。随狙(jū)公:与养猴子的人一起。语出《庄子·齐物论》:"狙公赋芧曰:'朝三而暮四。'众狙皆怒。曰:'然则朝四而暮三。'众狙皆悦。"芧为橡子。此为用典。二句说在寒冬日暮之时,到山谷中去寻找橡栗充饥。③中原:指中原的家乡洛阳。无书:无书信来,即与家乡消息断绝。归不得:无法回家去。冻皴:因受冻而皮肤开裂。皮肉死:指皮肉麻木,已无知觉。④一歌:此为第一首歌,故曰一歌。"悲风"句:谓自己的悲歌已感动天地,悲风为之从天而降。

[评析]

此为第一歌。杜甫到同谷后,邀其来同谷的"佳主人"再未露面,杜甫谋生无着,陷入困顿之中。家中无粮,只好到山谷中去寻橡实,为全家做充饥之食。此诗首二句自写画像,中四句写寒冬山中拾橡实之事，日暮未归，皮冻肉僵，可见寻橡实之难也。末二句为感慨之词。此诗与后面的几首诗的结语均仿汉代蔡琰《胡笳十八拍》，有楚辞风味。此诗前六句押上声纸韵，后二句转韵，押平声灰韵。

其 二

长镵长镵白木柄，我生托子以为命①。黄独无苗山雪盛，短衣数挽不掩胫②。此时与子空归来，男呻女吟四壁静③。呜呼二歌兮歌始放，闾里为我色惆怅④。

[注释]

①长镵（chán）：一种刨地的工具。我生：即我此生。托子：托付于你。子，称长镵，这是一种拟人化的说法。以为命：即靠它活命。②黄独：一种野生的山芋，皮黄肉白，可食。山雪盛：谓山雪将黄独掩盖。数：多次。挽：谓衣向下抻拉。不掩胫：遮不住小腿。③空归来：空手而归。男呻女吟：指儿女们因饥饿而呻吟。④放：放声而歌。闾里：邻里。

[评析]

上首说橡栗没有拾到，这首诗说扛着锹去挖黄独。可黄独在雪里埋着，更加不好挖，忙乎了一天，还是什么也没有得到。面对着儿女饥饿的呻吟声，自己放声悲歌，邻里也为之改颜。上首诗是说上感苍天，风为之悲；此首诗是说下感邻里，为之动颜。此诗前六句押去声敬、梗、径韵（邻韵通押），后二句转韵，押去声漾韵。

其 三

有弟有弟在远方，三人各瘦何人强①。生别展转不相见，胡尘暗天道路长②。东飞鴐鹅后鹙鶬，安得送我置汝旁③。呜呼三歌兮歌三发，汝归何处收兄骨④？

[注释]

①有弟：杜甫有颖、观、丰、占四个弟弟，只有杜占跟随着杜甫。三人：指颖、观、丰三人。他们远在河南、山东等地。何人强：指他们皆身体瘦弱，没有一个是强壮的。此为关心语。②展转：杜甫乾元二年（759）春，由家乡洛阳到华州，又由华州至秦州，又从秦州至同谷，已多次辗转流落。汉乐府《饮马长城窟》："他乡各异县，展转不可见。"此化用其语。胡尘暗天：叛军此时仍占据着中原。胡尘，代指安史叛军。道路长：指同谷离中原家乡很远。③东飞：杜甫想念在中原的弟弟，故云东飞。鹖（gē）鹅：一种野鹅，善飞。鹙鸧（qiū cāng）：鹙，秃鹙。鸧，鹤类。置汝旁：到达你们身边。汝，汝等，指三个弟弟。二句意谓愿乘着东飞的鸟儿，去寻找失散的诸弟。④三发：三唱。兄骨：兄的尸骨。兄，杜甫自指。后句意谓我现在漂泊不定，不知会死在何处，你们将来不知能否找到我的尸骨。此话说得很悲凉。

[评析]

此诗是思弟之作。因在同谷生活无着，不知还能否活得下去，故特别思念离别的几个弟弟。如今胡尘暗天，中原板荡，恐生前是很难见面了。我行踪不定，就是死在他乡，你们将来也恐怕连尸骨也无处可寻。此话说得是何等悲怆！不到十分危难之处，恐怕不会做此想。仇兆鳌解此诗曰："此章叹兄弟各天也。生别展转，自东都而长安，又自秦陇而同谷，胡尘暗天，申言生别之故。弟在东方，因欲东飞而去也。始念生离，终恐死别，故有收骨之语。"（《杜诗详注》卷八）分析可谓透彻。此诗前六句押平声阳韵，后二句转韵，押入声月韵。

其 四

有妹有妹在钟离，良人早殁诸孤痴①。长淮浪高蛟龙怒，十年不见来何时②。扁舟欲往箭满眼，杳杳南国多旌旗③。呜呼四歌兮歌四奏，林猿为我啼清昼④。

[注释]

①有妹:杜甫有一妹,嫁韦氏,但早已丧夫寡居。其《元日寄韦氏妹》:"近闻韦氏妹,迎在汉钟离。"钟离:地名,春秋时为钟离子国,汉代置钟离县,故城在今安徽凤阳县东北,即临淮关。良人:丈夫。诸孤:几个孤儿。痴:年龄小,还不懂事。二句说有个妹妹在钟离,丈夫早亡而留下了几个尚不懂事的孩子。②长淮:淮河。因钟离(即临淮关)在淮河南岸,故言及。蛟龙:古代传说的一种水中的凶猛动物。来何时:何时能前来相会。二句说隔着一条波涛汹涌的淮河,水中有食人的蛟龙,交通艰险难行,故离别十年还未见面,不知何时能再会。③箭满眼:指战乱。杳杳:遥远貌。南国:即南方。旌旗:即战旗,亦指战乱。④歌四奏:即第四支歌。啼清昼:此指林猿在白天悲啼。猿本夜啼,今竟昼啼,皆因我歌之悲故也。

[评析]

此诗言思妹。此妹远在淮河南岸的钟离,早寡,孩子还小。因长淮相隔,交通不便,已十年未见,如今战乱之际,想去看她也实在不易。想到这里,悲歌一曲,连林猿也为之悲啼。仇兆鳌解此诗曰:"此章叹兄妹异地也。嫠妇客居,孤儿难倚。十年,妹不能来,扁舟,公不得往。蛟龙,防路之险,旌旗,患时之危。猿啼清昼,不特天人感动,即物情亦若分忧矣。"(《杜诗详注》卷八)此诗前六句押平声支韵。后二句转韵,押去声宥韵。

其 五

四山多风溪水急,寒雨飒飒枯树湿①。黄蒿古城云不开,白狐跳梁黄狐立②。我生何为在穷谷,中夜起坐万感集③。呜呼五歌兮歌正长,魂招不来归故乡④。

[注释]

①"四山"句:同谷四面皆山,风多水急。"寒雨"句:言寒雨连绵,气候不佳。二句言所居环境和气候恶劣。②黄蒿古城:是说同谷县城荒凉,周围都是黄蒿野草。白狐、黄狐:指野兽出没。跳梁:即跳踉,跳跃。以上四句

写同谷地处僻野,多阴风寒雨,是野兽出没的荒凉之处。此虽为写景,亦写当时恶劣的心境。③"我生"句:即我为何要在这个穷谷中生活呢。穷谷,指同谷。中夜:即夜半。万感集:百感交集。④歌正长:即长歌当哭之意。魂招不来:《楚辞·招魂》:"魂兮归来,反故居些。"魂,此指生人之魂,非死魂也。此句说欲招兄妹之魂同归故乡,可是他们距离遥远,招不回来。意即如今自己和兄妹都天各一方,想一起返归故乡是很难的了。

[评析]

此诗写自己所居之同谷,四山闭塞,气候阴冷,荒寒远僻,野兽出没,非人所宜居。自己与兄妹都各在他乡,其魂难招,故乡难归。极写自己与家人离散他乡之苦。关于招魂之说,亦有数意。王嗣奭说:"魂离形体,不能招来,使之同归故乡。"胡夏客说:"身在他乡,而魂归故乡,反若招之不来者。"(《杜诗详注》卷八引)其说法可供参考。此诗前六句押入声缉韵,后二句转韵,押平声阳韵。

其 六

南有龙兮在山湫,古木巃嵸枝相樛①。木叶黄落龙正蛰,蝮蛇东来水上游②。我行怪此安敢出,拔剑欲斩且复休③。呜呼六歌兮歌思迟,溪壑为我回春姿④。

[注释]

①山湫(qiū):山中的深潭。即指在凤凰山下的万丈潭。《方舆胜览》载:"万丈潭在县(同谷)东南七里,相传有黑龙自潭中飞出。"杜集中有《万丈潭》诗记其事。巃嵸(lóng zōng):弯曲错杂貌。枝相樛(jiū):指树枝盘绕纠结。②龙正蛰(zhé):龙正潜藏在水中。因此时为冬季,正是龙蛰之时。蝮蛇:一种毒蛇。水上游:指冬眠之蛇已开始活动,此阳气渐盛天气将暖之兆。古时龙蛇并称,此又指此蛇有龙之象。③我行(háng):即我辈。怪此:对冬日蝮蛇出游的现象感到惊奇。"拔剑"句:见蛇出动,想拔剑将其杀死,但想了想,又住手了。④歌思迟:迟迟未歌,乃有所思。回春姿:认为蛇

之出游乃是龙的惊蛰之象,即春天就要来了。

[评析]

此诗乃咏凤凰山下之龙湫,即万丈潭。冬季是龙蛇蛰伏的季节,但此时却在水面上有蝮蛇东游,杜甫初惊其怪异,欲拔剑除蛇,但转念一想,此为龙蛇惊蛰之象,岂不是预示春之将至吗?故化怪异为欣喜:春天即将到来,这个难过的冬天,很快就要熬过去了。关于蝮蛇游水之事,也有不同的说法。仇兆鳌曰:"神龙蛰伏,而蝮蛇肆行,此阳微阴胜之象。"(《杜诗详注》卷八)浦起龙曰:"'蝮蛇东来',史孽寇逼也。"(《读杜心解》卷二之二)韩成武曰:"古今注家多认为此处'蝮蛇'有喻指,或以为指李辅国,或以为指史思明。均未能通圆全篇。求之过深,反成浅薄。今按,'蝮蛇'敢于冬季出游,正说明天气变暖,这正是'短衣数挽不掩胫'的杜甫所希望的,此处'蝮蛇'乃春之信使。"(《少陵体诗选》)诸说不同,吾从韩。

其 七

男儿生不成名身已老,三年饥走荒山道①。长安卿相多少年,富贵应须致身早②。山中儒生旧相识,但话宿昔伤怀抱③。呜呼七歌兮悄终曲,仰视皇天白日速④。

[注释]

①男儿:杜甫自指。生不成名:指未成就安邦济世之功名。身已老:杜甫此年四十八岁,按照儒家的说法,"四十、五十而无闻焉",就可以说已经老了。"三年"句:杜甫自天宝十五载(756)夏携家北走鄜州避难起,到写此诗时已达三年,大部分时间都东奔西走于荒山野道之间,故云。②"长安"句:指肃宗即位后,极力培植私人势力,而对玄宗旧臣进行排挤,故朝中达官多是新进少年之辈。"富贵"句:讽刺那些钻营富贵的少年。仇兆鳌曰:"长安卿相二句,据师氏之说,是叹当时弃老成而用新进,初非羡慕朝官也。此诗

固当善会。"③山中儒生：可能指李十一衔。杜甫晚年有诗《长沙送李十一衔》："与子避地西康州。"西康州即同谷。旧相识：老朋友。宿昔：指往事。④悄终曲：指最后一歌，悄然而止。皇天：对天的尊称。许慎《五经异义·天号》引《古尚书说》："天有五号，各用所宜称之：尊而君之，则曰皇天。"白日速：太阳很快就要下山了，一天又将过去。指时光流逝得很快，感慨人生易老。仇兆鳌曰："皇天日速，叹不能挽暮景之衰颓也。"

[评析]

此诗是本组诗的最后一首，是以上六首的结语。自叹穷老山中，当年"致君尧舜"之志，至今消磨殆尽。而今长安中少年多致身卿相者，是钻营而致富贵矣，非有功于国，有何羡焉？与山中旧识儒生，畅叙怀抱，俱怀志未申，唯有伤怀而已。仰视天上白日匆匆，经天而过，时光催人渐老，怎能不令人心急如焚！此诗前六句为去声号、皓韵通押，后二句转韵，押入声屋韵。

此七诗自伤流离苦寒，怀念亲人，忧心国事，感叹光阴催人，时不我遇，行将老迈，怀志未伸，百感交集，催人泪下，实老杜七古杰作。董益曰："子美《寓居同谷七歌》，风骚极致，不在屈宋之下。"申涵光曰："《同谷七歌》顿挫淋漓，有一唱三叹之致，从《胡笳十八拍》及《四愁诗》得来，是诗中得意之作。"（俱见《杜诗详注》卷八引）此诗对后世影响很大，宋元诗人多仿同谷歌体，文天祥曾作诗六首以效其意。

发同谷县 五古

贤有不黔突，圣有不暖席①。况我饥愚人，焉能尚安宅②？始来兹山中，休驾喜地僻③。奈何迫物累，一岁四行役④。忡忡去绝境，杳杳更远适⑤。停骖龙潭云，回首虎崖石⑥。临歧别数子，握手泪再滴⑦。交情无旧深，穷老多惨戚⑧。平生懒拙意，偶值栖遁迹⑨。去住与愿违，仰惭林间翮⑩。

[题解]

此诗原注曰："乾元二年十二月一日，自陇右赴成都纪行。"杜甫在同谷只住了一个多月，生活非常艰难，便住不下去了，于是决定携全家赴蜀。自同谷赴成都纪行诗共有十二首。此首是第一首。

[注释]

①"贤有"二句：语本《文子》："墨子无黔突，孔子无暖席。"其意是说，贤如墨子，圣如孔子，一生都在奔走不暇。不黔突，做饭的锅灶的烟囱还未熏黑，人就又走了。不暖席，指床席还未睡暖，又要出发。②"况我"二句：贤圣尚不得安生，而况我等饥愚之人，哪能长久安居一处呢？饥愚人，既受饥饿煎熬又愚笨之人。安宅，安居。③"始来"二句：说刚开始来到同谷之时，是因为喜欢这里僻静才住下的。兹山中，即同谷县，因其四周皆山，地处盆地，故曰山中。休驾，下车休息。此指安顿居住下来。④"奈何"二句：无奈为衣食所累，被迫一年之中四次迁徙。指杜甫自本年春从洛阳至华州，七月从华州奔秦州，十月从秦州奔同谷，如今又从同谷奔往蜀中，即四次迁徙，故云"一岁四行役"。行役，指被迫转徙行走，如同劳役。⑤忡（chōng）忡：忧虑不安貌，指忧心忡忡。去绝境：指离开同谷。绝境，景色幽绝之境。但只适于观赏，而并不适于生活。杳（yǎo）杳：遥远貌。远适：到更远的地方去。适，前往。二句说忧心忡忡地离开同谷这个风景幽绝之处，向更远的地方出发。⑥停骖（cān）：即停车。骖，三驾马车中间的叫辕马，外边的叫骖马，此代指马车。龙潭：即龙湫，万丈潭。虎崖：即虎穴，在甘肃成县城东南凤凰山飞龙峡口。二句谓在同谷虽然生活条件不佳，但毕竟是住了一个多月，临别时有恋恋不舍之意。⑦临歧：到了岔路口。别数子：与几个同谷的送行者相别。子，为尊称。握手：表示惜别。⑧无旧深：没有很深的老交情。多惨戚：指送行者见我穷而且老，多为之惨戚。二句写与一些新相识的朋友告别，他们都为我的穷困老迈而感到悲伤。⑨"平生"二句：自己生性懒惰笨拙，不善于谋生，是偶然的机会，使我在此住了一些时期。偶值，偶尔碰上。栖遁迹，隐居之处。⑩"去住"二句：谓离开和留在这里都不是我的意愿，真惭愧不

如林间的鸟儿自由自在。即想留下继续住下去,但没有这个条件,离开这里也是没有办法。翮,鸟之翅羽,代指飞鸟。

[评析]

此诗首言离同谷赴蜀之由。首四句先引墨子和孔子二圣贤以自解,墨不黔突,孔不暖席,圣贤尚且一生戚戚然奔走不暇,何况我这个饥愚之人为求生就更是如此了。"始来"以下四句,说明自己离开的真正原因,是在同谷实在无法过下去。本来是喜欢来这里安居的,但为衣食之累,只好离开这里,做第四次行役之旅。"忡忡"以下八句,言临去之时的恋恋不舍之情。这里风景幽美,与同谷的诸位新交也有了感情,于地于人,都不忍离别。最后四句,言去留之间的矛盾感情:不忍离去,又不得不舍之而去,去和留,均与愿违。此首是与同谷友人的告别诗,既写出了自己不得不去的理由,又写出了对送行者的依依难舍之情,可谓是言语婉转,曲尽人情,尽显老杜为人之忠厚处。

五 盘 五古

五盘虽云险,山色佳有余①。仰凌栈道细,俯映江木疏②。地僻无网罟,水清反多鱼③。好鸟不妄飞,野人半巢居④。喜见淳朴俗,坦然心神舒⑤。东郊尚格斗,巨猾何时除⑥。故乡有弟妹,流落随丘墟⑦。成都万事好,岂若归吾庐⑧。

[题解]

作于乾元二年(759)十二月。此诗是杜甫由同谷赴成都十二首纪行诗之一。五盘,地名,即五盘岭,又名七盘岭,在今四川广元市东北一百七十里。此岭是秦蜀分界处。《一统志》说"栈道盘曲有五重",故名五盘。

[注释]

① "五盘"二句：谓五盘岭虽说险峻，但山上的风景甚佳。② "仰凌"句：是说从山下看，栈道细如丝盘绕在山腰间。仰凌，仰首凌空上望。栈道，在半山腰开凿的用石条或木柱架铺起来的山道。"俯映"句：是说从栈道上俯视，可见下面江边稀疏的树木映入眼帘。二句皆言栈道之高险。③ "地僻"二句：因地处荒僻，人迹罕至，没有人下网捕鱼，故栈道之下江中水清而多鱼。网罟，捕鱼的网。④不妄飞：即见人不惊之意。仇兆鳌曰："鱼安于水，鸟不避人，即此见淳朴之俗。"又解，此句当是以好鸟喻人，即尽管这里的生存条件恶劣，但人们却不弃之他去。野人：指当地的百姓。半巢居：有一半人的居处像鸟兽的巢窝。指居处简陋。按此句的意思是山中有穷人住在山岩的洞穴之中，至今中国的西南山区仍有人群居于岩洞里生活。⑤ "喜见"二句：见到这里风俗淳朴，感到心里很舒畅。⑥东郊：指洛阳的城外。尚格斗：当时官军尚与叛军在中原打仗。巨猾：大奸巨恶之人，此概指安史叛军。二句联想中原仍处于战火之中，希望能够早日消灭安史叛军。⑦ "故乡"二句：在家乡还有弟弟和妹妹，但故乡已成丘墟，他们现在都流落在外。随丘墟，指家乡成荒墟之后。⑧ "成都"二句：虽说成都万事俱好，但总不如回到故乡。吾庐，指家园。

[评析]

此为过五盘时所作的诗。诗中说，五盘虽险，但风景很好。上有凌空之栈道，下有江水之映影。因地僻人少，故水清而鱼多。这里的人民群众多居于岩洞，如鸟兽之巢居，但这里民风淳朴，他们如好鸟恋巢，不远走高飞，虽穷困而安于其乡也。而我之故乡，四郊多垒，战火不息，但愿能早日扫平叛军，擒巨猾而除之。我家中虽有弟妹，但随着家园之荡尽，皆逃于他乡矣。能到成都固然很好，但梁园虽好，终非久居之乡，总不如能回到自己的家乡为好。此首见他乡风光之美，人民之淳朴，转而忆及家乡及亲人，转接得极为自然。

龙门阁 五古

清江下龙门，绝壁无尺土①。长风驾高浪，浩浩自太古②。危途中萦盘，仰望垂线缕③。滑石欹谁凿，浮梁袅相拄④。目眩陨杂花，头风吹过雨⑤。百年不敢料，一坠那得取⑥。饱闻经瞿塘，足见度大庾⑦。终身历艰险，恐惧从此数⑧。

[题解]

作于乾元二年（759）十二月。此诗为由同谷赴成都纪行诗之一。龙门阁，当是龙门山栈道的道名。龙门山，在今四川广元市东北八十里。其山壁如削，栈道高悬。《方舆胜览》："他阁道虽险，然在山腰，亦微有径，可以增置阁道。惟此阁石绝斗立，虚凿石窍，架木其上，比他处极险。"

[注释]

①清江，指嘉陵江。下龙门：仇兆鳌解曰："下龙门，江在龙门下也。"无尺土：全是石头。②浩浩：长远貌。自太古：从太古以来就是如此。太古，远古。③中萦盘：一作萦盘道，是。"仰望"句：从山下向上仰视，栈道好像一根绳线，从山上垂下来。④滑石：上面有青苔的石壁，语出孙绰《游天台山赋》："践莓苔之滑石。"欹：欹侧，陡峭。谁凿：为谁所开凿。浮梁：指栈道的横梁，一头插入山壁石窍中，另一头悬浮空中。袅：指晃动。相拄：互相支撑。二句言栈道之高之险及修栈道人的鬼斧神工。⑤"目眩"句：言走在栈道上，目眩眼花。陨杂花：指晕眩时眼前如杂花乱坠。陨，落。头风：一指迎头扑来之风，一指眩晕头痛之病。吹过雨：一作过飞雨，即风吹雨过头之意。二句以眼前杂花乱坠和飞雨过头来形容头晕眼花，乃登高之恐惧症。⑥不敢料：即不敢想能活到百年。"一坠"句：谓一旦失足坠下山崖，生命马上就结束了。那得取，无法挽救。⑦饱闻：经常听说。经：经过。瞿塘：指三峡之瞿塘峡，风光奇峻。足见：足可以想见。度大庾：翻度大庾岭。大庾岭，五岭

之一,以险峻著称。二句以瞿塘峡和大庾岭之险峻比龙门阁。⑧从此数:从此栈道数起。二句说,从经过龙门阁栈道后,才开始知道什么叫作恐惧。

[评析]

龙门阁栈道,是蜀道中最艰险的地段之一,诗中对栈道作了细致精彩的描绘。绝壁之上栈道如线,下面有波涛滚滚的嘉陵江。山高石滑,绝壁千尺,栈道在山间盘旋,石梁相互支撑,在半空中摇曳,令人目眩头晕,眼冒金花。一失足便成千古恨,怎能不令人恐惧?写蜀道之险,如在目前,如不亲临所见,是绝对写不出来的。

剑 门 五古

惟天有设险,剑门天下壮①。连山抱西南,石角皆北向②。两崖崇墉倚,刻画城郭状③。一夫怒临关,百万未可傍④。珠玉走中原,岷峨气凄怆⑤。三皇五帝前,鸡犬各相放⑥。后王尚柔远,职贡道已丧⑦。至今英雄人,高视见霸王⑧。并吞与割据,极力不相让⑨。吾将罪真宰,意欲铲叠嶂⑩。恐此复偶然,临风默惆怅⑪。

[题解]

作于乾元二年(759)十二月。此诗是自同谷赴成都纪行诗十二首之一。剑门,关名,在今四川剑阁县东北二十五里。《大清一统志》云:"其山削壁中断,两崖相嵌,如门之辟,如剑之植,又名剑门山。"

[注释]

①惟:发语词。天有设险:即观剑门之险,非人力所能为,只有老天才能设此险关。天下壮:是天下最壮观的。②"连山"二句:说剑门山的山势,绵延相连,将西南蜀地抱护起来,其山峰皆如牛角向北倾斜。此指剑门的山势

对蜀地有利。③两崖：剑门关两旁的山崖。崇墉（yōng）：高峻的城墙。墉，城墙。倚：倚傍。刻画：呈现。二句说关门两旁的山崖，陡峭高耸如城墙一样，整体看来宛如一座城郭。④"一夫"二句：谓地势险要，一夫当关，万夫莫开。怒临关：奋起当关。未可傍：不能近前。语出张载《剑阁铭》："一夫荷戟，万夫趑趄。"李白《蜀道难》："一夫当关，万夫莫开。"二句极言剑门关形势之险要。⑤"珠玉"句：谓历代王朝都向蜀地寻求财富，重赋厚敛。珠玉，指财赋。走，到。岷峨：岷山和峨眉山，均在蜀地，此为蜀地的代指。气凄怆：气色惨淡。实指蜀地民气颓丧。二句说由于中原王朝对蜀地搜刮财富，使得岷山和峨眉山都为之气色惨淡。此是拟人手法。⑥三皇五帝：指上古之世。三皇，《白虎通》指燧人氏、伏羲氏、神农氏。五帝，指黄帝、颛顼、帝喾、帝尧、帝舜。"鸡犬"句：是说上古之时，人无私有观念，其鸡犬等家畜不分彼此，在一起放养。一说，上古之时，蜀地与中原不相往来，即《老子》所云"邻国相望，鸡犬之声相闻，民至老死不相往来"之意。⑦后王：指三皇五帝以后夏、商、周三代君主。尚：崇尚，重视。柔远：对边远地区实行怀柔政策。职贡：进贡、纳贡制度。《周礼·夏官·大司马》："制其职，各以其所能；制其贡，各以其所有。"因此制后代已无人实行，故后云"道已丧"。道，指王道，后王之道。下句有指斥唐王朝对蜀地人民剥削太甚之意。⑧至今：一作至令，是。英雄人：指地方割据的势力。高视：高视阔步，目无君上之意。见：现。霸王：指割据一方，称王称霸之意。二句说，由于王道不兴，致使一些地方权势，乘机割据。⑨并吞、割据：指王者要并吞一统，霸者要割据一方。不相让：指二者相互杀伐，你争我夺，互不相让。⑩罪：问罪。真宰：天帝。古人以天帝主宰万物，故称真宰。铲叠嶂：铲除重峦叠嶂的剑门山。⑪复偶然：指割据之事还会发生，即李白所谓"所守或匪亲，化为狼与豺"（《蜀道难》）的忧虑。黩：一作"黯"，是。二句对蜀中的未来怀有隐忧，恐蜀中将有乱也。

[评析]

　　剑门是蜀中与中原之间一大雄关，杜甫经过这里，经过仔细观察，发现此处形势的确是易守难攻，一旦有野心之"英雄人"在蜀中割据，剑门关便是"一夫怒临关，百万未可傍"的蜀与中原的阻隔之地，蜀地将不复我有矣，不由得心生忧虑。杜甫的忧虑，后来果然得到了印证。仇兆鳌曰："此诗'恐此复偶然，临风默惆怅'，知蜀必有事，而深忧远虑也。未几，段子璋、徐知道、崔旰、杨子琳辈果据险为乱。公之料事多中如此，可见其经世之才矣。"此诗与前几首写蜀道的诗，都有据实写真的特点，即江盈科所云："蜀中山水自是挺特奇崛，独能象景传神，使人读之，山川历落，居然在眼，所谓春蚕结茧，随物肖形，乃为真诗人真手笔也。"（《唐宋诗醇》转引）与李白笔下想象奇特、大胆浪漫、极度夸张的蜀道大异其趣，盖二人手法不同，审美的情趣不同，然皆为极致也。

成都府 五古

翳翳桑榆日，照我征衣裳①。我行山川异，忽在天一方②。但逢新人民，未卜见故乡③。大江东流去，游子日月长④。曾城填华屋，季冬树木苍⑤。喧然名都会，吹箫间笙簧⑥。信美无与适，侧身望川梁⑦。鸟雀夜各归，中原杳茫茫⑧。初月出不高，众星尚争光⑨。自古有羁旅，我何苦哀伤⑩。

[题解]

作于乾元三年（760）正月初。杜甫去年十二月底到达成都以后，初见成都平原之坦荡如砥，成都城内之曾城华屋，与行途中高山峻岭的僻荒之景大异，甚为惊喜。次年月初作此诗。此诗为从同谷赴成都纪行诗最后一篇。成都府，唐时属剑南道，天宝元年（742）改为蜀郡大都督府，天宝十五载（756）玄宗幸蜀，改为成都府，在今之四川成都市。

[注释]

①翳（yì）翳：晦暗不明貌。桑榆日：夕阳，将落之日。《后汉书·冯异

传》:"失之东隅,收之桑榆。"日落在西,故桑榆日也喻指西方,成都在西南方,故亦有西方边隅之日之义。征衣裳:远行人之衣。二句谓我风尘仆仆地到达成都,已经是日落之时了。②山川异:指成都与所经之蜀道山川及中原风光大异。天一方:指成都离中原遥远,有天各一方之叹。③新人民:异地的陌生人。新,未见过的。见故乡:即回故乡见到故人之意。二句谓到他乡异地,见到的都是不认识的新人,而不知是否还能回到故乡见到故人。④大江:指锦江。锦江为长江的源头岷江之支流,故也可称为大江。游子:自指。日月长:指在外流浪还不知道会有多长时间。二句以大江东流,一去不返之意,喻指自己短时间内不可能返回故乡了。⑤曾城:即重城,成都有大城和少城,故云。曾即层。填:布满。季冬:冬末,即阴历十二月。树木苍:树木仍是苍翠之色。因成都冬季气候较暖,许多树木都不落叶。⑥名都会:著名的都市。成都是三国时蜀汉的国都,唐玄宗幸蜀时称南京。"吹箫"句:指到处是歌舞声。箫,单管乐器,间(jiàn),夹杂。笙,一种有十三管的乐器。簧,笙中的舌簧。⑦信美:用王粲《登楼赋》"虽信美而非吾土兮"句意。无与适:无可称心之意。望川梁:即望河桥。梁,桥。此指成都城南之万里桥。三国时蜀费祎出使东吴,诸葛亮到桥边送行,费祎说:"万里之行,始于此矣。"因以名桥。此处有思归故乡之意。二句说,成都虽好,终非故乡。⑧"鸟雀"二句:见到鸟儿夜晚归巢,因思中原故乡。⑨"初月"二句:指月初的上弦月,刚刚从天边升起,便匆匆落下,天上只剩下明亮的星星。因知杜甫此诗写于月初。⑩"自古"二句:古来就有羁旅之苦,我何必过于哀伤呢。此为自慰之语。

[评析]

杜甫携全家经过蜀道的长途跋涉,于十二月底到达成都。成都未经战乱,城市繁华,气候温润,绿荫满城,与中原冬季景色大异。这让他感到十分高兴,同时也引起了故乡之思。

杜甫自秦州赴同谷,又自同谷赴成都,各写十二首纪行诗。这些纪行诗,基本上都是采用纪实的手法写成的。从这两组诗中,其行踪和山川形势,历历可考,因而有"杜甫诗卷是图经"(《后村先生大全集》卷一八二)的美誉。杨伦评曰:"大处极大,细处极细,远处极远,近处极近,奥处极奥,易处极易,兼而化之。"并引蒋弱六语:"少陵入蜀诗,与柳州柳子厚诸记,剔险收奇,曲深峭刻,自是千古天生位置配合,成此奇地奇文。"(《杜诗镜铨》卷七)以上诸语,可供参考。

卜 居 七律

浣花流水水西头,主人为卜林塘幽①。已知出郭少尘事,更有澄江销客愁②。无数蜻蜓齐上下,一双鸂鶒对沉浮③。东行万里堪乘兴,须向山阴上小舟④。

[题解]

作于乾元三年(760)春。杜甫到成都后,先在草堂寺住了一段时间,后在朋友的帮助下筹划建造草堂。卜居,择地而居。

[注释]

①浣花:即浣花溪,在成都市西郊,为锦江支流。杜甫所卜居之草堂位于溪水之畔。水西头:赵次公曰:"公之居,在浣花溪水西岸江流曲处。"主人:指杜甫在成都的朋友。黄鹤认为此主人是剑南节度使裴冕。林塘幽:此处有林有塘,风景幽美。塘,当指百花潭。②出郭:草堂在成都城外西郊,已出城郭之外。少尘事:不受尘俗之事打扰。澄江:指浣花溪。澄,江水清澈。客愁:客居之愁。③"无数"二句:写浣花溪之优美景色。溪水上无数蜻蜓上下翻飞,一双紫鸳鸯在水中颠簸戏水。鸂鶒(xī chì),水鸟,像鸳鸯,又称紫鸳鸯。④"东行"二句:谓此地交通便利,若要乘兴万里东游,便可乘上小舟直达山阴名胜之地。此处"万里"、"乘行"各化用万里桥和王子猷访戴安道两个典故。三国时,费祎出使东吴,诸葛亮到桥边送行,费祎说:"万里之行,始于此矣。"因以名桥为"万里桥"。《世说新语·任诞篇》:"王子猷居山阴,雪夜忽忆戴安道,即乘轻船就之。既造门,不前,便返。人问其故,曰:'吾本乘兴而来,兴尽而返,何必见戴。'"黄生注:"此故放言以豁其胸次,

非真欲远游也。其暗用孔明、子猷语,融会入妙。"(《杜诗详注》卷九引)

[评析]

杜甫到成都之后,得到了朋友的帮助,并在成都西郊的浣花溪畔选定了草堂之址。这个地方风景十分幽静,既能远离城市之喧嚣,交通也很方便,他心中甚是高兴,其动荡不安的游子之心,也一时安顿了下来。这一时期他写了不少蜀中风光的风情诗,多用五、七言律的诗体来表现他此时的恬静怡悦之情,其律诗的内容和技巧,都得到了丰富和提高。诗中"无数蜻蜓齐上下,一双鸂鶒对沉浮"一联,以自然界和谐自由的景物,写出了诗人此时闲适安恬的愉快心情。另外,此诗首联上句"浣花"与下句"主人"、上句"水西"与下句"林塘"失对,且"林塘幽"三字皆平声,即三平调,不合律诗声律,而其他句皆合声律,古人谓之"江左体",或"以古入律"。

萧八明府实处觅桃栽七绝

奉乞桃栽一百根,春前为送浣花村①。河阳县里虽无数,濯锦江边未满园②。

[题解]

乾元三年(760)春,作于成都。萧八明府实,名萧实。八是排行,明府是县令的别称。桃栽,即桃树秧苗。

[注释]

①奉乞:讨要的意思。春前:立春之前。因种树须立春前栽种最容易活,故要春前送到浣花村。《齐民要术》:"凡种树,正月为上时,二月为下时。"②河阳:用西晋潘岳事。《白氏六帖》:"潘岳为河阳令,遍树桃李。"庾信《枯树赋》:"若非金谷满园树,即是河阳一县花。"濯锦江:即锦江、蜀江。

《太平寰宇记》载："濯锦江即蜀江，水至此濯锦，锦彩鲜润于他水，故曰濯锦江。"因浣花溪是锦江支流，故称濯锦江边。二句说，河阳县里虽然有无数桃树，可是我草堂园子里还不多。这是对朋友的调侃之语。

[评析]

这首小诗是以诗代札，是给朋友讨要树苗的信。因杜甫生活贫困，建草堂的费用、园子中的树木及家用的器皿都要靠朋友的资助。杜甫不仅要建草堂，还要绿化环境，于是向朋友要桃树、桤树、松树、绵竹和其他果树的秧苗。此诗直截了当地向萧实讨要所需的桃树苗一百棵，说明他与朋友有着深情厚谊。诗中运用了"河阳一县花"的典故，顿使全诗充满了诗情画意，可谓是画龙点睛之笔。

凭韦少府班觅松树子 七绝

落落出群非榉柳，青青不朽岂杨梅①？欲存老盖千年意，为觅霜根数寸栽②。

[题解]

乾元三年（760）春，作于营建草堂时。此是向朋友讨要松树秧苗的诗。凭，藉、托。韦少府班，名韦班，官少府。少府，县尉。松树子，小松树，即松树秧苗。

[注释]

①落落：稀疏貌。常以指松树之高逸状。孙绰《游天台山赋》："荫落落之长松。"榉（jǔ）柳：即柜柳，其高如松，但叶易凋落。不朽：其叶不落。杨梅：一种常绿树木，虽如松经冬其叶不凋，但树较低矮。二句说，其高凌云、落落出群但不是榉柳；其叶青青不凋，但也不是杨梅。二句如同谜语，让老友猜。老杜之诙谐，破纸而出。②老盖：《酉阳杂俎》谓松树千年始平顶偃

盖，故称"老盖"。霜根：指松苗。因松为凌霜耐雪之树，故称"霜根"。数寸：指松树苗矮小之状。化用吴均《赠王桂阳》"松生数寸时，遂为草所没。未见笼云心，谁知负霜根"诗意。二句写出了松树的凌云气象和傲霜品质，但仍不点出"松"字。

[评析]

杜甫对松树的感情很深，他有"新松恨不高千尺，恶竹应须斩万竿"、"翠石俄双表，寒松竟后凋"等诗句，还有《四松》一诗，写他对草堂所种的四棵小松树的关心和喜爱，又有《题李尊师松树障子歌》、《戏为双松图歌》等题画诗，表示他对松树有着特殊的感情。此诗未提一个"松"字，然四句皆写的是松。仇兆鳌曰："不露一'松'字，却句句切松，较之他章，独有蕴藉。"（《杜诗详注》卷九）

又于韦处乞大邑瓷碗 七绝

大邑烧瓷轻且坚，扣如哀玉锦城传①。君家白碗胜霜雪，急送茅斋也可怜②。

[题解]

乾元三年（760）春，作于营建成都草堂时。韦处，即指韦班家中。大邑，县名，今属四川。因韦班家有大邑瓷碗，其质如白玉，故写此诗讨之。

[注释]

①烧瓷：烧制之瓷器，此指瓷碗。扣：用指头弹。哀玉：声如玉的凄清之音。指其胎薄、质坚。此写扣而听其声。锦城传：即大邑瓷器在成都名气很大。②胜霜雪：比雪还白。此写观而视其色。茅斋：指草堂的茅屋。可怜：可喜、可爱之意。

[评析]

杜甫初建草堂,白手起家,家无长物,只好向朋友借用或讨要。此为向人乞碗之诗。吴门金氏曰:"一瓷碗至微,却用三四层写意,初称其质,次想其声,又羡其色。先说得珍重可爱,因望其急送茅斋。只寻常器皿,经此点染,便成韵事也。"(《杜诗详注》卷九转引)此话说得对,也不全对。杜甫并非是一个夸张之人,其写或是实情,说明唐代大邑所烧制瓷器已达到相当高的水平,从一个角度展示了唐代制瓷业的非凡成就。另一方面,也表现出杜甫化平凡为神奇的本领。

通过以上几例,可以说杜甫可以用诗歌来表达书信的内容,用诗来讨东西,大大地扩展了诗的用途和功能,同时也将一些日常凡俗小事诗意化和艺术化。试想,他若写的不是诗,而是一张便条,便只有历史意义而无美学意义了。

堂 成 七律

背郭堂成荫白茅,缘江路熟俯青郊①。桤林碍日吟风叶,笼竹和烟滴露梢②。暂止飞鸟将数子,频来语燕定新巢③。旁人错比扬雄宅,懒惰无心作解嘲④。

[题解]

作于乾元三年(760)暮春。在友人的帮助下,经过数月的努力,草堂终于落成。杜甫怀着喜悦的心情,写下了此诗。

[注释]

①背郭:背靠着城郭。荫(yìn)白茅:用白茅草苫屋顶。荫,盖。缘江:沿着江岸。江指浣花溪。路熟:踏成了小路。俯青郊:草堂地势较高,可以俯视青青的郊野。②桤(qī)林:指草堂前新栽的桤树林。桤,一种落叶乔

木。碍日：指树叶茂盛，遮住了阳光。吟风叶：即风叶吟，树叶在风中吟唱。笼竹：竹子的一种，是一种大竹。和烟：笼罩着雾气。滴露梢：即露梢滴，意思是露水从竹梢上滴下。③暂止：短暂的停留。飞鸟：指乌鸦。将数子：领着几个雏鸦。频来：经常飞来飞去。语燕：呢喃的燕子，指双燕好像在对语商量，故称。定新巢：在茅屋下做新窝。④扬雄宅：扬雄是蜀中汉代著名的辞赋家，其宅在成都少城的西南角。懒惰：疏懒。作解嘲：扬雄曾作过一篇《解嘲》文，这里借用之。二句说，别人曾把他当作扬雄一样的大文士，把他的草堂比做扬雄宅，因为懒散，诗人无心向他们去分辩、自嘲。比扬雄之事，亦自有据，诗人的老友时任彭州刺史的高适，曾写《赠杜二拾遗》诗中写道："草玄今已毕，此后更何言？"即将草堂比做扬雄之草玄堂。杜甫的答诗《酬高使君相赠》中云："草玄吾岂敢，赋或似相如。"前句愧为扬雄，是自谦自嘲，后句自比司马相如，是自负。

[评析]

草堂落成，对多年漂泊的杜甫来说是件大事，他终于有一个栖身之所了，因此喜悦之情，尽表于诗。首联写草堂之大势，背郭而起，地势高敞，俯视青郊，令人畅目。颔联写草堂院内，新栽种的桤树、笼竹等枝叶茂盛，吟风滴露，一派生机。颈联写乌鸦和燕子也都来新居与自己相亲相近，人与禽鸟同乐。尾联虽有人将其草堂错比扬雄宅，他也无心去做解释，其实作者颇有以扬雄自况之意也。此诗也是杜甫生平一大快诗，他很久没有这种愉快的心境了。此诗是一首格律严谨、对仗精工的七律，在诗歌语言方面是下了一番功夫的。仇兆鳌评析曰："背郭成堂，缘江熟路，四字本相对，将'堂成''路熟'（应作'成堂''熟路'）倒转，则上半句变化矣。林碍日、叶吟风，竹和烟、露滴梢，六字本相对，将'风叶''露梢'（应作'露滴'）倒转，则下半句变化矣。"此语将诗中词语在位置上的错综变化所引起的美学效果，做了透彻的分析，颇为中的。

蜀 相 七律

丞相祠堂何处寻？锦官城外柏森森①。映阶碧草自春色，隔叶黄鹂空好音②。三顾频烦天下计，两朝开济老臣心③。出师未捷身先死，长使英雄泪满襟④。

[题解]

乾元三年（760）暮春，杜甫拜谒成都武侯祠时作。蜀相，即诸葛亮，刘备在成都即位后，委任诸葛亮为丞相。

[注释]

①丞相祠堂：即武侯祠，在成都市南郊。锦官城：成都别称。柏森森：指祠堂院内古柏高大茂盛。既是写实，也暗喻诸葛亮之人格精神如松柏常青。②映阶碧草：台阶缝中长满了野草。自春色：自为春色。隔叶黄鹂：藏在树上叶后的黄鹂。空好音：指黄鹂动听的啼声无人倾听。二句写祠堂荒芜已久，很少有游人。又一说，指诸葛亮已死，碧草春色与黄鹂好音，还给谁看给谁听。③"三顾"句：指刘备三顾茅庐，垂询定天下之计。"两朝"句：指诸葛亮事蜀先主刘备、后主刘禅两朝君主。开济，开创大业，济世扶危。老臣心，诸葛亮《出师表》："鞠躬尽瘁，死而后已。"诸葛亮为蜀汉政权竭尽心力，忠心耿耿。④出师未捷：《三国志·诸葛亮传》载，建兴十二年（234）春，诸葛亮出兵伐魏。至武功县五丈原，与司马懿对垒。相持百余日，病死军中。之后，蜀兵撤军。"长使"句：言诸葛亮"出师未捷身先死"，使后代无数英雄，扼腕悲叹，泪满衣襟。

[评析]

老杜一向对诸葛亮敬佩有加，集中有关诸葛亮的诗有十多首，其中以此首最为著名。此诗首联采用设问自答的形式，记祠堂位置所在。颔联写祠内景色，一个"自"字、一个"空"字，写出斯人已去，空留祠堂供人凭吊而已，其怀念之情，见于言表。颈联十四字概括出诸葛亮一生功业,"三顾"句,谓诸葛亮雄图远略;"两朝"句,言诸葛亮忠心耿耿。尾联言有臣如此,却天不佑人,出师未捷,身先而死,能不令后世英雄扼腕慨叹乎?是杜甫吊古而伤今也。当今之乱世,贤相如孔明者何在?此诗前四句写景,后四句议论,开以议论入七律之先河。

为 农 五律

锦里烟尘外,江村八九家①。圆荷浮小叶,细麦落轻花②。卜宅从兹老,为农去国赊③。远惭勾漏令,不得问丹砂④。

[题解]

此诗当作于上元元年(760,其年闰四月改元为上元)初夏,于成都草堂。为农,务农。

[注释]

①锦里:即锦官城,成都的别称。烟尘:战火。此句指成都远离安史之乱的战尘,故曰烟尘外。江村:指草堂附近的村庄,因在锦江支流的浣花溪畔,故称江村。②圆荷:指荷叶如圆盖,故称。浮小叶:指荷叶初出水面。细麦:指小麦。细,小的意思。"细麦"与"圆荷"相对,故用"细"字而不用"小"字。轻花:麦花小如米粒,细而轻,故曰轻花。二句写田园的初夏景色。③卜宅:选择住地。从兹老:在此终老之意。兹,此地。去国赊(shē):离长安很远。国,国都,指长安。赊,远。④远惭:深愧不如之意。勾漏令:指晋代葛洪。《晋书·葛洪传》载,葛洪"闻交趾出丹砂,求为勾漏令。帝以洪资高,不许。洪曰:'非欲为荣,以有丹耳。'"勾漏,地名,在今广西北流市东北十五里。其岩穴勾曲穿漏,故名。问丹砂:即以求丹砂为借口。二句说自己惭愧远不如葛洪,还能以炼丹为名向皇帝求外放为勾漏令。自己来到成都,连个向朝廷述说的资格和借口也没有,至今朝廷也无人过问,只好在此务农了。

[评析]

此是杜甫在草堂安居之后所作的诗。前四句写景：首联写江村远景，离城市不远，只有八九户人家。颔联写近景，荷叶初露水面，小麦开始扬花，一派安恬的田园风光。后四句为议论：颈联写愿以此地为宅，以务农老此终生。尾联写葛洪尚能以求丹砂为名，获朝廷恩泽，得以外放；而己只能自放此地，以务农求生也。言外之意，不说自明。此联学者多认为杜甫有羡葛洪求仙之意，"乃以不得丹砂为惭"（仇兆鳌语），吾不从。此诗语言简净，炼字精工。潘邠老云："如'圆荷浮小叶，细麦落轻花'，'浮'字'落'字，是响字也。所谓响者，致力处也。"（《杜诗详注》卷九引）说出了此诗精于炼字的特点。

狂　夫 七律

万里桥西一草堂，百花潭水即沧浪①。风含翠筱娟娟净，雨裛红蕖冉冉香②。厚禄故人书断绝，恒饥稚子色凄凉③。欲填沟壑唯疏放，自笑狂夫老更狂④。

[题解]

上元元年（760）夏，作于成都草堂。狂夫，杜甫自称，以诗中"自笑狂夫老更狂"中的"狂夫"二字为诗名，有啸歌傲世之意。

[注释]

①万里桥：在成都城南锦江之上。百花潭：是与浣花溪相连的一个深潭，其故址在草堂之南。沧浪：指隐士归隐之处。语出《楚辞·渔父》："渔父莞尔而笑，鼓枻而去，乃歌曰：'沧浪之水清兮，可以濯吾缨；沧浪之水浊兮，可以濯吾足。'遂去，不复与言。"诗中的渔父，即是一位隐者。后人遂

以沧浪喻隐逸。此句的意思说百花潭水即是沧浪之水，诗人即隐逸之渔父也。②翠筱（xiǎo）：翠竹。筱，小竹。娟娟：姿态柔美貌。净：他本一作"静"。雨裛（yì）：雨湿。裛，通"浥"，沾湿。红蕖：红色的荷花。冉冉：柔弱下垂貌。二句写草堂周围的风景，堂前有迎风婆娑的翠竹，池塘有沾雨下垂的荷花。③厚禄故人：拥有高官厚禄的旧友，可能是指时任彭州刺史的高适和巴州刺史的严武。书断绝：书信不通。恒饥稚子：经常挨饿的儿女。稚子，幼小的孩子。杜甫有二男二女，此时皆在十岁以下，故云。色凄凉：即面有饥色。④欲填沟壑：指将要饿死被填入沟壑。唯：仍。疏放：狂放不羁。狂夫：桀骜不驯的人。

[评析]

杜甫初到蜀中，没有收入，一切仰仗朋友接济，然而也有接济不到之时，故时常有衣食之忧。但这并不能改变杜甫的倨傲的人格，尽管时有衣食不继，仍然啸歌狂放，不甘屈居于人。此诗命题为"狂夫"，正体现了杜甫这种倔强不屈的人格和精神。此诗前四句写景，自比于风中翠竹和雨中红荷，其色自净，其香不改。后四句叙故人书断、稚子恒饥，家贫无以维持生计，但其疏狂如故，或更甚之，既慨世态凉薄，更怅叹于时维艰也。此诗善于用叠字，如"风含翠筱娟娟净，雨裛红蕖冉冉香"一联中的"娟娟"、"冉冉"，为后人称赞。杨慎曰："诗中叠字最难下，唯少陵用之独工。"再则，此联中前后两句为互文，罗大经曰："'风含'、'雨裛'一联，上句风中有雨，下句雨中有风，谓之'互体'。"（俱见《杜诗详注》卷九引）

田 舍 五律

田舍清江曲，柴门古道旁①。草深迷市井，地僻懒衣裳②。

榉柳枝枝弱,枇杷对对香③。鸬鹚西日照,晒翅满鱼梁④。

[题解]

上元元年(760)初夏,作于成都草堂。此写草堂及周围的田园景色。

[注释]

①清江曲:指浣花溪的拐弯处。柴门:指草堂院的院门,用柴荆所编制。二句言草堂和田园的地理位置。②草深:指所处之荒芜。迷市井:此指草堂与市井由荒草所隔。市井,即城市的繁华热闹处。懒衣裳:因所处僻远,很少见外人,所以平时穿衣不大讲究。懒,懒散,懒得穿戴打扮。③榉柳:钱谦益笺:"《本草衍义》:榉木皮,今人呼为榉柳。然叶谓柳非柳,谓槐非槐。"榉柳,一作杨柳。枇杷:一种果树,果实为金黄色,似杏大。夏熟。对对:枇杷果实为对生。对对,一作树树。④鸬鹚(lú cí):一种水鸟,俗叫鱼鹰、水老鸦。羽毛黑色,有绿色光泽,颔下有小喉囊,嘴长,上嘴尖端有钩,善潜水捕食鱼类。渔人常驯养之以捕鱼。晒翅:因鸬鹚入水捕鱼,羽翅常湿,故需晒翅。鱼梁:拦截水流以捕鱼的设施。以土石筑堤横截水中,如桥,留水门,置竹笱或竹架于水门处,拦捕游鱼。

[评析]

这是一首优美的田园诗。首联写草堂田舍的地理位置;颔联写地处僻远,远离城市,生活闲散;颈联写园内景物,榉柳、枇杷,亲手所栽,今已成荫结果矣;尾联写江上,鱼梁之上,鸬鹚晾翅,悠然自得。全诗写出了诗人悠闲自适的心情。语言明快,不事雕凿,表现出杜诗通俗平易的一面。

江 村 七律

清江一曲抱村流,长夏江村事事幽①。自去自来梁上燕,相亲相近水中鸥②。老妻画纸为棋局,稚子敲针作钓钩③。但有故人供禄米,微躯此外更何求④。

[题解]

作于上元元年(760)夏,于成都草堂。江村,即草堂所在之村,在浣花溪畔。浣花溪属锦江支流,故名江村。

[注释]

①清江一曲:指草堂在浣花溪水曲处。抱村流:对江村形如环抱。长夏:夏天白昼较长,故称。②"自去"二句:谓梁上的燕子自由自在地飞来飞去,江水中的鸥鸟一对对相亲相近,一派安详和谐的自然景象。仇兆鳌曰:"梁燕属村,水鸥属江。"即上句梁燕写的是村中景色,下句水鸥写的是江面景色。此写景物之幽,二句寓有诗人安恬自得的心情。③老妻:指杜甫妻子杨氏。画纸为棋局:家贫无棋盘,在纸上画局以代之。稚子:小儿。敲针作钓钩:家无钓具,敲针使之曲,作为钓鱼之钩。仇兆鳌曰:"棋局属村,钓钩属江。"即上句下棋是写村内事,下句钓鱼是写江上事。二句写家中虽贫,但生活之趣盎然,安乐和谐。此写人事之幽。④"但有"二句:言只要有故人能帮助解决生活问题,此身之外更无所求。此写心情之幽。"但有"句,一作"多病所须唯药物",因杜甫此时年老多病,吃药治疗,亦通。

[评析]

住在草堂初期,杜甫过了一段虽不富有却安闲幽静的生活,他写了不少有关田园风光的诗,此诗是其中之一。诗的首联,写江村长夏景色,以"事事幽"为主线展开。颔联写自然景物之幽,颈联写家庭人事之幽,尾联写诗人心情之幽。写出了一派天人和谐、安乐祥和的幽静气氛和自己轻松愉悦的心情。黄生曰:"杜律不难于老健,而难于轻松。此诗见潇洒流逸之致。"(《杜诗详注》卷九引)信然。

云 山 五律

京洛云山外,音书静不来①。神交作赋客,力尽望乡台②。

衰疾江边卧，亲朋日暮回③。白鸥元水宿，何事有余哀④。

[题解]

上元元年（760），作于成都草堂。此诗是杜甫怀乡之作。京洛不可见，所见者唯有云山而已，因此题名云山。

[注释]

①京洛：指洛阳。东汉、魏、西晋、北魏等朝，洛阳是京都，隋唐时洛阳均为东都，天宝元年（742）改东都为东京。故称洛阳为京洛。静不来：上元元年史思明占据洛阳，故音讯阻隔。静，未有消息。②作赋客：指班固、张衡等辞赋家。二人作有《两都赋》和《二京赋》。此切"京洛"二字。力尽：望尽眼力之意。望乡台：《益州记》载，升仙亭夹路有二台，一名望乡台，为隋蜀王秀所筑。此言思乡。二句说想起汉代辞赋家描写京洛的辞赋，便登台遥望京洛故乡。③衰疾：指自己身衰多病。江边卧：指卧病草堂。因草堂即在江边。亲朋：指杜甫成都的亲友。日暮回：因前来草堂探病，天晚各自回家。④"白鸥"二句：白鸥本就是宿在水上，并无所谓的家，它为何也好像有思乡之愁了呢。元，通"原"。

[评析]

此以云山起兴，抒写怀乡之情。京洛为云山所隔，远不可见，洛阳家中也杳无音讯。诗人想到赋家所作的《两都》、《二京》之赋，顿有思乡之感，便登台极目望乡。因有衰病之疾，亲朋都来草堂探望，更加深他的思乡念亲之情。可怪的是江上的鸥鸟无家，本宿水上，它为何也哀鸣悲叹呢？

遣 兴 五律

干戈犹未定，弟妹各何之①。拭泪沾襟血，梳头满面丝②。地卑荒野大，天远暮江迟③。衰疾那能久，应无见汝时④。

[题解]

上元元年（760），作于成都草堂。此为思念远在他乡的弟妹而作。遣兴，一时之感怀。

[注释]

①干戈：兵器。引申为战争、战乱。弟妹：指远在河南、山东的弟弟杜丰、杜观、杜颖和在钟离的妹妹。各何之：各去了什么地方。②"拭泪"二句：上句谓思念过度，拭泪沾血，下句谓忧愁太甚，面落白发。沾襟血，以衣襟拭泪而襟沾血。满面丝，指脱落的白发落满脸。素丝为白色，故以丝称白发。③地卑：地势平坦低凹，成都平原地处四川盆地，故称地卑。荒野大：即平野广阔之意，因成都周围无高山遮挡，故所见者远。天远：因地势平坦而所见之天也远。暮江迟：语出隋炀帝《春江花月夜》诗："暮江平不动。"即江流迟缓。二句慨叹与弟妹天隔悬远。④衰疾：体衰多病。汝：指弟妹。二句说：我既老且病，恐怕是撑不太久，也见不到你们了。

[评析]

远在他乡，思乡念亲，是杜甫的一个心结。杜甫对妻子而言是一个好丈夫，对子女而言是一个好父亲，而对兄弟姊妹，则是一个好兄长。因父母均已亡故，弟与妹是他最近的亲人，他在诗中屡次忆及战乱中失散的弟妹，如《闻舍弟消息》、《月夜忆舍弟》等诗。此诗中因思念他们竟达到了"拭泪沾襟血，梳头满面丝"的地步，他与弟妹手足之情深，于此可见。此诗前四句伤手足之暌离，后四句叹行踪之流落。"地卑荒野大，天远暮江迟"一联，为情景交融之句，有天长地远的流落之感。杨伦评曰："地平无山，故见野宽；江水缓流，故望天益远。二句正写一身寥落之景。"（《杜诗镜铨》卷七）此诗风格平易，不事用典，可谓一字一血，语浅而情深。

戏题王宰画山水图歌 七古

十日画一水，五日画一石①。能事不受相促迫，王宰始肯留真迹②。壮哉昆仑方壶图，挂君高堂之素壁③。巴陵洞庭日本东，赤岸水与银河通④，中有云气随飞龙⑤。舟人渔子入浦溆，山木尽亚洪涛风⑥。尤工远势古莫比，咫尺应须论万里⑦。焉得并州快剪刀，剪取吴松半江水⑧。

[题解]

约作于上元元年（760），寓居成都草堂时。王宰，蜀中人，善画山水。此为题画诗，所谓戏题者，因诗中多夸张之言和主观想象的成分，非是严格意义上的评画之作也。

[注释]

①"十日"二句：是指作画的从容和认真，并非一定是十日画一水，五日画一石。②能事：所擅长之事。促迫：催促紧迫。留真迹：真画，此指笔墨认真的好画。③壮哉：惊呼画幅巨大，气势宏伟。昆仑方壶：二者指神山和仙岛。昆仑山上有悬圃和瑶池，是传说中西王母所居处的地方。方壶，传说中的海上仙山之一，与方丈、蓬莱为三神山。高堂素壁：指堂屋正厅壁。二句说所画的内容是昆仑、方壶一类的神山胜景，非人间山水可比。④巴陵：岳州，今湖南岳阳。洞庭：洞庭湖，在岳阳西。日本东：是指画面山水极为辽阔，远达日本东面的大海。赤岸水：一说为《山海经·大荒经》："西海之外有赤水。"此为神话中的赤水；一说为今江苏六合县（今属南京六合区）赤岸山旁的长江水。诗中地名为想象之词，非实指，不必拘泥。银河通：与天上的银河相通。二句极力夸张画面壮阔。《杜臆》卷四："方壶，东极；昆仑，西极。盖就图中远景极言之，非真画昆仑方壶也。……而东极于日本之东，西极于赤水之西，而直与银河通，广远如此，正根'昆仑方壶'来，而后面收之于咫尺万里，尽之矣。"⑤云气随飞龙：用《庄子·逍遥游》"姑射山有神人，乘云气，御飞龙，而游于四海之外"典，此指画中云气飘浮如云龙耳，非画中实有龙也。⑥舟人渔子：指船夫、渔夫。浦溆（xù）：水边。亚：低垂，偃伏。洪涛风：卷起洪涛的大风。二句说画面上呈现出山林树木倾伏和江湖波涛汹涌状，仿佛有大风吹过，而舟人渔夫之舟躲避大风于近岸水湾处。⑦尤工远势：特别工于画阔大场面。古莫比：超过了古代的画家。论万里：即一尺即相当于

万里。二句说王宰善于画山水的远景,能纳万里江山于尺幅之中。⑧并州快剪刀:并州,今山西太原,自古以产剪刀出名。吴松:即吴淞,江水名,俗名苏州河,入黄浦江,在今上海市境内。半江水:半幅吴淞江的山水画。杨伦曰:"公少时曾游吴地,思之不忘,故因题画及之。"

[评析]

杜甫少年时代长期生活在东都洛阳,广与书画家交游,有很高的书画鉴赏能力。他写了数十篇题画诗,此即其一。诗中"咫尺应须论万里"的绘画观点,体现出他对中国山水画有很深的艺术修养和理解。中国山水画与西方的风景画有所不同。西方的风景画基本上是平视的视角画出的,重写实,所画之风景,在视角所及的范围之内;而中国的山水画重写意,是想象中俯视的角度画出的,所画的层峦叠嶂千山万水,皆收于尺幅之中,故而"咫尺应须论万里"。此题画诗也是竭尽想象之辞,极力形容。所谓昆仑、方壶、巴陵、日本、赤水、银河等,万里山河皆可浓缩于一幅画中,可谓深得画理,是行家语也。张彦远《历代名画记》载:"王宰,蜀中人,多画蜀山,玲珑嵌空,巉嵯巧峭。"其画风与杜甫题画诗中所写并不完全相同,此乃诗人加入了自己的想象夸张之辞,此谓借题发挥之法,故云"戏题"。

戏韦偃为双松图歌 七古

天下几人画古松,毕宏已老韦偃少①。绝笔长风起纤末,满堂动色嗟神妙②。两株惨裂苔藓皮,屈铁交错回高枝③。白摧朽骨龙虎死,黑入太阴雷雨垂④。松根胡僧憩寂寞,庞眉皓首无住著⑤。偏袒右肩露双脚,叶里松子僧前落⑥。韦侯韦侯数相见,我有一匹好东绢,重之不减锦绣段⑦。已令拂拭光凌乱,请公放笔为直干⑧。

[题解]

上元元年（760），作于成都。韦偃，"偃"亦作"鶠"，《历代名画记》："鉴子鶠。工山水，高僧、奇士、老松、异石，笔力劲健，风格高举。……俗人知鶠善马，不知松石更佳。"

[注释]

①毕宏：《封氏闻见记》："毕宏，天宝中御史，善画古松。"二句点出毕宏和韦偃一老一少两位画古松的高手。②绝笔：绝妙之笔。纤末：树梢。二句说，笔下的松树，仿佛树梢有长风吹过；满堂的观众无不动容，为之赞叹。③苔藓皮：长满苔藓的树皮。屈铁：指古松枝盘屈如铁。铁，指色黑而坚硬。交错：指松枝交叉纠结之状。回高枝：指松枝的偃寒之势。④白摧朽骨：指裂开树皮的树干如白骨。龙虎死：即似龙虎之骨。黑入太阴：其浓黑的枝叶如入北极之阴森处。太阴，《汉书·司马相如传下》："邪绝少阳而登太阴兮，与真人乎相求。"颜师古注引张揖云："太阴，北极。"雷雨垂：即湿气淋漓。二句指所画的古松是黑白两色的水墨画，其脱皮处露白如龙虎之骨，而其浓墨处，犹湿气淋漓。⑤胡僧：从西域来的外国僧人。寂寞：指坐禅入静的状态。庞眉皓首：长眉白首。无住著：佛教用语，不执著，即不执著于物，悟理通达。⑥偏袒右肩：僧人身披袈裟，袒露右肩。露双脚：赤脚。因胡僧仍保持在热带天竺时的装束。松子：松果。以上四句写胡僧在古松下打坐，身披胡服，赤露双脚，身前落满松子而不知，表示已入静很久。⑦韦侯：对韦偃的尊称。一匹：古以四丈为一匹。东绢：四川盐亭县产良绢，时人谓之鹅溪绢，即东绢。重：珍贵。锦绣段：织有锦绣花纹的绸缎。语出张衡《四愁诗》："美人赠我锦绣段。"⑧拂拭：将东绢展开抚摸。光凌乱：指绢洁白闪光。放笔：放手施笔。为直干：画出树干挺拔的松树。以上五句说，已备好了一匹素绢，请韦偃为自己画一幅松树图。

[评析]

杜甫喜爱松树，也喜爱画松树的图画。爱松之高风劲节也。此题画诗先声夺人，首称画松高手之人数稀少，毕宏已老，其次就数到年纪较轻的韦偃了。接着就写观画人的反应,满堂喝彩,齐称神妙。再接着四句,乃直写画中古松,两松树皮开裂,苔迹斑斑,其枝如铁,屈盘交错,其中"白摧朽骨龙虎死,黑入太阴雷雨垂",描绘出两株古松干枯如龙虎之骨,叶茂似雷雨之垂,既老苍古拙又具有勃勃生机的真精神。后插入胡僧松下入定四句,似为闲笔,其实是人松双写,以人物来陪衬古松的淡定和从容。最后五句以一匹长绢,请韦偃放笔画一直干之松,何其挺拔雄健也!人爱其屈,吾爱其直,斯翁胸次可见。

南 邻七律

锦里先生乌角巾,园收芋栗不全贫[①]。惯看宾客儿童喜,得食阶除鸟雀驯[②]。秋水才深四五尺,野航恰受两三人[③]。白沙翠竹江村暮,相送柴门月色新[④]。

[题解]

上元元年(760)秋,作于寓居成都草堂时。南邻,草堂南的邻居,指朱山人,是位隐逸之士。杜甫有《绝句四首》其一云:"梅熟许同朱老吃,松高拟对阮生论。"原注:"朱、阮,剑外相知。"

[注释]

①锦里先生:指朱山人,此乃对朱山人的戏称。锦里,成都的别称。乌角巾:古时隐士所戴的黑色方巾。杨伦注:"四皓中有角里先生,此当用以相比。"(《杜诗镜铨》卷七)芋栗:芋艿和板栗。芋,即芋艿,植物名。亦指薯类。芋艿,古代也称蹲鸱。其叶片呈盾形绿色,叶柄肥大而长,地下块茎呈球形或卵形,可供食用。不全贫:即还可勉强度日。②惯看:经常见到。宾客:此指杜甫。儿童:指朱山人的儿女。阶除:台阶和门前庭院。鸟雀驯:指鸟儿

见客不惊。二句说杜甫是朱山人家中熟客,朱的子女们见到他很高兴。鸟雀在阶上啄食,见客不惊。儿童喜,指朱山人好客;鸟雀驯,指朱山人与鸟雀同游,一片仁心。③才深:一作才添。野航:指农家小船。恰受:正好容得下。二句写与朱山人等乘舟野游。④白沙:指江岸滩头。二句言同游归来,天色已暮,月亮初上。

[评析]

此诗写与邻朱山人的交游。前四句写朱山人头戴乌巾,虽家贫却好客,儿童见客而喜,鸟雀见人不惊,一派隐逸高士之情怀。后四句写二人乘舟同游,水浅舟轻,秋色宜人。日暮而归,柴门月上,诗情画意,如在目前。此诗写得语浅情深,生动传神。"秋水才深四五尺,野航恰受两三人"一联,落笔似不经意,而顺手拈来,皆成妙趣。此诗处处照应,语不虚设。黄生注云:"乌角巾与锦里相映带,起语逸致。角巾,隐士之冠。芋栗,野人之食。儿童喜,接人之厚。鸟雀驯,待物之仁。诗善炼格,前段叙事,数层括以四语。后段写景,一意拓为半篇。儿童、鸟雀,用倒装法。秋水、野航,用流对法。"(《杜诗详注》卷九引)这段话对此诗的分析鞭辟入里,可供参考。

恨 别 七律

洛城一别四千里,胡骑长驱五六年①。草木变衰行剑外,兵戈阻绝老江边②。思家步月清宵立,忆弟看云白日眠③。闻道河阳近乘胜,司徒急为破幽燕④。

[题解]

上元元年(760)夏,作于寓居成都草堂时。恨别,离家别弟之恨也。本年四月,李光弼在洛阳附近的河阳大破史思明叛军,故杜甫忽起怀乡忆弟之思。

[注释]

①洛城：即洛阳。四千里：指诗人离别家乡之后，所奔波的路程之远。胡骑：指安史叛军的骑兵。五六年：自天宝十四载（755）十一月安禄山叛变以来，到上元元年，已经五年有余。②草木变衰：杜甫自同谷赴蜀是乾元二年（759）十二月，正是冬季，因此草木衰落。剑外：从长安的方位来说蜀地在剑门关之外，故简称剑外。兵戈：战乱。江边：锦江边，即草堂。二句说，自去年冬从同谷奔蜀来到成都后，战乱阻隔，欲归不能，恐怕我就要老死他乡了。③步月：在月下徘徊。清宵立：指夜间立于室外。清宵，凄清的夜晚。看云：晋陆机居洛阳而思乡，作《思亲赋》，有"指南云以寄款"句。白日眠：与上句"清宵立"相对。二句是说因思家和忆弟，夜间望月而不睡，白日看云，困因而昼眠。仇兆鳌曰："宵立昼眠，忧而反常也。"④河阳：在今河南孟州，在洛阳之北。近乘胜：近来乘胜进军。据《资治通鉴》载，上元元年三月，李光弼破安太清于怀州城下，四月，又破史思明于河阳西渚。司徒：指李光弼，时李为检校司徒。破幽燕：直捣叛军老巢。朱鹤龄注："未然之事，盖喜而望之。"(《杜工部诗集辑注》卷七)

[评析]

此诗首联写恨别离家之远、时间之久。颔联承上联，行剑外，写离家之艰难；老江边，写有家不得回。颈联写思家忆弟之苦，清夜不寐，望月而思乡，白日看云，忆弟而昼眠，可谓是颠之倒之，无时忘之，写得非常真切动人。尾联写听说李光弼在洛阳附近破敌，喜不自禁，并望其乘胜追击，一举倾覆安史老巢。安史之乱平，即可归乡，别家之恨可解也。

此诗情感真挚，结构严密，前后照应。陈德公曰："真挚之章，诗家卓诣。与其五言忆弟之篇，同为天地间真诗。起二笔力矫拔，而意绪淋漓。三四亦是骨立峭笔，为复沉痛。五六字字琢叠，情真力到。结语引开，正照起绪。"(《闻鹤轩初盛唐近体读本》卷一○引)"思家步月清宵立，忆弟看云白日眠"一联，诗笔曲折，精妙入神，非常人所能道。黄生曰："对月思家，望云忆亲，皆诗中常意；然'步'而又'立'，'看'而复'眠'，则其情绪无聊之状，非常人摹写所能到矣。"（《杜诗说》卷九）

后 游 五律

寺忆曾游处，桥怜再渡时①。江山如有待，花柳更无私②。野润烟光薄，沙暄日色迟③。客愁全为减，舍此复何之④。

[题解]

上元二年（761）春，作于四川新津县。后游，在本年春，杜甫曾游过新津的修觉寺，后不久，即又重游。此诗即为重游之作，故名后游。修觉寺在新津县治东南五里的修觉山上。

[注释]

①"寺忆"二句：意谓对于曾游之处，很想再游，而对于重过之桥，也有亲切的感觉。杜甫是一个怀旧的人，对故人和旧地，都有很深的感情。②"江山"二句：这里的江山好像等待着我的归来，红花绿柳更是慷慨无私地迎我重游。赵汸曰：有待、无私之类，"盖与造化相流通矣"（《杜诗详注》卷九引）。③"野润"二句：指田野为稀薄的烟光所润，沙地也因日光久照而暄。薄，稀薄，淡。暄，温暖。④客愁：他乡为客的愁思。舍此：指不舍得离开此处。何之：往何处去。二句说修觉寺的景色使我愁思全失，真舍不得离开这里。

[评析]

这首诗分前后两解。前四句写出了旧地重游的亲切感，好像山川和花柳都有怀旧之情，对故交重逢有一种期待。这是一种移情的作用，诗人将自己的感情，外化为物之情，故有此想。后四句写出了对春天景色的感受，感到这里的大自然如此之美，他乡亦如同故乡。杜甫对蜀中的生活和风光，也渐熟悉和热爱起来，客愁也为之减少。"江山如有待，花柳更无私"一联，显然是受到了佛教"众生皆有佛性"思想和道教"万物与我为一"的思想的影响，产生了一种精神上的共鸣与愉悦。

绝句漫兴九首 七绝，选四

其 一

手种桃李非无主，野老墙低还是家①。恰似春风相欺得，夜来吹折数枝花②。

[题解]

上元二年（761）春，作于成都草堂。漫兴，即随兴所至而写下的风景和感受。此九首诗主要是抒写客居他乡的愁闷心情。王嗣奭曰："客愁二字，乃九首之纲。"（《杜臆》卷四）此诗原为第二首。

[注释]

①手种：这些桃树和李树，都是在草堂初建时，杜甫亲手种下的。非无主：不是野生而无主人的。野老：杜甫自指。因杜甫此时无官无职，只是形同农民的老百姓，故称野老。墙低：农村的院墙，大都是篱笆所扎，或低矮的土墙，草堂也是如此。二句谓院中桃李是我所种，非为无主也；我草堂的墙虽低，总还是家，桃李之树，非野生也。②"恰似"二句：春风也好像在欺负我，趁着夜间越墙而入，吹折了几枝花。

[评析]

此首诗中杜甫好像是在开玩笑，说春风竟也来欺负我，趁夜黑而入，吹折了我的花枝。其实是杜甫在借风折花枝来发牢骚。大概是他遇到了一些不顺心的事，借此而发之。难得的是，他将这个牢骚发得别有情致，饶有趣味。仇兆鳌云："桃李有主，且近家园，而春风忽然吹折，似乎造物亦欺人者。正自惜羁孤也。"（《杜诗详注》卷九）按诗意似说家中的花被折，非"且近家园"也。此诗首二句是对句，后二句是散句，似截律诗的后半截。首二句中的"手种"和"野老"平仄和词性失对，对仗也不是太工，因绝句对平仄和对仗的要求不如律诗严格，比较率意，杜甫的七绝常有这种情况。

其 二

肠断江春欲尽头，杖藜徐步立芳洲①。颠狂柳絮随风舞，轻薄桃花逐水流②。

[注释]

①江春：江上的春光，一作春江。欲尽头：指春天将尽。杖藜：扶着藜杖。杖，作动词，即扶着之意。藜，一名灰藋，其老茎可做拐杖。芳洲：长满芳草的小洲。二句言暮春出游江洲，春色将尽，遂生伤春之感。②颠狂柳絮：柳絮在风中狂飞。轻薄桃花：指桃花飘飞，轻落水上。颠狂、轻薄，均有嘲讽和调侃之意。

[评析]

此诗原为第五首，本拟步至江洲游春，以排忧闷，但所见柳絮随风飞舞，桃花轻逐流水，不但心忧未解，反添更多的烦恼。"颠狂柳絮"与"轻薄桃花"，当别有所指，仇兆鳌曰："颠狂轻薄，是借人比物，亦是托物讽人。"（《杜诗详注》卷九）但不知所讽何人耳。此诗的前二句是散句，后两句是对句，似截律诗的前半截。

其 三

糁径杨花铺白毡，点溪荷叶叠青钱①。笋根雉子无人见，沙上凫雏傍母眠②。

[注释]

①糁：洒落。杨花：即柳絮。铺白毡：指柳絮铺路，如一层白毡。点：点缀。叠青钱：指初露水面的小荷叶层层叠叠如青铜钱相叠一般。二句写浣花溪畔的植物，一写岸边，一写溪上。②笋根：指林中的竹笋根边。雉子：雉鸡雏鸟，即小野鸡。沙上：指溪岸沙滩。凫雏：野鸭雏。傍母眠：紧偎母鸭而眠。二句写岸边动物。一写林中，一写河滩。

[评析]

此诗原为第七首，写野外暮春的自然风光，柳絮铺径，荷叶点溪，笋根旁藏着幼雉，沙上的凫雏傍母而眠，一派安静恬然的田野风光，令人舒心明眼，和谐安详。杜甫的烦闷心情也为之一解。此诗四句皆对仗，似截律诗中的中二联。

其 四

隔户杨柳弱袅袅，恰似十五女儿腰①。谁谓朝来不作意？狂风挽断最长条②。

[注释]

①隔户：一作户外。袅袅：柔弱貌。二句以女儿腰比喻杨柳，形象而具有韵味。杨伦评曰："俚句，是乐府体。"②谁谓：谁说。朝来：指早晨来的一阵狂风。不作意：不是故意的。挽断：即折断。二句指责狂风对柳枝的摧残。

[评析]

此诗原为第九首，与其一的作意近似，似对某些不平之事有指责之意。虽不知狂风是指谁，但世间总有君子与小人，而这些小人常常暗地盘算着君子，使人防不胜防，故出以感慨系之。此诗四句皆散句，如律诗之首、尾二联。有人曾说杜甫的绝句皆是从律诗而出，胡应麟云："自少陵绝句对结，诗家率以半律讥之。然绝句自有此体，特杜非当行尔。"（《诗薮》内编卷六）说杜甫绝句"自有此体"则可，然而说他"非当行"则不可。因杜甫绝句自成一家，自与李白、王昌龄等盛唐诗人的绝句有所不同，正如杨伦所说："子美独创别调，颓然自放中，有不可一世之概。"（《杜诗镜铨》卷八）此组诗的特点，正说明了其绝句与其律诗有着某种密切的关系，运用得恰到好处，体现出了绝句体式的多样性，并无不妥之处。

客 至 七律

舍南舍北皆春水，但见群鸥日日来①。花径不曾缘客扫，蓬门今始为君开②。盘飧市远无兼味，樽酒家贫只旧醅③。肯与邻翁相对饮，隔篱呼取尽余杯④。

[题解]

上元二年（761）春，作于成都草堂。原注："喜崔明府相过。"杜甫母亲为清河崔氏之女，此崔明府当是杜甫母家人。邵氏注："公母崔氏，明府，其舅氏也。"（《杜诗详注》卷九引）明府，唐代称县令为明府。客至，杜甫前有诗题曰《宾至》，称宾较为客气，称客则较亲切，关系较近之故也。

[注释]

①"舍南"二句：写草堂附近为春水所围，日见群鸥，可见环境之幽静，客人罕至。②"花径"二句：意谓花径不曾缘客扫，今始为君而扫；蓬门不曾为客开，今始为君而开。写出杜甫因贵客前来的一片喜悦之情。蓬门，柴门。君，指崔明府。③盘飧（sūn）：盘中的菜肴。飧，小餐，指简单的饭食。市远：离城中集市较远，买东西不便。无兼味：指菜肴的样数不多。旧醅：陈酒。唐时基本上是米酒、水酒，以新醅为贵，因此以旧醅为歉。二句说招待的饭菜较简单，酒也不是新酒，深以为歉。④邻翁：指邻居朱山人、斛斯

融等。对饮：当面陪酒。隔篱呼取：指较随便，不出院子而唤人。尽馀杯：喝个尽兴。为了使客人饮酒尽兴，故请邻翁前来陪酒。"肯与"二字，有与崔明府商量之意。

[评析]

首联写草堂环境之优美，生活之恬静，春水群鸥，一派天然之趣。颔联写客人骤至，为之扫径开门，其喜悦之情，跃然纸上。颈联写盘飧、旧醅，虽家贫而倾其所有，见待客之真诚。结语写呼取邻翁前来陪酒，亦见出杜甫与邻里之和睦融洽。有人说这是说杜甫与农民关系亲近，倒也未必。因其南邻朱山人、斛斯融是隐士，北邻是一个退休的县令，并未说及农民，但也不排除其西邻和东邻或可是农民。"花径不曾缘客扫，蓬门今始为君开"一联，是此诗的画龙点睛之句，为人传诵。前人曾说此诗"无意为诗，率然而成"（《近体秋阳》），或称其"不见深艰作意之语，而有天然真致"（《唐七律隽》）。其实此诗语似天然，实则锤炼之作，而返璞归真，乃百炼钢化为绕指柔者。

春夜喜雨 五律

好雨知时节，当春乃发生①。随风潜入夜，润物细无声②。野径云俱黑，江船火独明③。晓看红湿处，花重锦官城④。

[题解]

上元二年（761）春，作于成都。春夜喜雨，因夜间下了一场好雨，喜而作此诗。

[注释]

①"好雨"二句：小雨因在"当春"最需要时下，是及时雨，可谓"知时节"。乃，即，于是。乃，一作及，及时也。②"随风"二句：是说小雨是

在夜间不知不觉地下了起来，滋润着万物，细微得听不到声音。潜，偷偷地，不知不觉地。润，滋润。"潜"与"细"字，写出了春雨的特点，非常传神。此二句是从听觉上写。③野径：指田间小路。云俱黑：指乌云密布，一片漆黑，小路上什么也看不见。江船：指锦江上的船只。火独明：在一片黑暗之中，唯能见到的是江船上的渔火。此二句是从视觉上写。④晓看（kān）：天明之后看到。红湿处：指沾满雨珠的一片花树。花重（zhòng）：花因着雨而加重。即花枝或花朵因沾雨而低垂。锦官城：成都。此不仅指城内，而兼指城郊。此二句是从白天的角度写。

[评析]

春雨之所以可贵，因春天易旱，春雨贵似油也。因其细而润，皆渗入土中，既有利于农作物的生长，又能沾润春天的花草，装点大地，使其更加美丽，真是好雨也。诗中不露"喜"字，而喜气却充盈诗中。此诗写法上也很有特点，层层照应，语不虚落。首联说是好雨，以下皆从"好雨"二字生发。颔联通过听觉来写夜雨，细而无声，则润物可知。颈联通过视觉来写夜雨，以火明来衬云黑，"云俱黑"则落雨地区之广可知也。结语从白天的角度来写雨停之后的情景，借"花重"以衬雨浓，"红湿"二字，写尽雨后花景之美也，心情之愉悦也。纪昀评曰："此是名篇，通体精妙，后半尤有神。"（《瀛奎律髓汇评》引）

江 亭 五律

坦腹江亭暖，长吟野望时①。水流心不竞，云在意俱迟②。寂寂春将晚，欣欣物自私③。故林归未得，排闷强裁诗④。

[题解]

作于上元二年（761）暮春，时杜甫居成都草堂。诗写在江亭独卧的忧闷心情。

[注释]

①坦腹：用王羲之事。《世说新语·雅量》载，郗太傅欲选婿，派人前往王丞相家，见王羲之坦腹东床。此仅用王羲之坦腹之意。长吟：指吟咏，吟诗。野望：眺望远方。二句写在江亭野望长吟。②"水流"二句：言水东流而心不能与之奔追，云滞空而意与之共迟徊。写出了一种身滞他乡而不能归的无奈心境。竞，追逐。迟，缓慢，徘徊。③寂寂：悄然貌。春将晚：春将尽。欣欣：草木茂盛，即欣欣向荣之意。物自私：指草木各为一己着想，开花结果。④故林：指家乡。强：勉强。裁诗：即写诗。与前面长吟相应。二句说因无法回到故乡，因此才写此诗以排解心中忧闷。

[评析]

此诗前四句写江亭野望之景。看水流东归，而心不能与之竞奔；云滞于天，而意与之共徘徊，乃归乡无望，滞留异乡之意也。后四句抒情，言春寂寂之将尽，物欣欣而自荣，反观于己，有乡不得归，不能随己意，人尚不如物哉？因此才强解闷而裁诗，寄感慨于长吟也。

江上值水如海势聊短述 七律

为人性僻耽佳句，语不惊人死不休①。老去诗篇浑漫与，春来花鸟莫深愁②。新添水槛供垂钓，故著浮槎替入舟③。焉得思如陶谢手，令渠述作与同游④。

[题解]

作于上元二年（761）春，居成都草堂时。本诗题意吴论解曰："江上值水势如海，公见此奇景，偶无奇句，故不能长吟，聊为短述耳。"（《杜诗详注》卷十引）

[注释]

①性僻：性格乖僻，与人不同。耽：嗜好，喜爱。二句意谓本人写诗偏爱惊人之语，不达目的誓不罢休。②老去诗篇：即老来写的诗歌。浑：简直。漫与：漫不经意，即写得率意随便。莫深愁：不要害怕。这二句的意思是，现在我老了，写诗有些漫不经心，不会刻意追魂摄魄，所以春天的花鸟，不要害怕将你们的魂魄勾了去。③水槛：水边的栏杆。著：用，安排。浮槎：木筏。替：代替。入舟：入水之舟。二句说因涨水之故，我在水边新添了栏杆以供垂钓之用，故将木筏权当小船放入江中。④焉得：怎得。思：诗思。陶谢：指晋代的诗人陶渊明和刘宋的诗人谢灵运。手：写诗的高手。令渠：让他们。述作：指写诗。与同游：与我一同游览。二句自谦诗思不如陶谢，认为只有他们才能写出惊人之句来。其实所谓的"陶谢手"，正是杜甫对自己的期盼和要求。

[评析]

此诗杜甫其意本不在写江上水势，而是见水势如海，场面壮阔，却无佳句长篇以纪之而为憾。诗中他先说自己一贯追求佳句，"语不惊人死不休"是其一生宗旨，但觉得近来年老思衰，作诗不再像年轻时那么刻意认真，而是有些率意随便。当然这是诗人自谦的话，不能当真，但自觉诗思较年轻时迟钝，再也写不出大篇长诗而心生愧意，却是真情。故新添水槛，以供垂钓（所谓垂钓，实际上是边休息边构思），乘槎入水以观壮澜，以便进一步深入观察生活，陶冶情思。心想我若是陶、谢重生，那该多好，那样我就可以写出惊人之句了。其大意如此。这是杜甫晚年对自己提出了新的诗歌要求，看来，他要向更高的创作高峰攀登了。

水槛遣心二首 五律，选一

去郭轩楹敞，无村眺望赊①。澄江平少岸，幽树晚多花②。

细雨鱼儿出,微风燕子斜③。城中十万户,此地两三家④。

[题解]

作于上元二年(761)春,居成都草堂时。水槛遣心,邵注:"草堂水亭之槛,言凭槛眺望以遣心也。"(《杜诗详注》卷十引)此选第一首。

[注释]

① "去郭"二句:谓水亭远离城郭,轩窗敞亮,附近又无村舍遮挡,故能眺望远处。轩槛,窗户。赊,远。② 澄江:指锦江。平少岸:江水满而岸少见。幽树:幽僻背阳之树。晚多花:开花较晚。二句写眺望所见的风景。③ "细雨"二句:上句写江面之景,下句写岸上之景。雨细,故鱼儿出水面淰气;风微,则燕子顶风斜飞。此二句善体物也。《石林诗话》云:"此十字殆无虚设。雨细着水面为沤,鱼常上浮而淰;若大雨则伏而不出矣。燕体轻弱,风猛则不能胜,惟微风乃受以为势。"④ 十万户:若每户以五人计,约有五十万人口。此亦大约之数,非实指。二句说城中人多而嚣烦,而此处地僻人少,故可以遣兴也。"十万户"上应首句之"郭"字,"两三家"上应二句"无村"二字。

[评析]

此诗运用白描手法,写出了江边水亭周围开阔优美的风景。"澄江"一联,写远眺之景,"细雨"一联写近观之景。两联中锤词炼句,用语准确生动,如"平"字、"晚"字、"出"字、"斜"字,皆可谓诗眼也。又,此诗全诗八句皆对仗,首联为宽对。

江畔独步寻花七绝句 七绝,选二

其一

黄师塔前江水东,春光懒困倚微风①。桃花一簇开无主,可爱深红爱浅红②?

[题解]

作于上元二年(761)春,居成都草堂时。江畔,指浣花溪畔。这组诗是杜甫为寻花而作,写了各种各样的花,如江滨之花、城中之花、无主之野花、有主之家花等。诗人对花的态度复杂多样,有恼花、爱花、惜花等意。在写法上每首也各有变化。王嗣奭认为"此亦《竹枝》变调"(《杜臆》卷四)。此选原诗第五首和第六首。

[注释]

①黄师塔:一个姓黄的僧人所葬之塔。春光懒困:春天里人特别容易感到困倦懒散。倚微风:临风而立之意。②"桃花"二句:是说一丛无主的桃花正在盛开,是深红色的可爱呢还是浅红色的可爱?

[评析]

此首写的是塔前无主的野花,写出诗人见到盛开的桃花的喜悦心情。诗人故作问语,以引起读者的联想和兴趣,比直白地断定说好或不好,更委婉,更亲切。

其 二

黄四娘家花满蹊,千朵万朵压枝低①。留连戏蝶时时舞,自在娇莺恰恰啼②。

[注释]

①黄四娘:一个叫四娘的黄家女子。四是排行,娘是唐代对年轻女子的尊称,与姑娘同意。花满蹊:小路两边长满了鲜花。压枝低:指花开得非常繁盛,连花枝都压弯了。②戏蝶:双双戏飞的蝴蝶。娇莺:指莺的啼声很娇。恰恰:莺的啼声。二句通过写蝶戏、莺啼来表达诗人的愉快心情。

[评析]

此诗是诗人到黄四娘家花蹊散步时所作,写的是有主的家花。从诗的内容来看,黄四娘是一个美丽可爱的女子,因此这首诗是写花也是写人,有一种青春的活力。诗的后二句以蝶舞、莺啼的热闹场面来烘托主人的热情和花的繁盛与美丽。后两句对仗精致,可谓工对。苏轼《东坡题跋·书子美黄四娘诗》:"此诗虽不甚佳,可以见子美清狂野逸之态,故仆喜书之。"话中好像有什么弦外之音。其实爱美之心,人人皆有,诗圣也不例外。

进 艇 七律

南京久客耕南亩,北望伤神坐北窗①。昼引老妻乘小艇,晴看稚子浴清江②。俱飞蛱蝶元相逐,并蒂芙蓉本自双③。茗饮蔗浆携所有,瓷罂无谢玉为缸④。

[题解]

上元二年(761)夏日,作于成都草堂。进艇,乘船游江。

[注释]

①南京:指成都。安史之乱后玄宗奔蜀避乱,至德二载(757)升成都为府,置南京,上元元年罢。久客:杜甫此时在草堂居住已有一年之久。南亩:语出《诗经》"俶载南亩"。此指草堂南面的田地。北望伤神:北望长安和中原地区,因中原仍处于战乱之中,故云"伤神"。②引:携带。小艇:小船。船小而长者为艇。浴清江:在清江之水中游泳、戏水。清江指浣花溪。二句是说为排愁解闷,携妻儿在浣花溪上划船、游泳。③"俱飞"二句:写船上所见。上句以蝴蝶相逐,喻孩子们相逐游戏,活泼可爱;下句以并蒂芙蓉自比夫妻相亲相爱。蛱蝶,蝴蝶。元,同"原"。芙蓉,荷花。④蔗浆:用甘蔗榨出的甜浆。瓷罂:瓷瓶。罂,一种口小肚大的容器。此指家常瓷器。无谢:不亚于。玉为缸:即玉缸,富贵人家盛酒的玉质容器。

[评析]

此诗写全家在清江之上的优游情景。首二句言客居成都于乡野之中,但总不忘思乡之念。下六句俱言江上优游之乐。携妻乘船,夫妻之乐也;稚子浴江,儿童之乐也。蛱蝶相逐,喻小儿相戏之乐;并蒂芙蓉,自比夫妻并肩之乐。瓷罂乃平常之器,一样能携止渴之饮,何羡富贵人家之玉缸美酒乎。但此乐之下,仍藏有隐忧,杜甫的内心,时刻不忘长安和中原家乡仍在战乱之中。此乃忧患之中的一时偷闲之乐也。

送韩十四江东觐省 七律

兵戈不见老莱衣,叹息人间万事非①。我已无家寻弟妹,君今何处访庭闱②?黄牛峡静滩声急,白马江寒树影稀③。此别应须各努力,故乡犹恐未同归④。

[题解]

作于上元二年(761)秋,居成都草堂时。韩十四,名不详,从诗的末句来看,他是杜甫的同乡。江东,指吴越一带。觐省,探望父母。

[注释]

①老莱衣:用老莱子孝亲之事。《列女传》:"老莱子行年七十,著五色之衣,作婴戏于亲侧。"万事非:战乱打乱了正常的生活,万事都与从前不一样了。上句指战乱使父子分离,孝子不得尽孝于父母;下句推而广之,不仅是不得孝亲,其他方面也都受到了干扰。②无家:杜甫的老家洛阳地区,此时正被叛军占领,故曰无家。弟妹:杜甫有四弟一妹,除了一弟杜占跟随杜甫外,其他人都流散各地。访庭闱:探访父母。庭闱,父母所居之地,此指父母。二句归入正题,我与你都因战乱被迫与亲人离散。③黄牛峡:在湖北宜昌市夷陵区西。滩声急:指峡江水急,水激滩岸。白马江:在唐剑南道蜀州(在今成都西崇州市)东北。树影稀:指已是秋叶黄落之时。前者指韩十四探亲所经

之路，后者是二人分手之地。④故乡：指洛阳。同归：即杜甫和韩十四的故乡都在洛阳地区，是同乡。二句是向韩十四勉励和告别的话，望各自努力保重，此生恐不能同归故乡相见了。

[评析]

同乡韩十四与杜甫都流落蜀中，但如今韩十四要到江东去探望父母，杜甫在蜀州为他送别，相赠此诗。首联感慨兵荒马乱，父子或家人天各一方，万事皆非。颔联说我们的情况差不多，你是到他乡不知何地去寻访父母，而我也无处寻找弟妹，其中既有同病相怜的感慨，也是对韩十四的安慰。颈联指出与韩十四分别的地点和韩探亲所经之路，尾联表达了杜甫对韩十四的宽慰与告别之情。

楠树为风雨所拔叹 七古

倚江楠树草堂前，古老相传二百年①。诛茅卜居总为此，五月仿佛闻寒蝉②。东南飘风动地至，江翻石走流云气③。干排雷雨犹力争，根断泉源岂天意④？沧波老树性所爱，浦上童童一青盖⑤。野客频留惧雪霜，行人不过听竽籁⑥。虎倒龙颠委榛棘，泪痕血点垂胸臆⑦。我有新诗何处吟？草堂自此无颜色⑧。

[题解]

作于上元二年（761）夏，时居成都草堂。夏天的一场龙卷风，将草堂前一株二百年的楠树连根拔倒，杜甫十分伤心，而作此诗。楠树，一种高大的乔木，楠木是一种名贵的木材。李时珍《本草纲目·木一·楠》："楠木生南方，而黔、蜀诸山尤多……巨者数十围，气甚芬芳，为梁栋、器物皆佳。盖良材也。"

[注释]

①倚江：依江。江指浣花溪。溪为锦江支流，故称江。古老：即故老，

当地的老年人。二百年：指树龄。②诛茅：将茅草一类的杂草铲除。总为此：即选择此地营建草堂，正是因为有这株高大的楠树。五月：农历五月，正是盛夏。闻寒蝉：听到秋天寒蝉的鸣叫声。寒蝉，一种秋蝉。意谓盛夏之时，在此树荫下纳凉，如同秋天一样凉爽。③东南飘风：由东南来的一阵旋风。飘风，旋风，龙卷风。动地至：扑地而来。江翻：江翻波浪。石走：即飞沙走石之意。流云气：指挟带着云气。二句说旋风骤至，飞沙走石，江翻云滚。④"干排"二句：是说巨楠之树干与雷雨奋力搏斗，但最终树根为旋风拔地而出。泉源，此指地下，即黄泉，意谓楠树其根深于黄泉。岂天意，难道说这就是所谓的天意吗？表示无可奈何。⑤"沧波"二句：谓沧波边的老树是我生性所爱，在江边上树枝茂密重叠，如一青色的车盖。浦上，水边。童童，茂盛貌，重叠貌。青盖，一作车盖。《三国志·蜀志·先主传》："有桑树高五尺余，遥望童童如小车盖。"⑥"野客"二句：谓在天寒之时，野老过此停留以避霜雪，天暖之时，行人在此盘桓不去，以听树叶在风中的吟鸣，如聆音乐。野客、行人，互文见义，都是行客之意。竽籁，笙竽一类的乐器。以上四句仇兆鳌解曰："追叙未拔之先，佳景堪玩。树映江波，尤为可爱。且垂荫足避霜雪，迎风如听竽籁，故客行至此，频留而不过。"（《杜诗详注》卷十）⑦虎倒龙颠：形容被风摧倒的楠树。杜诗多有以龙虎形容老树，如《病柏》中就有"偃蹇龙虎姿"句。委榛棘：仆倒于荆棘丛中。榛，一种丛生的灌木。棘，带刺的酸枣树，此均指灌木丛。"泪痕"句：写杜甫对此事的伤心。垂胸臆，指泪洒衣襟。⑧"我有"二句：杜甫所生之感慨。楠树已倒，我已无可以吟诗之清荫，草堂也为之失色。

[评析]

楠树是一种名贵的树木，生之原野，可以贮清荫，可供行客以避霜雪，是诗人吟诗之所，今为大风所折，可不惜哉！此是杜甫为良木而悲，也是为贤士而悲，同时更是为自己之命运而悲也。关于此诗的作法，萧涤非曰："全诗十六句，每四句一转意。起四句追叙未拔之前；东南飘风四句正写为风雨所拔；沧波老树四句写拔后回思之情，两句切自己写，两句写一般人；末四句深致哀悼。"

(《杜甫诗选注》)

茅屋为秋风所破歌 七古

八月秋高风怒号,卷我屋上三重茅①。茅飞度江洒江郊,高者挂罥长林梢,下者飘转沉塘坳②。南村群童欺我老无力,忍能对面为盗贼,公然抱茅入竹去③。唇焦口燥呼不得,归来倚杖自叹息④。俄顷风定云墨色,秋天漠漠向昏黑⑤。布衾多年冷似铁,骄儿恶卧踏里裂⑥。床头屋漏无干处,雨脚如麻未断绝⑦。自经丧乱少睡眠,长夜沾湿何由彻⑧。安得广厦千万间,大庇天下寒士俱欢颜,风雨不动安如山⑨。呜呼!何时眼前突兀见此屋,吾庐独破受冻死亦足⑩!

[题解]

上元二年(761)秋,作于杜甫居成都草堂时。这场大风把草堂屋顶的茅草给卷去了,使其成了漏雨之屋,无法居住,故杜甫甚伤之,因作此歌。

[注释]

①怒号(háo):怒吼。三重茅:此指风将屋上的茅草卷去之多,非定指三重之厚也。二句点题,茅屋为秋风所破。②"茅飞"三句:写风卷茅草,所飞之远。有的飞过江去,有的挂在树梢,有的沉在塘坳。挂罥(juàn),悬挂缠绕。罥,本指网,作动词,网住,此指被树枝所网。坳(ào):洼地。以上四句,仇兆鳌曰:"此记风狂而屋破也。"③"南村"三句:指南村的一些顽童竟将落在地上的茅草纷纷抱入竹林而去。诗人之所以对这些顽童十分恼恨,是因为他们并非家中穷困缺柴烧,而是他们的恶作剧,故意戏侮他这个年老无力的人。忍能,忍心如此。这是杜甫一时语忿的詈语。④"唇焦"二句:指大声呼叫也无法阻止这些顽童的捣蛋行为,回家后倚杖叹息。他叹息的是,

自己所盖这几间茅屋确实不易，是向各处央求帮助才得以盖成的，如今已再无重修草堂之资，所以才为此发愁。以上五句，仇兆鳌曰："此叹恶少陵侮之状。"⑤"俄顷"二句：风过之后，乌云密布，天也渐渐昏暗了，预示大雨将至。漠漠，昏暗貌。向，近。⑥"布衾"二句：被子由于使用多年棉絮板结，已不保暖，天寒下雨时感到很冷；小孩子睡相不好，两脚乱蹬，被里被蹬裂。衾，被子。恶（wù）卧，睡觉习惯不佳。⑦雨脚如麻：落地的雨点如麻一样密集。二句说床头处漏雨，地上都是水，雨点密集，一直下个不停。⑧丧乱：指安史之乱。少睡眠：杜甫从安史之乱后，到处奔走，无暇多睡；年老多病，又忧国忧民，失眠少睡。长夜：因屋漏和心忧不能睡觉，故感夜长。沾湿：屋内的人和物都被雨水打湿。何由彻：怎样才能挨到天亮。彻，到头，结束，即熬过漫漫长夜。以上六句，仇兆鳌曰："此伤夜雨侵迫之苦。"⑨安得：怎样才能得到。广厦：又高又大的房子。寒士：泛指贫寒之人。⑩突兀（wù）：高耸貌。见：同"现"，即出现。死亦足：如果能使天下的贫寒之人都住上好房子，即使我个人的草房破了，受冻而死，也是心甘情愿的。仇兆鳌曰："末从安居推及人情，大有民胞物与之意。"

[评析]

上元二年刮过两次大风，上次在五月，大概是龙卷风，将草堂前的大楠树连根拔倒；这次是在八月，将草堂上的茅草卷走，又大雨不绝，使草屋大漏，屋内沾湿，全家无法休息，杜甫长夜无眠，忧以待旦，浮想联翩。于是突发奇想，如果眼前能够突然出现千万间高屋大厦，该有多好，那样就可以让天下的贫寒之人都能住在里面，免受风雨之苦。即使自己一个人的草房被毁，受冻而死，也是甘愿的。这样的大愿，若是从一个官员的口中说出，那他可能是一个悯民的好官，会受人尊敬；若是从一个饱受饥寒之人的口中说出，是由己推及于人，他就是一个高尚的仁者，会令人肃然动容。杜甫就是这样的仁者。但是有的官员说的仅是面子上的话，如白居易，身拥重裘，却说"争得大裘长万丈，与君都盖洛阳城"这样的大话，未免有些矫情，倒不如杜甫说得实在可信。联想到杜甫的

《自京赴奉先县咏怀五百字》诗，当自己的小儿子被饿死时，他还念念不忘那些无产业的农民及戍边的士卒，他的这种推己及人的仁者胸怀，是一贯的，真实的，怎不令人对他博大的人格肃然起敬！

石犀行 七古

君不见秦时蜀太守，刻石立作五犀牛①。自古虽有厌胜法，天生江水向东流②。蜀人矜夸一千载，泛溢不近张仪楼③。今年灌口损户口，此事或恐为神羞④。修筑堤防出众力，高拥木石当清秋⑤。先王作法皆正道，诡怪何得参人谋⑥。嗟尔五犀不经济，缺讹只与长川逝⑦。但见元气常调和，自免洪涛恣凋瘵⑧。安得壮士提天纲，再平水土犀奔茫⑨。

[题解]

作于上元二年（761）秋。石犀，战国时李冰为蜀郡太守时，在成都南三十五里刻立石犀五头，以镇水灾。本年秋，洪水泛滥，灌口都江堰一带民众遭水灾，但民众迷信石犀能镇水。杜甫作此诗以破解迷信，主张以人力治水患。

[注释]

①君不见：七古歌行体常用此三字开头。秦时蜀太守：指李冰。李冰是都江堰的创建者。石犀：传说犀牛为避水之兽，故古人常刻石为犀，以镇水患。《华阳国志》："李冰作石犀五头，以厌水精。穿石犀溪于江南，命曰犀牛里。后转置犀牛二头，一在府中市桥门，一在渊中。"二句说五个石犀本是秦时蜀郡太守李冰所制。②厌（yā）胜法：古代一种巫术，谓能以诅咒制胜，压服人或物。二句说，虽然自古以来就有厌胜之法，用石犀镇水，可是江水本来就是从西向东流。意思是，江水的流向岂是厌胜之法所能改变的？③矜夸：自夸。张仪楼：《华阳国志》载，张仪修建成都城，有功，蜀人在城西南建楼

纪念张仪,名张仪楼,楼高百余尺,临山瞰江。二句说蜀地人将石犀镇水之说夸赞了一千年,说洪水泛滥也近不了张仪楼。④灌口:地名,在今四川灌县,境内有灌口山。《元和郡县志》:"灌口山,在今彭州导江县西北二十六里,文翁穿湔江灌溉,故以灌口名山。"损户口:损失人口,即淹死了许多人。此事:指自夸石犀镇水事。为神羞:致使石犀的神灵蒙羞。二句说石犀不灵,不能为百姓镇除水灾,江水照样泛滥。仇兆鳌云:"江水东流,非关厌胜,目击灌口冲决,则知神不能为力矣。蜀人向夸此犀,尽诞妄耳。"⑤"修筑"二句:应出众多人力来修筑堤防,秋天防汛时在堤上高筑木石。意为预防水患应以人力来筑高堤岸,不应迷信石犀的神力来保佑。⑥先王作法:前代君王的作法。《礼记·月令》:"季秋之月,完堤防,谨壅塞,以备水潦。"皆正道:都是依靠人民之力的正道,而非迷信鬼神一类的邪道。诡怪:诡异的神怪之道,即邪门歪道。参人谋:参与人的谋划。二句谓自先王以来,都是依靠民众的力量来治水,何曾让神鬼参与?⑦嗟:嗟叹。不经济:不能经世济民。缺讹:李冰原刻五个石犀,现只剩下了两个。朱鹤龄注:"缺,损其数。讹,易其处。"长川逝:因有的石犀已投于江水中,故云。长川,指岷江。⑧元气:自然本元之气。调和:古人认为,朝有良相,可以调和元气。凋瘵(zhài):衰败。二句谓只要朝廷有良相调和元气,就会避免洪水恣意为害。⑨壮士:指安邦济国之士。提天纲:掌握朝纲。王嗣奭云:"'壮士提天纲',正谓贤相操国柄也。曰'安得',伤时无贤相也。"(《杜臆》卷四)再平水土:指平定水患。犀奔茫:指石犀被抛弃灭迹。仇兆鳌曰:"此欲扶正道以杜神怪。筑堤乃正道,厌胜乃诡怪。朝有良相以调元气,自然水不为灾。彼缺讹之物,非关经济,何不提去以灭其迹乎。"

[评析]

石犀是古人用来作镇水患的象征之物,蜀人自夸其能制止水患,对之膜拜,而不派人去修筑堤坝,致使洪水泛滥。杜甫对此迷信现象十分不满,作此诗以刺之。他认为能治水者,在人而不在鬼神灵怪,这是一种可贵的无神论思想。至于诗中以此讽刺朝无良相,便是借题发挥,表达他对肃宗贬斥贤良、信任小人的不满。

百忧集行 七古

忆年十五心尚孩,健如黄犊走复来①。庭前八月梨枣熟,一日上树能千回②。即今倏忽已五十,坐卧只多少行立③。强将笑语供主人,悲见生涯百忧集④。入门依旧四壁空,老妻睹我颜色同⑤。痴儿不知父子礼,叫怒索饭啼门东⑥。

[题解]

作于上元二年(761)秋,杜甫去青城县(今四川都江堰市)寻友求助,而一无所获,回草堂见家徒四壁,妻忧儿饥,而作此诗。百忧集,出自王筠《行路难》:"百忧俱集断人肠。"百事皆忧也。行,诗歌的一种体式。

[注释]

①忆年:一作忆昔。心尚孩:童心未泯。走复来:走来走去。②能千回:是说次数之多的意思。可见杜甫在十五岁以前,是一个活泼好动的孩子,并非是小大人。③"坐卧"句:是说年纪大了,坐着和卧着时候多,而行走站立的时候少。④强:勉强。笑语:赔笑脸。供:应承。主人:指曾求助过的地方官员及当地人。浦起龙云:"居草堂席不及暖,之蜀州、之新津、之青城,又尝简彭州高适、唐兴王潜。凡所待命,皆主人也。凡面谈寄简,皆笑语也。"生涯:指生活。二句说自己在成都生活的辛酸,强作笑脸有求于人,百感交集。⑤"入门"二句:回到家后,依旧是家徒四壁,妻子和自己一样面带忧色,即所求未果,夫妻相对凄然。⑥痴儿:不懂事的小儿。不知父子礼:当众不顾父亲的脸面。叫怒:即大声呼叫、哭闹。啼门东:在柴门外啼哭。此二句以小儿索饭而在门前哭闹,写出了杜甫一家的生活困境。若非小儿饥饿难忍,也实在做不出"叫怒索饭"的举动。

[评析]

杜甫来到成都之后,其生活全凭朋友照顾和帮助。他的草堂是友人帮他盖的,其园中所栽的各种树木,也是朋友资助的,其平时的生活来源,也是靠朋友相助。但也有筹借不到的时候,这首诗所写的就是求人相助,却空手而归,儿子饿得当众哭闹索饭,不是饥饿至极,哪能如此?如今年已五十,还要笑脸求人,面对的尴尬,也令人难堪。客居生活之苦,一言难尽,真是百忧交集啊。想起愉快的童年,实在令人向往,可惜的是韶光一去,青春不返了。

赠花卿 七绝

锦城丝管日纷纷,半入江风半入云①。此曲只应天上有,人间能得几回闻②?

[题解]

作于上元二年(761),杜甫居草堂时。此年四月,梓州刺史段子璋叛,自称梁王。剑南节度使崔光远率兵征讨,其部将花敬定斩段子璋,并大掠东蜀。崔光远被罢官,花敬定恃功自傲,纵情声色。此诗为宴会上所作,在颂扬中寓有讽意。花卿,即花敬定。卿,对人的尊称。

[注释]

①锦城:指成都。丝管:丝指弦乐,管指管乐。此泛指音乐。日纷纷:天天如此。"半入"句:指音乐之声低则飘于江面,高则飞上云霄。二句说花敬定自恃有功,天天饮宴作乐。②"此曲"二句:说乐声之美,只有天宫中的仙乐可比,在人间是很难听到的。

[评析]

杜甫对蜀中的军阀一贯没有好印象,这位花将军,因自恃功高,天天花天酒地,纵情声色。杜甫借赠诗之际,表面上是称赞宴会上的音乐之美,可比天宫之乐,而言外之意是讽刺他淫乐无度,奢侈腐化。杨慎谓"(花卿)恃功骄恣，杜公此诗讥其僭用天子礼乐也，而含蓄不露"(《升庵诗话》)，此语虽求之过深，但安史之乱后玄宗入蜀，带去了一批宫廷乐舞伎人，他们散落民间，因此，在成都能听到宫廷的音乐，也是可能的。又此诗风格在杜甫绝句中别是一格，具有盛唐风韵。仇兆鳌曰："此诗风华流丽，顿挫抑扬，虽太白、少伯无以过之。"信然。

病 橘 五古

群橘少生意，虽多亦奚为①。惜哉结实小，酸涩如棠梨②。剖之尽蠹蚀，采掇爽所宜③。纷然不适口，岂只存其皮④。萧萧半死叶，未忍别故枝⑤。玄冬霜雪积，况乃回风吹⑥。尝闻蓬莱殿，罗列潇湘姿⑦。此物岁不稔，玉食失光辉⑧。寇盗尚凭陵，当君减膳时⑨。汝病是天意，吾愁罪有司⑩。忆昔南海使，奔腾献荔支⑪。百马死山谷，到今耆旧悲⑫。

[题解]

作于上元二年（761）秋，居成都草堂时。病橘，得了病的橘树。蜀地产橘，其橘曾为朝廷贡品，因朝廷责贡，橘也因过度收求而凋衰。此借咏橘以刺赋税之重令蜀民不堪其扰。

[注释]

①生意：生机。奚为：何用。二句说橘树一棵棵都半死不活，纵然树多又有何用？②棠梨：木名。有赤白两种。赤棠木理坚韧，实涩无味；白棠，亦称甘棠、棠梨，实似梨而小，可食，味甜酸。二句说橘树所结之果实很小，其味酸涩如棠梨，品质较差。③蠹蚀：被蠹虫所蚀。蚀，一作虫。采掇（duō）：采摘。爽所宜：不合适，指征敛非时。爽，失。所，一作其。二句说橘实里面为蠹虫所蚀，不能作为贡品上缴。④纷然：众多貌。岂只：一作岂止。存其

皮：用其皮。橘皮是一种药材。二句说，橘子虽多而不好吃，难道只是要用它的皮吗？⑤萧萧：树叶在风中发出的声音。半死叶：半死不活的叶子，或有一半枯死的叶子。故枝：母枝。二句说，树上的叶子将死未死，发出萧萧的声音，好像是不愿与故枝分离。⑥玄冬：即冬天。古人以玄色配北方，以北方配冬季，故称玄冬。回风：旋风。二句说，冬天一到，不但有积雪而且还有寒冷的北风在摧残着橘树。以上四句，均以橘喻人。⑦蓬莱殿：汉宫殿名，唐有蓬莱宫，即大明宫。《杨太真外传》："开元末，江陵进乳柑橘，上（玄宗）以十枚种于蓬莱宫，至天宝十载秋结实，宣赐宰臣。"潇湘姿：指湖南的橘子。潇湘，湖南二水名，潇入湘以并流，称湘江，两岸以盛产橘著名。⑧"此物"二句：是说橘子收成不好时，皇帝的玉食也少了滋味。因果树都有大年和小年，小年时收成就少。不稔（rěn），歉收。玉食，精美如玉的食品。此指御膳。⑨寇盗：指安史叛军。凭陵：横行、侵扰。减膳：古代的君王每遇灾荒，常常减少御膳的样数，以虚伪地表示引咎自责，称为"减膳"。⑩"汝病"二句：说蜀橘有病，是上天示意，不要怪罪负责进贡的有关部门。此以天意示警朝廷，不可敲剥下民为甚，并为有关人员解脱责任。⑪南海使：南海负责进贡荔枝的使节。南海属唐代岭南道，治所在广州市。唐玄宗时，杨贵妃喜食荔枝，《唐国史补》卷上："杨贵妃生于蜀，好食荔枝，南海所生，尤胜蜀者。故每岁飞驰以进。"⑫百马：极言马多。耆（qí）旧：老辈人。以上四句说，使人想起以前南海送荔枝给杨贵妃，而致使许多马匹累死途中的事，至今老一辈人回忆起来，仍感到伤心。

[评析]

杜甫见蜀橘多病而实小，而生悲悯之意。他认为蜀橘之所以得病，是因为过去朝廷对此物征敛过甚所造成的结果，应该爱惜物力，莫使过分。其实这是以物喻人，为蜀民赋捐过重而鸣不平，乃呼吁与民休息之意也。

枯 棕 五古

蜀门多棕榈，高者十八九①。其皮割剥甚，虽众亦易朽②。

徒布如云叶，青青岁寒后③。交横集斧斤，凋丧先蒲柳④。伤时苦军乏，一物官尽取⑤。嗟尔江汉人，生成复何有⑥。有同枯棕木，使我沉叹久⑦。死者即已休，生者何自守⑧。啾啾黄雀啄，侧见寒蓬走⑨。念尔形影干，摧残没藜莠⑩。

[题解]

作于上元二年（761），当与《病橘》作于同时。枯棕，棕树因被剥过甚而死，喻指被剥削的百姓的不幸命运。棕，即棕榈树，多生于南方，常绿乔木，高二丈余，不分枝，为叶鞘形成的棕衣所包，叶大，集生干顶。棕衣可制绳、帚、垫、蓑等物，入水不腐，树干可作器具和建筑用。

[注释]

①蜀门：蜀中，即成都。十八九：十之八九，或指高有十八九尺。②其皮割剥：棕榈树干为棕皮所包，其皮因有多种用途，故被割剥下来用以制物。甚：过度。虽众：指棕衣虽多。亦易朽：即棕皮再多，割得过多，树干就容易枯朽。③"徒布"二句：棕榈树徒有青青如云之叶，岁寒时又凌霜不凋。布，散开。岁寒后，用《论语·子罕》"岁寒然后知松柏之后凋也"之意。④交横：纵横交加。斧斤：斧头。斤，伐木之斧。蒲柳：即水杨，一种入秋就凋零的树木。二句谓棕榈树在遭受到刀斧的反复割剥之后，比蒲柳还要更早地凋零。⑤"伤时"二句：是时因打仗缺少军赋，官府不放过一件可取的东西。取，此处读zhǒu。⑥江汉人：指蜀人。江指岷江和西汉江（即嘉陵江），此二江流过蜀中，故其流域间的人，均可称江汉人。生成：凡地上所产之物品。复何有：不再属蜀地百姓所有。⑦"有同"二句：蜀中百姓如同枯棕一样行将凋丧，使诗人久久为之沉痛感叹。⑧"死者"二句：谓死了就算了，生存者将何以自活？⑨啾啾：鸟叫声。黄雀啄：指枯棕为黄雀所啄。黄雀，其体小如雀而色黄，亦名黄鸟，此泛指小鸟。侧见：侧着头看。因鸟雀的眼睛生在头两侧，故侧着头才能看东西。寒蓬：秋天的蓬草。二句谓黄雀啄掉的棕树皮，如同秋蓬一样随风飘走。仇兆鳌云："雀啄棕毛，飘如蓬走。"⑩形影干：即枯棕之树影。没：埋没。藜莠（yǒu）：野草。藜，灰藋。莠，一种似谷子的野

草,俗名狗尾巴草。二句言棕榈饱受摧残,最终枯死没入野草之中。

[评析]

这首诗与《病橘》、《病柏》、《枯楠》等都是咏物诗。关于此诗的主旨,仇兆鳌说:"枯棕,伤民困于重敛也。"诗中明确写道:"伤时苦军乏,一物官尽取",仇氏所见极是。此诗的特点和《病橘》等诗一样,都是借物喻人,是对统治者残酷剥削百姓的控诉,也是一篇为民请命之辞,可见老杜一片悯民之心。王嗣奭对此诗有精到的分析:"因军而剥棕,既悲棕之枯;因枯棕而念剥民同之,因悲民之困。盖朝廷取民,大类剥棕,取之有节则生,既剥且割,则枯死矣。况割剥之后,又集'斧斤',棕有后凋之姿,而'丧先蒲柳',悲哉!'死者'、'生者',言棕而暗影小民。"(《杜臆》卷四)其言可参。

野 望 七律

西山白雪三城戍,南浦清江万里桥[①]。海内风尘诸弟隔,天涯涕泪一身遥[②]。惟将迟暮供多病,未有涓埃答圣朝[③]。跨马出郊时极目,不堪人事日萧条[④]。

[题解]

作于上元二年(761)秋,居成都草堂时。野望,时杜甫骑马出游城郊,瞭望四野,而有所感。

[注释]

①西山:在成都西。又名雪岭,因积雪得名。三城戍:当时吐蕃趁安史之乱之机,常来川西侵扰,因设松、维、堡三城戍卫。南浦:南边的水边。清江:指锦江。万里桥:在成都南门外的锦江上。三国时蜀相诸葛亮送费祎出使东吴过此桥,费祎因称:"万里之行始于此也。"故称。上句,远眺之景;下

句，近望之景。②海内：四海之内，犹指全国。风尘：指战尘。诸弟隔：指杜甫之弟颖、观、丰远在中原。隔，为山川和战乱所分隔。涕泪：指杜甫因思念亲人而流泪。一身遥：即自己一人在遥远的西南。③供：伺候。多病：此时杜甫有肺病、头风等多种疾病。涓埃：细小。涓为细流，埃为细尘。答：报答。圣朝：对本朝的尊称，也指国家。二句说如今已年老多病，未能为国家做一点事情。④出郊：到郊野去。极目：极目远眺。人事：指国事与家事。日萧条：越来越不景气。

[评析]

此诗首联写景，远景和近景连为一体，气象壮阔；颔联写思亲思家，感情沉痛；颈联写自己年老多病，未能为国家做出贡献，深含愧怍；尾联写郊游所感，对当前的国家命运和家庭前途，都深为担忧。此诗风格沉郁，意气悲壮，层次井然，结构紧密。句句都有照应。浦起龙曰："国患家离，两两系心。'三城戍'提忧国，'万里桥'提思家。三、四顶次句，思家之切也；五、六顶首句，忧国之忧也。题中'望'字意，皆暗藏在内。七，点清，八，总收。"脉络分明。

遭田父泥饮美严中丞 五古

步屧随春风，村村自花柳①。田翁逼社日，邀我尝春酒②。酒酣夸新尹，畜眼未见有③。回头指大男，渠是弓弩手④。名在飞骑籍，长番岁时久⑤。前日放营农，辛苦救衰朽⑥。差科死则已，誓不举家走⑦。今年大作社，拾遗能住否⑧？叫妇开大瓶，盆中为吾取⑨。感此气扬扬，须知风化首⑩。语多虽杂乱，说尹终在口⑪。朝来偶然出，自卯将及酉⑫。久客惜人情，如何拒邻叟⑬。高声索果栗，欲起时被肘⑭。指挥过无礼，未觉村野丑⑮。

月出遮我留，仍嗔问升斗⑯。

[题解]

作于宝应元年（762）春，时居成都草堂。写一次到邻家访问，被主人劝酒的故事。田父，即老农。泥饮，缠着让喝酒。美，赞美。严中丞，即严武，时为成都尹兼剑南东西节度使，兼御史中丞。

[注释]

①步屧（xiè）：穿着木屧散步。屧，木屐、木制的拖鞋。自花柳：各村花柳自开自绿，指自然界时节之变不随人的意志为转移。二句写出春天的喜悦气氛。②田翁：农家老汉。逼：临近。社日：古代农村有两个社日，春社和秋社。届时祭祀土地神，以祈丰收。此为春社，在立春之后。春酒：为春社所备之酒。③夸新尹：夸赞新来的府尹，指严武。严武于上元二年（761）十二月任成都尹。畜眼：自有眼以来。畜，养，转训为有。二句说严武是不曾见过的好官。④大男：长男，大儿子。渠（qù）：他，指大男。弓弩手：军队中射箭的兵士。从"渠是"以下九句，皆为老农的话。⑤飞骑（jì）：指军队中骑兵的一个兵种，专门骑马射箭。籍：兵籍，名册。长番：唐时士兵轮番服役，分为六番，长番是不轮换长期服役的士兵。⑥放营农：即退役回乡种地。救衰朽：回家养活父母。衰朽，指年老的父母亲。二句言严武实行新政，照顾家有老人的士兵使其退役归田。⑦差科：各种差役和杂徭。死则已：死也要完成。举家走：带着全家逃走。二句说就是差役再多也要完成，决不举家外逃。⑧大作社：指村中举办社日的规模大于往年。拾遗：指杜甫，他曾为朝官左拾遗，此以旧官职称杜甫，表示尊敬。二句说，今年要大规模地举办社日，您能在这里住几天吗？说明老农对杜甫感情深厚。⑨叫妇：呼唤老妇。开大瓶：打开装酒的大瓶。盆中：将酒倒入盆中。取（zhǒu）：取酒，倒酒。二句是说，呼老妇取大瓶中的酒，倒入盆中，请杜甫喝。此见农村喝酒的粗豪之风。⑩"感此"二句：诗人为田父扬扬意气所感动，从而感觉到当官理政当以"厚人伦、美教化、移风俗"为首。⑪"语多"二句：田父虽然说话很杂乱，但始终赞美的都是关于新来府尹（指严武）的事。⑫朝来：自早晨来到这里。卯：指卯时，上午五时到七时。酉：酉时，下午五时到七时。二句说杜甫从早晨来到

田父家，到傍晚还未离开。谓杜甫被田父泥饮了一整天。⑬"久客"二句：言长年在异乡作客，故特珍惜人情，邻叟的好意无法拒绝。⑭"高声"二句：上句指田父大声向家人索要果品献客，下句说诗人想要起来告辞，却被主人捉肘挽留。⑮"指挥"二句：说田父指手画脚，行为粗鲁，有些失礼，但其是一片真情，却觉得粗豪可爱，不以为丑。⑯"月出"二句：谓天色已晚，月亮都出来了，还拦住我不放，一个劲地劝酒，嗔着脸说，你还没有喝够。问升斗，是说你还没有喝够量嘛。升斗，指酒器，即酒杯之意。

[评析]

严武是杜甫老友，在长安即相识，他前来镇蜀，以御史中丞衔任成都尹，充剑南节度使，在生活上给了杜甫很多照顾。诗中借一位老农之口，夸赞严武的新政给蜀中人民带来了新的希望。此诗是一首叙事诗，诗人观察细致入微，表达曲尽人情。对人物刻画，虽寥寥数笔，但却画龙点睛，活泼生动。王嗣奭曰："其写出村人口角，朴野气象，俨然如画。"（《杜臆》卷四）刘辰翁评曰："'欲起时被肘'、'仍嗔问升斗'，此等语，并声音笑貌，仿佛尽之。"（《杜诗详注》卷十一引）

戏为六绝句 七绝

其 一

庾信文章老更成，凌云健笔意纵横①。今人嗤点流传赋，不觉前贤畏后生②。

[题解]

作于宝应元年（762），居成都草堂时。这是一组论诗诗，是杜甫诗学观点的集中表达，六首诗中，前三首评论前代诗人的创作成就，后三首主要表达杜甫自己的诗学见解和对当时诗坛偏颇之论的批评。因诗中语含嘲讽，故以"戏论"出之。

[注释]

①"庾信"句：庾信是由梁入北周的诗人，其前期诗歌有宫体绮艳之风，入北朝后诗风大变，转为雄浑苍凉，故此有"老更成"之说。文章：此指诗赋。凌云健笔：指其诗笔雄健超迈。意纵横：诗思纵横自如，即达到较自由的创作境界。②今人：即后面所指的浅薄的"后生"、"尔曹"辈。嗤点：讥笑评点。流传赋：指庾信现所流传的诗赋，即前所指之"文章"。唐人所撰《周书·庾信传论》："（庾信）其体以淫放为本，其词以轻险为宗。故能夸目侈于红紫，荡心逾于郑卫。昔扬子云有言：'诗人之赋丽以则，词人之赋丽以淫。'若以庾氏方之，斯又词赋之罪人也。"此言为典型的"嗤点"之论。不觉前贤：指对前贤尚未深知。不觉，未悟、未明之意。前贤，指庾信等。畏后生：语本《论语·子罕》："后生可畏，焉知来者不如今也。"此杜甫反用之，谓后生对庾信诗赋妄加讥评。此二句的意思是，今人对庾信等前贤的诗赋知之不多，却自以为是，对他们嗤笑讥点，真可谓是"后生可畏"了。

[评析]

此首诗评论庾信。庾信是一个前后诗赋之风变化很大的作家，其早年的诗赋，受梁宫体诗的影响，有绮艳之风，故与当时徐陵并称作"徐庾体"。他后来入北朝，饱受异乡流落和思乡之苦，兼受北朝刚健之风的影响，诗风大变。而庾信之变，却少为人知。杜甫之经历与庾信有些相似，故对其晚年诗风，深有体察，故有"庾信文章老更成"、"暮年诗赋动江关"之评，可谓庾信之知音也。而如今之后生，仍沿庾信早年的"绮艳"之说，疵议前贤，杜甫深为不满，故于此诗发之。杨慎云："庾信之诗为梁之冠冕，启唐之先鞭。史评其诗曰'绮艳'；杜子美称之曰'清新'，又曰'老成'。绮艳清新人皆知之；而其老成，独子美能发其妙。……子山（庾信字）之诗，绮而有质，艳而有骨，清而不薄，新而不尖，所以为老成也。"（《丹铅总录》）此论甚为有见，故录于此。

其 二

杨王卢骆当时体,轻薄为文哂未休①。尔曹身与名俱灭,不废江河万古流②。

[注释]

①杨王:一作王杨。杨、王、卢、骆,分别指初唐四杰杨炯、王勃、卢照邻、骆宾王。当时体:指初唐的诗体。其时尚未完全摆脱六朝藻绘余习。轻薄为文:是今人诋毁四杰之语。哂未休:讥笑不止。《玉泉子》:"王杨卢骆有文名,时人议其疵曰:'杨好用古人名,谓之点鬼簿;骆好用数目作对,谓之算博士。'"即讥笑四杰之言。②尔曹:尔等,尔辈。指嗤点四杰的"今人"和"后生"。身与名俱灭:身死名灭,死后即默默无闻之意。"不废"句:指今人之嗤点,无法妨碍四杰之诗文如江河长流。不废,不害,不伤。

[评析]

此首诗评"初唐四杰"杨、王、卢、骆,认为他们的诗文作品代表初唐时代的文学风尚,是当时之体,是一代之文学,未可轻议。而今之浅学之辈,却对其文以轻薄议之,哂笑不休,岂知尔等之辈身死名灭,不会给后人留下一点儿痕迹,而尔曹所讥讽之四杰,却如江河行地,万古长流。此是杜甫以历史的眼光来看待四杰的历史贡献,给予他们高度的评价。

其 三

纵使卢王操翰墨,劣于汉魏近风骚①。龙文虎脊皆君驭,历块过都见尔曹②。

[注释]

①纵使:即使。卢王:指卢照邻和王勃。此以卢、王以代指四杰,因诗有字数的限制,故用省字法。操翰墨:写诗赋文。翰墨,指写作。汉魏:指汉魏古诗及三曹、七子等的创作。近风骚:接近于《诗经》、《楚辞》等风骚传统。风,指《诗经》中的国风,以"风"概指《诗经》。骚,指《楚辞》中

《离骚》，以"骚"概指《楚辞》。二句是说，退一步说，四杰纵然不及汉魏作家的创作更接近于风骚，但其创作成就仍然是很高的。②龙文虎脊：皆古时骏马，身上有美丽的毛色，此喻华美的文采。龙文，出于《汉书·西域传赞》："蒲梢、龙文、鱼目、汗血之马，充于黄门。"虎脊，出于汉《郊祀歌·天马》："虎脊两，化若鬼。"皆君驭：一说是皆为四杰所驭，君指四杰。一说是皆为君王所驭，君指君王。皆通。历块过都：语本王褒《圣主得贤臣颂》："过都越国，蹶如历块。"此语指骏马越过都邑，如跃过一个土包，形容马的快捷。见尔曹：即显现出尔曹的无能和嗤点之误。尔曹，尔辈。指"今人"、"后生"。

[评析]

这首诗承上首续论四杰。四杰的创作纵然不及汉魏作家更接近诗骚之风，但他们的才华也如同骏马一般，供其驾驭驰骋，他们才华的充分展现，足使那些嗤点他们的"尔曹"之辈，相形见绌，谬论百出。关于"龙文虎脊皆君驭"一句，也有不同的解释：是说四杰如君王所驭之马，有历块过都之骏逸，虽亦通，但不及前说。

其 四

才力应难跨数公，凡今谁是出群雄①。或看翡翠兰苕上，未掣鲸鱼碧海中②。

[注释]

①才力：指才华和能力。跨数公：指超过庾信和四杰等人。凡今：指当代的作家。出群雄：出类拔萃的作家。二句说，若论创作的才华和能力，当今作家是很难超过庾信和四杰的，但是，当今谁是最为杰出的呢？②翡翠兰苕：翡翠是一种生活在水边的小鸟，赤羽曰翡，青羽曰翠。兰指兰花，苕指芦苇。此指纤细小巧之作。语出郭璞《游仙诗》："翡翠戏兰苕，容色更相鲜。"未掣(chè)：未驰。掣，疾驰，或解为钓。鲸鱼碧海：指雄伟壮阔的形象。二句以翡翠戏兰苕，喻纤细无力的艳丽之作，以鲸鱼掣碧海，喻雄健的笔力和壮伟之作。宗廷辅《古今论诗绝句》："'翡翠兰苕'，喻文采鲜妍，乃今人所擅之一

能;'鲸鱼碧海',喻体魄伟丽,数公之才力却是如此。"按宗氏之意,"鲸鱼碧海"乃是指庾信和四杰。

[评析]

此诗谓当今指责庾信和四杰的人,他们都没有庾信和四杰等前贤的创作才华和能力,他们只能写一些语辞艳丽的小巧之作,而未有"碧海掣鲸"的杰出作品。"凡今谁是出群雄"之句,作者隐然有自负之意,但杜甫这是与当时(即宝应元年前后)的诗人相比而言的,而不包括李白、王维、孟浩然、高适、岑参等盛唐诗人。因杜甫写此诗时,李白、王维于本年去世,孟浩然早已亡故,高适和岑参在安史之乱后也基本上停止了歌唱,他们的成就主要在盛唐时代,故杜甫以"出群雄"来自比,并无轻视贬低盛唐诸贤之意。这从他对李白、王维等诗人的高度评价中可以看得出来。

其 五

不薄今人爱古人,清词丽句必为邻①。窃攀屈宋宜方驾,恐与齐梁作后尘②。

[注释]

①"不薄"二句:谓对古今之诗人都不菲薄,他们的优秀诗篇都值得学习。不薄、爱,两语互义,即爱今人也爱古人之意。今人,指初唐至今的诗人。古人,指诗、骚及汉魏至齐梁的诗人。必为邻:一定要学习效法。②窃:自谦之意。攀:追攀。屈宋:屈原和宋玉。方驾:并驾齐驱之意。恐与:恐作。齐梁:指齐梁时代的浮艳之风。作后尘:步其后尘。二句谓宜以屈、宋为准的,向他们看齐,不可作齐梁之后尘。

[评析]

此篇为杜甫诗论之宗旨。不论今人、古人,凡有清词丽句者,必为邻之,即古人与今人都有可学习之处,凡是优点,不可不学习继承也。不独庾信和四杰可学,今人之清词丽句,亦有可学之处。

此即杜甫之所以地负海涵、集古今之大成也。但学习也应该有大目标，即以屈、宋为准的，不能为今人之清词丽句所累，仅徒事藻绘，而成齐梁之后尘。

其 六

未及前贤更勿疑，递相祖述复先谁①。别裁伪体亲风雅，转益多师是汝师②。

[注释]

①前贤：指包括庾信、四杰等在内的前代优秀作家。更勿疑：不容置疑。递相祖述：指历代作家都有个师承前人的传统。复先谁：先学哪一个。②别裁：鉴别真伪而去伪存真。伪体：指伪劣的作品。风雅：《诗经》中的十五国风与大雅、小雅，这些作品中多是反映社会现实和贬斥假恶丑的优秀作品。转益多师：即扩大学习的范围，凡是有长处的作家，其长处都应学习。多师，语出《论语》："三人行，必有我师焉。"汝师：尔等的老师。这是教导"后生"的话。其实，"汝师"也是"我师"。从诗意上来看，转益多师也是杜甫自我的追求。

[评析]

这首诗说尔曹辈不及前贤是不容置疑的，向前贤优秀作品学习是一贯的传统，至于先学哪一个，也是可以考虑的。但不管先学谁，都有一个全面学习和继承的问题。关键是要能够识别真伪，裁别和淘汰那些伪劣之作，学习那些具有风雅传统的作品。要转益多师，凡是有好的传统和优秀的作家，也包括有一技之长的作家，无论古今，都是我们学习的对象，都可以做我们的老师。此诗是六首诗的总结，"别裁伪体"、"转益多师"，是杜甫学诗的名言。

以上论诗六绝句，是中国最早以诗论诗的作品。开以后以诗论诗之先河。《唐宋诗醇》云："以诗论文，于绝句中，又属创体。"以后有宋人吴可、龚相、赵蕃、都穆等人的绝句《学诗诗》、金人元好问绝句《论诗三十首》、清人赵翼绝句《论诗》、宋湘绝句《说诗八首》等,形成了一个以诗论诗的诗学传统。

不 见 五律

不见李生久,佯狂真可哀①。世人皆欲杀,吾意独怜才②。敏捷诗千首,飘零酒一杯③。匡山读书处,头白好归来④。

[题解]

作于宝应元年(762),时杜甫因成都兵乱而避于绵州(今四川绵阳市)。原注:"近无李白消息。"李白至德二载(757)十一月长流夜郎,乾元二年(759)三月,在白帝城获释,即归江东漂泊,而杜甫一直心中挂念着他。此诗是杜甫集中十四首怀念李白诗的最后一首。不见,是以诗的首二字为题。

[注释]

①李生:指李白。因杜甫与李白亲如兄弟,故以平辈呼之。久:杜甫与李白自天宝四载(745)在兖州分别后,至此年已有十六年之久未曾见面。佯狂:装为狂人。李白恃酒纵放,自许为谪仙人,傲视公侯,自称"楚狂人",嘲歌孔丘。永王兵败后,李白作《笑歌行》等,佯狂高歌。杜甫认为李白佯狂是出于不得已。真可哀:同情李白的悲惨命运。②世人:指达官显贵。皆欲杀:因李白得罪于权贵,故他们以李白参加永王幕府为借口,欲置之死地。独怜才:唯独怜惜李白之大才。说明杜甫是李白的千古知己。③敏捷:诗思快捷。诗千首:说李白思维敏捷,写诗快而多,出口成章,犹"斗酒诗百篇"之意。"飘零"句:指晚年漂泊流浪,以酒消愁。上句写李白待诏翰林的得意时,下句写李白晚年漂泊的失意时。④匡山:指大匡山,在今四川江油市北,李白少年时曾在此读书。头白:指年老。好归来:用《楚辞·招魂》"魂兮归来,反故居些"意,希望李白能早日回到故乡,自己也好与他相见。

[评析]

此时杜甫大约已知李白被赦的消息,但近况却不知,故注云:"近无李白消息。"此时杜甫正在绵州,而这里正是李白的故乡。年老还乡,落叶归根,是杜甫客居他乡的一贯愿望,此刻他迫切希望李白能够还乡,他们这两位千古知己还能见面一叙。此诗围绕"佯狂"和"怜才"二语展开。世人欲杀、飘零纵酒,皆应"佯狂";敏捷,怜其才也,归来,怜其飘零不能归也。杨伦评此诗云:"真知己语。"(《杜诗镜铨》卷八)

陈拾遗故宅 五古

拾遗平昔居,大屋尚修椽①。悠扬荒山日,惨澹故园烟②。位下曷足伤,所贵者圣贤③。有才继骚雅,哲匠不比肩④。公生扬马后,名与日月悬⑤。同游英俊人,多秉辅佐权⑥。彦昭超玉价,郭震起通泉⑦。到今素壁滑,洒翰银钩连⑧。盛事会一时,此堂岂千年⑨。终古立忠义,感遇有遗篇⑩。

[题解]

作于宝应元年(762)冬,时杜甫从梓州(今四川三台县)到射洪县游览陈子昂故宅,而作此诗。陈拾遗,即陈子昂,曾在武周时任右拾遗,故称。故宅,在今四川射洪县北东武山下。

[注释]

①平昔居:即故居。修椽(chuán):长椽,椽头挑起屋檐的椽子。椽,是架在屋檩上承瓦的竖木条。二句说,陈子昂故宅的长椽大屋还依然在。②"悠扬"二句:谓荒山中的白日不紧不慢地行进,故园上空笼罩着惨淡的云烟。③位下:指陈子昂官职不高。圣贤:指有德行和贤能的人。二句说陈子昂官低位下,但这没有多大关系,因为人们所重的是贤德和才能。④"有才"

二句：指陈子昂在诗坛上高举以复古为革新的大旗，上继《诗经》和《楚辞》的精神，提倡"风雅兴寄"和"汉魏风骨"，在理论和创作实践中廓清了梁陈以来的浮艳之风，是其他作家所不能比拟的。骚，《离骚》的简称，以此概称《楚辞》。雅，指《诗经》中大雅和小雅，此以概称《诗经》。哲匠，泛指有高超才艺的作家和艺术家。⑤"公生"二句：谓陈子昂生于司马相如和扬雄之后，其名如日月悬空。公，指陈子昂。扬，指扬雄，马，指司马相如，二人皆汉代著名辞赋家，都是蜀人。因陈子昂也为蜀人，故举此二名士，意谓陈为扬马之后蜀中最杰出的诗人。仇兆鳌注："扬、马皆蜀人，故比之陈公。"⑥同游：指与陈子昂一起交游和同事的人物。英俊人：英才。指下文所举之赵彦昭和郭震。多秉：多掌。辅佐权：辅佐朝廷的大权。⑦彦昭：即赵彦昭，与郭震、薛稷、萧至忠相友善，曾参与郭震等人平息太平公主之乱，后官至刑部尚书，同中书门下平章事，为副相之职，封耿国公。超玉价：因彦昭姓赵，联想到战国时赵国有和氏璧，因以玉相比，比喻声名很高。郭震：字元振，十八岁举进士，任通泉县尉，武后时以诗见重，任右武卫铠曹参军，神龙中迁安西大都护，睿宗时进同中书门下三品，迁吏部尚书。后因平太平公主之乱有功，封代国公。起通泉：即郭震以任通泉县尉起家。通泉县在今四川射洪县东涪江边。⑧素壁：指粉壁。洒翰：即写字。银钩连：指书法刚劲有力。据《碑目》载，陈子昂故宅有赵彦昭和郭震的书法题壁。⑨"盛事"二句：谓一时之盛事已过，而保存其书法的子昂故宅又岂能保存千年。盛事，指赵、郭题壁事。⑩终古：传之千古。忠义：指陈子昂在任职时直言敢谏、革除时弊的忠肝义胆。有遗篇：谓《感遇》诗至今流传。感遇，指陈子昂的《感遇》诗三十八首，这组诗是陈子昂为以复古为革新的诗歌运动所做的具体创作实践。以上四句仇兆鳌曰："言盛事已往，堂宇终湮，但诗留忠义，自足传之不朽耳。"

[评析]

陈子昂是盛唐诗的先行者，他的以复古为革新的诗歌主张及其创作《感遇》诗三十八首的实践，对开拓盛唐诗风有极大的影响。杜甫怀着崇敬的心情，拜谒了他的故居，对他杰出的历史贡献做了"有才继骚雅，哲匠不比肩。公生扬马后，名与日月悬"的高度评价。李因笃评曰："悲壮之篇，足为陈公吐气。"（《杜诗镜铨》卷九引）

闻官军收河南河北 七律

剑外忽传收蓟北,初闻涕泪满衣裳①。却看妻子愁何在?漫卷诗书喜欲狂②。白日放歌须纵酒,青春作伴好还乡③。即从巴峡穿巫峡,便下襄阳向洛阳④。

[题解]

作于唐代宗广德元年(763)春,杜甫在梓州时。上元二年(761)冬,唐朝官军收复洛阳、河阳,安史叛军败走河北老巢。本年正月,史思明之子史朝义自杀,叛军纷纷投降,唐军收复了河南、河北地区,历八年之久的安史之乱,终于拉下帷幕。杜甫闻此消息,欣喜如狂,顿生还乡之念,作了此诗。

[注释]

①剑外:剑门关以南的地方,从关中的角度来看,是属于剑外。蓟北:指幽州,在今北京地区。二句说听说官军直捣叛军老巢,收复了蓟北,高兴得流下了眼泪。②却看(读平声):回头看。妻子:老妻与儿女。愁何在:此是问句,即妻子的愁容也不见了。漫卷:随便将书卷起。诗书:指手中的书卷,即高兴得也无心再看书了。③白日:一作白首。放歌:放声高歌。青春:春天。春天大地泛绿,故曰青春。此与"白日"相对,语出《楚辞·大招》:"青春受谢,白日昭只。"作伴:与妻子儿女一起。上句写欢欣之状,下句写还乡的打算。④即从:即刻就从。巴峡:指嘉陵江流经阆中至巴县(今重庆市)一段江流呈"巴"字形,亦称巴江。因杜甫此时在梓州,在嘉陵江畔,所以计划从此启行。穿巫峡:穿过巫峡。巫峡是长江三峡之一,西起今重庆巫山县大宁河口,东至湖北巴东县官渡口。便下:便从。襄阳:今湖北襄阳市。洛阳:今河南洛阳市。原注:"余田园在东京。"东京即洛阳。二句计划回家的路线。

[评析]

  此诗被称为杜甫"生平第一首快诗"(浦起龙《读杜心解》卷四之一)。经过八年的平叛战争,安史之乱终于被平息了。杜甫从乾元二年(759)三月,离开东都之后,一路漂泊至此已有五个年头,饱经战乱流落之苦,忽闻安史叛军终被消灭,河北、河南均已收复,回家有望了,心中是何等高兴,于是即口便吟出了这首快诗,表达自己欢快的心情和即时返乡的愿望。王嗣奭评曰:"此诗句句有喜跃意。一气流注,而曲折尽情,绝无妆点,逾朴逾真。他人决不能道。"(《杜诗详注》卷十一引)此诗善用虚词转接,流利无痕。黄维章评曰:"此诗之'忽传'、'初闻'、'却看'、'漫卷'、'即从'、'便下',仓促间写出欲歌欲哭之状,使人千载如见。"(《杜诗注解》七律卷二引)此诗的又一特点是末两句中连用"巴峡"、"巫峡"、"襄阳"、"洛阳"四地名,而不显板滞,累累如贯珠,更显示出超人的本领。这本是一首格律严谨的七律,可是读起来却全然不觉其为律诗,自然流丽,无雕凿痕。"一片真气流行,可谓神来之作"(邵长蘅《五色批本杜工部集》)。正如李因笃所评"此为七律绝顶之篇"(《杜诗详注》卷十一引)。

天边行 七古

  天边老人归未得,日暮东临大江哭①。陇右河源不种田,胡骑羌兵入巴蜀②。洪涛滔天风拔木,前飞秃鹙后鸿鹄③。九度附书向洛阳,十年骨肉无消息④。

[题解]

  广德元年(763)作于阆州(今四川阆中)。天边行,取诗的首句二字为题。行,歌行,古诗体裁的一种。

[注释]

①天边老人:杜甫自谓。大江:指嘉陵江。嘉陵江在阆州以东,故曰东临。②陇右:唐陇右道,辖有今甘肃六盘山以西、青海湖以东及新疆东部。河源:郡名,辖地在今青海境内。不种田:吐蕃自广德元年秋七月出兵占据陇右、河源之地。吐蕃和羌胡是游牧民族,以放牧游猎为生,故曰不种田。胡骑羌兵:胡骑指吐蕃兵,羌兵指党项羌、浑奴剌等部族。入巴蜀:据《资治通鉴》载,广德元年十二月,吐蕃陷剑南道松、维、保三州及云山、新筑二城。③"洪涛"句:以洪水、暴风比喻胡骑羌兵的跋扈之势。秃鹙:鸟名,似鹤而大,青苍色,头颈皆无毛。鸿鹄:鸿,大雁。鹄,黄鹄,一说指天鹅。此二句谓正值洪水滔天大风拔木的蜀中大乱之际,自己很想乘秃鹙、鸿鹄一类的大鸟飞回故乡去。④度:指次数之多。附书向洛阳:向洛阳寄书信。十年:天宝十四载(755)至此年,已整十年。骨肉:指分散在中原的弟弟。

[评析]

为避成都之乱,杜甫流落到阆州,此时又听说西部的陇右、河源及巴蜀的松、维、保等州也陷入吐蕃之手,心中十分忧虑和发愁,值此战乱之际,本来回乡的打算已成泡影。安史之乱所造成的骨肉分离,使诗人悲痛万分。对于家乡洛阳来说,杜甫在蜀地的避难之行,真是远如天边,故以此为题,作歌吟之。

送路六侍御入朝 七律

童稚情亲四十年,中间消息两茫然①。更为后会知何地?忽漫相逢是别筵②。不分桃花红胜锦,生憎柳絮白于绵③。剑南春色还无赖,触忤愁人到酒边④。

[题解]

作于唐代宗广德元年(763)春,于梓州。路六侍御,名不详,排行第六。是杜甫的童年好友。侍御,官名,侍御史。入朝,入长安觐见皇帝。

[注释]

①童稚：儿童时期。四十年：言相互别离有四十年之久。二句十四字，分前四字"童稚情亲"为一意，后十字"四十年中间消息两茫然"为一意。②更为：再次。后会：指以后相会。忽漫：忽而，偶然。相逢是别筵：即此次是相逢之会，也是离别之会。③不分：即不忿。红胜锦：红得胜过锦绣。生憎：偏恨。白于绵：像丝绵一样白。唐时还没有棉花，只有丝做的绵絮。二句说，看见桃花比锦绣还要红，我就心中有气，见到柳絮像丝绵一样白，我就心生厌恶。这是用乐景写哀，因朋友相别，心情不好，因此看到美景也感到心烦。与"感时花溅泪，恨别鸟惊心"是同一心情。④剑南：指梓州，在剑门关之南。无赖：是可恨的意思。触忤：冒犯。到酒边：即到了别离的酒筵边。二句说，梓州的春色令人生厌，竟然在酒筵之上还来冒犯我。此话也是移情于物，与前二句用意相同，即把自己的主观感情，移情于所见之物上。

[评析]

此诗前四句是正写与路六侍御的童稚亲情，后四句是从反面写离别之恨，以乐景衬哀情，越发令人哀也。顾宸曰："按此诗正从相反处形出亲情。本喜今日之相逢，乃先以后会无地；桃红柳（絮）白，正堪佐观会之筵，乃见之而憎，触之而愁；对酒即可消愁，乃酒边皆愁，有触皆忤，举目是离筵别绪也。"（《杜诗注解》七律卷二）按此诗善用俗语和口语，如"忽漫"、"不分（忿）"、"生憎"等，使此诗更加亲切生动。李因笃评曰："一气滚注，只如说话，而浑成不可及。"（《杜诗集评》卷十一引）

舟前小鹅儿 五律

鹅儿黄似酒，对酒爱新鹅①。引颈嗔船逼，无行乱眼多②。翅开遭宿雨，力小困沧波③。客散层城暮，狐狸奈若何④。

[题解]

作于唐代宗广德元年（763），杜甫游汉州（今四川广汉市）时。房琯曾任汉州刺史，在汉州凿湖，名为房公湖。房琯于宝应二年（763）春，被召入京，拜特进刑部尚书。当时的新任汉州刺史将房公湖上的一群鹅送给杜甫。此诗借咏鹅以表达对房琯的爱意。题下原注："汉州城西北角官池作。"官池即房公湖。

[注释]

①"鹅儿"二句：新孵出的小鹅儿，毛色像黄酒的颜色，面对着杯中的黄酒更加喜爱湖中黄色的小鹅儿。《方舆胜览》卷五四载，"鹅黄乃汉州酒名，蜀中无能及者"。②引颈：伸长脖子。无行：指散乱没有次序。乱眼：使人眼花缭乱。二句说小鹅儿看见船冲着它们开过来了，很是生气，在水面上散开乱成一片，使人眼花缭乱。写小鹅儿的稚气可爱。③"翅开"二句：是说小鹅儿扇开了翅膀，晾晒夜雨的湿气，因身小力量单薄，困于湖波之中。④客散：指天色已晚，船上的客人各自散去。层城：重城，高城。奈若何：可怎么办。二句说，城上天色已晚，客人已散去，狐狸来了你们可怎么办？这是替小鹅儿的安危着想。

[评析]

杜甫对小动物非常热爱，这首诗写了他对小鹅儿的喜爱，并对它们的安危表示担心，由此可见他的仁心博大，爱及一切弱小的生命。诗中将小鹅儿写得像一群天真烂漫的儿童一般可爱，"鹅儿黄似酒，对酒爱新鹅"二句，将酒的颜色和小鹅儿黄色的绒毛相比，非常形象生动。仇兆鳌云："杜诗有用俗字而反趣者，如鹅儿、雁儿，本谚语也，一经韵手点染，便成佳句。如'鹅儿黄似酒，对酒爱新鹅'、'雁儿争水马，燕子逐樯乌'是也。"（《杜诗详注》卷十二）

对 雨 五律

莽莽天涯雨，江边独立时①。不愁巴道路，恐湿汉旌旗②。

雪岭防秋急，绳桥战胜迟③。西戎甥舅礼，未敢背恩私④？

[题解]

作于广德元年（763）秋，杜甫居梓州时。时吐蕃占领河陇地区，边患甚急，杜甫对此深怀忧虑。

[注释]

①莽莽：状雨势之大，一片迷茫之貌。天涯雨：指下雨的地区之广。江边：涪江边。二句说，独自站在涪江岸边，望着茫茫的无边无际的大雨。②巴道路：时杜甫欲从梓州往阆州，其地属古巴子国，故称。汉旌旗：指唐官军的军旗。唐诗中常以汉代唐。二句说，雨下得很大，但我不愁雨中的道路难走，而是担心我军的军旗及军备被雨打湿，增加行军困难。③雪岭：又名西山，在四川西部，是唐与吐蕃的分界。防秋：秋天草丰马肥，正是游牧民族入侵的时候，这里是指要预防吐蕃的入侵。绳桥：一云地名，黄鹤注："唐兴有羊灌田、朋笮、绳桥三守捉城。绳桥盖三城之一。"又，指用竹索横江而架的绳桥。战胜迟：指绳桥之战的消息，迟迟未达。《资治通鉴》载，广德元年七月，"吐蕃入大震关，临兰、廓、河、鄯、洮、岷、秦、成、渭等州，尽取河西、陇右之地"。二句说，雪岭一带防吐蕃入侵甚急，绳桥之战也迟迟未有胜利的消息。④西戎：本泛指西部的少数民族，此指吐蕃。甥舅礼：唐太宗时嫁文成公主、中宗时又嫁金城公主于吐蕃，吐蕃王曾向唐上书，自称外甥。背恩私：即指背甥舅之国的礼节。二句说，杜甫认为吐蕃与唐王朝本是甥舅之国，按理说他们不应该违背甥舅之礼，但是吐蕃不守信用，公然入侵，故杜甫认为，"未敢背恩私"是靠不住的。此是提醒当政者不可轻信吐蕃。

[评析]

此诗是杜甫闻吐蕃入侵西岭边州，心生忧国之意。他因天下雨，而心忧唐军行军困难，而克敌之消息，却久久未能传来，他希望吐蕃能够念及与唐王朝的甥舅之礼，退兵言和，不背唐之国恩，但恐这只是一厢情愿，终不可轻信也。"不愁巴道路，恐湿汉旌旗"一联，杜甫有舍己忧国之意，刘克庄云："八句之中，著此一联，安得不独步千古！"（《后村诗话》）

放 船 五律

送客苍溪县,山寒雨不开①。直愁骑马滑,故作放舟回②。青惜峰峦过,黄知橘柚来③。江流大自在,坐稳兴悠哉④。

[题解]

作于广德元年(763)秋,时杜甫在阆州。此诗是杜甫在苍溪县送客之后坐船回阆州的途中之作。

[注释]

①苍溪县:在今四川省北部,嘉陵江中游。雨不开:天不放晴,下雨不止。二句说,杜甫将客人送至苍溪县,回阆州时,山中阴雨连绵。②"直愁"二句:谓如果骑马回去的话,恐山中路险马滑,因此便改坐船回阆州。放舟,坐船顺流直下。③青:指雨后山峰的颜色。惜:可惜,遗憾。黄:指橘柚的颜色。二句是说,两岸的青色,应是峰峦,还未看清楚就从眼前闪过去了,远处的一片黄色迎面而来,知道是结满橘柚的林子。二句写江行所见的美丽景色,也体现出诗人的愉快心情。仇兆鳌曰:"见青而惜峰过,望黄而知橘来。"赵汸注:"青字黄字略读,乃上一字,下四字格。"(《杜诗详注》卷十二引)又,诗中橘柚,经后人考证,其实是桦树,并非橘柚。楼钥曰:"曾亲到苍溪县,顺流而下,两岸黄色照耀,直似橘柚,其实乃此桦也。问之土人,云:'工部既误,有好事者欲为解嘲,于其处大种橘柚,终非土宜,无一活者。'"(《攻媿集》卷六六)此言可备一说。④大自在:指江水无拘无束地奔流。坐稳:即稳坐之意。兴悠哉:兴致勃勃,悠闲自得。二句谓稳坐船头,在江上顺流而下,是一件十分惬意和自在的事。

[评析]

这是一首送客之后坐船而归的诗,诗中写了自己在江上顺流而下的喜悦心情。前四句写放船之由,是由于送客,山间阴雨不开,山路雨滑,不宜骑马而归,只有坐船为宜。后四句写江途中风景之美和心情之愉悦。"青惜峰峦过,黄知橘柚来"一联,是诗中的名句,深得后人好评,杨伦曰:"二句写舟行迅速,应接不暇,光景入神。"(《杜诗镜铨》卷十)

桃竹杖引赠章留后 七古

江心蟠石生桃竹,苍波喷浸尺度足①。斩根削皮如紫玉,江妃水仙惜不得②。梓潼使君开一束,满堂宾客皆叹息③。怜我老病赠两茎,出入爪甲铿有声④。老夫复欲东南征,乘涛鼓枻白帝城⑤。路幽必为鬼神夺,拔剑或与蛟龙争⑥。重为告曰⑦:杖兮杖兮,尔之生也甚正直,慎勿见水踊跃学变化为龙⑧。使我不得尔之扶持,灭迹于君山湖上之青峰⑨。噫,风尘澒洞兮豺虎咬人,忽失双杖兮吾将曷从⑩?

[题解]

作于广德元年(763)冬,时杜甫在梓州。桃竹,又称棕榈竹,细而韧,可做手杖。引,歌行的一种。章留后,名彝,时任东川留后,他曾送给杜甫两根桃竹杖,杜甫因以此诗相赠。

[注释]

①江心:指涪江水中流。蟠石:盘踞于水中的大石头。苍波喷浸:经过江上的风吹浪打。尺度足:指长短符合做手杖的长度。二句指桃竹生于涪江的江岛之上,有江风江浪的喷浸,做手杖长短合适,质地坚韧。②如紫玉:指桃竹色如紫玉。江妃水仙:传说中的水仙人。《列仙传》卷上:"江妃二女者,不知何所人也,出游于江汉之湄,逢郑交甫。见而悦之,不知其神人也。"《楚辞·远游》:"使湘灵鼓瑟兮,令海若舞冯夷。"王逸注:"冯夷,水仙人。"二句说经过斩根削皮后的桃竹,色如紫玉,连江中的水神也怜惜不得。③梓潼使君:指章彝。梓州又名为梓潼郡,使君是对州郡长官的称呼。开一束:解开

一捆。叹息：称赞感叹之意。二句谓章留后将一捆桃竹杖解开，大家皆赞叹不已。④两茎：两根。爪甲：指因后面将桃竹杖比为龙，故以爪甲喻其杖脚。铿有声：指桃竹杖质地坚实，拄地有声。二句谓章彝赠予杜甫两根桃竹杖，拄之于地，铿然有声。⑤东南征：杜甫早有出峡东游、并由襄阳返回洛阳的打算。鼓枻（yì）：指荡桨，即乘船之意。白帝城：在今重庆市奉节县东，即三峡之瞿塘峡口，出峡必经之路。二句谓杜甫将东游出峡。⑥路幽：指江路深幽。蛟龙争：指澹台子羽携千金之璧渡河，为河神阳侯派蛟龙所劫，澹台子羽为护璧拔剑斩蛟的故事。事见《水经注·河水五》。二句谓江路幽深，恐有鬼神前来夺杖，为护此杖，我或拔剑与水中蛟龙相争。二句喻此杖之名贵，将为鬼神所羡。⑦重为告曰：再次宣告。后面的六句，是学《楚辞》的句式，《楚辞》有些诗后面有"乱曰"，此仿之。⑧尔：指桃竹杖。化为龙：《后汉书·费长房传》："长房辞归，翁与一竹杖，曰：'骑此任所之，则自至矣。既至，可以杖投葛陂中也。'……长房乘杖，须臾来归，自谓去家适经旬月，而已十余年矣。即以杖投陂，顾视则龙也。"⑨灭迹于君山：使我的踪迹不能到达君山。君山，在湖南洞庭湖中。以上四句是说，桃竹杖你是正直而守信用的，切勿见水即化为龙，使我失去你的扶持，从而不能东游洞庭湖上之君山。⑩风尘：指战尘，战乱之意。澒（hòng）洞：无边无际貌。豺虎：指豺狼虎豹，此指强盗和为非作乱的军阀。双杖：应前面之"两茎"。曷（hé）从：何从，即怎么办之意。二句说，如今战尘不息，风尘无际，到处有豺狼当道，倘若失去双杖的扶持，我将怎么办呢？

[评析]

此诗既是咏物又兼赠人。东川留后章彝，赠杜甫两支桃竹杖，杜甫写此诗以答谢之，并借咏桃竹杖以喻时事艰难，盗贼纵横，无人护持，将寸步难行也。朱鹤龄谓："此诗盖借竹杖规讽章留后也。既以踊跃为龙戒之，又以忽失双杖危之，其微旨可见。"（《杜工部诗集辑注》卷十）此语恐求之过深。前人谓此诗"调奇、法奇、语奇"（钟惺语），或谓其词出自于骚体，俱为有见。

释 闷 七言排律

四海十年不解兵，犬戎也复临咸京①。失道非关出襄野，扬鞭忽是过湖城②。豺狼塞路人断绝，烽火照夜尸纵横③。天子亦应厌奔走，群公固合思升平④。但恐诛求不改辙，闻道嫛孽能全生⑤。江边老翁错料事，眼暗不见风尘清⑥。

[题解]

作于广德二年（764）春，时杜甫往来于梓州、阆州之间。时吐蕃又向东大肆侵扰，并一度占领长安，代宗狼狈出奔。杜甫感到十分忧虑，而作此诗。

[注释]

①十年：自天宝十四载（755）至广德二年，首尾已是十个年头，战乱一直未停止，故云"不解兵"。犬戎：古代西部地区的部族名，此指吐蕃。也复：又一次。因长安曾被异族安史叛军占领过，此次被异族吐蕃再次占领。咸京：秦代的都城咸阳，因咸阳离长安很近，故此指长安。②"失道"句：反用《庄子》典故，《庄子·徐无鬼》中说，黄帝访道于大隗，曾迷路于襄城之野。而此次唐代宗出奔陕州是为了避吐蕃之祸，二者都是天子出京巡狩，然其情况大不一样。失道，迷路。非关，不是因为。襄野，指河南的襄城县。湖城：今河南灵宝市境内，因唐代宗逃奔陕州，必经湖城县，故称"过湖城"。此又兼用晋明帝在芜湖探察王敦营垒，被王敦追赶之事（事见《晋书·明帝纪》）。此句是用了黄帝和晋明帝两个典故。二句说，唐代宗奔陕，是为了避吐蕃之侵，与黄帝访道迷路于襄城不同，与晋明帝在芜湖逃奔有些相似，不过他扬鞭催马过的不是芜湖，而是湖城县。③豺狼：指吐蕃和叛军。二句说到处是吐蕃和盗寇像豺狼一样占据要道，路断人绝，烽火不息，照亮夜空，尸体遍野。形容乱后的惨象。④天子：指代宗。厌奔走：对经常奔逃的生活感到厌倦。群公：指那些朝廷当权的权要。固合：本应该。思升平：思念太平盛世。

即想办法安定天下。⑤诛求：残酷搜刮。不改辙：依然如旧。嬖孽（bì niè）：皇帝周围受宠的小人，此指宦官程元振。能全生：《资治通鉴》卷二二三载，宦官程元振专权自恣，吐蕃入寇，程元振不以时奏，致使代宗狼狈出逃。后有朝官上疏，请斩程元振，但代宗认为他护驾有功，仅削其官，放归田里。二句谓但恐皇上依然不改旧辙，聚敛如前，听说像程元振这样的误国奸佞，仍不处死，实在令人担忧。⑥江边老翁：杜甫自指。错料事：估计料事有错。眼暗：老眼昏花。二句是说我这个江边老翁错误地估计了形势，我这昏花的老眼，恐怕是再也见不到战尘息灭的一天了。

[评析]

杜甫在安史之乱结束不久又看到吐蕃入侵长安之乱，京都陷落，皇帝出奔于陕，而群臣束手无策，但知奔逃而已。这都是他以前想不到的事。此诗的讽刺直指最高统治者——唐代宗，而对其包庇嬖佞小人、依然不思改过，表示极大的失望和讽刺。有人说杜甫是愚忠，此诗有力地证明，杜甫对当朝皇帝（以前是对玄宗、肃宗）的过失的批评是毫不留情的，愚忠的说法是不能成立的。这是一首格律不十分严谨的七言排律，排律而不堆砌典故，拘于声律，写得如此明白易懂，是很难得的。

阆山歌 七古

阆州城东灵山白，阆州城北玉台碧①。松浮欲尽不尽云，江动将崩未崩石②。那知根无鬼神会，已觉气与嵩华敌③。中原格斗且未归，应结茅斋著青壁④。

[题解]

作于广德二年（764）春。时杜甫在阆州（今四川阆中）。阆山，指阆州周围的群山。

[注释]

①灵山：一名仙穴山，在阆州城东北十里。钱谦益笺注引《太平寰宇记》：《舆地图》云："灵山峰多杂树，昔蜀王鳖灵登此，因名灵山。山东有玉女捣练石。"玉台：《舆地纪胜》云："玉台山在阆州城北七里。"白和碧是形容山的颜色。②"松浮"二句：山上的松树为山云所掩，好像是在云中浮动；江畔的玉女捣练石，被江水冲刷，呈现将崩而未崩之状，写景十分生动。③"那知"二句：仇兆鳌曰："石根下盘，乃鬼神所护，云气上际，与嵩、华并高。"那知，哪知，疑问语气。鬼神会，因阆山为鳖灵等神鬼会聚之处，故云。嵩、华，嵩山和华山。④中原格斗：指中原仍在战乱之中。未归：指自己未能归乡。茅斋：即茅屋。著青壁：依青石壁而筑屋。二句谓因中原未停止战乱，自己不能归乡，因此有在山旁筑室居住之打算。

[评析]

杜甫旅居阆州是为避成都之乱，见阆山风景优美，且因中原战乱未息，归乡不得，故有暂居阆山之打算。诗中有"松浮欲尽不尽云，江动将崩未崩石"之佳句，广为传诵，可谓阆山风景之写照。诗中还将阆山之奇与嵩山和华山相媲美，饱含对中原故国之思。诗中八句，中二联对仗工整，但押仄韵，又不尽合律，故胡夏客有"此歌似拗体律诗"之说。

别房太尉墓 五律

他乡复行役，驻马别孤坟①。近泪无干土，低空有断云②。对棋陪谢傅，把剑觅徐君③。惟见林花落，莺啼送客闻④。

[题解]

作于广德二年（764）春，杜甫应重来镇蜀的严武之邀，将回草堂之时。行前，他专程前往葬于阆州的房琯之墓，与之作别，而写此诗。房太尉即房琯。太尉，汉为三公之一，唐时仅作封赠之加官,无实权。据《旧唐书·房琯传》,房琯于乾元元年(758)六月被贬为邠州刺史,上元元年(760)四月改礼部尚书,寻即出为晋州刺史,八月改为汉州刺史;宝应二年(763)四月,拜特进、刑部尚书,赴京途中患病,于广德元年八月死于阆州僧舍,追赠太尉。

[注释]

①他乡:指阆州。复行役:再一次踏上行途。此指杜甫由阆州赴成都的途中。驻马:停车下马。别孤坟:向房琯的坟墓告别。孤坟,指房琯客死并葬于他乡,有孤零之感。②近泪:近墓前而洒泪。无干土:形容洒泪之多,墓前之土尽湿。"低空"句:谓哭声使云为之低垂徘徊。③"对棋"句:用谢安典故。《晋书·谢安传》载,后秦苻坚率兵百万,以次淝水,京师震恐。时谢安为征讨大都督,派其侄谢玄等前往破敌。谢玄等既破敌,派人驰书报告战果,时谢安正与客人下棋,谢安看后了无异色,下棋如故。客问驿书所报为何事,谢安答道:"小儿辈遂已破贼。"此以谢安比房琯。太傅,指谢安,他死后被追赠为太傅。"把剑"句:借用季札故事。《史记·吴太伯世家》载,季札出使,过徐君之家,徐君爱季札之剑,但不好意思说出口。季札心知之,因到上国出使,未将剑赠予他。后出使归来,又拜访徐君,此时徐君已死,季札于是解其宝剑,系于徐君冢上之树而去。此杜甫以季札自比,言与房琯之交情生死不渝。④"惟见"二句:以墓地花落无声、啼莺有情来表达杜甫对房琯的悲悼思念之情。

[评析]

杜甫与房琯为生死之交。杜甫因上疏救房琯而获罪,被肃宗视为房琯一党,将其贬斥出朝,但杜甫一点也不后悔。二人所交,义也。后房琯也被逐出朝廷,任为外官,并客死他乡。杜甫此时既有物伤其类的悲感,更有正臣不为朝廷所用的忧国之愤,故将房琯视为谢安一类的社稷之臣,而自比为季札一样的知己。杜、房之情可谓深矣。

将赴成都草堂途中有作先寄严郑公五首 七律，选一

常苦沙崩损药栏，也从江槛落风湍①。新松恨不高千尺，恶竹应须斩万竿②。生理只凭黄阁老，衰颜欲付紫金丹③。三年奔走空皮骨，信有人间行路难④。

[题解]

作于广德二年（764）春，于阆州至成都途中。因严武再次任成都尹兼剑南节度使，有信相邀，于是决定返回成都草堂。严郑公，指严武。严武去年封为郑国公，故称严郑公。此诗为组诗中的第四首。

[注释]

①沙崩：杜甫在草堂院种有药草于栏中，恐沙岸崩塌药栏为溪水冲刷。从：任从。江槛：杜甫在浣花溪畔筑有水槛，供凭眺风景和登船之用。落风湍（tuān）：水槛为风浪所击而沉塌。湍，急流之水。②"新松"二句：谓杜甫要重新整理草堂院内的花草树木，愿松树快速成材，恶竹（此泛指杂草恶木）应当全部清除。二句语含深意，显示出杜甫爱憎分明的性格。③生理：指生活和生计。黄阁老：唐代中书省和门下省的官员，时称为阁老。严武以黄门侍郎的身份出任为成都尹兼剑南节度使，故称其为黄阁老。衰颜：衰老的容颜，此杜甫自指。紫金丹：指道家所烧炼的丹药，此处以紫金丹泛指药物。杜甫此时多病，常需药物维持。二句有些戏言的性质，是说今后的生计全仰仗您"黄阁老"了，也想弄些"紫金丹"吃吃，以养衰颜。④三年：自宝应元年（762）七月，因严武赴朝，成都发生了徐知道之乱，杜甫避乱而走，至绵州、梓州、阆州，至此年，已达三年之久。空皮骨：空有皮骨，即什么都没有了，只剩下了一把老骨头。信有：真正感受到。行路难：古乐府曲中有《行路难》，备言行路之难。二句谓自己为避乱奔走他方，已有三年之久，穷而且老，只剩下一把老骨头了，真正地感到了《行路难》的艰辛。

[评析]

严武再度镇蜀,给杜甫的生活带来了希望,因此杜甫急忙从阆州赶回成都。在途中,他担心草堂长久无人管理,心恐药栏和水槛为水浸所坏、院内的树木花草荒芜,急于回家修整。同时,因严武到来,生活有了依靠,心中充满欣喜。末二句为三年来身遭离乱之苦而感叹。诗中"新松恨不高千尺,恶竹应须斩万竿"一联,因语含哲理,又能表现杜甫爱憎分明的性格,而为人传诵。

登 楼 七律

花近高楼伤客心,万方多难此登临①。锦江春色来天地,玉垒浮云变古今②。北极朝廷终不改,西山寇盗莫相侵③。可怜后主还祠庙,日暮聊为梁甫吟④。

[题解]

作于广德二年(764)春,时杜甫已返成都。此诗为登楼望远之作。

[注释]

①伤客心:即客人伤心。客,杜甫自指。此句与"感时花溅泪"句互参。万方多难:据《资治通鉴》载,广德二年正月,大将仆固怀恩反叛,攻太原,夺灵州,吐蕃仍占据河西、陇右及剑南道松、维、保三州,可谓是万方多难。②锦江:岷江经过成都一段,名为锦江。玉垒:山名,在今四川理县东南,乃唐与吐蕃往来必经之地。二句说锦江春色依旧铺天盖地,而玉垒山的浮云变幻不定。后句有时局未稳之意,非但言风景之壮美也。③北极:北斗、北极星,喻指朝廷。终不改:言大唐江山不会改变。西山寇盗:指占据剑南道松、维、保西山诸州的吐蕃。莫相侵:警告吐蕃不可轻举妄动。二句谓大唐朝廷犹如北斗之稳居北极,是不会改变的,吐蕃莫再要有侵占大唐江山的狂妄之

举。④后主：指蜀汉后主刘禅，是一个无才守国的庸主。还祠庙：还能为后人建祠奉祀。后主祠庙原在成都武侯祠中，祠中祀有刘备、刘禅和诸葛亮三人，后主庙在先主庙东侧。吴曾《能改斋漫录》中说，蒋堂帅蜀，以后主不能守国，将其庙拆除。一说是诗人借刘后主事暗讽代宗任用宦官程元振、鱼朝恩等，致招"蒙尘"之祸。梁甫吟：乐府曲名。《三国志·蜀志·诸葛亮传》："亮躬耕陇亩，好为《梁甫吟》。"上句谓像刘禅这样庸碌的亡国之主，还能为后人作祠奉祀，可见汉族帝统影响之深，大唐的基业，更是吐蕃不能动摇的。下句是怀念诸葛亮，叹息这样的贤才现在已不可复得，为大唐时局担忧。

[评析]

朱瀚评此诗曰："俯见江流，仰观山色，仰首而北，矫首而西，切登楼事。又矫首以望荒祠，因念及卧龙一段忠勤，有功于后主，今无是人，以致三朝鼎沸，寇盗频仍，遂简言之彷徨徙倚，至于日暮，犹为《梁甫吟》，而不忍下楼，其自负亦可见也。"（《杜诗详注》引）此段评论颇切此诗大意，但说杜甫自比诸葛亮，"其自负亦可见也"之论，则未必。杜甫推崇羡慕诸葛亮，但未曾狂妄到自比诸葛亮的地步。诗中末句杜甫为吟《梁甫吟》，只是对诸葛亮的思念和追怀而已。此诗中"锦江春色来天地，玉垒浮云变古今"气势博大，气象雄浑，且其颇含言外之意，是杜诗中的名句，使此诗顿为生色。

绝句二首 五绝

其 一

迟日江山丽，春风花草香①。泥融飞燕子，沙暖睡鸳鸯②。

[题解]

广德二年（764）春作于成都。二诗皆表达了杜甫的悠闲心情。

[注释]

①迟日：春天的太阳。《诗经·豳风·七月》："春日迟迟。" ②泥融：春日冰化泥融，燕子要衔泥筑巢。

[评析]

此诗写春天风和日丽的美丽景色，以燕子衔泥筑巢和鸳鸯在暖沙上睡眠作为典型来描写，刻画出春天万物复苏和悠然自得的自由景象。此诗四句全对仗，如同五律的中二联，却令人不觉其有属对之迹，这是其高妙之处。

其 二

江碧鸟逾白，山青花欲然①。今春看又过，何日是归年②。

[注释]

①逾：更加。花欲然：说花红得像将要燃烧的火。然同"燃"，实指红色。②归年：指返乡的日子。

[评析]

首二句以颜色做鲜明的对比。碧与白、青与然（红），给人以深刻的印象。后二句突然一转，表达了光阴易度而故乡难归的思乡主题。此诗前二句对仗，后二句为散收。如同五律的后半截。杜甫的绝句，尤其是五绝，有很浓厚的律诗痕迹。

黄河二首 七绝

其 一

黄河北岸海西军，椎鼓鸣钟天下闻①。铁马长鸣不知数，胡人高鼻动成群②。

[题解]

作于广德二年（764），写吐蕃入侵寇边之患。诗以第一首诗的首二字为题。

[注释]

①海西军：指以吐蕃为主的军队。海西，指黄河以北青海湖以西的西域地区，当时为吐蕃所占领。椎（chuí）鼓：敲鼓，擂鼓。鸣钟：即鸣金之意。古人打仗或操练，擂鼓进军，鸣金收兵。二句言驻扎在黄河北岸的海西吐蕃军队，其战阵金鼓之声不断，声震天下，意思是说，吐蕃军经常发兵侵扰大唐边境。②铁马：带有铁甲的战马。胡人高鼻：这里说的胡人当是吐蕃所率领的西域少数民族所组成的军队。西域胡人的特征是高鼻子。

[评析]

安史之乱后，官府为了平息安禄山的叛乱，将镇守西域的部队都调往中原，造成西域的空虚，吐蕃趁机而入，占领了黄河北岸青海以西的西域地区，并不断向唐朝腹地入侵和骚扰，形成了吐蕃在西部的边患。此诗即写了一支以吐蕃为主的胡人军队在河西侵扰的情景。"铁马长鸣不知数，胡人高鼻动成群"，二句形象地写出当时胡人军队趾高气扬的嚣张气焰。仇兆鳌云："此叹当时戍兵甚众，不能制吐蕃之横行。"（《杜诗详注》卷十三）

其 二

黄河南岸是吾蜀，欲须供给家无粟①。愿驱众庶戴君王，混一车书弃金玉②。

[注释]

①"黄河"句：蜀地在黄河上游的南岸，故称"黄河南岸是吾蜀"。欲须供给：指供应军需。家无粟：家中无粮。粟，谷粒，亦泛指粮食。二句谓为防吐蕃入侵骚扰，蜀地的人民须供应官军军粮，但因蜀人负担过重，家中无粮可供。②众庶：广大黎民百姓。戴君王：拥戴大唐的国君。混一车书：即车同轨、书同文。此指国家的统一。弃金玉：舍弃金玉之宝，即将钱财献给国家。

二句是说，愿蜀中民众拥戴朝廷，为了维护国家的统一，抵御外敌入侵，将钱财贡献出来。

[评析]

此诗大意是说，国家正当危难时刻，我们蜀地虽然赋重民贫，交不起军需和军粮，但我仍希望广大民众，为了国家的统一与唐王朝的命运，抵抗外敌入侵，捐出金玉一类的钱财，为国出力。此二诗可见老杜的一片忧国之心。

绝句六首 五绝，选三

其 一

日出篱东水，云生舍北泥①。竹高鸣翡翠，沙僻舞鹍鸡②。

[题解]

当作于广德二年（764）春，时杜甫居成都草堂。诗写草堂附近的春日风光和诗人的闲适心情。此选组诗的第一首、第三首和第五首。

[注释]

①篱东水：指浣花溪。泥：是指草堂附近雨后的草泽湿地。②翡翠：一种小鸟，红羽名翡，绿羽名翠。鹍鸡：鸟名，形似鹤，黄白色，长颈赤嘴。

[评析]

写草堂附近的春日景色。首二句是从远处写，后二句是从近处写，一派恬静闲适的景象。四句皆对，是杜甫五绝经常使用的方法。

其 二

凿井交棕叶，开渠断竹根①。扁舟轻褭缆，小径曲通村②。

[注释]

①凿井：开掘新井。交棕叶：指井在棕树下，棕叶为之遮阴。开渠：挖一条水沟。断竹根：伤到了竹子的根。二句说为饮水和浇地的方便，新打了一眼井。为了排积水，挖了一条排水沟。②扁舟：小船。袅缆：将小船系在岸桩上。二句说，舍舟上岸，从田间的曲径走回村中。

[评析]

写杜甫回到草堂，重新收拾整理田园的情景。前两句写凿井、开渠的农业劳动，后两句写乘小船登岸，沿着小路回家，一派田园之乐，有陶诗之遗意。此诗四句皆对。

其 三

舍下笋穿壁，庭中藤刺檐①。地晴丝冉冉，江白草纤纤②。

[注释]

①舍下：指屋中。笋穿壁：竹笋从土墙上穿进了屋中。藤刺檐：藤蔓钻进了屋檐。②"地晴"句：雨后晴天，地上似有缕缕阳光在飘动。"江白"句：白亮的江水，映着岸边纤纤的青草。

[评析]

此写草堂的自然之生趣。竹笋穿壁入室、长藤蔓钻进屋檐，晴丝冉冉而升，江边绿草纤纤，大自然一派生机，令人欣喜。此诗亦是四句皆对。

绝句四首 七绝，选一

两个黄鹂鸣翠柳，一行白鹭上青天①。窗含西岭千秋雪，门泊东吴万里船②。

[题解]

广德二年（764），作于成都草堂。此是四首中的第三首。

[注释]

①黄鹂:鸟名。身体黄色,自眼部至头后部黑色,嘴淡红色。叫的声音很好听,也叫鸧鹒或黄莺。白鹭:嘴长而尖,颈长,飞翔时缩颈展腿,形象飘然。②窗含:从窗口外望,景物如同窗口所含。西岭:即西山,亦名雪岭。千秋雪:即西岭白雪,千年不化,冬夏常有。门泊:门前停泊着。东吴:指吴越一带,即今苏州、杭州地区。万里船:即来自万里之遥的东吴船只。又,成都城西有万里桥,范成大《吴船录》:"蜀人入吴者,皆从此登舟,其西则万里桥。"

[评析]

此诗是杜甫绝句中的名作,以善于描写景物出名。四句犹如一幅四扇屏,一句一个风景。首句写近景,次句写远景,第三句又写远景,结句又写近景。四景中有花鸟,如莺、鹭、翠柳;有山水景物,如西山、江船;有实写,如黄鹂鸣翠柳、白鹭上青天;有虚写,如西岭千秋雪、东吴万里船等。四个风景又组成一幅江山万里图。这首诗又是四句皆对仗,如七律之中二联,故有人讥之为截诗。其实,不管怎样写,只要能写出好的意境和好的形象,就是好诗。这首诗,一方面写出了草堂附近的风景,同时又委婉地表达出诗人有出蜀远游吴越之念。

丹青引赠曹将军霸 七古

将军魏武之子孙,于今为庶为清门①。英雄割据虽已矣,文采风流今尚存②。学书初学卫夫人,但恨无过王右军③。丹青不知老将至,富贵于我如浮云④。开元之中常引见,承恩数上南薰殿⑤。凌烟功臣少颜色,将军下笔开生面⑥。良相头上进贤冠,猛将腰间大羽箭⑦。褒公鄂公毛发动,英姿飒爽犹酣战⑧。先帝御马玉花骢,画工如山貌不同⑨。是日牵来赤墀下,迥立阊阖生长风⑩。诏谓将军拂绢素,意匠惨澹经营中⑪。斯须九重真龙出,一洗万古凡马空⑫。玉花却在御榻上,榻上庭前屹相向⑬。至尊含笑催赐金,圉人太仆皆惆怅⑭。弟子韩干早入室,亦能画马穷殊相⑮。干惟画肉不画骨,忍使骅骝气凋丧⑯。将军画善盖有神,偶逢佳士亦写真⑰。即今飘泊干戈际,屡貌寻常行路人⑱。途穷反遭俗眼白,世上未有如公贫⑲。但看古来盛名下,终日坎壈缠其身⑳。

[题解]

广德二年(764),作于成都草堂。丹青,指绘画,因古代绘画主要用丹砂和青靛为颜料,故称绘画为丹青。引,原为琴曲之一种,后演变为诗歌体裁的一种,与歌、行等相近。曹将军霸,名叫曹霸,曾为玄宗时左武卫将军。张彦远《历代名画记》:"曹霸,魏曹髦之后,髦画称于后代。霸在开元间已得名,天宝末,每诏写御马及功臣,官至左武卫将军。"天宝末年得罪,削籍为庶人。安史之乱后流落蜀中。

[注释]

①魏武之子孙:魏武指魏武帝曹操,曹髦是曹操之孙,曹霸为曹髦之后,故云。为庶:如今已为庶人。清门:寒门。②英雄割据:指曹操割据中原而称霸业。文采风流:曹操长于诗文,故称。今尚存:是说曹霸继承了曹操的文采风流,此指绘画之艺事才能。③学书:学习书法。卫夫人:晋代著名女书法家。《书法要录》:"卫夫人名铄,字茂猗。廷尉(魏)展之女弟,(魏)桓之从女。汝阴太守李矩之妻也。隶书尤善,规矩钟繇。"恨:遗憾。王右军:晋代书圣王羲之,官右军将军,世称王右军。二句是说曹霸年轻时学的是卫夫人的书法,但深憾其书法成就未能像王羲之一样登峰造极。这是夸张的说法,是在为其绘画艺术成就做铺垫。④不知老将至:《论语·述而》:"发愤忘食,乐而忘忧,不知老之将至。"此化用其意。"富贵"句:《论语·述而》:"不义而富且贵,于我如浮云。"此用其意。此二句说曹霸以绘画为人生乐趣,老来

以此为业,乐此不疲,视富贵如浮云。以上八句,仇兆鳌曰:"首叙曹霸家世及书画能事。英雄割据,谓魏武霸业。文采风流,似孟德父子。"⑤开元:唐玄宗年号。常引见:经常由内侍领引着朝见皇帝。承恩:蒙受皇帝的恩惠。数上:屡次上殿。南薰殿:唐宫殿名,在长安兴庆宫中。⑥凌烟功臣:凌烟,唐代的凌烟阁。唐太宗贞观十七年(643),令阎立本画开国二十四功臣的画像,挂于凌烟阁上,太宗亲作赞文。少颜色:指画像颜色已褪色。将军:指曹霸。下笔:画功臣画像。开生面:指曹霸所画的新画像,栩栩如生。二句说,凌烟阁的功臣画像已年久褪色,唐玄宗命曹霸重新为功臣画像。⑦良相:贤明的宰相,指开国功臣房玄龄、魏徵等。进贤冠:指文官所戴的朝冠。此以"进贤冠"喻良相以向朝廷进贤为职。猛将:指开国武将秦叔宝、尉迟敬德等。大羽箭:一种为唐太宗所制的四羽长箭,此以武将佩大羽箭以示其威猛。⑧褒公:指太宗朝大臣段志玄,以功封褒国公,故称。鄂公:鄂国公尉迟敬德。毛发动:胡须和头发都会动的样子,此指绘画之生动。以上八句,仇兆鳌曰:"此记其善于写真。少颜色,旧迹将灭。开生面,新画重摹也。"⑨先帝:指唐玄宗。唐玄宗死于宝应元年(762),故曰先帝。玉花骢:郑处诲《明皇杂录》:"上所乘马有'玉花骢''照夜白'。"画工如山:极言画工之多。貌不同:指这众多的画工所画的马,都与真马有差距,即画不出马的神态。⑩赤墀(chí):亦称丹墀,用红泥涂的宫殿台阶。迥(jiǒng)立:卓然而立。阊阖:原指天宫之门,此指宫门。生长风:谓马昂头扫尾,挟风霜之势。⑪诏谓:下诏命曰。拂绢素:展开拂平白绢,作绘画的准备。绢素,唐人作画用的白绢。意匠:指着意构思。惨澹经营:费尽心思,精心布置。⑫九重:指皇宫。《楚辞·九辩》:"君之门兮九重。"真龙:指天马,此指玉花骢。真龙出,指所画之马,如同真马一样出现在画绢上。"一洗"句:谓所画之马精彩至极,将以前画工所画的凡马,一扫而空,为空前之杰作。一洗,即一扫之意。以上八句,仇兆鳌曰:"此记其画马神骏,生长风,御马飞动。真龙出,画马工肖也。"⑬"玉花"二句:谓御榻上的绢素上所画的马与庭前的真马玉花骢形神极为相似,二者仿佛两匹真马相向而立。⑭至尊:指皇上。催赐金:催着让太监给曹霸赏赐。圉(yǔ)人:指御马厩的养马人。太仆:宫中管理车辆马匹的官员。皆惆怅:都惊呆了。⑮韩干:《历代名画记》:"韩干,大梁人。……

官至太府中丞。善写貌人物,尤工鞍马。初师曹霸,后自独擅。"早入室:登堂入室,尽得师傅真传。穷殊相:谓穷尽马的形象。⑯画肉不画骨:所画之马徒有其表,缺少骨力。骅骝:骏马。二句是说韩干画马不如曹霸,以贬韩干来突出曹霸之画技。王嗣奭《杜臆》云:"干能入室穷相,亦非凡手,特借宾形主,故语带抑扬耳。"以上八句,仇兆鳌曰:"此申言画马贵重,名手无能及者。榻上画马,庭前御马,彼此交映,故云'屹相向'。"⑰画善:画得好。盖有神:当有神助。盖,大概,有推测之意。佳士:指优秀杰出之人。二句指曹霸画马也兼画佳士的人像。⑱"即今"二句:在当今因战乱而漂泊之际,为了生计之故,也多为一般的过路人画像。屡貌:屡次为人画像。貌,动词,为人画像。⑲途穷:走投无路,指生活潦倒。反遭俗眼白:反而遭人白眼,指看不起。《晋书·阮籍传》说,阮籍会青白眼,见不合意的"礼俗之士",便加以白眼。这里正相反,自己是屡遭俗人的白眼。⑳"但看"二句:自古以来负有盛名之人,大都是贫困潦倒,前途为其才所累。坎壈(kǎn lǎn):不如意,困顿、不顺。以上八句,仇兆鳌曰:"此又言随地写真,慨将军之不遇。不写佳士而写常人,已落魄矣,况遭俗眼之白,穷益甚矣。故语含无限感伤。"

[评析]

　　此诗详细地叙述了曹霸的家世、学书习画的经历,在开元盛世的宠遇及漂泊蜀地的失意境遇,对其绘画艺术的高超水平做了高度的赞扬,同时也对其晚年不遇的落魄遭遇给予了深切的同情,其中透射出唐王朝由盛而衰的社会巨变所引起人物命运的极大反差,是惜人也是自惜。此诗感情淋漓,表达酣畅,八句一换韵,平韵与仄韵交替。杜甫在诗中提出了"画骨"的书法绘画美学观点,崇尚以瘦劲为美,与盛唐时代以肥大为美的美学观大为不同,对中晚唐美学观的演变,起着先导作用。

忆昔二首 七古,选一

　　忆昔开元全盛日,小邑犹藏万家室①。稻米流脂粟米白,公私仓廪俱丰实②。九州道路无豺虎，远行不劳吉日出③。齐纨鲁缟车班班，男耕女桑不相失④。宫中圣人奏云门，天下朋友皆胶漆⑤。百余年间未灾变，叔孙礼乐萧何律⑥。岂闻一绢直万钱，有田种谷今流血⑦。洛阳宫殿烧焚尽，宗庙新除狐兔穴⑧。伤心不忍问耆旧，复恐初从乱离说⑨。小臣鲁钝无所能，朝廷记识蒙禄秩⑩。周宣中兴望我皇，洒泪江汉身衰疾⑪。

[题解]

此二诗作于广德二年（764），居成都草堂时。此选第二首，诗忆唐玄宗开元盛世的繁荣局面，并以唐肃宗时的战乱衰世相比，寄希望于唐代宗重整河山、中兴大唐。

[注释]

①开元全盛日：唐玄宗自先天元年（712）即位，次年改元为开元，至开元二十九年（741），经过近三十年的励精图治，开创了大唐的开元盛世局面，可与太宗的贞观之治媲美，故此称"开元全盛日"。小邑：即小城。犹藏万家室：犹有万户人家。②稻米流脂：指大米颗粒饱满油润。稻米主要产于南方。粟米：指小米。主要产于北方。二句讲开元之世，不仅人口繁盛，而且全国各地粮食充足。③九州道路：即全国各地的交通。无豺虎：指没有强盗劫路。不劳吉日出：不用劳神费力选择吉日出行。古人迷信，出门选吉日出行。二句言全国各地的治安都很好，行人平安出行。《通鉴》载：开元二十八年"海内富安，行者虽万里，不持寸兵"。《通典·食货》载：开元十三年"米斗至十三文，青、齐谷斗至五文，自后天下无贵物。两京米斗不至二十文，面三十二文，绢一匹二百一十文。东至宋汴，西至岐州，夹路列店肆待客，酒馔丰溢。每店皆有驴赁客乘，倏忽数十里，谓之驿驴。南诣荆襄，北至太原、范阳，西至蜀川、凉府，皆有店肆以供商旅。远适数千里，不持寸刃"。质之历史记载，以上六句可谓实录。④齐纨鲁缟：齐鲁之地所生产的丝织品。纨为熟绢，缟为生绢。车班班：形容车队运输络绎不绝之貌。班班，车辆不绝貌。一指车声。不相失：指农家男女劳作各不失时，社会和谐安定。⑤圣人：指皇帝。奏云门：演奏《云门》乐曲。《云门》为周代乐舞之一，相传是黄帝时乐

舞，周代用以祭神。此指唐玄宗能修明儒家礼乐。天下朋友：天下之人皆为朋友。皆胶漆：人际关系密切友好，如胶似漆。此指民风淳朴，关系和谐。⑥百余年间：唐朝开国（618）至开元末（741）时已有一百二十余年。叔孙礼乐：西汉的儒生叔孙通为汉高祖制定礼乐。萧何律：汉高祖的丞相萧何曾为汉朝制定律令。此指唐玄宗严明法纪，以礼乐和法律治国，如汉初之治世。以上十二句，仇兆鳌曰："此追思开元盛事。当时既庶而富，盗息民安，刑政平，风俗厚，制礼作乐，几于贞观之治。惜明皇眛持盈之戒，遂至极盛而衰耳。"⑦一绢：一匹绢。直：值。万钱：此指极昂贵。《通典·食货》：开元十三年"绢一匹二百一十文"。与此相比，一绢值万钱，代宗时绢的价格已比开元年间上升了近五十倍。"有田"句：虽有田可以种谷，但赋税之重，却使农家有流血之痛。此二句言代宗时物价之高、赋税之苛的经济萧条之状。⑧"洛阳宫殿"句：《通鉴》载：宝应元年（762）十月，官军与回纥击败史朝义，复取洛阳，"回纥入东京，肆行杀略，死者万计，火累月不灭"。又一说，此以洛阳泛指京城长安。广德二年，吐蕃攻占长安，烧杀焚掠半个多月，代宗十二月还朝时，始清除秽迹。宗庙：帝王祭祀祖先之庙。新除：新近扫除。狐兔穴：指宫殿荒芜，为狐兔据以为穴。⑨"伤心"二句：不忍心向父老询问京洛情况，恐怕又得从乱离之初说起，引起他们的伤心事。耆旧，德高望重的长者。⑩小臣：杜甫自指。鲁钝：拙笨迟钝。这是自谦的说法。朝廷记识：是说朝廷还记得我。蒙禄秩：指朝廷授予杜甫以检校工部员外郎之事。禄，俸禄。秩，官职。⑪周宣中兴：周宣王，厉王之子，即位后，拨乱反正，复兴周室，史称"宣王中兴"。我皇：指代宗。江汉：指长江和嘉陵江。嘉陵江的上游是西汉水，故亦称汉水，此代指巴蜀。二句说盼望当今皇上像周宣王一样中兴大唐，恢复开元盛世。我虽老病，但这是我在遥远的巴蜀之地的迫切盼望。以上十句，仇兆鳌曰："此痛乱离而思兴复也。自开元至此，涉经兵革，民不聊生。绢万钱，无复齐纨鲁缟矣。田流血，无复室家仓廪矣。东洛烧焚，西京狐兔，道路尽为豺狼，宫中不奏云门矣。乱后景象，真有不忍言者。孤臣洒泪，仍以中兴事业望诸代宗耳。"

[评析]

开元盛世是继贞观之治的又一个封建社会的盛世。杜甫生于此盛世,却又经历安史之乱后的乱世,所以他对开元盛世有极深厚的感情。诗前半首即是开元盛世的形象描写,可与史书相参证,可谓是诗史之笔;后半篇则是对安史之乱后乱象的真实描写,正与开元盛世形成鲜明对比。因此他更渴望当今天子能够成为历史上像周宣王那样的有为之君,中兴大唐,恢复大唐盛世。正是因为杜甫以史笔写诗,故后人引证开元盛世时,总引此诗来以诗证史,给人以鲜明而深刻的印象。

奉和严郑公军城早秋 七绝

秋风袅袅动高旌,玉帐分弓射虏营①。已收滴博云间戍,欲夺蓬婆雪外城②。

[题解]

广德二年(764)七月,杜甫在严武幕中作。时严武至西山军城抗击吐蕃,作《军城早秋》,诗云:"昨夜秋风入汉关,朔云边雪满西山。更催飞将追骄虏,莫遣沙场匹马还。"此诗为杜甫和作。时杜甫在严武幕府中任参谋。

[注释]

①秋风袅袅:语出《楚辞·九歌》:"袅袅兮秋风。"高旌:指军旗。玉帐:大将军之营帐。分弓:指下令。虏营:指吐蕃军队。②滴博:亦称的博,地名,即滴博岭,在维州(今属四川汶川)。云间戍:指滴博山上的戍所。蓬婆:山名,又名蓬婆山、大雪山,在今四川茂县西南。黄生曰:"'云间',言其高,'雪外',言其远。"

[评析]

此诗高度赞扬了严武收复为吐蕃所侵失地的功劳,仇兆鳌曰:"此诗称严公之将略。上二早秋军城,下二颂其战功。"同时又见出他与严武诗文风雅之交的深切友情。严武是一位能文能武的儒将，他在剑南道任节度时，既有西屏吐蕃之侵的建树，又能文善诗，所作之诗，"豪健无匹"（张溍语），杜甫之和诗亦劲健可喜，二诗可谓珠联璧合。此诗以吐蕃语汉译地名入诗，显然是吐蕃文化与汉文化相交融的表现。

宿 府 七律

清秋幕府井梧寒，独宿江城蜡炬残①。永夜角声悲自语，中天月色好谁看②。风尘荏苒音书绝，关塞萧条行路难③。已忍伶俜十年事，强移栖息一枝安④。

[题解]

广德二年（764）秋，作于严武幕府。府指幕府，时杜甫夜间在幕府中值班，故云宿府。

[注释]

① 井梧：庭院中的梧桐树。井，指天井。江城：指成都。二句点题，说明在幕府值班的清冷情景与寂寞心情。②永夜：长夜。永，漫长。角声悲：指号角声凄切悲凉。角，军府中的号角。自语：仿佛在自言自语。其实是诗人的自我感觉。中天：天正中。谁看：谁有心思去看。二句皆五、二结构："永夜角声悲，自语；中天月色好，谁看。"③风尘：指战尘、战乱。荏苒（rěn rǎn）：时光逐渐推移。关塞萧条：指关隘迢迢，道路遥远。行路难：归路艰难。二句说由于战乱持久，与兄弟姊妹骨肉分离，音信全无；想回乡却关塞重重，家乡遥远，行路艰难。④伶俜（líng pīng）：孤独貌。十年：天宝十四载（755）至今，已经十年。强移：不得已地迁移。栖息：居住。一枝安：语出《庄子·逍遥游》："鹪鹩巢于深林，不过一枝。"二句说已忍受了十年的孤独栖居之苦，勉强移居此地，不过暂时安身罢了。

[评析]

杜甫是一个胸怀大志、志在匡君、致君尧舜的人,流落到蜀中,也是现实所逼,迫不得已。他时刻都想着回长安任职或归老洛阳,但都因穷困老病,战乱未息,而不能动身。况且幕府的单调刻板的生活与幕僚的周旋,并不适合于他耿直散漫的性格。故于幕府宿值之时,望月兴叹,而生归乡之思。此诗首联以"独宿"为意,突出"寒"与"残"的感受。颔联从听觉和视觉的角度,写角声之悲而如同自语,月色之好而无人欣赏,也突现出孤独之感。颈联以"音书绝"和"行路难"写出归乡无望,结语以十年"伶俜"和"强移栖息",感慨自己的无奈和失意之情,突出了自己的孤独之苦。此诗章法严谨,八句皆对,其中"荏苒"与"萧条"是双声和叠韵相对,"伶俜"与"栖息"叠韵与叠韵相对,既律对严整,音律和谐,又错综变化,已达到了律诗的化境。

至 后 七律

冬至至后日初长,远在剑南思洛阳①。青袍白马有何意,金谷铜驼非故乡②?梅花欲开不自觉,棣萼一别永相望③。愁极本凭诗遣兴,诗成吟咏转凄凉④。

[题解]

广德二年(764)冬至后作,时杜甫在严武幕府,为思念家乡和诸弟而作。

[注释]

①"冬至"句:是说冬至日一到,白天开始变长,而夜变短了,谚云:"吃了冬至面,一天长一线。"剑南:唐在四川设剑南道,驻所在成都,此指成都。首联点时令和地点。②青袍白马:杜甫在严武幕府为参谋时,穿青袍,

乘白马。有何意：觉得当个幕府参谋没有什么意思。金谷铜驼：二者为洛阳之象征。金谷，洛阳水名，晋人石崇曾筑园于此，极其豪侈，称金谷园。铜驼，东汉时，于洛阳宫前南街，铸一对铜驼，东西相对，高九尺。非故乡：此乃问句，即是说那以金谷铜驼著称的洛阳，不正是我的故乡吗？③"梅花"二句：此以梅花起兴，以棣萼喻兄弟之情，是说冬至梅花将随自然时节而开放，这使我想起了我与兄弟的棣萼之情，一别之后，竟成了永久的相望。棣萼，《诗经·棠棣》："棠棣之华，萼不韡韡。"棣萼，以比兄弟也。④"愁极"二句：本来是想以吟诗销愁，却不料诗成之后，吟起来心情更觉得凄凉。

[评析]

思乡是杜甫漂泊西南时所作诗的一个主题，特别是到了节日，就"每逢佳节倍思亲"了。杜甫在严武幕中并不如意，因此，他不愿过"青袍白马"的呆板生活，不时地想到要归乡。尤其是冬至梅花将开之时，他不由得想起了与诸弟的"棣萼"般的手足之情。本以作诗自慰，诗成之后，反觉更加愁闷凄凉。此诗为七律拗体，石涧居士评曰："通身得古拙之趣，故不待言。而'青袍白马'一联，互相顾盼，句中藏意，言外传神，尤为奇僻异常，迥出人意想之外。"（《藏云山房杜律详解》七律卷上）

莫相疑行 七古

男儿生无所成头皓白，牙齿欲落真可惜①。忆献三赋蓬莱宫，自怪一日声烜赫②。集贤学士如堵墙，观我落笔中书堂③。往时文采动人主，此日饥寒趋路旁④。晚将末契托年少，当面输心背面笑⑤。寄谢悠悠世上儿，不争好恶莫相疑⑥。

[题解]

永泰元年（765），杜甫辞去严武幕府后作。莫相疑，取诗中最后一句最后三字为题。

[注释]

①男儿：杜甫自指。生无所成：悲其老无所成。真可惜：真可悲也。二句谓头白牙摇，功名未就，而身已衰老。②忆献三赋：天宝九载（750）杜甫曾向朝廷进献《朝献太清宫赋》、《朝享太庙赋》、《有事于南郊赋》，即所称的"三大礼赋"。蓬莱宫：唐大明宫内有蓬莱宫。烜（xuǎn）赫：声名大盛。③集贤学士：唐玄宗开元十三年（725）四月，改集仙殿为集贤殿，改丽正殿书院为集贤殿书院，院内五品以上的为学士，六品以下的为直学士。中书堂：中书省之政事堂。《新唐书·杜甫传》："甫奏赋三篇，帝奇之，命宰相试文章。"集贤殿归中书省管辖，故在中书省政事堂考试文章。以上四句自叙当年献赋之盛况。④动人主：惊动了玄宗。人主，皇上。二句是说以前自己的文采可以惊动皇上，如今却穷困潦倒行同路人，无人理睬。⑤末契：犹下交，指长辈与晚辈的友谊。托年少：托寄于年轻人。这里的年轻人，指严武幕府中的年轻同僚。"当面"句：谓表面上表示尊敬，背后却嘲笑，即面服心不服之意。输心，从心底表示佩服。二句说，自己对年轻人以诚相待，他们却当面一套，背后一套，心面不一。⑥寄谢：寄赠之意。悠悠：众多。世上儿：指"年少"。不争好恶：不争高低。莫相疑：请不要乱猜疑。二句是说我将这些话送给你们这些年轻人，我并不与你们争权夺利，请你们也不要对我胡乱猜疑。

[评析]

杜甫在严武幕中经常与一些年轻的幕僚们接触，这些人见杜甫与严武的私交甚好，心中甚为嫉妒，因此常出些流言蜚语中伤杜甫。杜甫身为长辈，并不与他们过分计较，但日子过得并不舒心，因此，在辞去了幕府之后，写了这首诗，以表明心迹。他还在诗中回忆了自己当年在长安献三大礼赋的烜赫风光，与当今的穷困潦倒相对比，不胜感慨，希望人与人之间要坦诚相见，以和为贵，且莫互相猜疑，徒生嫌隙。

旅夜书怀 五律

细草微风岸,危樯独夜舟①。星垂平野阔,月涌大江流②。名岂文章著,官应老病休③。飘飘何所似,天地一沙鸥④。

[题解]

永泰元年(765)四月,严武病卒,杜甫于五月携家乘舟离开成都,经嘉州(今四川乐山)、戎州(今四川宜宾)、忠州(今重庆忠县)而抵云安(今重庆云阳)。此诗作于是年秋,由忠州至云安途中夜泊的舟中。

[注释]

①"细草"二句:写江行途中,夜晚靠岸,舟船夜泊时的萧索寂寥情景。危樯(qiáng):船上高高的桅杆。危,高貌。独夜舟,指夜泊的一只孤舟。②"星垂"二句:描写夜晚江中所见:星垂四野,月映大江。星垂,夜空中的星星,好像是挂在天上。平野阔,此处的江岸十分开阔。月涌,月亮映在江上,好像是随江波翻腾涌动。大江,指长江。此二句本于李白《渡荆门送别》:"山随平野尽,江入大荒流。"俞陛云曰:"盖野阔则天幕四低,用一'垂'字,见繁星则直垂天尽处。用一'涌'字,见高浪驾空,挟月光而起伏。炼字精警无匹。"(《诗境浅说》甲编)③文章:此指诗歌。著:著名。休:罢职。二句是在发牢骚,重点在后句。其意是说仅诗有名岂是我的追求,况诗有名又能怎样,还不是得以老病的名义辞去官职!杜甫在朝中任左拾遗时,因疏救房琯而被罢官,又在严武幕中,因与严武及其群僚意见不合,辞去了幕府参谋,都不是因老病之故,而是意见相左。④"飘飘"二句:自比飘飞于天地之间的沙鸥,虽自由自在,但却无依无靠。洪仲曰:"七、八说得宽闲,而悲愤尤甚。"(《苦竹轩杜诗评律》卷三)

[评析]

此诗为杜甫五律之名诗,向为后来诗家所关注。杜甫离成都沿江东下,一是因为严武病卒,自己在成都已无所依靠,二是因为他早就有离蜀的打算。他本有稷契之志,但又不为所识,在朝中因与肃宗意见相左,被罢左拾遗之职,在严武幕府中,他也只是暂时栖身而已,总想回到朝廷,或归居故乡。严武一死,他就毅然离蜀。但在战乱依旧的情况下,他回长安或回洛阳的希望仍然非常渺茫。此诗前四句写景,后四句抒怀。"星垂"一联,虽写出了山川平野的壮伟景象,实表现了诗人此时月夜下前途迷茫、心似月涌大江的浩荡忧思。"名岂"一联,更对自己平生不遇作不平之鸣。杜甫本是以"致君尧舜"为志,如今却以作诗得名,这并不是他的初衷。功业未就,却不得不老病休官,怎不使他感慨万分!结语以"天地一沙鸥"自比,表面上看似悠然自得,实有一种被朝廷遗弃、无依无靠、不得不到处漂泊流浪的无限伤感。深沉的忧思,在诗中却以雄浑、飘逸之语出之,乃是以壮语写忧愁、以逸语写流离也,将绝然相反的思绪和情感巧妙地结合在一起,实是杜甫的一大创造。

怀锦水居止二首 五律,选一

万里桥南宅,百花潭北庄①。层轩皆面水,老树饱经霜②。雪岭界天白,锦城曛日黄③。惜哉形胜地,回首一茫茫④。

[题解]

永泰元年(765)冬,作于云安(今重庆云阳)。这年十月,剑南节度使郭英义与汉州刺史崔旰打仗,崔旰攻入成都,成都大乱,杜甫听说后对成都草堂及当地百姓的命运十分关心,写此诗以纪怀。锦水,指流经成都的锦江。居止,指成都草堂。此选为第二首。

[注释]

①"万里桥"二句：写成都草堂的地理位置，在万里桥之南，百花潭之北。万里桥，在成都市南门外，横跨锦江。百花潭，在草堂之南，与浣花溪相连。宅、庄，均指草堂。②层轩：高轩。轩，有窗户的长廊。面水：面对着溪水。此二句写草堂近处的景色。③雪岭：指成都之西的雪山，又名西山。界天：与天接界，即相连之意。锦城：指成都。曛日：晚日，夕阳。此二句写远处所见之景。④形胜地：风景优美之地。茫茫：心绪茫然。此二句是对成都遭战火摧残的怜惜和无奈的心情。

[评析]

此诗前六句极力描写成都形胜之地和草堂周围远近的优美景色，后二句则笔锋一转，写出对惨遭战火的草堂及成都的无恨怜惜，表达杜甫对他苦心经营而建的草堂恋恋不舍的无限深情。

三绝句 七绝

其 一

前年渝州杀刺史，今年开州杀刺史①。群盗相随剧虎狼，食人更肯留妻子②。

[题解]

永泰元年（765）冬，作于云安（今重庆云阳）。此年九月，吐蕃率领吐谷浑、党项羌等几十万人攻奉天（今陕西乾县）、盩厔（今陕西周至县）等地，百姓大批逃入蜀中。十月汉州刺史崔旰攻剑南节度使郭英乂，郭英乂奔简州，为普州刺史韩澄所杀。蜀中大乱，蜀中百姓深受其害。这三首绝句写的就是当时的实际情况。

[注释]

①渝州：即今重庆市。刺史：唐时州郡之长官。开州：今重庆开县。这两次杀刺史事，史无明载，而杜诗载之，可补史书之阙，可见当时军阀混战之激烈。②群盗相随：由于社会混乱，各地的强盗也相继而起。剧虎狼：比吃人的虎狼还要可怕。食人：吃人。此指杀人。更肯：岂肯，即不肯之意。留妻子：放过其妻小，指掳掠其妻子儿女。

[评析]

这首诗是对当地军阀相互攻伐杀戮，土匪强盗趁着时局混乱也杀人掠货、抢掳妇女儿童的残暴罪行的揭露和痛斥。

其 二

二十一家同入蜀，惟残一人出骆谷①。自说二女啮臂时，回头却向秦云哭②。

[注释]

①惟残：只剩下。骆谷：在今陕西周至县西南，是由秦入蜀的重要通道。②啮（niè）臂：即父母与儿女在战乱中不能两全，不得已丢下儿女，临别时在幼小儿女的臂上咬牙痕以作识记，将来或可以此齿痕相认。啮，咬。秦云：秦地之云，此指关中。二句说幸存者向诗人诉说自己与两个女儿啮臂相别时的惨状，止不住回头向着逃难来的方向痛哭。

[评析]

此诗记述了在吐蕃侵扰关中时，百姓们纷纷向蜀中逃难的悲惨情景。二十一家入蜀，而能逃脱战乱之灾的只有一个人，而这一个人也是丢弃二女而死里逃生的。当他回忆此事时，望着关中的家乡，痛哭不已。

其 三

殿前兵马虽骁雄，纵暴略与羌浑同①。闻道杀人汉水上，妇女多在官军中②。

[注释]

①殿前兵马：指皇帝的近卫军。骁雄：作战英勇。纵暴：对百姓抢掠杀戮的残暴行为。略：大致、一样。羌浑：指吐蕃、吐谷浑和党项羌等敌兵。②汉水：因汉水发源于陕西的宁强县，故此汉水指西汉水，即嘉陵江上游。"妇女"句：指官军杀死男子而掳掠妇女做军妓。官军，即前所指的"殿前兵马"。

[评析]

前二首揭露和痛斥地方军阀、土匪强盗与吐蕃军对人民的残暴行为，这一首则直斥朝廷的官军残害人民的暴行。杜甫虽然对敌人满腔仇恨，但对官军尤其是殿前的近卫军尤为切齿。他们本来是应保护人民的，如今却如同敌人一样来残害百姓，怎不令诗人愤怒和扼腕悲叹！杜甫是一个直面现实的诗人，他如实地反映了当时的残酷现实，一点也不为朝廷的官军回护，表现了他一心为民的坚定立场，真是可敬可佩。

这三首绝句，都是不合律的拗绝。三诗皆意在纪实，情绪激愤，不暇修饰，不计工拙。

漫成一首七绝

江月去人只数尺，风灯照夜欲三更①。沙头宿鹭联拳静，船尾跳鱼拨剌鸣②。

[题解]

大历元年（766）春，自云安赴夔州，在江上途中作。漫成，随意而成。

[注释]

①"江月"句：谓水中的月影与人很近，距船只有几尺远。挂在桅樯的风灯，照着夜空，时间已快到三更了。二句写船上近景。②沙头：沙洲。宿鹭：正在沉睡的白鹭。联拳：白鹭睡时，一足支地，一足拳曲，几只鹭并排宿息，皆拳其一足，故谓联拳。拨剌（là）：鱼跳水声。二句写江岸的风物和船尾水面的声响。

[评析]

此诗写江船夜泊水边的景色。首句写水中之月，二句写樯上风灯，三句写江洲之宿鹭影，四句写船尾之鱼跳声。分别从水面、樯上、江岸和船尾四个角度，通过视觉和听觉来具体描写江船夜泊之景色，有静有动，有声有色，景象十分生动。

白帝城最高楼 七律

城尖径仄旌旆愁，独立缥缈之飞楼①。峡坼云霾龙虎卧，江清日抱鼋鼍游②。扶桑西枝对断石，弱水东影随长流③。杖藜叹世者谁子，泣血迸空回白头④。

[题解]

大历元年（766）春，初至夔州时。白帝城，在夔州城东的一个山头上，西南面临长江，是东汉初公孙述割据巴蜀、自称白帝时所建，故称白帝城。最高楼，指城中最高处之楼。

[注释]

①城尖：指山势高峻，城在山顶尖之处。径仄：登城之路径狭窄难行。旌旆愁：指旗帜为云雾所绕，颜色惨淡，令人感到惆怅。独立：独自一人立于楼上。缥缈（piāo miǎo）：形容楼之高峻，如入云中，仿佛隐约可见。飞楼：指楼角高挑，其势如飞貌。二句写登楼。②峡坼（chè）：山峡断裂。云霾（mái）：云雾笼罩。龙虎卧：即盘龙卧虎之意。江清日抱：指清澈的江水天天

抱着鼋鼍（yuán tuó）一样的礁石汹涌奔流。鼋鼍：江水中的动物，此处疑指瞿塘峡口的滟滪堆。鼋，指大鳖，俗称癞头鼋。鼍，指扬子鳄，又名鼍龙。二句写峡中山貌和水势。上句说峡口高耸云封，如龙盘虎卧；下句说江水洄绕着江中巨石（滟滪堆）如抱鼋鼍而游。因上句有"龙虎"，故下句用"鼋鼍"，动物与动物相对，其实鼋鼍只是个比喻，实指江中礁石。③扶桑：即榑桑，传说中东方的神木。《说文》："榑桑，神木，日所出也。"西枝对断石：此指扶桑神木非常高大，其西枝即可抵至峡口的断壁。断石，指瞿塘峡的断壁。弱水：传说中西方昆仑山下的神水。《山海经·大荒经》："昆仑之丘……其下有弱水之渊环之。"弱水之弱，传言其浮力弱，不能胜鸿毛。其实是其水流细小，不能载物，故称弱水也。东影：指东流之水。长流：指长江。二句说，向东看，扶桑之西枝正对着峡口的断壁；向西看，西来之弱水，流入大江。此二句从想象着眼，为虚写。上句写山峡之高，东可望扶桑之木，下句写长江之长，西可见弱水向东而来，以突出飞楼之高。④杖藜：扶杖之意。杖作动词用。藜，指拐杖。藜是一种野生的草木，其老茎可做拐杖。杖藜叹世者：诗人自指。谁子：是哪个人。泣血迸空：诗人感时伤怀，将血泪对空抛洒。回白头：掉头不忍之意。二句写扶杖登高，叹世之乱离，伤心而流泪，掉头而叹息也。

[评析]

此为杜甫登高远望时所作的诗，以峡口奇险之景，喻心中感时乱离之情。首联写独上白帝之飞楼，心怀一腔愁绪；颔联写从楼上近望瞿塘峡断壁和江面之景，虽壮伟奇险，却隐含着乱象；颈联展开想象，有气吞八荒之意；尾联以感时怀国、临空洒泪之忧怀为结。韩成武曰："险要的江峡形势与沉重的国家时局感受融为一体，宇宙之旷与身孤危之叹构成表里。"（《少陵体诗选》）是情景交融的佳作。此诗为杜甫拗体七律的代表作。杜之七律拗体介于律诗与古诗之间，"句法古体，对法今体"（沈德潜语），即讲究对仗是用今体的格式，而不讲究平仄格律是用古体的格式。有人认为此诗是律诗的"变声"（黄生语）之作，也有人认为此诗是"以古调入律"(林昌彝语),还有人甚至干脆认为此诗不应称作律诗,"作歌行为当"(范大士语)。总之,杜之七言拗律,是根据情感需要所采用的对律诗的一种"变通"和探索的手段,以声调之险仄与感情变化相对应。

八阵图 五绝

功盖三分国,名成八阵图①。江流石不转,遗恨失吞吴②。

[题解]

大历元年(766)春,作于夔州。八阵,一种古代的兵法布阵的阵势,名为天、地、风、云、飞龙、翔鸟、虎翼、蛇盘。八阵图的地点有四处:一在鱼复县(即唐夔州)永安宫南江滩,一在沔县(今陕西勉县)的高平旧垒,一在新都县(今四川新都)的八阵乡,一在广都(今四川双流)东南。此诗所咏即夔州的八阵图,在州西七里平沙上,聚石成堆,纵横棋布,夏季为水所没,冬季水退则现。《水经注·江水注》:"江水又东经诸葛亮图垒南。石碛平旷,望兼川陆,有亮所造八阵图。东跨故垒,皆累细石为之。自垒西去,聚石八行,行间相去二丈,因曰八阵。"

[注释]

①盖:超过。三分国:即魏、蜀、吴三国。三国之中,曹操和孙权,皆有凭借,唯刘备最晚起,在三顾茅庐之后,诸葛亮为其策划三国鼎立,成立蜀汉,从无到有,其功最伟,故称其功盖三分国。"名成"句:谓诸葛亮因此八阵图而声名大著。②石不转:任凭江水几百年的冲刷,而八阵图之垒石,始终冲不走,安然无恙。"遗恨"句:历来众说不一。仇兆鳌总结约有四说:"以不能灭吴为恨,此旧说也。以先主征吴为恨,此东坡说也。不能制主上东行,而自以为恨,《杜臆》、朱注说也。以不能用阵法而致吞吴失师,此刘氏之说

也。"其实可分为两说,一是将"失"字解为丧失,一是将"失"字解为过失。"丧失"说认为诸葛亮摆八阵图于鱼复江口,以扼吴通蜀之咽喉,若诱吴来犯,定可灭吴于此处。可惜蜀先主刘备,却为报关羽被杀之仇,急于发兵征吴,致使大败于猇亭(今湖北宜都西),从此楚地尽为吴所有,使布八阵图的计划落空,丧失了灭吴的机会,所以诸葛亮引以为恨。"过失"说认为,诸葛亮素以联吴抗曹为计,刘备兴兵伐吴是战略上的失误,遂致大败,因此引以为恨。当以后者之见为是。浦起龙则认为,江边所以能留下八阵图的遗迹,不为江水所毁,这是上天在为诸葛亮示不能吞吴之恨。则又是一说。

[评析]

此四句二十字之短诗,高度概括了诸葛亮的盖世功业和平生遗恨。诸葛亮以联吴抗曹为基本战略思想。但是刘备却破坏了他的这一基本方针,致使刘备身死,吴、蜀毁盟,后诸葛亮六出祁山,北伐中原,皆孤军作战,故不能胜曹也。此实为失计之甚也,若吴蜀联手,蜀攻曹魏之西,而吴攻曹魏之南,则曹魏不能两顾,北伐定可胜也。"吞吴"之失,能不为诸葛亮所遗恨乎?

负薪行 七古

夔州处女发半华,四十五十无夫家①。更遭丧乱嫁不售,一生抱恨长咨嗟②。土风坐男使女立,男当门户女出入③。十有八九负薪归,卖薪得钱应供给④。至老双鬟只垂颈,野花山叶银钗并⑤。筋力登危集市门,死生射利兼盐井⑥。面妆首饰杂啼痕,地褊衣寒困石根⑦。若道巫山女粗丑,何得此有昭君村⑧?

[题解]

大历元年(766)居夔州时作。负薪,从事砍柴、背柴一类的重体力劳动。行,古诗体式的一种。

[注释]

①处女：未婚女子。发半华：有一半人的头发变成花白的了，即所谓的华发。华，通"花"。四十五十：指年近半百。无夫家：即未嫁，未有婆家。②嫁不售：嫁不出去。一生抱恨：指终身未嫁，含恨一辈子。长咨嗟：经常叹息。二句说自从战乱之后，男子多被征兵战死，以致男少女多，女子就更嫁不出去了，使得她们抱恨终生。③土风：当地的风俗。坐男使女立：但这里的风俗是，使男坐女立，即让男子坐在家中看守门户，使女子出外干活。男当门户：一作应当门户。即女子当家做主，应对差使。④十有八九：指大多数。负薪归：指让女子负责出外干些打柴、背柴的劳动。"卖薪"句：卖柴换钱养家和应对差税。⑤双鬟：未嫁姑娘的发式。银钗：银制的簪钗，女子挽发所用。并：并用。二句说这些女子到老仍是双鬟垂颈的少女发式，因无钱置买首饰，便用野花、树叶和银钗一并插在头上以为妆饰。银钗多为家传且易得，故亦多为贫家女子所常有。⑥筋力登危：指费尽力气登山打柴。危，高貌。集市门：指将柴担到集市的门口出售。死生射利：不顾死活地赚些小钱。兼盐井：兼干些熬制井盐或背盐贩盐的活计。这些本应是男子干的活，如今却都由女子来干。且当时法令严禁贩私盐，贩盐尚有冒犯禁的危险，故称"生死射利"。⑦面妆：女子脸面的妆扮。杂啼痕：带有眼泪的痕迹。指负薪贩盐女子因生活艰辛或受人欺凌而伤心流泪。地褊：住地偏僻狭窄。石根：山脚下。二句谓夔州女子因居于山中僻远处，为缺衣少食的生活而伤心。⑧巫山：在今重庆市巫山县。此指夔州地区。昭君村：在今湖北兴山县南妃台山下。《太平寰宇记》："山南东道归州兴山县：王昭君宅，汉王嫱即此邑之人。故云昭君之县，村联巫峡，是此地。"昭君，名王嫱，汉元帝时宫人，以貌美著称，被遣嫁匈奴呼韩邪单于。二句言如谓巫山妇女粗丑，为何此地又能出王昭君这样的美人？其言外之意是说，此地负薪贩盐之女，之所以显得粗丑，实因繁重的劳动和贫困所致，并非生来如此也。

[评析]

此诗是当时夔州地区负薪贩盐的劳动妇女的真实写照。杜甫对当地"男坐女立"将妇女当作挣钱工具的土俗非常不满，并对她们所遭受的种种不幸和为生活奔波劳累的境遇十分同情。这是杜甫尊重劳动妇女和男女平等思想的一种流露,在当时是十分可贵的。尤其是最后两句的诘问,更是为夔州女的回护和争辩。艰苦繁重的劳动和沉重的剥削,不但过早地销蚀了她们的青春,也摧毁了她们美丽的容颜,这个责任应该由谁来承担呢?诗人早在一千多年前就提出了这个具有社会意义的问题。此诗是歌行体裁,共十六句,四次转韵,语言平实,通俗易懂。

最能行七古

峡中丈夫绝轻死,少在公门多在水①。富豪有钱驾大舸,贫穷取给行艓子②。小儿学问止论语,大儿结束随商旅③。敧帆侧舵入波涛,撇漩捎濆无险阻④。朝发白帝暮江陵,顷来目击信有征⑤。瞿塘漫天虎须怒,归州长年行最能⑥。此乡之人器量窄,误竞南风疏北客⑦。若道土无英俊才,何得山有屈原宅⑧。

[题解]

此诗与《负薪行》为同时而作。上首写夔州女子,此写夔州男子。内容和结构均相似,为姊妹篇。最能,指驾船的能手。有人解为水手,亦是。行,古诗的一种体式。

[注释]

①峡中:指夔州长江两岸。丈夫:指男子。绝轻死:最不怕死,不以死为意。少在公门:很少人入官府为吏。多在水:大多数人靠水上行船为生。②驾大舸:驾驶大船。舸,大舟为舸。取给:谋生。行艓(dié)子:使用小船。艓,小舟。二句谓富家驾大船经商做买卖,贫穷人家靠行小船来营生。③"小儿"二句:谓小孩子读书,读到《论语》为止,不再念下去。长大了就备好行装,跟人经商跑码头。小儿、大儿,王嗣奭云:"小儿大儿不作两人说,言其自幼而长也。"结束,整治行装。商旅,行商,流动的商人。④敧帆

侧舵：驾起船来帆和舵东摇西摆。撇漩捎濆（pēn）：指遇到漩涡则绕过，遇到涌起的浪涛则掠过。濆，喷涌的浪头。二句言水手善于操船弄水。⑤"朝发"句：谓船行之速，早上还在白帝城，晚上就到了江陵，即李白《早发白帝城》"朝辞白帝彩云间，千里江陵一日还"之意。江陵，在今之湖北宜昌。顷来：近来。目击：亲眼所见。信有征：实信所言不虚。二句说过去只听说过朝发白帝暮至江陵，今日亲眼所见，果然其说言之有据。⑥瞿塘：瞿塘峡，在夔州东一里，乃三峡中的第一峡。漫天：水势漫天，夸张水大。虎须：滩名，在重庆忠县西。怒：指流水湍急。归州：在今湖北秭归县。长年：即长年三老，巴蜀方言，即老艄公。⑦器量：一作气量。误竟南风：被重商好利的南风所误。疏北客：不惯于北方人的重义礼让之风。⑧土：乡土。土，一作士。屈原宅：在今湖北秭归县。二句言，若说此土的男子没有英杰之才，为何却出了像屈原这样的人物呢。言外之意器量窄小、重商好利，皆非夔州男子的本性，乃社会风气使然。

[评析]

此诗与《负薪行》乃同一主题。诗中对夔州的下层男性劳动者敢于冒险的精神与勤劳勇敢的品德及善于操舟行船的高超本领给予赞许与肯定，而对其不爱读书、重财逐利的行为则给予批评，并认为这种行为是风俗所然，并非夔州人的本性，指出当地能出像屈原这样的才杰之士，就是很好的证明。王嗣奭曰："二诗（指此诗与《负薪行》）为夔州风俗恶薄而发，末引昭君、屈原，又为夔州人解嘲，笔端游戏如此。"备此一说，可供参考。此诗亦是十六句，四句一转韵，有歌行之风。

峡中览物 七律

曾为掾吏趋三辅，忆在潼关诗兴多①。巫峡忽如瞻华岳，蜀江犹似见黄河②。舟中得病移衾枕，洞口经春长薜萝③。形胜有余风土恶,几时回首一高歌④。

[题解]

大历元年(766)作于夔州,杜甫初至夔州,见巫峡诸峰和峡江而起思乡之念,因作此诗。

[注释]

①掾吏:杜甫曾为华州司功参军,故曰掾吏。三辅:汉时京兆、扶风、冯翊,被称为三辅。华州隶属扶风,在三辅之内。潼关:在今陕西与河南交界处,隶属陕西。诗兴多:当指在乾元二年(759)春杜甫自洛阳返回华州,途经潼关时所作的《潼关吏》等"三吏""三别"诸诗。②"巫峡"二句:谓看见了巫峡诸峰如同见到了华山,看到了巫峡下的长江如同看到了黄河。此写杜甫目睹巫山和蜀江,忽起思乡之念。蜀江,指长江,因江从蜀地而来,故称蜀江。③移衾枕:仇兆鳌曰:"移衾枕,舍舟登岸也。"洞口:指杜甫在夔州所居之西阁门口。二句说,因在舟中感到不适,舍舟而登岸,见西阁的门口经春已长满了薜萝。④形胜有余:指风景很好。风土恶:这里的风俗落后,气候也欠佳,即比不上家乡的风俗淳厚,土地丰饶。"几时"句:谓何时能够离峡归乡,高歌而去。回首高歌,朱鹤龄曰:"言离峡中而去。"

[评析]

杜甫在夔州见峡江山川之险峻,忽思中原山河之壮丽,而作此诗。杜甫此时虽离开中原已近七年,但中原的华山、黄河时常在他的梦魂中出现,因此,当他见到眼前的巫峰和蜀江,很自然地与中原家乡的风物联系起来,不禁起了思乡之念。他乡风光虽好,但总不如自己家乡的风土人情更勾游子的心魂。

夔州歌十绝句 七绝,选三

其 一

中巴之东巴东山,江水开辟流其间①。白帝高为三峡镇,瞿塘险过百牢关②。

[题解]

这组诗当作于大历元年（766）夏，时杜甫寓居夔州西阁。诗纪夔州的江山胜景、历史人物和当地的风土人情，可作游览诗看。此选三首，为其组诗的第一首、第四首和第七首。

[注释]

①中巴、巴东：古时巴地分为西巴、中巴和东巴。夔州属巴东郡，位于中巴之东的东巴。或称巴东。江水开辟：指长江冲开巴山，形成峡江。②白帝：指白帝城，位于夔州东北岸的一座山上。三峡：指瞿塘峡、巫峡、西陵峡。镇：指瞿塘峡位于三峡的西峡口，为入蜀之重镇。百牢关：古关隘名，陕西勉县西南，地形险峻。二句说瞿塘峡的关口比著名的百牢关还要险峻。

[评析]

此言瞿塘峡位于三峡的入口处，其地势之险要，比名关百牢关还要略胜一筹，为古今重镇，历代军阀割据，雄霸一方。提醒朝廷宜为留意，莫使割据之历史再次重演。

其 二

赤甲白盐俱刺天，间阎缭绕接山巅①。枫林橘树丹青合，复道重楼锦绣悬②。

[注释]

①赤甲、白盐：二山名。赤甲山在夔州城东七里，山石红紫，故称赤甲。白盐山在夔州城东十七里，山石呈白色，上有白盐崖。二山皆高峻入云，故曰"俱刺天"。间阎：民居。此指山上房屋建筑。缭绕：回环盘旋貌。接山巅：直到山顶。此言从山脚到山顶皆有人家居住。②丹青合：指枫红橘青，丹青相杂，色彩斑斓。复道：楼阁之间的通道。重楼：山间重重叠叠的楼房。锦绣悬：指房屋隐映在红枫青橘之中，如同团团锦绣高悬于山顶。

[评析]

此首言夔州地势虽险要但也很富庶，风光优美，山上有层层叠叠的楼房，有满山遍野的枫林和橘林，极言夔州风物之美。

其 三

蜀麻吴盐自古通，万斛之舟行若风①。长年三老长歌里，白昼摊钱高浪中②。

[注释]

①蜀麻：蜀地所产的丝麻和麻织品。吴盐：吴地近海，盛产海盐。自古通：从古以来两地的交易就很频繁。万斛之舟：指大船。斛，容量之器，一斛有十斗。②长年三老：三峡的撑船人称篙师为长年，称舵工为三老。长歌：放声高歌。摊钱：摊钱于船板之上来赌钱。仇兆鳌曰："长歌者，舟子；摊钱者，贾客。"二句谓船上的水手边撑船边高唱"川中号子"，商贾则在波浪翻涌的船上摊钱聚赌。

[评析]

此首言长江三峡是吴、蜀物产贸易的主要通道，万斛之船也常在江中行驶。篙师和老艄公在高浪中无所畏惧，放声长歌，而商贾则在颠簸的船中以赌博为乐，备言夔州当地的民风土俗。

杜甫的这十首夔州歌，颇受夔州当地民歌《竹枝词》的影响，写当地风俗民情，极具民歌风味。

白 帝 七律

白帝城中云出门，白帝城下雨翻盆①。高江急峡雷霆斗，古木苍藤日月昏②。戎马不如归马逸，千家今有百家存③。哀哀寡妇诛求尽，恸哭秋原何处村④。

[题解]

大历元年（766）秋，作于夔州。白帝，即白帝城。诗取首句二字为题，故曰白帝。

[注释]

①"白帝"二句：以云霾雨骤的气氛烘托出世事混乱的乱世之象，为下面感慨民困国衰而起兴。云出门，言乌云罩城。雨翻盆，谓大雨暴猛。②高江：指江水暴涨，江面升高。急峡：指峡中江流湍急。雷霆斗：一指雷雨交加，一指江涛轰鸣之声如同争斗。古木苍藤：指在峡壁上的古树藤萝。古木，一作翠木。日月昏：指峡中满是雨雾，日色暗淡。日月，偏义复词，实指日光。二句极度渲染云雨中的峡江雷雨交加、江水猛涨的凶险景象和昏暗阴郁、日月无光的压抑气氛。③戎马：战马。归马：归田之马。逸：安闲貌。此句是说戎马征战，民困兵疲，哪如马放南山来得安逸清闲，是希望巴蜀的军阀混战早日结束。"千家"句：言战乱和重赋使百姓死伤和逃亡众多，民户所存无几。④哀哀：极其哀痛。诛求尽：家中财物被官府差役搜刮殆尽。诛求，强制征收。何处村：在哪一个村子，其实是泛指各处各村。二句谓连战乱中失去丈夫而痛不欲生的寡妇也都被官府搜刮一空，秋原上不知从何村传来她们的恸哭之声。

[评析]

此诗前四句写雨中峡景，后四句写诗人感怀。此诗的特点是以前四句的阴霾沉郁之景以引出后四句的感时忧民之情。尤其是尾联的"哀哀寡妇诛求尽，恸哭秋原何处村"的描写更显现出诗人对妇女的悲惨命运的深厚同情。此诗是一首拗体七律，首二句不合律，是拗句，后六句是律句。许学夷《诗源辨体》谓此诗是"以歌行入律"，甚是。

古柏行 七古

孔明庙前有老柏，柯如青铜根如石①。霜皮溜雨四十围，黛色参天二千尺②。云来气接巫峡长，月出寒通雪山白③。君臣已与时际会,树木犹为人爱惜④。忆昨路绕锦亭东,先主武侯同閟宫⑤。崔嵬枝干郊原古,窈窕丹青户牖空⑥。落落盘踞虽得地,冥冥孤高多烈风⑦。扶持自是神明力,正直元因造化功⑧。大厦如倾要梁栋,万牛回首丘山重⑨。不露文章世已惊,未辞剪伐谁能送⑩。苦心岂免容蝼蚁,香叶终经宿鸾凤⑪。志士幽人莫怨嗟,古来材大难为用⑫。

[题解]

大历元年(766)于夔州作。古柏行,此诗因咏夔州诸葛亮庙前的一株老柏,故曰"古柏行"。

[注释]

①孔明庙:即诸葛亮庙,诸葛亮字孔明,其庙又名武侯庙。杜甫另有《武侯庙》诗。柯如青铜:指古柏的树枝色如青铜,形容其苍老。根如石:其根如石之坚。②霜皮溜雨:指柏树皮白如霜,溜雨指其皮光泽滑润。四十围:其干粗可四十个人围抱。黛色:指柏树青黑色的树叶。二千尺:与四十围皆是极言柏树之粗之高,非实数。③"云来"二句:谓此树东可与巫峡之云气相接,西可与雪山之寒月相通。巫峡在夔州之东,雪山亦称雪岭,在成都之西的松潘县。④"君臣"二句:谓刘备与诸葛亮君臣际遇干出了一番大事业,这棵在孔明庙前的柏树也备为人所爱惜。⑤忆昨:即忆昔,指以前在成都时所游的武侯祠。锦亭东:指武侯祠在草堂之东。锦亭,指成都草堂,因地近锦江,故美称为锦亭。先主武侯:刘备和诸葛亮。先主,蜀国的先主,即刘备。诸葛亮封武乡侯,简称为武侯。同閟(bì)宫:指诸葛亮和刘备都在成都的武侯祠中,是同一个祠庙。閟宫,神庙。⑥"崔嵬"二句:写在成都武侯祠的柏树耸立在郊原的古老祠庙中。祠中大殿深邃,壁画青红,空旷无人。崔嵬,高貌。窈窕,指宫室深邃。丹青,指殿檐上彩绘或壁上的绘画。户牖,指门窗。⑦"落落"二句:说成都和夔州二祠的古柏,虽盘踞得地势之利,卓落不群,但孤立高空,为烈风所侵袭。落落,卓落不群貌。冥冥,高远幽深貌,一指天之青苍色。⑧"扶持"二句:谓古柏之所以能够不为烈风所摧,是有神明的扶持,其正直的树干原是造化所化育而成。神明,神灵之意。元,通"原"。

造化功,指天地自然的力量。⑨"大厦"句:谓古柏是大厦梁栋之材。大厦将倾,有忧国伤乱之意。"万牛"句:谓古柏重如丘山,一万头牛也拉不动。回首,回顾不前。⑩文章:指柏树的板材的木纹。或指柏树不以花叶之丽炫耀自己。世已惊:其材为世人所惊叹。谁能送:谁人能够运送呢?与"万牛回首"相应。⑪苦心:柏树心味苦。岂免:岂能避免。容蝼蚁:为蝼蛄和蚂蚁钻穴做巢。容,容纳。此句是说古柏虽味苦,仍未能避免蝼蚁等害虫的侵袭。此意喻指君子未能免受小人之中伤。香叶:柏叶有一种清香之味。终经:终为,曾经。宿鸾凤:被鸾凤当作栖息之所。鸾,凤之属。此句谓毕竟古柏曾经成为过鸾凤的栖居之所,意谓柏树是供鸾凤栖宿的高贵之木,非凡木可比。⑫志士幽人:指隐居的高才和志士。"古来"句言自古以来有真才实学的大才很难有机会被任用。结二句为古今不遇之才士鸣不平。

[评析]

　　此诗虽咏古柏,实作者有自喻之意,末二句卒章而见其意。此诗共分三段,每段八句一转韵。首段咏夔州孔明庙前之古柏,极力描写夔州古柏之大、之粗、之高,引出刘备与诸葛亮君臣际遇,为蜀人立国之功,其树亦为人所爱惜。二段联想成都武侯祠之古柏,并与夔州古柏同咏之,谓其所以能同存至今者,乃是神明呵护,造化之功也。三段转为议论,谓古柏为栋梁之材,内怀文采而不露,外引鸾凤来栖而不骄,惜其不为人所引荐,不能为世所用,这是为自己亦是为自古以来天下不遇之才士而鸣不平也。诗中"大厦如倾要梁栋"之句,亦怀深意,是以敬告当今之用世者,当引济世之才而任用之,莫可弃置于草野而不顾也。

诸将五首 七律

其一

汉朝陵墓对南山,胡虏千秋尚入关①。昨日玉鱼蒙葬地,早时金碗出人间②。见愁汗马西戎逼，曾闪朱旗北斗殷③。多少材官守泾渭？将军且莫破愁颜④。

[题解]

大历元年（766）客于夔州时作。这组七律诗，是针对唐朝诸将不能为国御敌、安定边疆、为朝廷分忧而写的讽刺诗。是一组以七律形式而写的政论诗。

[注释]

①汉朝陵墓：实指唐朝的皇帝陵墓。杜甫和唐人常常以汉来喻唐。南山：指终南山，在今西安市南。胡虏：指吐蕃。千秋：一千多年。秋，指年。尚：尚且，又。关：指萧关，在今宁夏固原市。此二句是指吐蕃入侵长安挖掘陵墓焚烧宫室事。据《通鉴》载，广德元年（763），吐蕃入长安，剽掠府库，焚闾舍，劫宫闱，焚陵寝，而武士无一人力战者。自汉文帝十四年（前166）匈奴入萧关，到广德元年吐蕃犯长安，计九百余年，约近千年，故曰"千秋尚入关"。②玉鱼：帝王的殉葬品。蒙葬地：埋葬之地。蒙，覆盖，埋。金碗：亦指殉葬品。据《西京杂记》载，汉时曾发楚王戊太子墓，得皇帝所赐之玉鱼一双。《汉武故事》载，邺县有人在市中卖玉杯，官吏疑其是御物，经查问，此乃茂陵中的葬品。后句中将"玉杯"易作"金碗"是与上"玉鱼"句对仗。二句的意思是说武将不能灭寇，遂使皇家陵墓被盗。③见：通"现"。汗马：汗血马，西域骏马名，因流汗如血，故称。西戎：指吐蕃和回纥军队。逼：逼近长安。朱旗：大将所建之旗。北斗：北斗星，喻指长安。殷（yān）：赤黑色。二句写吐蕃和回纥不断入侵使长安到处出现敌寇的战旗。④多少：有多少。材官：指武将。将军：指主将。破愁颜：言饮酒击毬取乐。二句谓到底有多少武将在长安附近的泾渭认真地戍守御寇？大将军且莫轻敌，一味饮酒蹴鞠为乐。

[评析]

此诗写永泰元年（765）仆固怀恩诱吐蕃和回纥东犯进逼长安之事，讽刺和指斥那些武将不能谨守职责，致使吐蕃、回纥入城，焚毁宫室，盗掘皇陵。

其 二

韩公本意筑三城，拟绝天骄拔汉旌①。岂谓尽烦回纥马，翻然远救朔方兵②。胡来不觉潼关隘，龙起犹闻晋水清③。独使至尊忧社稷，诸君何以答升平④？

[注释]

①韩公：指张仁愿，曾封为韩国公。筑三城：中宗神龙三年（707）张仁愿夺取漠南之地，于河北筑三个受降城，三城在今内蒙古黄河北岸。天骄：本指匈奴，此指突厥。拔汉旌：拔掉汉军的旗帜，此指敌人入侵。二句说韩国公张仁愿在黄河以北筑三个受降城，意在防止胡人南下入侵。②"岂谓"二句：肃宗初即位，朔方军兵力不足，便请求回纥兵来帮助收复两京。此谓岂能把收复两京的希望都寄托在借助回纥的兵力上？这里以朔方军代唐军。③"胡来"句：指安禄山的军队攻破潼关，西陷长安之事。不觉潼关隘，是说安史叛军长驱直入潼关，无所阻挡。不觉，感觉不到。潼关，故址在今陕西潼关县东南，处陕西、山西、河南三省要冲，素称险要。"龙起"句：以唐高祖晋阳起兵一统天下来比拟代宗收复两京。晋水清，《册府元龟》载：唐高祖"次龙门县，河水变清"。④至尊：皇帝，此指代宗。诸君：指诸将。答：报答。升平：太平。二句指斥诸将只知安享富贵，不知报效君恩使天下太平。

[评析]

此首诗指斥诸将胆怯无能，不能奋力杀敌，只知道在关键时刻厚颜向回纥借兵以达到收复长安的目的。而这些回纥兵却借机在两京烧杀抢掠，危害百姓。此次吐蕃又乘机入侵，诸将又不能为皇帝分忧，真是愧煞人也。

其 三

洛阳宫殿化为烽，休道秦关百二重①。沧海未全归禹贡，蓟门何处尽尧封②。朝廷衮职谁争补，天下军储不自供③。稍喜临边王相国，肯销金甲事春农④。

[注释]

①"洛阳"句：指天宝十四载（755）洛阳毁于安禄山，乾元二年（759）又毁于史朝义。化为烽，宫殿化为一片战火。秦关百二：《史记·高祖本纪》："田肯曰：'秦，形胜之国，带山河之险，悬隔千里，持戟百万，秦得百二焉。'"秦关，指潼关。百二，一说指秦兵二万可敌山东六国百万之兵。一说，一百可敌二百。后来形容山河险要之地。重：坚固。二句谓洛阳和关中之形胜都不足恃。②沧海：指唐河南、河北两道等东部地区。禹贡：《尚书》中篇名，叙"禹别九州，任土作贡"，因此后来即指全国的版图。蓟门：指河北北部卢龙等地。何处：疑问语，即哪个地方。尽：全归。尧封：周封帝尧之后于蓟。封，指封疆。二句说，如今虽然安史之乱已平，但像河南、河北及蓟门等部分地区，仍为安史之余孽所盘踞，他们拥兵自立，不输贡赋，搞独立王国，国家未真正统一。③衮职：指三公大臣。军储：军备物资。不自供：不能自给。二句说那些诸镇节度使，朝廷虽然对他们多任以三公大臣之职加以笼络，但是他们不但不输贡，反而仍然向朝廷索要军饷。④临边：到边境去巡视。王相国：指王缙。广德二年（764）王缙以同平章事（即相国之职）都统河南、淮西节度行营事，兼领东都留守，后又迁河南副元帅，以防诸将反复。销金甲：裁减军队与减裁军事开支。事春农：指实行屯田制。二句说王缙出任边帅，实行屯田制，使士兵从事春耕，以减少兵费开支，杜甫希望诸将都以他为榜样来学习。

[评析]

此诗是说仅依靠秦关的山河险固来护卫京师是远远不够的，洛阳和潼关都曾轻易破于敌手。如今虽安史之乱已平，但河南、河北诸镇的一些节度使仍然大权在握，不纳赋，不朝贡，依然是独立王国，全国仍未真正统一。他们虽然被朝廷委以朝中大臣之职，但他们不但不交赋税，反而向朝廷索要军饷。使人稍为高兴的是，以宰相之职出任河南副元帅的王缙裁减军士用来屯田开荒，并因此节省朝廷军费开支，其榜样可供诸将效法学习。此有对诸将劝励之意。

其 四

回首扶桑铜柱标,冥冥氛祲未全销①。越裳翡翠无消息,南海明珠久寂寥②。殊锡曾为大司马,总戎皆插侍中貂③。炎风朔雪天王地,只在忠臣翊圣朝④。

[注释]

① 扶桑:唐时岭南有扶桑县,此泛指岭南。铜柱标:东汉马援征交趾(在今越南北部),树立两个铜柱于象林南部,以标示汉朝之南界。冥冥:气象惨淡貌。氛祲:指战争。其时南诏与吐蕃不断侵略唐朝南部边境。未全销:指战乱不止。二句说南疆仍不安靖。② 越裳:南方古国名,唐为越裳县,在今越南境内。翡翠:鸟名,其绿羽为翠,红羽为翡。南海明珠:岭南广州南海县(今属佛山南海区)盛产珍珠。翡翠和明珠是岭南的主要贡品。二句说越裳和南海等地久已不纳朝贡,与朝廷断绝了消息和来往。③ 殊锡:破例的赏赐。大司马:周代官职,唐代相当于兵部尚书。总戎:即元帅,此泛指统兵的将领。侍中:唐代门下省的负责官员,相当于左相。貂:指貂尾,汉代侍中的服饰。二句是指当时的宦官李辅国被赐予大司马之职,而节度使皆在朝中任副相之职。④ 炎风:指南方。朔雪:指北方。天王地:天子之地。翊:辅佐。圣朝:誉指当今朝廷。二句谓天南地北都是大唐天子之疆土,要靠忠臣良将来辅佐。二句是劝勉诸将都应忠心事君保国,为国家统一出力。

[评析]

此诗言南方与南诏、吐蕃战事未靖,岭南朝贡久绝,宦官掌权,诸镇将领各霸一方,在朝中仍尽享高官厚禄,却未能为统一大业出力。末二句有规劝之意。

其 五

锦江春色逐人来,巫峡清秋万壑哀①。正忆往时严仆射,共迎中使望乡台②。主恩前后三持节,军令分明数举杯③。西蜀地形天下险,安危须仗出群材④。

[注释]

①锦江：指成都。巫峡：长江三峡之一，此泛指三峡。二句是对巴蜀形势的关注。②严仆射（yè）：指严武。严武死后被追赠为尚书左仆射。中使：皇帝所派遣做内使的宦官。望乡台：在唐成都县北九里，蜀王秀所建。此二句杜甫回忆在严武幕府时与严武一同到望乡台迎接中使之事。③主恩：皇帝的恩典。三持节：指严武深得皇上的信任，三次出使镇蜀。严武初以御史中丞为绵州刺史，后迁东川节度使；再拜为成都尹、剑南节度使；入朝后又以黄门侍郎任剑南节度使。数举杯：指严武坐镇从容，军令严明，常常饮酒赋诗，杯酒之间即可指挥若定，一派儒将之风。④出群材：即杰出的人才。二句言西蜀地势险峻，当地军阀互相征伐，又面临吐蕃外患，其安危须依仗严武这样的杰出人物。

[评析]

此首缅怀严武在蜀中的文治武功，认为严武是国之栋梁，文武全才。自严武死后，杜甫才不得不离蜀赴夔，故当年在成都甚有"春色逐人来"之感，而今故人已逝，在夔州深感"清秋万壑哀"。严武已死，他感到蜀中失人，蜀地凶险，诸将跋扈，外患不断。继严武之后任剑南节度使的杜鸿渐软弱无能，对作乱的蜀中军阀束手无策，多所纵容，蜀中安危已无人可恃，杜甫深为担忧，故为之感叹。

这是一组七律诗，皆以议论行诗，五首先后次序井然，为一整体。陈廷敬云："五首，合而观之，汉朝陵墓、韩公三城、洛阳宫殿、扶桑铜柱、锦江春色，皆从地名叙起。分而观之，一、二章言吐蕃、回纥，其事对，其诗章句法亦相似；三、四章言河北、广南，其事对，其诗章句法又相似；末则收到蜀中，另为一体。杜诗无论其他，即如此类，亦可想见当日炉锤之法，所谓'晚节渐于诗律细'也。与《秋兴》诗并观，愈见。"（《杜诗详注》卷一六引）

壮 游 五古

往者十四五，出游翰墨场①。斯文崔魏徒，以我似班扬②。七龄思即壮，开口咏凤凰③。九龄书大字，有作成一囊④。性豪业嗜酒，嫉恶怀刚肠⑤。脱落小时辈，结交皆老苍⑥。饮酣视八极，俗物都茫茫⑦。东下姑苏台，已具浮海航⑧。到今有遗恨，不得穷扶桑⑨。王谢风流远，阖庐丘墓荒⑩。剑池石壁仄，长洲荷芰香⑪。嵯峨阊门北，清庙映回塘⑫。每趋吴太伯，抚事泪浪浪⑬。蒸鱼闻匕首，除道哂要章⑭。枕戈忆勾践，渡浙想秦皇⑮。越女天下白，鉴湖五月凉⑯。剡溪蕴秀异，欲罢不能忘⑰。归帆拂天姥，中岁贡旧乡⑱。气劘屈贾垒，目短曹刘墙⑲。忤下考功第，独辞京尹堂⑳。放荡齐赵间，裘马颇清狂㉑。春歌丛台上，冬猎青丘旁㉒。呼鹰皂枥林，逐兽云雪冈㉓。射飞曾纵鞚，引臂落鹙鶬㉔。苏侯据鞍喜，忽如携葛强㉕。快意八九年，西归到咸阳㉖。许与必词伯，赏游实贤王㉗。曳裾置醴地，奏赋入明光㉘。天子废食召，群公会轩裳㉙。脱身无所爱，痛饮信行藏㉚。黑貂宁免敝，斑鬓兀称觞㉛。杜曲晚耆旧，四郊多白杨㉜。坐深乡党敬，日觉死生忙㉝。朱门任倾夺，赤族迭罹殃㉞。国马竭粟豆，官鸡输稻粱㉟。举隅见烦费，引古惜兴亡㊱。河朔风尘起，岷山行幸长㊲。两宫各警跸，万里遥相望㊳。崆峒杀气黑，少海旌旗黄㊴。禹功亦命子，涿鹿亲戎行㊵。翠华拥吴岳，螭虎啖豺狼㊶。爪牙一不中，胡兵更陆梁㊷。大军载草草，凋瘵满膏肓㊸。备员窃补衮，忧愤心飞扬㊹。上感九庙焚，下悯万民疮㊺。斯时伏青蒲，廷静守御床㊻。君辱敢爱死，赫怒幸无伤㊼。圣哲体仁恕，宇县复小康(48)。哭庙灰烬中，鼻酸朝未央(49)。小臣议论绝，老病客殊方(50)。郁郁苦不展，羽翮困低昂(51)。秋风动哀壑，碧蕙捐微芳(52)。之推避赏从，渔父濯沧浪(53)。荣华敌勋业，岁暮有严霜(54)。吾观鸱夷子，才格出寻常(55)。群凶逆未定，侧伫英俊翔(56)。

［题解］

大历元年（766）作于夔州。壮游，写从青年时代起一直到目前的经历，可谓是诗人的诗体自传，因述其生平经历颇为慷慨悲壮，故名为壮游。

［注释］

①往者：一作往昔。翰墨场：文人聚会之场所。阮籍《咏怀》："昔年十四五，志尚好诗书。"为二句所本。二句说，自己很小时就与文人才士交游。②斯文：对儒者或文士的尊称，此指文坛名士。崔魏：原注："崔郑州尚，魏豫州启心。"崔尚为武则天久视二年（701）的进士，魏启心为中宗神龙二年（706）的进士。班扬：班，指东汉史学家班固，撰有《汉书》。扬，指西汉末辞赋家扬雄，著有《长杨赋》、《太玄经》等。二句说受到当时著名的文坛前辈的夸奖，以班固、扬雄期许。③七龄：七岁。思即壮：诗思已经壮伟不凡。也指志向远大。咏凤凰：凤凰是象征国家昌盛的祥瑞之鸟，咏凤凰是说一开始写诗就抱负不凡。④书大字：练习书法，写大楷字。成一囊：其习作已装满了一大锦囊，古人盛诗文多用锦囊。此谓其学习刻苦勤奋。⑤性豪：性情豪迈。业：已经。嫉恶：疾恶如仇。刚肠：刚烈正直的性格。⑥脱落：一作脱略，超脱不群貌。小：小看，瞧不上。时辈：即同辈。此句谓不愿与同龄的小辈为伍。老苍：指年长者，老前辈。二句说不愿与少年时辈为伍，所交结的都是前辈大家，如崔尚、魏启心、李邕等一类名人。⑦饮酣：酒喝到酣畅时。视八极：极目八荒之意。俗物：俗辈之意。茫茫：迷茫不清，视而不见之意。以上十四句为第一层，写少年时期资质不凡，心志远大，所交结的多为当时名士，不与俗辈为伍。⑧姑苏台：在今苏州市南的姑苏山上，相传为吴王阖闾所建。已具：已经准备好了。浮海航：坐船出海。航，两船相并的方舟，此指大船。⑨遗恨：遗憾。穷：极，到达。扶桑：神话中的树名，传说日从扶桑而出。此

指日本。以上四句是说，曾东游到苏州，已做好了乘船出海的准备，但是未能成行，如今为未能到日本一游而感到遗憾。这是诗人颇具夸张的说法。⑩王谢：指东晋王导、谢安为代表的两大家族，以文采风流著称。风流远：文采风流的传统悠久长远。阖庐：即阖闾，春秋时吴国国君。丘墓荒：指吴王阖闾的坟墓久已荒芜。阖闾墓在今苏州城西的虎丘山上。⑪剑池：在今苏州虎丘山阖闾墓旁，传说为吴王阖闾的铸剑处，其处岩壁高有数丈，下面为水池，据传下面埋有宝剑数千。仄：陡峭。长洲：苑名，在今苏州西南，太湖之北，为吴王阖闾的游猎处。芰（jì）：菱角。⑫嵯峨：高耸貌。阊门：苏州城的西门。清庙：即吴太伯庙，在阊门外，东汉时所建。回塘：即洋中塘，在苏州城外。⑬吴太伯：为周太王长子，太王想传位于小儿子季历（即后来的周文王之父），太伯及仲雍乃奔至南方荆蛮之地，文身断发，以避季历，建立吴国。泪浪浪：泪水多的样子。⑭"蒸鱼"句：用专诸刺吴王僚事。《史记·刺客列传》载，公子光欲夺位，具酒请王僚，传专诸献蒸鱼，蒸鱼中藏匕首，专诸至王前，擘鱼以匕首刺王僚，王僚立死。公子光以伏兵尽灭王僚之徒，遂自立为王，是为阖庐。"除道"句：用西汉朱买臣事。《汉书·朱买臣传》载，朱买臣未贵时，家贫，以打柴卖薪以自给。其妻羞之，求去。买臣知其不能留，听其去之。后朱买臣拜会稽太守，当地官员发民众清扫道路以迎之，其妻与后夫亦在其中。买臣见其故妻，令后车载其夫妻到太守舍，置园中，给食之。其妻羞愧，自经而死。除道，清扫道路。哂，讥笑。要章，腰间的太守之印。要，读平声，通"腰"。⑮枕戈：即枕戈待旦。勾践：春秋时越国君。此句用勾践卧薪尝胆事。渡浙：渡过浙江。秦皇：此用秦始皇游会稽事。《史记·秦始皇本纪》载，"三十七年十月癸丑，始皇出游……临浙江，水波恶，乃西百二十里从狭中渡"。⑯"越女"句：谓越地女子长得白皙漂亮。李白《越女词》："镜湖水如月，耶溪女如雪。"鉴湖：即镜湖，在今浙江绍兴市南，传说黄帝曾在此铸镜。⑰剡（shàn）溪：在今浙江嵊州南。蕴秀异：谓剡溪风光秀美。"欲罢"句：谓剡溪的风光实在是太美了，想忘也忘不掉。忘，读平声。自"东下姑苏台"以下十六句为第二层，记吴越之游，赞吴越历史文化之丰厚与风光之优美。⑱拂：捎带而过。天姥（mǔ）：天姥山，在今浙江新昌县，为浙中名胜之地。中岁：杜甫此年二十四岁。贡：贡举。旧乡：指杜甫的老家洛阳。开元二十三年（735），于洛阳举行贡举考试，称为"乡贡"。⑲气劘（mó）：迫近。屈贾：战国时的屈原和西汉时的贾谊。垒：墙。句谓其才学已与屈原、贾谊相差无几。目短：小看之意。曹刘：指曹魏时的诗人曹植和刘桢。句谓不将曹植和刘桢看在眼里。⑳忤下：意为不合主考官的心意而落榜。考功：指考功员外郎。唐代在开元二十五年前皆由考功员外郎主持。因主考官阶太低，引起举子不满，后由礼部侍郎主持。第：中试之名次，考中谓中第，未考中谓下第。此次杜甫未考中，故曰"忤下考功第"，表示对考试的不满。京尹：指东都洛阳的河南尹。句谓因未考中，故只身辞京尹堂而去。㉑放荡：摆脱拘束，任情随意。齐赵：今山东、河北一带。裘马：穿裘衣，骑骏马。清狂：放荡不羁。㉒丛台：战国时赵国的台榭，在今河北邯郸市内。青丘：相传为春秋时齐景公狩猎处，在今山东青要县。㉓呼鹰、逐兽：架鹰打猎。皂枥林：黑色的枥树林。云雪冈：带雪的山冈。二地不详其确处，当是泛指。㉔射飞：仰射飞鸟。纵鞚：纵马奔驰。鞚，有嚼口的马络头。引臂：拉弓射箭。落：射落。鹜鶬（cāng）：两种鸷鸟。鹜，秃鹜。鶬，鹤类，毛苍色。㉕苏侯：原注："监门胄苏预。"苏预，字源明，杜甫好友。据鞍：指骑马。葛强：晋代山简的爱将，常同山简出游。此是杜甫自比。自"归帆拂天姥"以下十六句为第三层，写归洛阳考试及齐赵之游事。㉖快意：痛快地生活。杜甫于天宝五载（746）入长安，在此之前，游吴越、齐赵、梁宋等地，约有八九年。㉗许与：称赞，赞许。词伯：文坛大家。此句是说杜甫经常受到当时的名流大家称许。赏游：即游赏。贤王指岐王李范、汝阳王李琎等。句意谓常与贤王交游。二句自夸受到长安的名流和贵贵的赏识。㉘曳裾：古人衣服外罩很长，拖着地面。曳，拖。裾，衣服的长襟。置醴地：指楚元王为穆生设醴事。《汉书·楚元王传》："穆生不嗜酒，元王每置酒，常为穆生置醴。"此指受到特殊的待遇。醴，甜酒。奏赋：指杜甫献三大礼赋事。明光：汉殿名，此借指唐大明宫，后改名为蓬莱宫。㉙废食召：形容急于召见之状。《旧唐书·杜甫传》："天宝末，献《三大礼赋》，玄宗奇之，召试文章。"群公：指达官权贵。会轩裳：坐着轩车，穿戴丽服前来会见。二句谓受到皇帝礼遇，大臣争相结交。杜甫《莫相疑》："忆献三赋蓬莱宫，自怪一日声烜赫。集贤学士如堵墙，观我落笔中书堂。"即写的这种情景。㉚"脱身"句：指天宝十四载被授河西

壮游 251

尉而不受之事。爱，一作受。信：任。行藏：出仕和归隐。二句说不愿做河西尉的官，只愿痛快饮酒，出仕或退隐均无不可。㉛"黑貂"句：用苏秦貂敝金尽而归家之事，喻自己生活贫困。《战国策·秦策》："（苏秦）书十上而说不行，黑貂之裘敝，黄金百斤尽，资用乏绝，去秦而归。"斑鬓：头发花白。兀：犹自，仍然。称觞：举杯。二句说，虽然貂敝金尽，贫如苏秦，满头华发，但仍然饮酒不辍。表示安贫乐道，穷达皆不在乎。㉜杜曲：在杜陵，杜甫在长安时所居之地。晚：一作挽，又作换。挽，悲悼，追怀。耆旧：老年人。多白杨：谓坟墓渐多。古时墓地多种白杨，风吹杨树叶的响声俗称"鬼拍手"。二句谓长安的家中老年人渐少，而墓地中新栽的白杨越来越多。㉝坐深：资格老。古人入坐，年长者居上，从堂前观之，其坐居深处。乡党敬：为乡里人所敬。此句谓因自己年渐长，为乡里人所敬。死生忙：为迎生送死之事所忙碌。㉞朱门：即权贵。任倾夺：一意争权夺利。任，一作务。赤族：诛灭全族。迭：连续。罹殃：遭受祸殃。二句谓权贵只顾争权夺利，忠良之臣甚至有灭族之祸。此指朝中李林甫、杨国忠铲除异己，谋害忠良。㉟国马：指玄宗所养的舞马、立仗马。竭粟豆：吃尽了百姓的米和豆。官鸡：指玄宗所养的斗鸡。输稻粱：用百姓缴纳的粮食养斗鸡。二句举舞马、斗鸡之特例以概括一般，指斥朝廷靡费民财。㊱举隅：举例，举一反三。烦费：奢侈靡费。引古：引证历史。二句说仅举数例，即可见君王生活之靡费，引证古史，以惜国家之衰亡。自"快意八九年"以下二十二句为第四层，记述在天宝时期居住长安的情况。㊲河朔：指河北、河东、范阳三镇。安禄山领此三镇节度使。风尘起：指安禄山反叛。岷山：在今甘肃、四川界内，此指岷山在四川的部分。行幸：古代帝王出外巡视。此指安史之乱后，玄宗逃离长安，出奔蜀中。㊳两宫：指玄宗和肃宗。警跸：皇帝出外巡游时要戒严，禁止行人走动，称警跸。"万里"句：谓玄宗逃往成都，肃宗在灵武即位，两宫相隔万里，遥遥相望。望字读平声。㊴崆峒：山名，在今甘肃平凉市西。杀气黑：指肃宗在平凉收兵，讨伐叛军。少海：指太子，古以皇帝比大海，太子比少海，此指肃宗。旌旗黄：因太子即位为肃宗，故用黄旗。㊵禹功：大禹建立的帝业。命子：传子。此句谓大禹传位于其子启，此喻玄宗传位于肃宗。涿鹿：山名，在今河北涿鹿县东南。亲戎行：相传黄帝与蚩尤战于涿鹿之野，此指肃宗亲自指挥平叛。㊶翠华：天子仪仗。拥：簇拥。吴岳：即吴山，在今陕西凤翔附近。此句谓肃宗自灵武移兵于凤翔。螭（chī）虎：喻唐军。螭为蛟龙的一种，以威猛著称。啖（dàn）：吃。豺狼：喻指安史叛军。㊷爪牙：谓得力大臣，此指房琯。一不中：一击不中。指房琯至德元载（756）受命率军与叛军战于陈陶而大败之事。胡兵：指安史叛军。更陆梁：更加猖狂。㊸大军：指官军。载：通“再”。草草：指轻率，无充分准备。此指郭子仪至德二载五月，与叛军交战于清渠，又败。凋瘵（zhài）：重病。满膏肓（huāng）：病入膏肓，为不治之疾。指国家前途和命运十分凶险。㊹备员：忝列官位。窃：私以为。补衮：以补皇帝过失。衮，指皇帝龙袍，不敢直斥皇帝，以皇帝衣服代指。心飞扬：心潮不平静。此指杜甫任左拾遗时，屡上诤言，以尽谏官之责，反而被肃宗贬谪，故心怀忧愤。㊺“上感”二句：谓杜甫上忧社稷之倾危，下忧黎民百姓之灾难。九庙焚，指唐室之宗庙为叛军所焚毁。九庙，皇室宗庙祭九祖，故称九庙。万民疮：指百姓之伤痛。㊻斯时：指杜甫任左拾遗时。伏青蒲：用汉代史丹伏青蒲泣谏汉元帝事。见《汉书·史丹传》。廷诤：在朝堂之上当面向皇帝诤言进谏。守：侍奉。御床：御座。此指杜甫在至德二载为谏房琯罢相事。㊼“君辱”句：化用《国语·越语》“君辱臣死”之意。“赫怒”句：杜甫认为房琯小罪不当大罚，为此力谏，引起肃宗震怒。后赖人营救，幸得免罪。㊽圣哲：犹圣明，圣人，古代臣子对皇帝的称呼。体：体恤。仁恕：对臣子仁厚宽大。这是美称肃宗的面子话。宇县：犹宇内、天下。复小康：回到小康的局面。小康，这也是面子话，其实当时唐王刚刚收复两京，国事渐有起色。㊾“哭庙”二句：言两京收复，肃宗返京，宗庙已焚，只得在灰烬中哭祭，群臣痛哭流涕在旧皇宫中朝见皇帝。未央，汉宫名，此指唐宫。自“河朔风尘起”以下二十六句为第五层，写安史之乱后及杜甫为左拾遗时之事。㊿小臣：杜甫自称。议论绝：指被罢除左拾遗官职。客殊方：在异乡他地客居。杜甫在乾元二年（759）自华州弃官，经秦州入蜀。(51)苦不展：苦于心情不得舒展。羽翮（hé）：羽毛。翮，大羽。困低昂：如鸟儿被困笼中一样不能奋飞。(52)“秋风”二句：谓身困于夔州峡谷之间，日听秋风哀号，自己像秋天的蕙草一样已失去了芬芳。捐，失去。(53)“之推”句：春秋时的介之推，曾随晋文公出奔，在外流亡十九年，晋文公回国即位，大赏群臣，唯介之推避不受赏,隐居绵山。"渔父"句:屈原《渔父》中一渔父向屈原唱道:"沧浪之水清兮,可以濯吾缨;沧浪之水浊兮,可以濯吾足。"诗人借用此意,以表自己功成不受赏、世浊归隐之意。㊺"荣华"二句:谓勋业就像是花一样,岁暮遇严寒即会凋落,即功名荣华不足美之意。㊻鸱夷子:指春秋时越国大臣范蠡,曾佐越王勾践灭吴,知勾践可共患难,不可共安乐,故辞官归隐五湖,自号"鸱夷子皮"。二句谓范蠡在助越王勾践灭吴之后,功成身退,泛舟五湖,其才格见识非凡人可比。才格:才能品格。或谓此喻指李泌,历经肃、代、德三朝,多出奇谋,多次引退。㊼群凶:指割据一方的藩镇和蜀中作乱的军阀。逆未定:未可逆料。侧伫:侧身伫盼。英俊:指英杰之士。翔:施展才略。二句谓希望有英杰之士出现,收拾时局,扫平战乱。自"小臣议论绝"以下十四句至结束为第六层,写诗人入蜀后的经历和现在夔州的窘况,叹己身已老,不可能有大的作为,但希望才杰之士,挺身而出,为国效力。

[评析]

杜甫到了夔州,暂时有了一个较为安定的环境,但其一生经历诸多磨难,现又身老多病,故多回忆之作。这一时期,除此首外,他还作了《昔游》、《遣怀》、《忆昔》等回忆开元盛世及生平经历的诗,欲对自己的一生做个总结。此诗对自己的生平描写尤其细致全面,并将个人行迹与国之盛衰紧密地联系在一起,使此诗有历史之感和深厚的内容。此诗虽为古体,但诗中有颇多的对句和律句,又一韵到底,有排律之风。王嗣奭评曰:"此诗乃公自为传。其行径大都与李白相似。然李一味豪放,而杜却豪中有细。"(《杜臆》卷八)

遣 怀 五古

昔我游宋中,惟梁孝王都①。名今陈留亚,剧则贝魏俱②。邑中九万家,高栋照通衢③。舟车半天下,主客多欢娱④。白刃仇不义，黄金倾有无⑤。杀人红尘里，报答在斯须⑥。忆与高李辈，论交入酒垆⑦。两公壮藻思，得我色敷腴⑧。气酣登吹台，怀古视平芜⑨。芒砀云一去，雁鹜空相呼⑩。先帝正好武，寰海未凋枯⑪。猛将收西域，长戟破林胡⑫。百万攻一城，献捷不云输⑬。组练弃如泥，尺土负百夫⑭。拓境功未已，元和辞大炉⑮。乱离朋友尽，合沓岁月徂⑯。吾衰将焉托，存殁再呜呼⑰。萧条益堪愧，独在天一隅⑱。乘黄已去矣，凡马徒区区⑲。不复见颜鲍，系舟卧荆巫⑳。临餐吐更食，常恐违抚孤㉑。

[题解]

大历元年（766）作于夔州。诗怀念天宝初年与李白、高适游梁宋事，今李、高已逝，感怀甚深，故题以遣怀名之。

[注释]

①宋中：原为古宋国地，唐时属宋州，在今河南省东部商丘市一带。惟：通"维"，助词，用于句首。梁孝王都：西汉梁孝王初封于大梁（今河南开封市），后迁都睢阳（即今河南商丘市），《汉书·梁孝王传》："（睢阳）北界泰山，西至高阳，四十余城，多大县……孝王筑东苑，方三百余里，广睢阳城七十里。"天宝三载（744），杜甫与李白、高适曾同游梁宋等地。②陈留亚：仅次于陈留。陈留，汉时所置郡，在今河南开封东南陈留镇，是汉唐以来的商业大城市。剧：交通要冲。贝魏：指贝州（今河北清河）、魏州（今河北大名）。俱：齐名。二句说宋州的名气仅次于陈留，交通之便与贝州、魏州齐名。③邑：城邑。九万家：约有五十万人口。高栋：高楼。通衢：大道。④舟车：车船。半天下：言其交通便利，可通于半个中国。主客：当地的人民和外来的客商。⑤白刃：指刀，其刃为白色，故称。仇不义：指行侠仗义，为人报仇，杀死不义之人。黄金：指金钱。倾：送完。有无：偏义复词，指有。二句谓此地盛行侠风，侠客仗义行侠，为人报仇杀人，助人倾其所有。⑥红尘：指闹市之中。报答：报恩。斯须：顷刻之间。指敢于在闹市中杀人，现仇现报。以上十二句，写宋州的商业繁荣，人口众多，盛行侠风。⑦高李辈：指高适和李白。论交：结交。酒垆：古时酒店里安放酒瓮的炉形土台子，借指酒店。

遣怀 255

⑧壮藻思：诗思壮丽，指善于写诗。色敷腴：高兴喜悦之色。二句说李白、高适是极善写诗的大诗人，见到我十分高兴。⑨气酣：情绪饱满状。吹台：梁孝王所筑，传说是晋大音乐家师旷奏乐之处，在今河南开封市东南。视平芜：眺望原野。《新唐书·杜甫传》："尝从白及高适过汴州，酒酣，登吹台，慷慨怀古，人莫测也。"⑩芒砀：即芒砀山，在今河南永城市。云：《汉书·高祖本纪》："高祖隐居芒砀山泽间，所居上常有云气。"雁鹜：雁和野鸭。二句说，汉高祖早已不见，此地空余雁鹜等野鸟相呼而已。以上八句，杜甫回忆与李白、高适同游梁宋的情景。⑪先帝：指唐玄宗。好武：指穷兵黩武。寰海：天下。未凋枯：指国家还未衰败。⑫收西域：指天宝五载至八载王忠嗣、高仙芝、哥舒翰等征讨吐蕃事。破林胡：指开元二十二年（734）张守珪、安禄山攻取契丹事。林胡，地名，战国时的林胡之地，唐时的契丹所在。⑬"百万"二句：此指哥舒翰用兵攻打吐蕃石堡城事，城虽攻下，却死伤数万，唐军只报功不报忧。⑭组练：组甲、战袍，指军队的军装，此喻指士卒。弃如泥：谓打仗中失去了许多士卒的性命和军备。弃，仇本作"去"。尺土：一尺土地。负百夫：是用一百个士卒的性命换来的。谓唐玄宗不惜人命，扩张国土。⑮拓境：扩大国境。元和：指国家元气。辞大炉：指天地、人间。《庄子·大宗师》："今以天地为大炉，以造化为大冶。"因无限制地穷兵黩武，损伤了国家的元气。以上十句，言唐玄宗因穷兵黩武大伤国家元气，导致国运日衰。⑯乱离：指安史之乱。朋友尽：指杜甫的好友李白、高适相继离开人世。合沓：相继。岁月徂：岁月消逝。徂，过去。⑰吾衰：用孔子的话："甚矣吾衰也。"（《论语·述而》）存殁：存，杜甫自指；殁，指李白、高适。呜呼：恸哭。⑱天一隅：天边的一角，此指夔州。⑲乘黄：骏马名，此指李白、高适。已去矣：已亡故。凡马：杜甫自谦。区区：微不足道。⑳颜鲍：六朝时的著名诗人颜延之和鲍照，此借指李白、高适。荆巫：荆州与巫峡一带，此指夔州。㉑吐更食：因高、李之死而悲痛难食。违：事与愿违。抚孤：指抚养高适、李白的子女。二句谓念及老友之死，心中很伤悲，想抚养李白、高适的遗孤，也因自身难保而愿望难以实现。以上十二句写安史之乱后自己流落西南一隅的老病困苦之状与高、李死后自己的悲伤之情。

[评析]

此诗是杜甫为怀念高适和李白而作。李白死于宝应元年

（762），高适死于永泰元年（765），杜甫特地怀念他们的深厚友谊，回忆起在天宝三载他们在梁宋时的交游。此诗还对唐玄宗在盛唐时的扩边政策做了深刻的反思，认为玄宗无限制地穷兵黩武，使得大唐国力大损，元气大伤，以至于造成安史之乱，大唐从此由极盛走上了下坡路，搞得国家动荡不止，人民不能安居乐业。老友之死也使得杜甫格外伤心，并对他们后代的命运十分关心。杜甫是一个极为忠于友情的诗人，从他对高适和李白的态度，可见出其交友之道，不管朋友穷与达，他都始终如一，可谓是生死之交也。

秋兴八首 七律

其 一

玉露凋伤枫树林，巫山巫峡气萧森①。江间波浪兼天涌，塞上风云接地阴②。丛菊两开他日泪，孤舟一系故园心③。寒衣处处催刀尺，白帝城高急暮砧④。

［题解］

此组诗作于大历元年（766）秋，杜甫居夔州，因感秋起兴而作，故名为秋兴。杜甫从乾元元年（758）冬至大历元年居夔州，离开长安已有八年之久，故感秋而起故国之思。查慎行云："身在巫峡，心望京华，为八诗之大旨。"此八首诗是七律联章组诗，环环相扣，如同一首。

［注释］

①玉露：即白露，玉为美称。凋伤：凋敝陨落。枫树：暗用《楚辞·招魂》"湛湛江水兮上有枫"意境。巫山：在今重庆巫山县境。巫峡：在长江三峡的中段。气萧森：景象萧条凄清。首联写出夔州峡谷中秋天的森严肃杀气

象。②"江间"句:谓江上波浪高涌,直接天际。兼,连。"塞上"句:谓夔州峡谷中风云滚滚,铺天盖地。塞上,关塞,此指夔州关塞。此联借写夔州风景而喻当时的动乱形势。③丛菊两开:杜甫自永泰元年(765)五月离开成都至夔州,此时已经过两个秋天,故称"丛菊两开"。他日泪:往日之泪,言对菊伤心,想起往事。孤舟:回乡的小舟。一系:一心常系之意。故园心:想念中原家乡的心愿。此联谓思念往事不觉伤心落泪,此心无日不在思念故乡。杜甫在洛阳和长安都有故家,按诗意此处是指长安杜曲。④寒衣:御寒之衣。催刀尺:催人裁剪。白帝城:在夔州城东的小山上。急暮砧:晚上的捣衣声非常急促。尾联谓家家都在准备寒衣过冬,言外之意是说自己尚无御寒之衣。

[评析]

此组诗以夔州写起。首联以江峡秋景之萧瑟暗含楚辞意境,境界苍凉而雄浑。颔联气势阔大,但隐含时局动荡不安之意。颈联联系个人身世,身在异乡,而故园难归,融入思乡的心绪。尾联又回到眼前所见所闻,城高砧急,紧切一个"秋"字。李因笃曰:"首篇时地在目,景情相涌,不旁借一语,清雄圆健,更为杰出。"(《杜诗集评》卷十一引)王嗣奭曰:"首章发兴四句,便影时事,见丧乱凋残景象。后四句,乃其悲秋心事。此一首便包括后七首。而故园心,乃画龙点睛处。"(《杜臆》卷八)

其 二

夔府孤城落日斜,每依南斗望京华①。听猿实下三声泪,奉使虚随八月槎②。画省香炉违伏枕,山楼粉堞隐悲笳③。请看石上藤萝月,已映洲前芦荻花④。

[注释]

①夔府:即夔州,贞观十四年(640)在夔州设都督府,故称。"每依"句:何焯云:"京华不见,惟瞻依北斗而已。"(《义门读书记》卷五五)钱谦益曰:"依斗望京,此句为八章之骨,重章叠文,不出于此。"每依,即无夕不依。②"听猿"句:取意于《水经注·江水》:"巴东三峡巫峡长,猿鸣三

声泪沾裳。"实下,谓过去只是传闻,如今听到猿声,实实在在地流出了眼泪。"奉使"句:张华《博物志》载,天河与海通,海边每年八月有浮槎来往其间,人乘槎而往,十几天即可到达天河。此以乘槎通天河之说拟写回京的愿望。广德二年(764),严武曾推荐杜甫为检校工部员外郎,兼节度参谋。后严武奉命赴朝,杜甫曾有随严武入朝的想法,但未能实现,故曰"虚随"。奉使,奉朝廷之命。槎,木筏。③画省:汉代尚书省署中,用胡粉涂壁,上画古代的贤人烈士,故称画省。杜甫的检校工部员外郎,属工部,在尚书省,故杜甫有此回朝供职想法。香炉:省署中的器物。违伏枕:因卧病而未能如愿。违,违背,未能。伏枕,有病,卧床不起。山楼粉堞:指夔州城上的城楼和粉刷的城堞。隐悲笳:隐隐地传来了悲笳之声。④"请看"二句:写眼望京华时间之久。随着时间的推移,月光已由藤萝间移向了洲前的芦荻花。

[评析]

此诗写身在夔州,却心向长安。此首以站在夔州城头上向着北方来遥望京华的诗人形象,写出诗人对京师长安的思念。颔联写京华不可见,回去的愿望也实现不了,只能听到夜猿的悲叫。颈联写画省入值,因卧病而违,而此时却只能听到从山楼传来的隐约悲笳之声,此情何悲!尾联是说在城头上久久痴望长安,不觉明月已坠,一夜将过矣。吴乔曰:"'依南(北)斗'而'望京华'者,身虽弃逐凄凉,而未尝一念忘国家之治乱。'处江湖之远,则忧其君',与范希文同一宰相心事也。"(《围炉诗话》卷四)所谓忧君之说,虽不能落实,则思念故国之意,却显然可见。

其 三

千家山郭静朝晖,日日江楼坐翠微①。信宿渔人还泛泛,清秋燕子故飞飞②。匡衡抗疏功名薄,刘向传经心事违③。同学少年多不贱,五陵衣马自轻肥④。

[注释]

①千家:指城不是很大。静朝晖:夔州城静静地沐浴在朝晖之中。江楼:

指诗人所居之西阁,因在江边,故称。翠微:青翠的山色,因江楼坐落于山中,故称"坐翠微"。②信宿:过了一宿,隔夜。渔人:江上打鱼的渔夫。还泛泛:指渔船仍久漂浮在江中。泛泛,漂浮貌。故飞飞:仍旧飞来飞去。③匡衡抗疏:西汉经学家匡衡因上疏言政,得汉元帝赏识,迁光禄大夫。此句杜甫自谓如匡衡一样据理诤谏,但却无匡衡之功名显达,故云"功名薄"。此指杜甫在任左拾遗时曾上疏救房琯,而遭到肃宗的贬斥。刘向传经:西汉经学家刘向在汉宣帝时曾在石渠讲经,官授给事中,成帝时又领校中五经秘书。杜甫家世习儒业,有承祖之志,但未能如刘向一样讲论经学,故云"心事违"。④同学少年:少年时的同学。杜甫因是官宦子弟,少年时在洛阳读书,其同学多大家子弟。多不贱:多为达官显贵之意。五陵:在长安附近的汉代的长陵、安陵、阳陵、茂陵、平陵五座帝王陵墓。五陵为豪族聚集之地。衣马:即裘马。自:各顾自己享乐。轻肥:指轻裘肥马。

[评析]

此诗写的是夔州早晨的景色和自己因百事不成、穷老边城而伤感的心情。首联写山城之景,朝阳初上,在江楼上可望见夔州的千家城郭沐浴在朝晖之中。颔联写所望之江景,渔人仍然在江中泛舟捕鱼,燕子依旧在水上掠飞。颈联写及诗人心事,即诸事不成,功业不就。既不能如匡衡建立功业,也不能如刘向传习儒业。尾联谓自己虽穷老边城,但对在长安轻裘肥马自图安乐的同学少年之辈,却示以轻蔑和不屑。李梦沙曰:"(后)四句合看,总见公一肚皮不合时宜处。……彼所谓富贵赫奕,自鸣其不贱者,不过'五陵衣马自轻肥'而已。极奚落语,却只如叹羡,乃见少陵立言酝藉之妙。"(《杜诗注解》七律卷四引)

其 四

闻道长安似弈棋,百年世事不胜悲①。王侯第宅皆新主,文武衣冠异昔时②。直北关山金鼓振,征西车马羽书驰③。鱼龙寂寞秋江冷,故国平居有所思④。

[注释]

①似弈棋：喻政局屡变，如下棋一般，输赢不定。百年世事：从唐建国至此时已历一百六十多年，举其成数，约百年，其间盛衰几度，故曰："不胜悲。"②"王侯"二句：谓如今朝廷皆是新贵，昔日王侯的宅第，皆为新贵所有。朝中的文武百官，亦非昔时之人。玄宗初年任姚崇、宋璟、张九龄等人为相，创立开元盛世之局面，而至其晚年，宠信李林甫、杨国忠等奸佞，外信安禄山等野心家，致使安史之乱爆发。肃宗时，以宦官李辅国用事，贬斥房琯、张镐、严武等正臣，代宗更以李辅国为宰相，又以宦官鱼朝恩、程元振掌握文武大权，导致长安为吐蕃所陷。以上皆是"异昔时"也。③直北关山：北部的陇右关辅地区。金鼓振：谓战乱未息。征西：指征讨西方的吐蕃。羽书驰：言军书频繁不断。羽书，古时军中文书插以羽毛，以示紧急。④鱼龙寂寞：秋天是鱼龙潜蛰之时。故国：指长安。平居：平昔所居所游。有所思：谓思念安史之乱以前的升平盛世。

[评析]

此诗挽结前三首，开启下四首，从以写夔州为主转向以忆念长安为主。首联写当前长安的混乱局势，如同棋局，反复不定，令人心伤。颔联写朝廷已非昔比，正人贤者在野，而小人已化为王侯。颈联谓北方战乱未息，西方强寇仍然猖獗，时局不稳。诗人忧国之念，念兹在兹。尾联说在此边城暮秋之际，不禁想起故国升平之世的种种盛事，引起以下四首对往昔长安的回忆。王夫之曰："末句连下四首，为作提纲，章法奇绝。"（《唐诗评选》卷四）

其 五

蓬莱宫阙对南山，承露金茎霄汉间①。西望瑶池降王母，东来紫气满函关②。云移雉尾开宫扇，日绕龙鳞识圣颜③。一卧沧江惊岁晚，几回青琐点朝班④。

[注释]

①蓬莱宫：即为大明宫，龙朔二年（662）改名为蓬莱宫，北据龙首原，

南对终南山。南山:终南山的简称。承露金茎:即仙人承露盘。金茎,指承露盘下的铜柱。霄汉间:指高插云霄。②"西望"二句:指蓬莱宫地势之高,西望可望见瑶池,东望可见函谷关。瑶池,神话传说昆仑山有西王母居住的瑶池。降王母,此处的王母,有喻指杨贵妃之意。东来紫气,《列仙记》:"老子西游,关令尹喜西望见有紫气浮关,而老子果乘青牛而过。"因老子是自洛阳西至函谷关,故曰"东来"。函关,即函谷关,在今河南灵宝市西。③"云移"二句:杜甫回忆在朝中任左拾遗时,天天可见到肃宗皇帝。云移,是指宫扇缓缓地在皇上面前移开。雉尾,指宫扇是用雉鸟的彩羽制成。据《唐会要》载,开元年间规定,皇帝上朝时,用羽扇障合,待皇帝坐定后,再将宫扇移开。日绕龙鳞,指皇帝的服装绣龙盘身,光耀夺目。④"一卧"二句:谓如今老病困居夔州,不知何时才能回到长安参加在金殿朝见天子的朝班。卧,指病卧。沧江,指峡江。惊岁晚,指秋天,兼指自己年已老迈。青琐,指宫门,古代的宫廷之门,都饰有青色的连环图案,故称。点朝班,朝见时点名按次序上朝。

[评析]

此首回忆开元天宝之世的长安盛景及自己当年任左拾遗时上朝的情景。前两联写的是玄宗时大明宫的峥嵘气象,是对大唐盛世的美好回忆。第三联写的是肃宗时自己随百官上朝朝见天子的荣耀,尾联写当前老卧秋江,想象何时能回到朝中再列朝班。因杜甫此时仍挂着检校工部员外郎的职衔,他很想能够重新回天子身边,有一番作为。只是年老多病,身处荒远,无人荐达,此愿望恐不能实现,故末句有"几回"(即何时能回之意)之叹。

其 六

瞿塘峡口曲江头,万里风烟接素秋①。花萼夹城通御气,芙蓉小苑入边愁②。朱帘绣柱围黄鹄,锦缆牙樯起白鸥③。回首可怜歌舞地,秦中自古帝王州④。

[注释]

① "瞿唐"二句:言瞿塘峡口与长安的曲江虽然相隔万里,但有秋天的风烟相连接着。瞿塘峡,在夔州西。曲江,即曲江池,在长安东南。风烟,风云。素秋,因秋在五行中属金,色白,白即素,故云。② 花萼:即花萼相辉楼,在兴庆宫。夹城:指从大明宫沿着东城墙通向芙蓉苑的夹墙通道。通御气:指皇帝从这里通过。芙蓉小苑:即芙蓉园,在曲江西南,园内有池,名芙蓉池。入边愁:指传来安史叛军在范阳叛乱的消息。③ 朱帘绣柱:指曲江边行宫楼阁的华丽装饰,深红色的帘幕,漆金镶银的绣柱。围黄鹄:《西京杂记》:"(汉)昭帝始元元年,黄鹄下建章(宫)太液池中,帝作歌。"此用其典。锦缆:用彩丝做的缆绳。牙樯:用象牙装饰的桅杆。起白鸥:谓白鸥围绕游船飞舞。二句承领联,写曲江周围建筑之美,游船之丽,风光之好。④ 回首:回忆、回想。可怜:可爱、可惜之意。歌舞地:游乐之地。秦中:关中,此指长安。帝王州:皇家所居之地,即都之意。二句谓回忆起自己曾经住过的长安,那是一个极乐之地,历代煌煌帝都,如今却遥在天边,往日的盛世不再。

[评析]

此首杜甫回忆昔年在长安时曲江池的繁荣景象,叹往日之盛,游幸之乐,有如今时与运俱往之慨。首联由瞿塘峡口,遥想长安的曲江池,由秋天的万里风烟接之,可谓是视通万里。领联回想玄宗皇帝由花萼相辉楼过夹城到芙蓉苑游乐之事,此时边愁已入,只是皇帝当作耳旁风,只顾在曲江游乐而已。颈联写昔日曲江楼阁之盛、画船之美、游兴之乐,而实寓唐玄宗、杨贵妃只知游乐而不知愁也。尾联用"可怜"二字将以上繁华一笔勾煞,将一个好端端的"帝王州"只做"歌舞地"而一味酣歌醉舞,使其"回首失之",从此盛世不再,岂不令人痛心?"然秦中自古建都之地,王气犹存,安知今日之乱,不转为他日之治乎?"(王嗣奭《杜臆》卷八)这层意思,说得也有些道理。

其 七

昆明池水汉时功,武帝旌旗在眼中①。织女机丝虚夜月,石鲸鳞甲动秋风②。波漂菰米沉云黑，露冷莲房坠粉红③。关塞极天唯鸟道，江湖满地一渔翁④。

[注释]

①昆明池：在长安西郊，周回四十余里。汉时功：昆明池为汉武帝元狩三年（前120）时所建，当时为征服滇国、南越，开凿此池，以习水军。在眼中：仿佛就在眼前。二句谓昆明池本是汉武帝为练水军所开凿，其武功昭昭，旌旗猎猎，仿佛就在眼前。唐人常以汉武帝比拟唐玄宗，此处亦同。②"织女"句：在昆明池边东有织女，西有牵牛二石雕。班固《西都赋》："集乎豫章之馆，临乎昆明之池，左牵牛而右织女，若云汉之无涯。"机丝，指织机上的丝线。虚夜月，此谓织女空立在昆明池的岸边，不能织布。"石鲸"句：《西京杂记》："昆明池刻玉石为鲸鱼，每至雷雨常鸣吼，鳍尾皆动。"石鲸，石刻的鲸鱼。鳞甲，此谓想象之词。古人实际上是很少见过鲸鱼的，认为鲸鱼也像一般的鱼一样有鳞有甲。动秋风，谓在秋风吹拂之下石鲸仿佛会动一般。二句写昆明池边的景物织女、牵牛和鲸鱼的石雕像。③波漂：谓菰米漂在池水中。菰米：一种多年生的水生植物，叶如蒲草，中心嫩芽可食，称茭白，秋季结实如米，称菰米。沉云黑：指结的菰米之多，黑沉沉的一片，如黑云一般。露冷：指秋露寒冷。莲房：指莲蓬。坠粉红：莲蓬已结，莲花瓣已落，故称"坠粉红"。二句写昆明池中的植物菰米和莲蓬。④关塞极天：指从蜀中到长安关塞重重，极为遥远。唯鸟道：谓蜀地与长安交通不便，只有鸟道可通。江湖满地：形容自己在江湖上到处漂泊。一渔翁：谓自己就像是一个渔翁一样，身处江湖，无所归依。

[评析]

此首回忆长安昆明池景色。首联以汉代唐，写唐玄宗如汉武帝一般，曾建有赫赫武功，创立了开元盛世之伟业。颔联一转，写如今仅留下了织女、牵牛和石鲸等遗物，供人凭吊。颈联承接颔联，写池中植物，波漂菰米，露冷莲蓬，有乱后冷落凋零之意。尾联回到夔州，是说夔州离长安山高路远，唯有鸟道可通，慨叹自己漂泊无所依归，恐怕长安是很难回得去了。此诗善于炼字，如虚、动、漂、沉、冷、坠等字，在壮丽的情景中，透出清秋的萧瑟意绪。杨伦曰："中四句特就昆明所有清秋节物，极写苍凉之景，以至其怀念故国旧君之感，言外凄然。"（《杜诗镜铨》卷一三）

其 八

昆吾御宿自逶迤，紫阁峰阴入渼陂①。香稻啄馀鹦鹉粒，碧梧栖老凤凰枝②。佳人拾翠春相问，仙侣同舟晚更移③。彩笔昔曾干气象，白头今望苦低垂④。

[注释]

①昆吾御宿：皆长安附近的地名。逶迤：路径曲折之状。紫阁峰：终南山的山峰名，在陕西的户县东南三十里。阴：山之阴影。渼陂（měi bēi）：湖水名，在紫阁峰北。二句写通过昆吾和御宿可达渼陂，渼陂壮观阔大，可将整个紫阁峰的倒影纳入湖中。②"香稻"二句：意谓香稻乃鹦鹉啄过后的余粒，碧梧是凤凰栖息过的老枝。实指香稻粒和碧梧枝，鹦鹉和凤凰是装饰语，以形容香稻粒和碧梧枝的珍稀和高贵，非实指也。啄馀，一作啄残。二句说渼陂一带的物产之丰美。③拾翠：拾取翠羽或采摘花朵。曹植《洛神赋》："或采明珠，或拾翠羽。"春相问：游春时以花朵或翠羽相互馈赠。仙侣：游伴之美称。同舟：一起乘船。据《后汉书·郭太（泰）传》载，李膺与郭泰同舟而济，众宾望之，如同神仙。晚更移：天色虽晚，但仍移舟游湖。二句写昔年渼陂春游之盛，士女如云，与朋友月夜游湖之惬意。④彩笔：谓五色笔。《南史·江淹传》："（江淹）梦一丈夫自称郭璞，谓淹曰：'吾有笔在卿处多年，可以见还。'淹乃探怀中得五色笔一以授之。尔后为诗，绝无美句。"干气象：气凌九霄之意，即诗动海内。一说是指杜甫之"三大礼赋"惊动朝廷，亦通。今望：一作吟望。"今"与上"昔"对举，应是。苦低垂：即低头沉思、伤感状，有不堪回首之意。

[评析]

此首回忆昔年的渼陂之游，其风光旖旎壮丽，历历在目。萧涤非云："前三首所思蓬莱、曲江、昆明，皆属朝廷事，此则个人游赏，故放在最后作收场。"(《杜甫诗选注》) 首联写渼陂之景，颔联写渼陂周边物产之美，颈联写游赏之乐，尾联盛举昔日之荣耀，而慨叹今日之沦落，备感伤情。"香稻"一联，《诗学禁脔》云："错综句法，不错综则不成文章。平直叙之，则曰'鹦鹉啄馀红（香）稻粒，凤凰栖老碧梧枝'。而用'红（香）稻'、'碧梧'之上者，错综之也。"此解颇切肯綮，可为参考。

《秋兴八首》虽八首而实为一体，第一首起兴，由"丛菊"逗出"故园心"，前三首重点写夔州，次写忆长安；后五首则重点写长安，而顾及夔州。此组诗首尾照应，次第井然，层次分明，总为一体。王嗣奭云："《秋兴》八章，以第一首起兴，而后七首俱发中怀，或承上，或起下，或互相发，或遥相应，总是一篇文字，拆去一章不得，单选一章不得。"(《杜臆》卷八) 此八首历代诗家皆认为是杜甫七律中的杰作，《杜诗言志》云："盖唐七律，以老杜为最，而老杜七律，又以此八首为最者，以其生平之所郁结，与其遭际，一时荟萃，形为慷慨悲歌，遂为千古之绝调。"可为的评。

咏怀古迹五首 七律

其 一

支离东北风尘际，漂泊西南天地间①。三峡楼台淹日月，五溪衣服共云山②。羯胡事主终无赖，词客哀时且未还③。庾信平生最萧瑟，暮年诗赋动江关④。

[题解]

大历元年（766）秋，作于夔州。约与《秋兴八首》作于同时。此组七律，每首各咏一处古迹和古人。第一首咏庾信，庾信有宅在荆州。第一首带有总领性质，并借庾信以自况。

[注释]

①支离：分散流离。东北：指杜甫在长安、奉先、鄜州、凤翔、华州、洛阳、秦州、同谷等地，在安史之乱后奔波流离的境遇。因这些地方均在巴蜀之东北，故称东北。风尘际：指风烟，即安史之乱之际。西南：指巴蜀地区，其位置在长安西南，故云。二句总括杜甫在安史之乱后的踪迹和颠沛流离之现状。②三峡楼台：指夔州的所居之地。楼台，美称也。杜甫在夔州的三次移居均名"高斋"，故以此戏称。淹日月：指住的日子很长。淹，久留。五溪衣服：指五溪蛮族。衣服，代指人。此借指西南少数民族。五溪，《水经·沅水注》云，指今湖南、贵州之间的雄溪、樠溪、潕溪、酉溪、辰溪。共云山：指自己与五溪一类的蛮族共住一处。③羯（jié）胡：古族名，源于小月支，后依附匈奴。此喻指胡人安禄山。事主终无赖：安禄山事奉唐明皇，受重恩，反而叛乱，故曰"终无赖"。词客：指庾信，兼自指。庾信原为梁朝使臣，出使西魏，其间，西魏被北周所灭，被扣留，此后居北朝达二十七年之久。哀时：指庾信被困于北周，不得南返建康，作《哀江南赋》。且未还：指庾信一直未能回到故国梁都建康。此暗喻自己也像庾信一样，滞留他乡，不能返回长安。④"庾信"二句：谓庾信一生心境寂寞萧瑟，晚年所作诗赋感天动地，誉传海内。庾信早年在梁时，诗文绮丽，晚年诗文之风一变而为苍凉悲壮。诗赋，指《哀江南赋》等。《哀江南赋序》："信年始二毛，即逢丧乱，藐是流离，至于暮齿。……将军一去，大树飘零；壮士不还，寒风萧瑟。"此为二句所本。动江关，轰动海内。江关，喻指天下。

[评析]

此首咏庾信故宅。庾信故宅在荆州（今湖北江陵），杜甫此时在夔州，但打算顺峡而出，将至江陵，故有此咏。此诗前四句自叙个人平生遭际，后四句咏庾信兼以自比。因庾信晚年的际遇与杜甫十分相似，都是客居他乡，有家而不得回，故首及之。此诗是此组七律的总领。以下咏宋玉、王昭君、刘备和诸葛亮，对这些人物或表达敬仰之意，或对其平生际遇表示同情，或借以抒发自己的身世之慨。

其 二

摇落深知宋玉悲,风流儒雅亦吾师①。怅望千秋一洒泪,萧条异代不同时②。江山故宅空文藻,云雨荒台岂梦思③?最是楚宫俱泯灭,舟人指点到今疑④。

[注释]

①"摇落"句:宋玉是战国时楚顷襄王的侍臣,为屈原之后的著名辞赋家,其《九辩》曰:"悲哉,秋之为气也。萧瑟兮,草木摇落而变衰。"故后人称宋玉为中国文学悲秋传统的代表,此称之为"宋玉悲"。风流儒雅:指举止潇洒,学识渊博。语出庾信《枯树赋》:"殷仲文风流儒雅,海内知名。"亦吾师:也堪为师表。萧涤非云:"亦字,虽无不满之意,却极有分寸。"(《杜甫诗选注》)②"怅望"二句:谓宋玉与自己遥隔千年,虽不处于一个朝代,但身世萧条却是一样的。二句表示对宋玉的同情和敬仰,有异代知己之感。萧条,指遭遇坎坷。异代,不一个朝代。③江山故宅:宋玉的故宅有两处。一处在荆州(今湖北江陵),一处在归州(今湖北秭归),此指归州,在三峡间,故称"江山故宅"。空文藻:言今人亡宅存,空有辞赋文采留传。云雨:宋玉《高唐赋》:"昔者先王(楚怀王)尝游高唐,怠而昼寝,梦见一妇人,曰:'妾巫山女也……'王因幸之,去而辞曰:'妾在巫山之阳,高丘之阻,旦为朝云,暮为行雨,朝朝暮暮,阳台之下。'"荒台:指阳台。岂梦思:岂止是说梦吗?意思是宋玉是讽刺楚王的荒淫行径,而后人只将其作为风流韵事来欣赏,故作此反诘。此句是为宋玉翻案。④"最是"二句:是说楚国的宫殿及高唐观等今都泯灭不存,虽经舟人指点,但都疑点多多,无可凭信。其实杜甫的言外之意是说,楚宫与阳台都已泯灭,但宋玉宅却仍然还在,此与李白诗"屈原辞赋悬日月,楚王台榭空山丘"同意。

[评析]

此首咏宋玉宅。宋玉是与屈原同时的大辞赋家,他的《九辩》一赋,开中国悲秋的主题,其中有很深的身世之感。杜甫与他虽然生不同时,但对其怀才不遇的遭遇,却有强烈的共鸣。尤其是宋玉的《高唐赋》,本是讽刺楚王荒淫的,却被后人当作风流韵事来欣赏,杜甫对此深为不满,"岂梦思"一问,是为宋玉的千古冤案表示疑问和不平。结尾二句是说,楚王虽尊贵,楚宫虽壮丽,但都被历史的岁月泯平,唯有宋玉宅依然故在,为人凭吊思念。"风流儒雅亦吾师"一句,是杜甫对宋玉的定评。此诗首联和颔联失粘,"怅望"一联是流水对。胡以梅曰:"通首句法拗别,极意避去庸近,所以妙。"(《唐诗贯珠笺》卷四六)

其 三

群山万壑赴荆门,生长明妃尚有村①。一去紫台连朔漠,独留青冢向黄昏②。画图省识春风面,环佩空归月夜魂③。千载琵琶作胡语,分明怨恨曲中论④。

[注释]

①"群山"二句:三峡从夔州到荆门山,两岸有千山万壑,势若奔赴荆门。在荆门附近长江对岸有个小村庄,明妃就生长在这个地方。荆门,山名,在今湖北宜昌市西北的长江南岸。明妃,即王嫱,字昭君,昭君村在今湖北兴山县南妃台山下。昭君,后因避晋武帝司马昭之讳,改称为明君,亦称明妃。她是汉元帝的宫人,竟宁元年(前33)匈奴呼韩邪单于请求和亲,元帝将其遣嫁,后死在匈奴。尚有村,即昭君村尚存。②一去:自从离开。紫台:即紫宫,汉代宫名。朔漠:北方的沙漠,匈奴的所在地。连朔漠,言朔方沙漠相连,其地荒僻遥远。青冢:指王昭君墓,在今内蒙古呼和浩特市南二十里。《归州图经》:"胡中多白草,王昭君墓独青,号青冢。"向黄昏:言昭君死葬塞外,与夕阳相伴,境地凄凉。③"画图"句:谓仅凭画像来大约辨识美人的容貌。《西京杂记》卷二:"元帝后宫既多,不得常见。乃使画工图形,案图召幸之。诸宫人皆赂画工,多者十万,少者亦不减五万。独王嫱不肯,遂不得见。匈奴入朝求美人为阏氏,于是上案图以昭君行。及去,召见,貌为后宫第一。善应对,举止闲雅。帝悔之,而名籍已定,帝重信于外国,故不复更

人。乃穷案其事,画工皆弃市,籍其家资,皆巨万。"省识,约略辨识。环佩:古时妇女所佩带的玉环和玉饰。常代指女子,此指王昭君。空归月夜魂:谓昭君在生前是回不来了,而空有其魂尚可月夜归来。二句讽刺汉元帝的昏聩,案图以索美人,而失之昭君;悲昭君死葬异乡他邦,生不得归,空有魂魄归来。④"千载"二句:谓昭君以琵琶弹奏胡曲,来抒发心中的怨恨。黄生曰:"'怨恨'者,怨己之远嫁,恨汉之无恩也。"(《杜诗说》卷八)千载,谓昭君所作的琵琶曲,已流传千载。胡语,指胡曲,琵琶乃胡人乐器,其曲仿佛用胡语倾诉心中的忧伤。论,表达。读平声。

[评析]

此首咏昭君村。对于王昭君远嫁匈奴和亲一事,后代诗人多有吟咏,评价不一。惜其嫁匈奴者,多从胡、汉民族之分与昭君被迫遣嫁立论,如李白之"今日汉官人,明朝胡地妾"。赞其嫁匈奴者,多从昭君乐求知己,主动请嫁立论,如王安石:"汉恩自浅胡自深,人生乐在相知心。"杜甫的这首咏王昭君的诗,显然是前者。身处安史之乱民族矛盾激烈之际的杜甫是不赞同昭君嫁匈奴的,他对王昭君被迫远嫁匈奴,死于异乡他邦之事,充满了同情,对昭君的怨君恨君之情、怀乡念国之思,也有深切的理解。当然,这其中也寓有杜甫对被肃宗抛弃的抱怨情绪。"夫明妃以色而被捐,子美以才而见逐。其不遇一也。"(唐汝询《唐诗解》卷四二)因此,此诗写得"有委婉曲折之致"(吴乔《围炉诗话》卷四),被誉为"咏昭君诗,此为绝唱"(沈德潜《唐诗别裁》卷十四)。

其 四

蜀主窥吴幸三峡,崩年亦在永安宫①。翠华想像空山里,玉殿虚无野寺中②。古庙杉松巢水鹤,岁时伏腊走村翁③。武侯祠屋长邻近,一体君臣祭祀同④。

[注释]

①蜀主：指刘备。窥吴：据《三国志·蜀书·先主传》载，刘备因东吴杀害关羽而兴兵伐吴，章武二年（222）自秭归出兵，在夷道猇亭驻营。幸三峡：出三峡。幸，皇帝出游曰幸。崩年：死年。崩，帝王之死曰崩。此指刘备死之年，在章武三年夏四月。因蜀军主力在猇亭被陆逊率吴大军击破，刘备败还鱼腹（即夔州），改鱼腹为永安县。刘备死于永安县之永安宫中。②"翠华"二句：言刘备的仪仗今犹可想象，他所居住的玉殿已无迹可寻了。翠华，以翠羽为饰的帝王御仗之旗。空山，因夔州城在山上，故云翠华已空。玉殿，指刘备的行宫。原注："殿今为卧龙寺，庙在宫东。"虚无，已毁灭不存。野寺，即指卧龙寺。③"古庙"二句：谓刘备庙之古老，树上有千年之鹤筑巢，在伏月和腊月的祭祀日经常有人前来祭祀。巢水鹤，野鹤在杉树和松树上筑巢。水鹤，《抱朴子·对俗》："千岁之鹤，随时而鸣，能登于木。共未千载者，终不集于树上也。"岁时，指节时。伏腊，伏在夏六月，腊在冬十二月时。④武侯祠屋：指诸葛亮的祠堂。长邻近：武侯祠在先主刘备庙之西，二祠相邻。一体君臣：谓君臣一体，同心同德。祭祀同：指刘备和诸葛亮被当作不可分割的一体君臣，一同被人所祭祀。

[评析]

此首咏蜀先主刘备之庙，对刘备与诸葛亮之间的鱼水之情、君臣一体的和谐关系，十分向往，并为刘备深得蜀人思念的遗德表示赞叹。

其 五

诸葛大名垂宇宙，宗臣遗像肃清高①。三分割据纡筹策，万古云霄一羽毛②。伯仲之间见伊吕，指挥若定失萧曹③。运移汉祚终难复，志决身歼军务劳④。

[注释]

①垂宇宙：名垂天地、留传天下。宇宙，四方上下谓之宇，古往今来谓之宙。宗臣：社稷大臣，或为后世景仰的名臣。肃：令人肃然起敬。清高：指

人品高洁、道德高尚。②三分割据：指三国鼎立。纡筹策：筹划韬略曲折细密。云霄一羽毛：犹如云霄中飞翔的凤凰。羽毛，指珍禽之类，此以凤毛喻指凤凰。二句谓诸葛亮以三分鼎立天下，其功至伟，如同鸾凤翔天，名垂万古。③"伯仲"二句：谓诸葛亮智谋之高、功勋之伟与伊尹、吕尚不相上下，指挥筹划军国大事，使萧何、曹参失色。伯仲，指兄弟次序，此言诸葛亮与伊尹、吕尚的地位犹在兄弟之间。伊尹，商代名相，曾辅佐商汤以建王业；吕尚，即姜子牙，周初名臣，曾辅佐周文王、周武王推翻了商纣王政权，并治理天下。萧何和曹参是辅佐刘邦夺取政权和建立汉朝的两位重要谋臣，先后为丞相。④运移汉祚：谓汉朝的国运已终。汉祚，汉朝帝位。志决：矢志不渝。身歼：以身殉职，即"鞠躬尽瘁，死而后已"之意。军务劳：操劳军务。二句谓终因汉朝气运已尽，大势难返，诸葛亮虽鞠躬尽瘁，操尽心机，在军中累死，也是徒劳。

[评析]

此诗歌颂诸葛亮一生的丰功伟绩、杰出的政治军事才能和鞠躬尽瘁的高洁品德，可与历史上的名相伊尹、吕尚、萧何、曹参等人相媲美，但惜其生不逢时，大才未尽。虽为咏诸葛亮，却是深含一己的身世之感。此首通篇议论，黄生曰："此诗先表其才之挺出，后惜其志之不成，武侯平生出处，直以五十六字论定。前后诸人，区区以成败持评者，皆可废矣。"（《杜诗详注》卷一七引）此诗首联对仗，颔联似对而非对，乃是"偷春格"，"言如梅花偷春色而先开也"（《诗人玉屑》卷二）。此诗虽形象方面略有欠缺，但在情感方面的深厚做了弥补，仍不失为一首脍炙人口的好诗。

《咏怀古迹五首》是与《诸将五首》、《秋兴八首》一样有名的七律组诗。卢世㴶认为：这些七律组诗"乃七言律命脉根柢"（《杜诗详注》卷一七引）。所说极是。咏五处古迹，并对五位古人做了评论，可以说是对人物的诗评，有史论和史赞的性质。其中并融入了强烈的时代之感和诗人自己的身世之感，可谓是古为今用的一个范例。以七律组诗来抒发自己的情感，表达对时局的观点和评价古人之得失，极大扩展了七律的功能，弥补了律诗容量不足的遗憾。

解闷十二首 七绝，选三

其 一

复忆襄阳孟浩然，清诗句句尽堪传①。即今耆旧无新语，漫钓槎头缩颈鳊②。

[题解]

大历二年（767）作于夔州。解闷，是一组随意而至、以自消遣的诗，无统一主题，内容各自独立。此选组诗的第六首、第七首和第八首。

[注释]

①襄阳：今湖北襄阳市。孟浩然：盛唐田园山水诗派的重要诗人，其家在襄阳的涧南园。清诗：语意清新的诗句。②耆旧：年老而有德望的人，此泛指老一辈的诗人。槎（chá）头缩颈鳊：即鳊鱼。缩头，弓背，色青，味鲜美，以产汉水者最著名，人常用槎拦截，故称。孟浩然《岘潭作》诗："试垂竹竿钓，果得槎头鳊。"槎，用树枝编成的拦鱼坝。二句言，如今老一辈的诗人已写不出新奇的诗句，唯有孟浩然的钓"槎头鳊"的诗句深印在人们心中，惹得人们到汉江去垂钓。

[评析]

这首诗是怀念孟浩然的。孟浩然是杜甫的一个前辈，家住襄阳。杜甫的先祖曾在襄阳做过官，因此对襄阳和襄阳的乡贤孟浩然有很深的感情。孟诗是以清新著称的，故诗中以"清诗句句尽堪传"来赞扬他诗歌的杰出成就。"槎头鳊"是襄阳的特产，也是孟诗名篇中所提到的风物，故以此来唤起人们对孟诗的回忆，给人以深刻的印象。

其 二

陶冶性灵存底物，新诗改罢自长吟①。熟知二谢将能事，颇学阴何苦用心②。

[注释]

①陶冶性灵：即重视性灵的培育和修养。存底物：即凭什么。新诗：新创作的诗，主要是指律诗。自长吟：一个人漫声吟咏。二句言陶冶性灵靠什么，是作诗。一首诗写成，要反复修改、推敲，还要自我拉长声音来吟咏，从而来斟酌其是否符合声律和情感方面的要求。②熟知：深知。二谢：指南朝刘宋时的著名诗人谢灵运和萧齐时的著名诗人谢朓。二人皆擅长写山水诗。将：善于，当。能事：擅长于某事，此指其工于作诗。阴何：指南朝诗人阴铿、何逊。苦用心：刻苦用心写诗。二句其意是深知二谢是写诗的能手，能挥手而就，我是学不来的；而阴、何二人是苦吟作诗的人，我还是学他们字敲句炼下苦功夫作诗吧。

[评析]

此诗杜甫自述其学诗作诗的创作主张。他认为自己写诗是为了陶冶自己的性灵，因此每作一首诗不但要反复修改，字句推敲，而且还要拖长声调进行吟咏，听其是否符合声律的要求，这是一种精益求精的创作态度。他知道像谢灵运、谢朓这样长于写诗的天才诗人，一挥而就的本事，自己是学不来的，而像阴铿、何逊这样苦心作诗的诗人，他们认真的创作态度，自己倒应该学习和继承发扬。王嗣奭曰："公谓李白佳句似阴铿，论者谓公有不满白之意，试读此诗，岂其然乎？"（《杜臆》卷八）从此诗来看，杜甫对阴铿和何逊之诗评价很高，其谓"李侯有佳句，往往似阴铿"这样的诗句，并非贬低李白。

其 三

不见高人王右丞,蓝田丘壑漫寒藤①。最传秀句寰区满,未绝风流相国能②。

[注释]

①高人:高士之称,常指隐逸之士。王右丞:指盛唐著名田园山水诗派的代表人物王维,他曾官至尚书右丞,故称。蓝田:在今陕西蓝田县。王维晚年曾在蓝田营建辋川别墅。丘壑:丘陵和山谷,此指辋川别墅。漫寒藤:指景色荒芜。二句说王维已死,他所隐居的蓝田别墅也已冷落荒芜了。②秀句:佳句。寰区:指天下。满:充满。相国:原注:"右丞弟,今相国缙。"即代宗时的宰相王缙,是王维的弟弟,王维去世后,他上书代宗,收集整理王维的诗文集。王缙亦能诗文,故谓之"相国能"。二句谓王维的诗句遍传天下,而王缙也有王维的风流余韵,能诗善文。

[评析]

王维也是杜甫所佩服的盛唐诗人之一,与之也有相当的交情。在安史之乱后长安刚刚收复之后,杜甫曾与贾至、王维、岑参、储光羲等人入朝唱和大明宫诗,也曾到王维的辋川别墅去访问他。此诗中对王维诗推崇备至,对其死也至为感伤,故作此诗以怀念之。

李潮八分小篆歌 七古

苍颉鸟迹既茫昧,字体变化如浮云①。陈仓石鼓又已讹,大小二篆生八分②。秦有李斯汉蔡邕,中间作者绝不闻③。峄山之碑野火焚,枣木传刻肥失真④。苦县光和尚骨立,书贵瘦硬方通神⑤。惜哉李蔡不复得,吾甥李潮下笔亲⑥。尚书韩择木,骑曹蔡有邻⑦。开元已来数八分,潮也奄有二子成三人⑧。况潮小篆逼秦相，快剑长戟森相向⑨。八分一字直百金，蛟龙盘拿肉屈强⑩。吴郡张颠夸草书，草书非古空雄壮⑪。岂如吾甥不流宕，丞相中郎丈人行⑫。巴东逢李潮，逾月求我歌⑬。我今衰老才力薄，潮乎潮乎奈汝何⑭。

[题解]

大历初年在夔州作。李潮，杜甫外甥，唐代书法家。周越《书苑》载："李潮善小篆，师李斯《峄山碑》，见称于时。"杜甫在夔州与他相遇，他请求杜甫为他的八分小篆作一首诗，杜甫写此歌行送给他。八分小篆，书体名。八分，界于小篆与隶书之间的文字。关于八分的命名，历来说法不一，或以为二分似隶，八分似篆，故称八分；或以为汉隶的波折，向左右分开，"渐若八字分散"，故名八分。小篆，创自于李斯。

[注释]

①苍颉鸟迹：传说黄帝时的苍颉见鸟爪的印迹受到启发，而始造文字。既茫昧：谓时代久远，茫然无所考证。卫衡《书势》："苍颉眺彼鸟迹，始作书契。""字体"句：谓文字的形体经历了多次变化，如浮云之多变。②陈仓：县名，即今陕西省宝鸡市陈仓区。石鼓：即石鼓文。东周初期秦国石刻，石为鼓形，文体为大篆（籀书），所刻年代据郭沫若考证为秦襄公时期。唐初在天兴县（今陕西凤翔）南三畤原出土十块石鼓。又：一作文，是。已讹：指文字已经漫漶不清，不易辨识。大小二篆：指大篆和小篆。小篆是在大篆的基础上演变而来的。生八分：是说八分体是在大篆和小篆的基础上产生的。③李斯：秦丞相，是著名的书法家，曾作有《苍颉篇》，为当时小篆的范本。蔡邕：东汉著名书法家。书有熹平石经，体为汉隶。中间作者：指从李斯到蔡邕之间的工于小篆和八分的书法家。绝不闻：从未听说过。④峄山之碑：即《峄山碑》，秦始皇二十八年（前219）东巡郡国，上邹峄山（今山东邹城东南），刻石以颂秦德。为李斯所书。野火焚：王洙曰："其碑为野火所焚，后人惜其文，以枣木传刻之。"（《杜诗详注》卷一八引）肥失真：谓字体比原刻肥粗，已失其真貌。⑤苦县：在今河南鹿邑县。光和：东汉灵帝年号。潘淳

曰："樊毅《西岳碑》，后汉光和二年立，苦县《老子碑》，亦汉碑，其字刻极劲。杜诗'苦县'、'光和'，谓二碑也。"（《杜诗详注》卷一八注引）尚骨立：崇尚骨力。书贵瘦硬：书法以瘦硬为贵。方通神：才可达到神妙的境界。⑥李蔡：指李斯和蔡邕。吾甥李潮：李潮是杜甫的外甥，故云。下笔亲：其书法近似李斯、蔡邕。下笔，指写书法。亲，近。⑦韩择木：唐肃宗时礼部尚书，工八分书。蔡有邻：是蔡邕第十八代孙，官至右卫率府兵曹参军，骑曹是其简称，工八分书，书法劲险。⑧开元：唐玄宗年号。已来：以来。数八分：以八分书擅长的书法家屈指可数。潮也：指李潮，也，叹词。奋有：尽有。二子成三人：是说李潮与韩择木、蔡有邻可并称擅长八分书的三大高手。⑨"况潮"二句：李潮的小篆直逼李斯，如利剑长戟，森然相对，气势逼人。秦相，指李斯。快剑长戟，指小篆之字画犀利，笔力雄健。⑩一字直百金：谓其字之宝贵。蛟龙盘拿：如蛟龙盘屈，有飞腾之势。肉屈强：字的骨肉极有力量。屈，通"倔"。⑪吴郡张颠：指盛唐草圣张旭，吴郡（今江苏苏州）人，善狂草。相传他醉后呼叫狂走，以发代笔，向壁而书，如龙腾蛇走，人称"张颠"。夸草书：以草书自夸于世。草书非古：谓张旭草书没有古气，因草书的出现较八分书为晚。空雄壮：谓不如李潮的八分书雄壮有骨力。⑫"岂如"二句：谓张旭的草书不如李潮的八分书稳健瘦劲，因李潮之八分书是李斯和蔡邕一辈书家的传承。不流宕，指八分书沉稳有古气。流宕，指草书的流走奔放之貌。丞相，指李斯。中郎，指蔡邕，蔡邕曾任左中郎将，人称蔡中郎。丈人行，权威、尊辈之称。⑬巴东：指夔州。逾月：一个多月前。求我歌：求我为他的书法写一首诗。⑭"我今"二句：谓如今我人老才衰，这首诗难以表达对你书法的形容，李潮啊李潮，我该怎样来夸你呢。

[评析]

杜甫在此诗中从八分书的源流入手，极力写李潮的八分小篆得李斯和蔡邕之正宗，并对其瘦硬的书风极为推崇。他在诗中以盛唐著名书法家张旭来做陪衬，并通过贬张旭以力推李潮，这是一种烘云托月之法。杜甫是颇工于书法的，《书史会要》载，"甫于楷、隶、行、草无不工"。"书贵瘦硬方通神"一语，充分表达了杜甫的书法审美观点。从时代风气来看，当时的审美倾向，已从盛唐时代书法的重肥壮而流宕的狂放浪漫之风开始向重规矩和守法度的瘦劲老苍之风转变，杜甫已得新的审美风气之先。此诗写得波澜起伏，宾主分明，笔笔变化，有控纵转折之妙。

阁 夜 七律

岁暮阴阳催短景，天涯霜雪霁寒宵①。五更鼓角声悲壮，三峡星河影动摇②。野哭千家闻战伐，夷歌数处起渔樵③。卧龙跃马终黄土，人事音书漫寂寥④。

[题解]

大历元年（766）冬，作于夔州。阁，指西阁，故址在今重庆奉节白帝山上。杜甫于此年冬移居于此。阁夜，此诗写在西阁居住时的夜间景色和感想。

[注释]

①阴阳：谓日月。催短景：暗喻自己年老光阴无多。景，同"影"。天涯：指夔州。霜雪霁寒宵：指霜雪照亮了寒夜。霁，天晴，此作动词，照明，照亮。②鼓角：古代军城及野营行军在外，日出和日没时要擂鼓吹角。因战乱时期，夔州为驻军之地，故亦如此。三峡星河：三峡的江面映着夜空中的星星，故谓之星河。影动摇：山影和星影随着波涛而动。③野哭：山野中的哭声。千家闻：即到处可听到哭声。此处断顿应为"野哭千家闻"。战伐：指蜀中自永泰元年（765）以来的崔旰、郭英乂、杨子琳等军阀混战。夷歌：少数民族的民歌。数处：几处，指其少。王穉登曰："闻，闻野哭声也；起，起夷歌也。蜀中华夷杂处。"（《唐诗选参评》卷五）仇兆鳌曰："'千家'、'几处'言哭多而歌少。"渔樵：指渔父和樵夫。此二句谓千家野哭闻于战伐之处，数处夷歌起于渔人樵夫之口。④卧龙：指诸葛亮，人称卧龙先生。跃马：指公孙述。左思《蜀都赋》："公孙跃马而称帝。"终黄土：最终都入了黄土，即不免一死之义。人事音书：指杜甫所交游的朋友的音讯。漫：漫然，任其，不系于

心的意思。寂寥：寂寞。指人事萧条和音讯渐少之意。因杜甫的好友如房琯、李白、高适、严武等人都渐已去世，此时也很少有亲人和朋友的音讯。

[评析]

此诗前四句写三峡夜间景色，景语中流露出虽然山河壮丽却隐有动荡不安之意。后四句写感时伤乱，忧心黎庶及终老天涯而不得归乡的无奈心情。仇兆鳌曰："上四，阁夜景象。下四，阁夜情事。鼓角，夜所闻。星河，夜所见。野哭、夷歌，将晓所伤感者。末援引古人以自解也。"（《杜诗详注》卷一八）其解甚是。"五更鼓角声悲壮，三峡星河影动摇"一联，是杜诗之名联，为后人称赏。王寿昌曰："'五更鼓角声悲壮，三峡星河影动摇'，读之令人心神畅然，此是何等神气！"（《小清华园诗谈》卷上）朱庭珍称赞此联及其他数联曰："数联皆雄浑高壮，气势凌跨一切，又复确切老当，景中有情，诗中有我，既非空声，亦无用力痕迹，真大手笔矣。"（《筱园诗话》卷三）

缚鸡行 七古

小奴缚鸡向市卖，鸡被缚急相喧争①。家中厌鸡食虫蚁，不知鸡卖还遭烹②。虫鸡于人何厚薄，吾叱奴人解其缚③。鸡虫得失无了时，注目寒江倚山阁④。

[题解]

大历元年（766）冬，作于夔州西阁。缚鸡行，以缚鸡为题的歌行。行是七古之一体。

[注释]

①缚鸡：将鸡用绳捆住。向市卖：来到集市上卖。鸡被缚急：被捆的鸡急欲挣脱。相喧争：指鸡挣扎叫唤。②家中：指家人。厌：讨厌。食虫蚁：指

鸡吃昆虫一类的小动物。遭烹：遭到被烹做菜的下场。③"虫鸡"句：谓虫蚁和鸡对于人来说，哪有什么谁厚谁薄的问题，意思是无论是鸡或是虫蚁，我都是一律平等看待的。叱：呵斥。④"鸡虫"句：谓得虫失鸡，或得鸡失虫，这二者不可兼得，孰得孰失，个中的纠结，永远没完没了。"注目"句：指心中没有主意，干脆倚着山阁注目寒江，不再想它了。

[评析]

此诗颇有喻意。关于鸡虫得失问题，是一个两难的选择。得虫就得舍鸡，得鸡就得舍虫，鱼和熊掌不可兼得。杜甫是一个深信儒家仁人爱物和佛家"众生平等"信条的仁者，他既施爱于鸡又施爱于虫，以平等的态度对待它们，可现实中就会出现这样的二者只能取其一的取舍两难问题。此时的仁者杜甫，就面临着这不可解决的两难的困惑。可见世间事物纷乱复杂，并不是只凭仁心便可以解决的。

愁 七律

江草日日唤愁生，巫峡泠泠非世情①。盘涡鹭浴底心性，独树花发自分明②。十年戎马暗万国，异域宾客老孤城③。渭水秦山得见否，人今罢病虎纵横④。

[题解]

大历二年（767）春作于夔州。题下原注："强戏为吴体。"关于吴体，学者有不同的意见。有人认为可能是采用江东吴歌俗曲中的声调而变化成的一种拗体律诗，也有人认为杜甫是用的"齐梁体"，有对仗但声律不严，还有人认为就是古体诗。黄生注曰："吴体诗，乃当时俚俗语为此体耳。……凡集中拗律，皆属此体，偶发例于此，曰戏者，明其非正律也。"王嗣奭曰："胸中有抑郁不平之

气，而以拗体发之，公之拗体诗，大都如是。"(《杜诗详注》卷一八引)

[注释]

①"江草"二句：言见江草而生愁，见江水东流无情而生愁，是谓所见皆为之生愁也。巫峡，指巫峡的江水。泠泠，水流声。非世情，不近人情。②盘涡鹭浴：言白鹭浴于江水的漩涡之中。底心性：有何意思之意，此谓见鹭而生愁。底，什么。自分：谓花开是树为自己而开，非为人而开也。此谓见花开而生愁。明：明亮、亮丽。③十年：从安史之乱到此时已有十二年之久，此举其成数。戎马：战争，指安史之乱和蜀中的军阀混战。万国：仇本作南国，亦通。万国是指天下，南国是指巴蜀。异域宾客：诗人自指。异域，他乡之谓。孤城：指夔州。二句谓安史之乱使天下一片黑暗，已有十年之久。我这个他乡之客，恐怕就要老于孤城夔州，不得回乡了。④渭水秦山：指长安。渭水和秦山（指终南山）都在长安附近，故以此代长安。得见否：还能回去见到吗。人今罢病：谓自己现已老病，疲惫不堪。罢，通"疲"。虎纵横：豺狼虎豹遍地横行，喻指时局仍乱，军阀横行不止。

[评析]

此诗前四句极言愁，见江草生愁，见峡江生愁，见鸟浴水生愁，见花开也生愁，可以说山水花鸟，触目皆愁。下四句是说愁的原因何在：皆因天下战乱不止，自己流落他乡，身老心疲，不得归京回乡之故。其中家国之思，充于篇章。因此诗全首皆拗，但又有对仗，故杜甫自注戏为吴体，这是杜甫对七律声律的一种探索，试用方言俗音入诗，故其平仄与唐代的《切韵》不合。

昼 梦 七律

二月饶睡昏昏然，不独夜短昼分眠①。桃花气暖眼自醉，春渚日落梦相牵②。故乡门巷荆棘底，中原君臣豺虎边③。安得务农息战斗，普天无吏横索钱④。

[题解]

大历二年（767）春作于夔州。昼梦，即白日做梦。此诗也是一首拗律。

[注释]

①饶睡：多睡，贪睡。饶，多的意思。不独：不仅仅。昼分：即正午。二句说二月的天气暖，人因多昏昏欲睡。不独因为夜短才昼眠，还有其他原因。②"桃花"二句：暖风吹得桃花的香气熏得人眼都睁不开，这一觉就睡到夕阳西下。是说睡的时间之久。春渚，春江边。渚，水中小洲，此指江滨。梦相牵，指还在梦中，未醒之意。③"故乡"二句：指安史之乱后，故乡洛阳街巷化为一片丘墟，被荆棘埋没。在中原的朝廷君臣，则多次被吐蕃外寇包围和侵扰。代宗广德元年（763）十月，吐蕃陷长安，代宗逃往陕州（今河南陕县）。后吐蕃为郭子仪击退，十二月代宗还长安。代宗永泰元年（765）吐蕃又攻奉天、醴泉（今陕西乾县、礼泉），郭子仪又联合回纥兵将吐蕃兵击退。因朝廷在中原多次被吐蕃包围侵扰，故称"豺虎边"。④"安得"二句：谓希望早日结束战争，使农民一心种地务农，那些官吏也再无借口向百姓们勒索钱财。安得，怎样才能，希望能够。务农，以农耕为急务。横索钱，横加勒索钱财。

[评析]

昼梦，即白日梦，这其实是杜甫的愿望和理想，借做梦以言之。他的愿望就是要早日结束战乱，让百姓们安于耕织，过上和平安定的日子，使普天下再也没有贪官和污吏向百姓横征暴敛，勒索钱财。此诗前四句写春日风暖，令人思睡。五、六句通过梦境写心系故乡和担忧国运。七、八句则直述愿望，希望战乱早日结束，使人民安于耕织，扫除一切贪官污吏。

送孟十二仓曹赴东京选 五律

君行别老亲，此去苦家贫①。藻镜留连客，江山憔悴人②。

秋风楚竹冷,夜雪巩梅春③。朝夕高堂念,应宜彩服新④。

[题解]

大历二年(767)九月作于夔州。时孟十二已卸仓曹旧职,偕弟奉亲隐居夔州瀼西。九月,孟十二将赴洛阳参加十月选官考试。此为杜甫的送别诗。孟十二,名不详,十二为在堂兄弟中的排行。东京,指洛阳。天宝元年(742)改东都洛阳为东京。选,铨选,即对官员的选任与考试。

[注释]

①"君行"二句:谓临行前要辞别年迈的双亲,此次远行,苦于家道贫穷。老亲,指父母双亲。②藻镜:品藻镜鉴,即品评鉴别之意。留连客:指长期滞留不得任官的赴选客。留连,滞留之意。江山憔悴人:谓奔波于山川之间的憔悴之人。二句谓赴选的官员,不是马上就可以得到官职的,因赴选还得在山水途中长途奔波。③"秋风"二句:上句言出发的时间是在秋天,出发地是在楚地,即夔州。秋风指时间,楚竹指所在地为楚地。下句指到达东京时,已是冬天雪落梅开的时候了。夜雪是指冬天,巩梅是指到达的地点是东京(唐时巩县为东京所辖)。巩,巩县,今为巩义,唐时属东京河南府管辖。杜甫之所以提及巩梅,与巩县是他的老家很有关系。④"朝夕"二句:谓高堂双亲时刻在盼望孟十二能穿着一身新官服来拜见他们。彩服,本义指老莱子孝亲之事。《列女传》:"老莱子行年七十,著五色之衣,作婴戏于亲侧。"此处作官服解。

[评析]

朋友孟仓曹要到东京洛阳去铨选,杜甫作此诗送他。一是预祝他此行顺利,铨选成功,早日再任新职;二是孟仓曹所赴选之地东京洛阳与其家乡巩县很近,也希望孟能够顺便代他回自己的家乡探望一下。此诗和《凭孟仓曹将书觅土娄旧庄》就表明了杜甫有这个意思。土娄庄在偃师,是杜甫的祖茔所在地,他曾在此守墓住过一段时间,离他的出生地巩县城郊约有四十多里。此诗中的"夜雪巩梅春"一语,就包含杜甫对自己家乡巩县的深刻怀念,这是杜甫唯一的一句提及其家乡巩县的诗句,因此特为标出。

又呈吴郎 七律

堂前扑枣任西邻,无食无儿一妇人①。不为困穷宁有此,只缘恐惧转须亲②。即防远客虽多事,使插疏篱却甚真③。已诉征求贫到骨,正思戎马泪盈巾④。

[题解]

大历二年(767)秋作于夔州东屯。此时杜甫已由原来居住的瀼西古堂移居距白帝城五里的东屯。吴郎,即在州府当司法参军的晚辈表亲吴南卿,他从忠州携眷来到夔州,杜甫将瀼西古堂借给他住。杜甫曾写有《简吴郎司法》一诗,以诗代简寄给他。后来突然想起,在瀼西古堂西邻有一个经常到他堂前扑枣的穷困寡妇,今年又该去扑枣了,怕吴郎不让她去扑枣,因此写此诗给吴郎,请他不要阻止。故诗题为《又呈吴郎》。

[注释]

①首联介绍在瀼西旧居西邻的这个邻居,是一个无儿无食身世可怜的寡妇,特提请吴郎注意。扑枣,打枣。任,任从。②颔联说明此寡妇常到堂前扑枣,是因贫困所致,恐怕她见到如今住的是一个新来的主人而有恐惧情绪,提醒吴郎要对她态度亲切,让其放心。宁,怎。转须亲,反应该态度亲切。③颈联是说,虽然她提防和戒备着你这位远客,是有些过虑了,但你在两家之间插上了篱笆,却让她认为你真的防着她。此二句甚是婉转,上句轻责邻妇是为下句吴郎插疏篱而开脱,下句有些婉转地批评吴郎不该插疏篱。徐增曰:"笔下如此委曲,子美太费苦心矣。"(《而庵说唐诗》卷一九)即,即使。防,提防、戒备。远客,指吴郎。多事,过虑。甚真,仇本原作任真。任真,认真。甚真,深以为真。④尾联是说邻妇曾向诗人倾诉因官府的征敛,已将她家搜刮得一无所有。诗人不禁感叹,当今战乱不止,军阀们横征暴敛,有多少家

也都有此遭遇，不禁泪湿衣襟。征求，指横征暴敛。贫到骨，贫至骨髓，极言其贫穷。巾，指襟、衣。杨伦注："末句推言海内孤寡因穷失所者众，又不止西邻矣。只轻轻一语，逗露本意。"(《杜诗镜铨》卷一七)

[评析]

杜甫的这首诗，显示出他仁者的博大胸襟，尤其是对下层百姓像西邻寡妇这样的弱势群体，关心备至。自己虽然贫居他乡，但对无儿无食的寡妇这样一类穷人，他总是尽己所能，给予援手。他的关心从对邻妇的遭遇，扩大到对天下广大的受苦百姓，所以此诗备受历代读者所关注和高度评价。蔡梦弼曰："推是心以治国平天下，无非仁政。乃所以嘉之也。"(《草堂集诗笺》卷三十)卢世㴶曰："杜诗温柔敦厚，其慈祥恺悌之衷，往往溢于言表。如此章极煦育邻妇，又出脱邻妇；欲开示吴郎，又回护吴郎。八句中，百种千层，莫非仁音。所谓'仁义之人，其言蔼如'也。"(《杜诗详注》卷二十引)此诗在艺术上的特点，一是"纯用议论"(王闿运《手批唐诗选》卷十二)，二是"全说白话"(郭曾炘《读杜札记》)。但因"此诗直是写真情至性"(仇兆鳌《杜诗详注》卷二十)语淡而意厚，为人赞赏。

登 高 七律

风急天高猿啸哀，渚清沙白鸟飞回①。无边落木萧萧下，不尽长江滚滚来②。万里悲秋常作客，百年多病独登台③。艰难苦恨繁霜鬓，潦倒新停浊酒杯④。

[题解]

大历二年（767）重阳节作于夔州长江边的高台上。《唐诗品汇》题作《九日登高》。杜甫集中另有《九日五首》，却缺一首，赵次公以《登高》一首足之。其第一首曰"重阳独酌杯中酒,抱病独登江上台"即写此登高之时正值重阳节。顾注:"五章皆一时之作,随兴所至,体各不同。"(《杜诗详注》卷二十引)

[注释]

①首联写三峡中萧瑟凄清的气氛,两句写出风急、天高、猿啸、渚清、沙白、鸟飞六种景色,意象密度极高。峡中风急天高,是秋天气象;猿啸哀,谓猿猴长而厉的鸣叫声。三峡多猿,当地民谣曰:"巴东三峡巫峡长,猿鸣三声泪沾裳。"鸟飞回,飞鸟盘旋徘徊。②颔联上句写三峡山上无边的落叶,下句写长江滚滚的波涛,意象单纯,但形象阔大,气势雄伟。无边,从空间落笔,空间上无限阔大。落木,落叶。萧萧,叶落声。下,落。不尽,从时间落笔,时间上无限延长。③颈联转到个人身世之感,作客于万里之外,登台以百年之身,年老多病,不能回乡,又逢暮秋,能无悲乎!此二句,上句"万里"从空间着眼,下句"百年"从时间着眼。悲秋,语出于宋玉《九辨》:"悲哉,秋之为气也,萧瑟兮,草木摇落而变衰。"百年,一生。古诗:"生年不满百,常怀千岁忧。"台,指江上台,见题解。④尾联写悲秋之原因,身历艰难困穷,苦恨白发增鬓,身体潦倒多病,因而新停浊酒之杯。虽然壮心不已,但身体已经不支。繁霜鬓,本已双鬓如霜,如今又添白发矣。潦倒,衰老多病。新停浊酒杯,杜甫因新得糖尿病,而不得不停止饮酒。一说,新停谓方饮罢之意。新,最近。浊酒,未经过滤的酒,诗人因喝不起清酒,故常饮浊酒。

[评析]

老杜七律,以夔州为最。在夔州七律中,又以此首为最。此诗还被誉为"唐人七言律第一"(胡应麟《诗薮》内编卷五),应为杜甫七言正律的代表作品。此诗八句皆对,尤其是"无边落木萧萧下,不尽长江滚滚来"一联,展现了三峡山川阔大浩莽之景象,长江奔腾磅礴之气势,是"出神入化之笔"(《闻鹤轩初盛唐近体读本》卷十)。上四句写出了三峡的壮伟之景,下四句写出了诗人身虽老病却乘兴登高的悲壮之情,通篇的章法、句法、字法,前无昔人,后无来者,意境雄阔,风格高浑,不仅在唐七律中第一,而且

"古今独步"（杨伦《杜诗镜铨》卷十七）矣。当然，此诗也不是无可议者，王世贞等指出此诗尾联"结亦微弱"（《艺苑卮言》卷四），但亦是小疵，无伤大雅。

观公孙大娘弟子舞剑器行并序 七古

大历二年十月十九日，夔州府别驾元持宅①，见临颍李十二娘舞剑器②，壮其蔚跂③。问其所师，曰："余，公孙大娘弟子也。"开元五载，余尚童稚，记于郾城④，观公孙氏舞剑器浑脱，浏漓顿挫，独出冠时⑤。自高头宜春、梨园二伎坊内人⑥，洎外供奉舞女⑦，晓是舞者，圣文神武皇帝初⑧，公孙一人而已。玉貌锦衣，况余白首⑨！今兹弟子，亦匪盛颜⑩。既辨其由来，知波澜莫二⑪。抚事慷慨⑫，聊为《剑器行》。昔者吴人张旭，善草书帖⑬，数尝于邺县见公孙大娘舞西河剑器⑭，自此草书长进，豪荡感激⑮，即公孙可知矣⑯！

昔有佳人公孙氏，一舞剑气动四方⑰。观者如山色沮丧，天地为之久低昂⑱。㸌如羿射九日落，矫如群帝骖龙翔⑲。来如雷霆收震怒，罢如江海凝清光⑳。绛唇珠袖两寂寞，况有弟子传芬芳㉑。临颍美人在白帝，妙舞此曲神扬扬㉒。与余问答既有以，感时抚事增惋伤㉓。先帝侍女八千人，公孙剑器初第一㉔。五十年间似反掌，风尘澒洞昏王室㉕。梨园弟子散如烟，女乐馀姿映寒日㉖。金粟堆南木已拱，瞿唐石城草萧瑟㉗。玳筵急管曲复终，乐极哀来月东出㉘。老夫不知其所往，足茧荒山转愁疾㉙。

[题解]

大历二年（767）冬作于夔州。这年十月十九日，杜甫在夔州别驾元持的宅中看到临颍十二娘舞剑器浑脱，听说她是开元时著名舞蹈家公孙大娘的弟子，不禁想到童年时曾在郾城观看的公孙大娘的剑舞。五十年过去了，公孙大娘已死，大唐盛世不再，使他不胜感叹嘘唏。公孙大娘善舞剑器浑脱，此舞为唐代著名的健舞之一，舞者身穿戎衣，手持剑器而舞，大有盛唐昂扬雄健之风。

[注释]

①别驾：是州郡的佐吏。元持：其生平未详。②临颍：在今河南临颍县西北。③壮其蔚跂：对其凌厉的舞姿表示赞赏。④开元五载：一作三载。载，应作年。童稚：年纪幼小，是年杜甫六岁。郾城：今属河南。⑤浑脱：一种西域舞。剑器浑脱是剑舞与浑脱舞二者的结合。浏漓顿挫：舞姿洒脱，节奏鲜明，刚健有力。独出冠时：为一时之冠。⑥高头：在宫中皇帝面前。宜春、梨园：玄宗时在宫廷设立的乐舞教坊。伎坊：即教坊，皇帝教习宫伎乐舞之所。内人：居于宫廷教坊内的歌舞伎。⑦洎（jì）：及。外供奉：指不住在宫中，随时奉诏入宫表演的伎人。⑧圣文神武皇帝：指唐玄宗。⑨"玉貌"二句：是说公孙大娘当时正值年轻貌美，今已时隔五十余年，现在自己已是满头白发的老翁了。言外之意是说恐公孙氏已不在人世了。⑩亦匪盛颜：也不是年轻人了。匪，同"非"。⑪波澜莫二：谓李十二娘与公孙大娘是一脉相承。⑫抚事：追怀往事。⑬张旭：盛唐时著名书法家，善草书，人称"草圣"。书帖：简帖。⑭邺县，在今河南安阳市。西河：当指西域与河湟一带。西河剑器，是指此剑器舞来自西域。⑮豪荡感激：指张旭因受到公孙大娘剑器舞姿的启发，草书豪放跌宕。李肇《唐国史补》卷上："旭尝言，始吾见公主担夫争路，而得笔法之意，后见公孙氏舞剑器，而得其神。"⑯即：则。公孙可知矣：谓既张旭见公孙大娘舞剑器，其书法就可大为长进，则公孙大娘的舞蹈之健美，就可以想象而见了。⑰剑气：舞剑之气势。⑱色沮丧：震惊失色。"天地"句：谓天地也为之起伏不已。⑲煜（huò）：明亮。羿射九日：传说尧帝时，天上有十个太阳，把庄稼都晒焦了，尧派后羿将九个太阳都射落了，只留下一个太阳。矫：矫健。群帝骖龙翔：夏侯玄赋："又如东方群帝兮，腾龙驾而翱翔。"此用其语，即如天龙飞舞之意。⑳"来如"二句：谓动如雷震之快捷迅猛，罢如江海之波平浪静，形容公孙大娘舞姿动静有致。凝清光，谓剑光凝止。

㉑绛唇：朱唇，指貌美。珠袖：舞衣，此指舞蹈。两寂寞：人与舞俱亡。弟子：指李十二娘等人。传芬芳：传承公孙大娘的剑舞绝技。㉒临颍美人：指李十二娘。白帝：白帝城，指夔州。神扬扬：指舞者神采飞扬。㉓问答：指二人的谈话。既有以：指师承有自，名师传授。感时抚事：指有感于昔今盛衰之事。㉔先帝：指唐玄宗。侍女：指舞女。初第一：本属第一名。㉕五十年间：指从开元五年（717）至大历二年，凡五十年。似反掌：易如反掌，此指时间过得快。风尘：指安史战乱。澒（hòng）洞：漫无边际貌。昏王室：使皇室蒙尘之意。㉖"梨园"句：指皇家的乐工舞伎已多散入民间，如烟消云散。女乐：乐儿舞女，此指李十二娘。馀姿：言李十二娘虽年已老大，但仍有余韵。映寒日：与寒日相映，隐含日暮途穷之意。㉗金粟堆：即金粟山，在今陕西蒲城县东北二十五里。唐玄宗的陵墓在此，号泰陵。木已拱：指玄宗墓上的树木已有合抱之粗。拱，双手合抱。唐玄宗死于宝应元年（762），至写此诗时已逾五年。瞿唐石城：指夔州。因夔州在瞿塘峡附近的山上，故称。㉘玳筵：指有华丽的餐具和器物的筵席。急管：音调激越的乐器。乐极哀来：谓观李十二娘舞而思开元盛世，因感时事盛衰而心生悲凉。月东出：指时已至夜晚。㉙老夫：诗人自指。不知其所往：言离开元持宅之后，心中百感交集，心绪茫然，不知要到何处去。足茧荒山：脚底长满了老茧，在荒山上行走。转愁疾：反而觉得走得太快。仇兆鳌曰："足茧行迟，反愁太疾，临去而不忍其去也。"（《杜诗详注》卷二十）意谓诗人对元持宅恋恋不舍，不愿离开，还在回忆着开元盛世时的歌舞。

[评析]

此诗通过观看临颍李十二娘舞剑器浑脱舞及与其谈话，回忆起开元时所观看的公孙大娘的剑器舞蹈，并由公孙大娘联想到唐玄宗在开元时的梨园盛事。通过今昔盛衰的对比，表达了对开元盛世的追怀和对唐玄宗的思念，以及对自己晚年漂泊遭遇的悲伤感慨。此诗以乐舞之盛衰而悼国运之盛衰，以小映大，将个人命运与国家命运结合起来写，就使诗有了深度和厚度。王嗣奭曰："此诗见剑器而伤往事，所谓'抚事慷慨'也。故咏李氏，却思公孙，咏公孙，却思先帝，全是为开元、天宝五十年治乱兴衰而发。"（《杜诗详注》卷二十引）所见甚是。此诗的另一个特点是诗的前面有一个二百多字的小序，写得跌宕有致，既可加深对此诗的理解，又可见杜甫在散文方面的功力。

夜 归 七古

夜半归来冲虎过，山黑家中已眠卧①。傍见北斗向江低，仰看明星当空大②。庭前把烛嗔两炬，峡口惊猿闻一个③。白头老罢舞复歌，杖藜不睡谁能那④。

[题解]

大历二年（767）作于夔州。夜归，写诗人醉后夜半归家时的情景。

[注释]

①"夜半"二句：写夜半冒着遇到老虎的危险归家，到了家中时，家人都已入睡了。②"傍见"二句：写平视而望，北斗星斜落江面，而仰视天空，却见启明星已升上高空，又明又大。傍见，指平视。北斗，指北极星。明星，指启明星，即金星，或称太白星。③"庭前"二句：谓嗔怪家人出门点着两支蜡烛来迎他，而此时从峡谷中传来的一声猿叫，吓了他一跳。把烛，手持蜡烛。两炬，两根烛，炬指烛火。王嗣奭曰："一炬足矣，两则多费，故嗔之，此穷儒之态也。"（《杜臆》卷九）④"白头"二句，谓自己虽已头白年衰，尚能扶杖既舞且歌，睡意全无，真是令人无可奈何呀。老罢，即老衰之意。罢，通"疲"。杖藜，拄杖，扶杖。那，奈何。

[评析]

此诗写杜甫酒后夜半冒险归家，虽家人都已入睡，可自己却睡意全无，他平视北斗，仰观太白，既歌且舞，家人也无可奈何。王嗣奭曰："黑夜归山，有何奇特？而身之所经、心之所想、耳目所闻见，皆人所不屑写，而一一写之于诗，字字灵活，语语清亮。觉夜色凄然，夜景寂然，又是人所不能写者……情真，故妙。"（《杜臆》卷九）此诗的语言特点是多用俗语。如"当空大"、"闻一个"、"谁能那"都是当时之口语、俗语。老杜以平常生活入诗、以俗语入诗，此诗乃是一证。此诗不计平仄，押仄声韵，虽是古体，却对仗工切，是以律入古者。

短歌行赠王郎司直 七古

王郎酒酣拔剑斫地歌莫哀，我能拔尔抑塞磊落之奇才①。豫章翻风白日动，鲸鱼跋浪沧溟开②。且脱佩剑休徘徊③。西得诸侯棹锦水，欲向何门趿珠履④？仲宣楼头春色深，青眼高歌望吾子⑤，眼中之人吾老矣⑥。

[题解]

大历三年（768）暮春，作于江陵（今湖北荆州）。杜甫于大历三年正月，自夔州出峡，寓居江陵。短歌行，汉乐府旧题，属相和歌辞。《乐府解题》曰："短歌行，魏武帝'对酒当歌，人生几何'、晋陆机'置酒高堂，悲歌临觞'，皆言当及时行乐也。"杜甫此诗，用以写送别友人之作。王郎，生平不详，郎，对年轻人的称呼。司直，官名，一在大理寺，一为东宫官属。

[注释]

①酒酣：将醉未醉之时。拔剑斫地：抽出宝剑砍地，是一种愤慨之举。歌莫哀：醉歌不要太悲哀，是劝谏之语。拔：识拔、赏识。尔：你。抑塞：抑郁不畅。磊落：光明坦荡。二句谓：见王郎怀才不遇，拔剑斫地悲歌，因此慰之说，你不要太悲哀，我能赏识你这位抑郁不舒而磊落不群的奇才。②"豫

章"二句：你像是豫章之材能翻风动日，又有巨鲸之力可在大海中破浪驰骋。豫章，二乔木名，其树高大质坚，可做梁栋。豫，一名枕木；章，一名樟木。白日动，形容树高大，树木摇摆，可撼白日。跋浪，游动时激起大浪。沧溟，碧海。开，开出一条路。③且脱：暂且放下。佩剑：随身之剑。此句说，且将你手中的佩剑放下，不要再徘徊犹豫了！④西得诸侯：往西得到蜀中大员的信任。棹锦水：在锦江中划船游览。锦水，指成都。此谓到成都去投奔当权者。向何门：到哪家去。此有对王郎劝诫之意，谓其要小心，不要走错了门。跣(sǎ)珠履：指受到重用。《史记·春申君列传》："春申君客三千馀人，其上客皆蹑珠履。"跣，即蹑履，穿鞋。二句言：你到成都必能为当政者所用，你要向哪家去高就呀？⑤仲宣楼：东汉末年王粲，字仲宣，避荆州（州治在江陵）依刘表，登荆州城楼作《登楼赋》，因而此楼被称作仲宣楼。楼址传有三处，一在湖北襄阳，一在湖北当阳，一在湖北荆州。此指荆州，说明送别地点是荆州。青眼：《晋书·阮籍传》说，阮籍能为青白眼。见贤者以青眼，见不肖者为白眼。高歌：放歌。望：期望。吾子：你，是亲密的称呼。二句说，春天之时，在荆州仲宣楼头送君上路，期望你能得遇知己，一展宏才。⑥眼中之人：指王郎。吾老矣：语出《论语·述而》："甚矣吾衰矣。"此句谓呼唤王郎，说如今吾已老矣，不能像君一样去施展才华了。

[评析]

此诗表现出作者爱惜人才、识拔后进的眼界和胸怀，鼓励年轻人去干一番事业，同时告诫他要善于识别，不要误投了主人，走错了门。其爱惜青年之心，尽出言表。本诗用汉乐府的旧题，却用的是歌行的体裁，句式灵活，每句字数长短不限，旧题乐府的《短歌行》多是四言短句，而此诗的字句却是长短错落，铿锵顿挫，不拘一格，纵放自如。开头的二句"王郎酒酣拔剑斫地歌莫哀，我能拔尔抑塞磊落之奇才"，都是十一言的长句，气势浩荡，起势不凡，唯有李白"弃我去者昨日之日不可留，乱我心者今日之日多烦忧"可相媲美。前后各有五句，前五句用平声韵，写王郎的怀才不遇，后五句转用仄声韵，写的是诗人对王郎的期盼，韵律与辞意均尽错综之能事,是杜甫对旧题乐府的革新。徐增评曰:"子美歌行,此首为短,其层次转折最多,有万字收不尽之势,一芥子内,藏一须弥山王,奇绝之作。"(《而庵说唐诗》卷四)

江 汉 五律

江汉思归客,乾坤一腐儒①。片云天共远,永夜月同孤②。落日心犹壮,秋风病欲苏③。古来存老马,不必取长途④。

[题解]

大历三年(768)秋,作于从江陵到公安前后。江汉,公安处于长江和汉水流域,故以江汉为题。

[注释]

①思归客:诗人自指,他乡思归的游子。乾坤:天地。腐儒:杜甫自嘲语,迂腐书生之意。因杜甫自知儒家的一套君明臣贤和天下太平的社会理想在当时之乱世不能实现而偏要坚持之,故自称腐儒。②"片云"二句:谓自己如一片飘荡的浮云远离故乡的天空,漫漫长夜与孤月为伴。永夜,长夜。③落日:夕阳,既写实景,兼喻年老。心犹壮:壮志犹存。从曹操《龟虽寿》"烈士暮年,壮心不已"句中化出。病欲苏:病有起色。苏,复活,病愈。二句说此身虽老而壮心犹在,秋高气爽,而病体也有所康复。落日和秋风写出阔大而悲壮的气象。④"古来"二句:说自己犹如老马,还能有识途之用,但长途奔驰是不行了。存,留养。老马,诗人自比。不必,不能、不要之意。取长途,谓远道出力。《韩非子·说林》:"管仲、隰朋从于桓公而伐孤竹,春往冬反,迷惑失道。管仲曰:'老马之智可用也。'乃放老马而随之。遂得道。"此用其典。

[评析]

此诗前四句言自己身居穷途,如片云和孤月在天地间飘荡徘徊,无所归依;后四句言其身虽老,其才犹可报效国家。杜甫此时虽年老多病，但其心志并不颓唐，诗表现自己"烈士暮年，壮心不已"的情怀。此诗景中有情，情中含景，情景浑然合一。赵汸曰："此诗中以情景混合言之。云天、夜月、落日、秋风，物也景也；与天共远，与月同孤，心视落日而犹壮，病遇秋风而欲苏者，我也情也。他诗多以景对景，情对情，人亦能效也；或以情对景，则效之者已鲜；若此之虚实一贯，不可分别，则能效之者尤鲜。"（《类注杜工部五言律诗》卷一）

登岳阳楼 五律

昔闻洞庭水，今上岳阳楼①。吴楚东南坼，乾坤日夜浮②。亲朋无一字，老病有孤舟③。戎马关山北，凭轩涕泗流④。

[题解]

大历三年（768）冬末由江陵、公安南来岳州（今湖南岳阳），泊舟岳阳城下，登岳阳楼时所作。岳阳楼，即岳阳城西门楼，西临洞庭湖，《太平寰宇记》云，岳阳楼"城西门楼也。唐开元四年中书令张说除守此州，每与才士登楼赋诗，自尔名著"。孟浩然、李白等都在此处留下了著名的诗篇。

[注释]

①首联由昔日之慕名到今日登楼眺望，引出诗人之感怀。洞庭水，指洞庭湖。洞庭湖，是我国江南三大湖（其他两个是江苏的太湖、江西的鄱阳湖）之一，昔日方圆几百里，号称"八百里洞庭"。②颔联极言洞庭湖阔大的景象。吴国和楚国，由此湖而分界，分为东（吴）、南（楚）两处；天地仿佛在阔大的湖水中日夜漂浮，此以天地在湖水中漂荡，隐喻时局之动乱。坼（chè），分裂。乾坤，指天地。③颈联转写自己的身世。谓亲朋音信已断，老病而无家可归，只有寄寓一条孤舟为家。无一字，指举目无亲，收不到一封亲

朋的书信。有孤舟,指无家可归,唯有孤舟暂可寄身。④尾联,写凭栏北望,则关山之北仍战乱不已,社稷堪忧,生灵涂炭,不禁涕泪交流。又此二句,北望中原,戎马关山,亦含中原有家而不得归之意。据《通鉴》载,大历三年八月壬戌,吐蕃十万众寇灵武;丁卯,吐蕃二万众寇邠州,京师戒严。关山北,指中原的方向。

[评析]

此诗前四句写岳阳楼所见之景,通过登岳阳楼写出洞庭湖地分吴楚、涵容天地的阔大之势,并以乾坤浮荡的意象蕴含了动荡不安的时局。后四句写老病贫孤的客居之愁,胸怀天下安危的忧国忧民之心。此诗气魄阔大,气象雄浑,巨细兼备,被后人誉为"五言雄浑之绝"(刘辰翁《杜诗通》卷二二引)、"千古绝唱"(查慎行《初白庵诗评》卷下)。此诗善用境象的顿挫,如颔联与颈联,一写洞庭景象之阔大,一写个人身世之孤微,非常符合李梦阳所说的"阔大者半必细"(《养一斋李杜诗话》卷二)的原则,二者形成鲜明的对比;颈联与尾联,从对一己个人小我遭遇之关注,又推展到对国家命运和人民苦难大我之关怀,使小我与大我形成对比。经过两次境象和诗意的转折,可谓是善于顿挫者,从而更显示了此诗内容涵量的丰富和诗歌境象的跌宕。颈联与尾联的转换,更展现了诗人伟大的人格和博大的胸怀。"吴楚东南坼,乾坤日夜浮"一联,是杜诗中为人称赏的名句,比起孟浩然"气蒸云梦泽,波撼岳阳城"的名句,似更胜一筹。"孟(诗)只身世之感,而此抱家国无穷之悲,事境尤大云。"(《瀛奎律髓汇评》卷一引无名氏乙评)

岁晏行 七古

岁云暮矣多北风,潇湘洞庭白雪中①。渔父天寒网罟冻,莫徭射雁鸣桑弓②。去年米贵阙军食，今年米贱太伤农③。高马达官厌酒肉，此辈杼轴茅茨空④。楚人重鱼不重鸟，汝休枉杀南飞鸿⑤。况闻处处鬻男女，割慈忍爱还租庸⑥。往日用钱捉私铸，今许铅铁和青铜⑦。刻泥为之最易得，好恶不合长相蒙⑧。万国城头吹画角，此曲哀怨何时终⑨。

[题解]

大历三年（768）冬末，杜甫舟次岳州（今湖南岳阳）时作。因此诗写于年底，故曰岁晏行。

[注释]

①岁云暮：即岁暮。云，语助词，无义。潇湘：二水名，在今湖南境内，潇入湘以并流，称潇湘，入洞庭湖。洞庭：大湖名，在今湖南岳阳西。白雪中：指被冬雪所覆盖。二句言杜甫在岁暮时坐船来到洞庭湖与潇湘一带，时正值下大雪。②网罟（gǔ）：渔网。罟，网的总称。莫徭：杂居于长沙一带的少数民族。《隋书·地理志下》："长沙郡，又杂有夷蜒，名曰莫徭。自云其先祖有功，常免徭役，故以为名。"射雁：莫徭冬天以射猎为生，大雁也是其射猎对象。鸣桑弓：拉弓发射时其弦发出声响。桑弓，桑木弹性大，常用之制弓。二句言天寒湖冻，渔人网罟不开，当地的人只好靠射雁打猎为生。③"去年"句：指大历二年朝廷命官员将职田的三分之一供给军粮，让士庶百姓也出钱买粮以供军食。因军粮紧缺故米为之贵。"今年"句：当时户调须交纳钱币，农民要卖米换钱，米价被抑，故米贱伤农。④高马达官：骑着高头大马的达官显贵。厌酒肉：酒肉吃腻烦了。厌，同"餍"。此辈：指农民、渔父和莫徭百姓等。杼轴：织机的主要部件，此代指织布机。《诗·小雅·大东》："小东大东，杼柚其空。"朱熹集传："杼，持纬者也；柚，受经者也。"茅茨（cí）：茅草屋。二句以达官显贵餍酒肉的腐化生活与下层百姓家无寸丝斗粮的穷困状况相对比，发出不平之鸣。⑤楚人：指湖南、湖北地区的人。重鱼不重鸟：《风俗通义》："吴楚之人嗜鱼盐，不重禽兽之肉。"汝：指莫徭的射猎者。南飞鸿：传说雁可替人带信，此时杜甫正在南方漂泊流浪，希望南飞的大雁给他带来中原家乡亲人的消息。二句是说楚地喜吃鱼而不喜吃禽肉，故射杀鸿雁也卖

不上价钱，还是不射雁的好。⑥"况闻"二句：到处可见卖儿卖女以抵官府租庸的现象。鬻（yù），卖。男女，子女。割慈忍爱，割断亲情，忍受折磨，即生离死别。租庸，唐代赋税制度，纳粮为租，服劳役为庸，纳丝麻为调。⑦"往日"句：捉拿私人铸钱者，因铸钱属官府专营，不许私铸。《旧唐书·食货志》载，唐初有"盗铸者论死，没其家属"之令。今许：今则许私铸。铅铁和青铜：指在青铜中杂以铅、铁所制的恶钱。二句指以前钱法较严，不准私铸，而如今钱法大坏，恶钱横行。⑧刻泥为之：谓铸钱用泥范作模子。好恶：指好钱和恶钱。不合：不应该。蒙：蒙骗，蒙混。二句言恶钱易铸，长期蒙骗百姓，应坚决制止。⑨"万国"句：谓天下战乱不止。万国，全国各地。吹画角，指打仗。画角，军中的号角，常加彩绘，故称。此曲：指此首《岁晏行》。哀怨：指为民生所发的哀怨之情。何时终：希望早日结束。

[评析]

这首诗对荆楚之地的官府横征暴敛致使百姓卖儿鬻女、民不聊生的社会现实做了深刻的揭露，并为"高马达官厌酒肉，此辈杼轴茅茨空"的阶级差别作不平之鸣，与"朱门酒肉臭，路有冻死骨"有异曲同工之妙。此外对当时的恶钱横行、蒙骗百姓、扰乱金融的恶劣行径，也进行了深刻的揭露和批判。这是一曲身处穷困却一心忧国忧民的悲歌。

南 征 五律

春岸桃花水，云帆枫树林①。偷生长避地，适远更沾襟②。老病南征日，君恩北望心③。百年歌自苦，未见有知音④。

[题解]

大历四年（769）春，作于由岳阳前往潭州（今湖南长沙）的途中。南征，即南行，潭州在岳阳之南，故曰南征。

[注释]

①春岸：指湘江两岸。桃花水：即桃花汛，亦称春汛。在桃花盛开之时，常有春水暴涨。云帆：指诗人所乘之船。枫树林：楚地多枫树。《楚辞·招魂》："湛湛江水兮上有枫。"二句谓在桃花汛初盛之时，诗人乘舟南下，驶过了岸边的枫树林。②偷生：苟全性命。长：通"常"。避地：避难之地。适远：到远处。适，往，去。沾襟：流泪，伤心。二句说为偷生避难，不得不南行，可却违背了北上回乡的初衷，越走离家越远，因此感到伤心。③老病：杜甫此年五十八岁，此曰老。此时他身患风痹症和糖尿病等重疾，此曰病。君恩：指唐代宗之恩，代宗两次授官于杜甫。杜甫在成都时，代宗召他补京兆功曹，杜甫未赴。再是代宗授他为检校工部员外郎。北望心：北望朝廷，心存感激之心。④百年：人生百年，即一辈子之意。歌自苦：自道作诗之辛苦。杜甫一生追求"语不惊人死不休"，"新诗改罢自长吟"，为作诗竭思殚虑，苦吟终生。未见有知音：与杜甫交游的大诗人如李白、高适、岑参、王维等，杜甫都给予恰切公正的评价，可是这些人对杜甫的诗歌成就却无只字道及。当时的选本，如《河岳英灵集》、《中兴间气集》遍选当时名家，但杜甫诗却无一首入选，使杜甫伤心至极，故有此激愤之语。此二句意本《古诗十九首》："不惜歌者苦，但伤知音稀。"

[评析]

此诗写杜甫未能归乡而南适长沙的矛盾心情。虽君上有恩，曾召他为检校工部员外郎，但他却因路远颠沛、老病身衰而无能力北归赴任。因此他虽南赴长沙，却一步一回头，望阙而叹。尾联"百年歌自苦，未见有知音"二句，对自己一生的诗歌事业很看重，却未得到时人的赞许，因而多少有些悲慨。同时，在政治上，也感到很少人能够理解他，对他"致君尧舜上，再使风俗淳"的政治理想不能够实现而心生遗憾。

清明二首 七言排律，选一

此身飘泊苦西东，右臂偏枯半耳聋①。寂寂系舟双下泪，悠悠伏枕左书空②。十年蹴鞠将雏远,万里秋千习俗同③。旅雁上云归紫塞,家人钻火用青枫④。秦城楼阁烟花里,汉主山河锦绣中⑤。春水春来洞庭阔,白蘋愁杀白头翁⑥。

[题解]

此题二首大历四年(769)三月清明节时作于潭州(今湖南长沙)。此是其题的第二首。

[注释]

①"此身"二句:诗人晚年由巴蜀出峡到荆楚,由西向东漂泊流离,多次中风,落得个右臂偏瘫、一只耳聋的毛病。偏枯,半身不遂。半耳聋,一只耳朵聋。据杜甫《复阴》"羹子之国杜陵翁,牙齿半落左耳聋",当指左耳。②寂寂:客中寂寞状。系舟:谓以身为家也。双下泪:两眼流泪。伏枕:卧床不起,喻卧病。左书空:因右臂偏枯,只好用左手写字。书空,在空中虚写。《世说新语·黜免篇》:殷浩"被废,在信安,终日恒书空作字,扬州吏民寻义逐之,窃视,唯作'咄咄怪事'四字而已"。此用其典。二句言在身中寂寞令人十分难过,又卧病不起,只好倚枕,用左手向空画字。实写客中老病之苦。③"十年"二句:谓从乾元二年(759)十二月入蜀至大历四年到楚地已有十年了,像蹴鞠(cù jū)一样跑来跑去,所到之处的处境都像荡秋千一样动荡不安。蹴鞠,踢球。鞠,用皮革裹羽毛制的球。将雏,携带子女。万里,谓中原离潭州极远。秋千,一种将两根绳子系在高树或架子上,下面系木板,在上荡悠的游戏。习俗同,谓此种玩蹴鞠和荡秋千的习俗与中原相同。④"旅雁"二句:谓自己就像是北飞的旅雁一样飞归北方,正是清明寒食节,家人用枫树钻木取火。上云,飞上云端。紫塞,塞外土为紫色,所筑长城色紫,此泛指北方。钻火,上古钻木取火,此泛指取火。旧俗清明节前为寒食节,家家禁火,故清明须取新火烧饭。用青枫,南方用青枫取火,北方用榆、柳木取火。此二句有漂泊异乡、思念家乡之意。⑤"秦城"二句:指想念和向往长安城中春天的景色和繁华景象。秦城楼阁,指长安城中的高楼华阁。烟花,春花烂漫。汉主,喻唐朝君主。山河锦绣,指大好河山。⑥"春水"二句:言如今春天又至洞庭湖,见到湖水中的白蘋,引起我无限的愁思。洞庭阔,指洞庭湖因春天涨水而湖面增阔。白蘋,一种春生的水上的浮草。白头

翁，诗人自指。

[评析]

杜甫由夔州出峡至江陵、公安，又至岳阳、潭州等地，此时已经五十八岁，离临终时间只有一年多，此时已经在巴蜀、三峡、荆楚等地漂泊流离了十年，身体状况每况愈下，牙齿半落，右臂偏枯，左耳已聋，亲朋凋零，他乡为客，长期以小舟为家，生活异常艰苦，但他仍顽强地活着，并不停地歌唱。晚节渐于诗律细，他晚年的律诗尤其是五言排律和七言排律最多最好。杜甫诗集中七言排律有四首，此即其七排诗的代表作。七言排律在唐诗中不多见，此诗被后人称"当为七言排律第一"。然此诗亦遭到不少诗家的批评，可见此类诗之难作。

客 从 五律

客从南溟来，遗我泉客珠①。珠中有隐字，欲辨不成书②。缄之箧笥久，以俟公家须③。开视化为血，哀今征敛无④。

[题解]

大历四年（769）作于潭州（今湖南长沙）。客从，取此诗的首句前二字为题。这是一首讽刺征敛的诗。

[注释]

①"客"、"我"二字皆为泛指，非实指也。南溟：南海。南海合浦出珠。合浦，汉置，郡治在今广西合浦县东北，县东南有珍珠城，又名白龙城，以产珍珠著名。葛洪《抱朴子·祛惑》："凡探明珠，不于合浦之渊不得骊龙之夜光也；采美玉，不于荆山之岫，不得连城之尺璧也。"遗（wèi）：赠送。泉客珠：即鲛人珠。《述异记》卷下："南海中有鲛人室，水居如鱼，不废机织。其眼能泣，则出珠。"二句句式本《古诗十九首》："客从远方来，遗我双

鲤鱼。"②"珠中"二句：谓在珠中仿佛有字迹，但不分明，难以辨识。隐字，隐隐约约有字迹。不成书，不成字。书，指书写的字。王嗣奭曰："珠中隐字，喻民之隐情，欲辨而不得也。"（《杜臆》卷十）二句以珠中有隐字比喻民瘼之深入骨髓也。③缄之：将之封藏起来。箧笥：竹箱，此泛指藏物的箱子、盒子。俟（sì）：等待。公家：官家。须：同"需"。二句谓将明珠藏之箱椟，以备官家之赋税征敛。④"开视"二句：如今打开一看，却发现珠子化为血水，已无物以供征敛了。化为血，因此珠系鲛人之泪血所变，故云。征敛无，无物可应征求。

[评析]

这是首寓言诗。仇兆鳌曰："此诗为当时民困征敛而作，通首寓言，末句露意。"（《杜诗详注》卷二三）王嗣奭曰："此为急于征敛而发。上之所敛，皆小民之血，今并血无之也。"（《杜臆》卷十）二论皆深刻之言。此诗以寓言体来讽刺官家的横征暴敛至于榨骨取血的程度，如今小民连血泪也干了，已无物可供榨取了。

蚕谷行 七古

天下郡国向万城，无有一城无甲兵①。焉得铸甲作农器，一寸荒田牛得耕②？牛尽耕，蚕亦成③。不劳烈士泪滂沱，男谷女丝行复歌④。

[题解]

大历四年（769）作于潭州（今湖南长沙）。蚕谷行，仇兆鳌曰："大历三年商州兵马使刘洽反，幽州兵马使朱希彩反，四年，广州人冯崇道、桂州人朱济时反，又连年吐蕃入寇，所谓'无有一城无甲兵'也。"（《杜诗详注》卷二三）杜甫深望早息甲兵，恢复生产，使男耕女织，安居乐业。故诗题为蚕谷行。

[注释]

①郡国：郡县。向：将近。万城：指其多，非实指也。甲兵：战争。二句言天下战乱不止，已无太平之地也。②焉得：怎得。铸甲作农器：将兵器销毁，铸作农器，即化刀剑为犁锄。"一寸"句：谓天下无有闲田。③"牛尽"二句：谓农业生产正常进行，粮食和蚕桑都得到丰收。牛尽耕，一本耕下有田字。蚕亦成，指蚕丝丰收。④不劳：不使，用不着。烈士：有志之士，此指征战之士。仇兆鳌曰："末云烈士，见当时征戍之士，即农民耳。"（《杜诗详注》卷二三）泪滂沱：泪如雨下。男谷女丝：即男耕女织。行复歌：边劳动边歌唱。

[评析]

杜甫晚年时，天下仍战乱未息，农业生产遭到了极大破坏，杜甫深为痛惜。他非常希望早日息兵，天下太平，"焉得铸甲作农器，一寸荒田牛得耕"，化兵甲为耕犁，变荒田为良田，使人民过上男耕女织的安乐生活。他的这个愿望，切实地代表了当时广大农民的心声。称他为人民诗人，也实不为过。

江南逢李龟年 七绝

岐王宅里寻常见，崔九堂前几度闻①。正是江南好风景，落花时节又逢君②。

[题解]

此诗当作于大历五年（770）春，杜甫在潭州（今湖南长沙）。江南，泛指长江之南，此指江湘之间。李龟年，盛唐时著名音乐家。《明皇杂录》："开元中，乐工李龟年、彭年、鹤年兄弟三人，皆有才学盛名。彭年善舞，鹤年、龟年能歌。……其后龟年流落江南，每遇良辰胜赏，为人歌数阕，座中闻之，莫不掩泣罢酒。"杜甫在少年时，曾在东都洛阳听过李龟年演唱，此次又在潭州与之相遇，不胜感慨，写此诗以相赠。

[注释]

①岐王宅：在东都洛阳尚善坊。岐王，名李范，睿宗第四子，雅爱文章之士，士无贵贱，皆尽礼接待。寻常见：经常见到李龟年。崔九堂：在东都洛阳遵化里。崔九，名崔涤，在家堂兄弟行第中排第九，故称。原注："崔九，即殿中监崔涤，中书令崔湜之弟。"几度闻：多次听到李龟年的歌唱。岐王和崔九都卒于开元十四年（726），时杜甫十四岁。二句谓杜甫少年在洛阳时经常在达官显贵之家见到李龟年演出。②正是：一作正值。落花时节：指暮春季节，兼喻国运衰微、人生暮年。又逢君：再次相遇。君，指李龟年。二句写出二人在乱后见面的既喜又悲的复杂感情。俞陛云曰："此诗以多少盛衰之感，千万语无从说起，皆于'又逢君'三字之中，蕴无穷酸泪。"（《诗境浅说续编》）

[评析]

杜甫七绝，此首最为人称赏。四句之中将今昔盛衰之意，朋友乱世相见喜悲之情，抒发得淋漓尽致。前二句写李龟年盛唐风光之时，后二句写李龟年乱后落魄江南。"落花时节又逢君"一语，真使人悲喜交加。喜之者，于乱世尚能活着相见；悲之者，往日之盛世不再，二人都已是"落花时节"的迟暮之年，"伤龟年亦所以自伤也"（《唐诗评注读本》引王文濡评）。其余意令人吟味不尽。弘历云："言情在笔墨之外，悄然数语，可抵白氏一篇《琵琶行》矣。"（《唐宋诗醇》卷一八）也有人认为"子美七绝，此为压卷"（《杜诗镜铨》卷二十）。

小寒食舟中作 七律

佳辰强饮食犹寒，隐几萧条戴鹖冠①。春水船如天上坐，老年花似雾中看②。娟娟戏蝶过闲幔,片片轻鸥下急湍③。云白山青万余里,愁看直北是长安④。

[题解]

大历五年(770)春作于潭州(今湖南长沙)。小寒食,寒食节在清明节的前两天,寒食节的次日为小寒食。相传春秋时晋文公负其功臣介之推,介之推愤而隐于绵山。文公悔悟,烧山逼令出仕,介之推抱树焚死。人们同情他的遭遇,相约于其忌日禁火冷食,以为悼念。以后相沿成俗,谓之寒食。舟中作,杜甫在潭州时一直住在船上,此诗亦作于船中。

[注释]

①佳辰:佳节,指寒食节。强饮:一作强饭,即饮酒吃饭之意。食犹寒:寒食节禁火三日,只能冷食。隐几:凭几而卧。《庄子·齐物论》:"南郭子綦,隐几而坐。"萧条:孤凄冷落貌。鹖(hé)冠:用鹖羽作为装饰的帽子,隐者之冠。《文选·辩命论》:"至于鹖冠瓮牖,必以悬天有期。"李善注:"《七略》鹖冠子者,盖楚人也,常居深山,以鹖为冠,故曰鹖冠。"②"春水"二句:谓春水清澈,蓝天映入水中,船行水上,恰如浮于天上;老年人眼花,看花好似隔着一层雾,看不清楚。"春水"句出自于沈佺期《钓竿篇》:"人疑天上坐,鱼似镜中悬。"二句写出船浮春水的特殊景观和老人眼花观物的特殊感受。③娟娟:美好貌。戏蝶:蝶舞如戏。闲幔:在微风中轻荡的帐幕。片片轻鸥:指鸥鸟展翅轻翔。下:飞下。急湍:激流漩涡。二句写戏蝶和轻鸥悠然自得、各得其所的样子。杨伦曰:"二句以蝶鸥往来自在,反兴已欲归长安而不得也。"(《杜诗镜铨》卷二十)④云白山青:指云山相隔之意。万余里:指长安至潭州距离遥远,非实数。按《旧唐书·地理志》潭州长沙郡"在京师二千四百四十五里"。直北:正北。直北,一作西北。二句谓:长安与潭州云山相隔万余里,何时才能回得去呢?

[评析]

此诗写诗人寒食节愁坐舟中,以船行春水、老来观花强自排解胸中苦闷,并以万物自由自在映衬自己老病孤独、滞留他乡而不得北归长安的忧烦。此诗善于融化前人诗意，自铸伟词。如"春水船如天上坐，老年花似雾中看"一联，上句化自于沈佺期"人疑天上坐，鱼似镜中悬"诗意，下句则自出己意，精彩百倍；"云白山青万余里，愁看直北是长安"一联，也源自于沈佺期《遥同杜员外审言过岭》"两地江山万余里，何时重谒圣明君"句意，上句化用诗意，下句则变换句意，可谓是脱胎换骨，融化无痕，借入自己诗中。《唐宋诗醇》卷一八引顾宸语曰："《诗眼》谓公诗多本沈语，无一字无来历。余谓少陵所以独立千古者，不在有所本也，读书破万卷，偶拈来即是耳。"此论极是。

燕子来舟中作 七律

湖南为客动经春，燕子衔泥两度新①。旧入故园尝识主，如今社日远看人②。可怜处处巢君室，何异飘飘托此身③。暂语船樯还起去，穿花贴水益沾巾④。

[题解]

大历五年（770）春作于潭州（今湖南长沙）。时杜甫居于孤舟之上，无人相与，只有燕子飞来与他为伴，故咏之。

[注释]

①湖南：此指长沙。长沙地处洞庭湖以南，故称。动经春：在长沙已过了两个春天。燕子衔泥：指燕子衔泥筑巢。新：指新巢。二句言己在长沙度过了两个春天，燕子也新来这里两次筑巢。②"旧入"二句：谓这燕子仿佛是我故乡的旧识，今天在社日远飞至此来看我。旧入，以前进入过。故园，指洛阳家园。尝，曾。尝，一作常。识主，认识旧主人。社日，祭祀土地神的节日，立春后的第五个戊日是为社日。远看人，远道来看我。③"可怜"二句：谓可怜的燕子，处处筑巢做窝，和我这个到处漂泊的游子有何区别？巢君室，

指燕子筑窝。君,指燕子。《古诗》:"思为双飞燕,衔泥巢君室。"君,一作居,亦通。飘飘,指到处漂泊。托此身,即托身孤舟之意。此,为诗人自指。④"暂语"二句:谓燕子在船樯上与我说了一会儿话就离我而去,看它穿花贴水而去的忙碌身影,我不禁老泪纵横。暂,短时。语,指燕子呢喃之声仿佛人语。船樯,船上的桅杆。还,又。起去,飞去。穿花贴水,指燕子穿过花丛,贴着水面飞翔。益,更加。沾巾,指泪湿衣襟。

[评析]

此诗前四句言客舟遇燕,后四句言对燕自伤。杜甫客居湖南已有两年,长期以舟为家,此时亲朋已尽,回乡无望,他孤舟彷徨,四顾无亲,唯有去年的燕子又来光顾孤苦的诗人。情牵于内,感发于心,于是写了这首咏燕诗,表现出物我之间的人情与茫茫无助的身世之感。卢世㴆曰:"此子美晚岁客湖南时作。七言律诗以此收卷。五十六字内,比物连类,似复似繁,茫茫有身世无穷之感,却又一字不说出。读之但觉满纸是泪,世之相后也,一千岁矣,而其诗能动人如此!"(《杜诗详注》卷二三引)

风疾舟中伏枕书怀三十六韵奉呈湖南亲友 五言排律

轩辕休制律,虞舜罢弹琴①。尚错雄鸣管,犹伤半死心②。圣贤名古邈,羁旅病年侵③。舟泊常依震,湖平早见参④。如闻马融笛,若倚仲宣襟⑤。故国悲寒望,群云惨岁阴⑥。水乡霾白屋,枫岸叠青岑⑦。郁郁冬炎瘴,濛濛雨滞淫⑧。鼓迎非祭鬼,弹落似鸮禽⑨。兴尽才无闷,愁来遽不禁⑩。生涯相汩没,时物正萧森⑪。疑惑尊中弩,淹留冠上簪⑫。牵裾惊魏帝,投阁为刘歆⑬。狂走终奚适,微才谢所钦⑭。吾安藜不糁,汝贵玉为琛⑮。乌几重重缚,鹑衣寸寸针⑯。哀伤同庾信,述作异陈琳⑰。十暑岷山葛，三霜楚户砧[18]。叨陪锦帐坐，久放白头吟[19]。反朴时难遇，忘机陆易沉[20]。应过数粒食，得近四知金[21]。春草封归恨，源花费独寻[22]。转蓬忧悄悄，行药病涔涔[23]。瘗夭追潘岳，持危觅邓林[24]。蹉跎翻学步，感激在知音[25]。却假苏张舌，高夸周宋镡[26]。纳流迷浩汗，峻趾得欽崟[27]。城府开清旭，松筠起碧浔[28]。披颜争倩倩，逸足竞駸駸[29]。朗鉴存愚直，皇天实照临[30]。公孙仍恃险，侯景未生擒[31]。书信中原阔，干戈北斗深[32]。畏人千里井，问俗九州箴[33]。战血流依旧，军声动至今[34]。葛洪尸定解，许靖力难任[35]。家事丹砂诀，无成涕作霖[36]。

[题解]

大历五年（770）冬卧病湘江船上所作。杜甫打算由长沙经洞庭湖赴汉阳，途中风痹病加重，约在本年冬，病卒于舟中。风疾，风痹病。伏枕，指卧病。书怀，陈情，书写怀抱。三十六韵，每二句为一韵，共有七十二句，三十六韵，三百六十字。因病重不能起身，故伏枕写下这首三十六韵的长诗，作为对湖南亲友的告别诗。此诗为杜甫的绝笔。

[注释]

①轩辕：即黄帝。制律：《汉书·律历志》载，黄帝使泠纶取昆仑之竹制十二管，为十二律，分为雌、雄两组各六。虞舜：五帝之一。弹琴：相传虞舜制五弦琴以弹之。《史记·乐书》："昔者虞舜作五弦之琴，以歌《南风》。"《南风》其辞云："南风之薰兮，可以解吾民之愠兮。"二句说轩辕黄帝制音律以调八方之风，虞舜弹琴歌《南风》以解民愠。此言"休制律"、"罢弹琴"者，是言雅音将绝也。②错：通"措"，即吹奏之意。雄鸣管：谓雄强之音。半死心：喻琴。枚乘《七发》："龙门之桐，高百尺而无枝。……其根半死半生，冬则烈风漂霰飞雪之所激也。……使琴挚斫斩以为琴。"二句说自己虽身病体衰，仍以半死之身弦歌不辍。③圣贤：指轩辕、虞舜。古邈（miǎo）：久远。羁旅：在旅途中。病年侵：指连年为疾病所缠。二句说黄帝和虞舜之事非常久远，而如今自己却是风疾缠身。④舟泊：停船。常依震：经常面向着东

方。依,向。震,卦名,在八卦中居东,代表东方。湖平:指洞庭湖水面。参:参星。冬日昏见南方。此以八卦和星宿的方位来定位自己船只的方位。即船在南,而欲向东北汉阳的方向行进。⑤马融笛:东汉马融《长笛赋》其序云:"性好音律,能鼓琴吹笛……有洛客舍逆旅吹笛。为《气出》、《精列》相和。融去京师逾年,暂闻,甚悲而乐之。"仲宣襟:王粲,字仲宣。三国曹操谋士,其《登楼赋》中有"凭轩槛以遥望兮,向北风而开襟"。二句以马融、王粲自比,皆是客中望乡之人也。⑥"故国"二句:谓思念故国、岁暮云深而遮望眼之意。⑦"水乡"二句:写眼前景,眼前唯见水乡白屋,枫树青山。霾,雾气笼罩。白屋,穷人所住的白茅草屋。叠,重叠、掩映。岑,小而高的山。⑧郁郁:凝结而不散貌。炎瘴:南方的瘴气。雨滞淫:阴雨连绵。二句写湖南冬天的气候。⑨鼓迎:谓击鼓迎神。《岳阳风土记》:"荆湖民俗,岁时会集,或祷祠。多击鼓,令男女踏歌,谓之歌场。"弹落:用弹丸射落。鸱禽:指猫头鹰一类的鸟,古人认为是恶鸟。贾谊《鵩鸟赋》:"鵩似鸮,不祥鸟也。"二句谓湖南风俗与北方不同,击鼓不是祭鬼而是迎神踏歌,多有鸱禽一类的怪异禽鸟。⑩无闷:无烦恼。《易·乾卦》:"遁世无闷。"遽:突然。二句谓才开始高兴一会儿,接着愁思又不禁涌上心头。⑪生涯:生活,生计。汩(gǔ)没:泯灭、沉沦。时物:时节风物。正:一作自。萧森:萧条、零落。二句谓生计既无着落,而景色又复萧条。以上为第一段落,言风疾卧舟中,身染重疴,如气律之失调,将不久于人世,不能再继续创作活动,故欲"罢弹琴"。自己如古之马融、王粲,身居他乡,对异乡的风土很难适应,有很强的故国之思和思乡之情。⑫尊中弩:用杯弓蛇影的故事。《风俗通》载,县令请主簿喝酒,时其家壁上"有赤弩照于杯,形如蛇",而主簿虽怕而不敢不饮。当天即觉得腹中很痛,百治不愈。后来县令知道了这件事,让他看到了壁上挂的弓弩,其病遂愈。此句谓因病而多疑虑。尊,酒樽,酒杯。冠上簪:即朝簪。用簪挽住官帽,此指官职。句谓杜甫因滞留荆楚而挂了个工部员外郎的空职,不能赴朝任职。⑬"牵裾"句:用三国辛毗谏魏文帝事。《三国志·魏书·辛毗传》载,辛毗谏魏文帝,文帝不从,起而入内,辛毗就挽住他的衣襟。此为杜甫喻自己在任左拾遗时,因直谏肃宗,营救房琯,为肃宗所不喜之事。"投阁"句:用汉时扬雄因惧刘棻案受株连而投阁之事。刘歆,是刘棻之父。扬雄曾教刘棻作奇字,故惧受株连。此处改棻为歆,是为了趁韵。此句亦喻受房琯案株连贬官事。⑭狂走:指奔波。终奚适:最后到哪里去。微才:自谦之词。谢所钦:感谢所钦佩之人,此指湖南亲友。二句谓我要到何处去,我心里也没有个数,但我还是要感谢你们。⑮藜:指野菜。不糁:指藜羹中不加米粒。琛:宝玉。二句谓我自安于贫困生活,而你们却将我看做美玉。这是恭维的话。⑯乌几:用黑羊皮蒙桌面的小桌子。重重缚:指乌几已经损坏,需要反复捆扎,才可使用。鹑衣:指衣服破弊,像鹑鸟的秃尾乱毛。寸寸针:指满衣都是补丁。二句描写自己的极端贫困之状。⑰"哀伤"句:说自己的伤时忧国同庾信的《哀江南》一样。庾信是由梁入北周的诗人,其前期诗歌有宫体绮艳之风,入北朝后诗风大变,转为雄浑苍凉,常有思念故国之情。异陈琳:陈琳,三国曹操的谋士,建安七子之一。陈琳善写章表檄文,而杜甫善诗,故二人写作特长不相同。⑱十暑:十个夏天,即十年之意。岷山:指蜀地。葛:葛布之衣,夏天所穿。三霜:三个寒秋,即三年。楚户:指楚地。砧:捣布的砧石,此指捣衣声。二句言诗人在巴蜀漂泊十年,在荆楚漂泊三年。⑲叨陪:自谦语,叨陪末座。锦帐:指地方长官的幕府。放:放歌。白头吟:汉乐府《楚调曲》名。此借曲名喻自己年老头白。二句言曾以工部员外郎的身份陪坐锦帐,经常白首放歌以咏怀。⑳反朴:语本《老子》二十八章:"复归于朴。"时难遇:谓世风浇薄,难以返璞归真。忘机:舍去机心,置之度外。陆沉:陆地无水而沉,指隐居。语本《庄子·则阳》:"方且与世违,而心不屑与之俱,是陆沉者也。"二句谓返璞归真的清时已很难再遇到了,只有忘机隐遁,避世而已。㉑过:过于。数粒食:计米粒而炊,言生活极贫困。语出张华《鹪鹩赋》:"巢林不过一枝,每食不过数粒。"近:近于。四知金:指所求皆光明正大之财。《后汉书·杨震列传》:"王密为昌邑令,谒见。至夜,怀金十斤以遗震。震曰:'故人知君,君不知故人,何也?'密曰:'暮夜无知者。'震曰:'天知,神知,我知,子知,何为无知?'密愧而出。"二句言尽管生活拮据,但只接受亲友的正当馈赠,不取不义之财。自"疑惑尊中弩"以下二十句为第二段落。回忆往事,疏救房琯、牵连被贬,也在所不悔。虽漂泊流离,生活困苦,巴蜀荆楚,已十多年,宁数粒而食,也不取不义之财。㉒封:封路。归恨:不得归乡之遗恨。源花:指桃花源,在湘西。费:

力，费劲。二句谓春草封住了我的归乡之路，我想去桃花源寻个安身之处，也难以如愿。㉓转蓬：蓬草随风飞转。忧悄悄：《诗经·邶风·柏舟》："忧心悄悄。"行药：服药。病涔涔：病情不见好转。涔涔，同"岑岑"，沉沉，或解为病中出汗。二句谓身如蓬草转飞，心常忧心忡忡，吃药病也不见好。㉔瘗（yì）：埋葬。夭：年幼而亡。潘岳：西晋时诗人，善写悼亡诗赋，其《西征赋》曰："夭赤子于新安，坎路侧而瘗之。"持危：扶持颠危。《论语·季氏》："危而不持，颠而不扶。"邓林：《山海经·海外北经》："夸父与日逐走，入日，渴欲得饮，饮于河渭，河渭不足，北饮大泽，未至，道渴而死，弃其杖，化为邓林。"邓林，指拐杖。杜甫旅湘时有一小女夭亡，故云"追潘岳"；因病体衰弱，步履艰难，故需扶杖而行。㉕蹉跎：指步履维艰。翻：反。学步：指邯郸学步事。知音：指湖南亲友。用伯牙、子期事。此是恭维的话。二句谓因老病行走不便，故走起路来像小儿学步一般，感谢湖南亲友的理解和支持。㉖假：借着。苏张舌：战国时的苏秦和张仪为著名的纵横家，有极好的辩才。舌，摇唇鼓舌的舌，此指口才，言论。周宋镡（xín）：以天子之剑，喻杜甫之才具。源出于《庄子·说剑》："天子之剑，以燕溪石城为锋，齐岱为锷，晋卫为脊，周宋为镡，韩魏为铗。"周，指周室洛阳。宋，指春秋时宋国，在今河南商丘。镡，指剑鼻，又指剑口或剑首。二句是湖南亲友对自己才具的夸赞。㉗纳流：指大度包容，如海纳百川。浩汗：浩荡阔大之意。峻趾：登高之意。嶔崟（qīn yín）：山高貌。杨伦曰："纳流、峻趾，言诸公能包容而合小以成大也。二句即'泰山不让土壤，故能成其高，河海不择细流，故能就其深'意。"（《杜诗镜铨》卷二十）二句谓湖南幕府接纳众流，包容大度，见识极高。㉘城府：指潭州幕府。清旭：指旭日光辉。松筠：松竹。碧浔：碧水，碧潭。二句誉潭州幕府气象之佳，风景之秀。㉙披颜：开颜。倩倩：笑容亮丽貌。逸足：良马，喻捷才。骎骎：奔驰貌。二句说潭州幕府俊才济济，人人争趋之。㉚朗鉴：明镜。存：容纳，体恤。愚直：杜甫一直以愚直自许。皇天：苍天。照临：照耀，光顾。二句谓湖南诸公能见容和体恤我这样的愚直之人，我对诸公的感激之情皇天可鉴。㉛公孙：东汉的公孙述，曾在白帝城称帝。恃险：恃夔州地形之险要。侯景：南朝梁时的叛将，曾攻破建康（今南京），围梁武帝萧衍于台城，使之饿死。未生擒：尚未活捉。公孙述和侯景，喻指安史叛军的余党与当时各地的军阀尚在横行。二句对当今天下未靖而心怀担忧。㉜干戈：指战争。北斗：指北方，即中原地区，或指长安。阔、深：指中原遥远。二句言中原家乡遥远，书信不通，北方的战乱仍未止息。㉝畏人：人心可畏之意。千里井：《苏氏演义》卷下引《金陵记》："江南计吏，止于传舍间，及将就路，以马残草溺于井中，而谓已无再过之期。不久，复由此，饮，遂为昔时茎刺喉而死，后人戒之曰：'千里井，不溺茎。'"问俗：访问民俗。箴：规诫之言。二句谓路途险恶，千万要小心，一路上要多多请教，莫犯民俗忌讳。㉞"战血"句：指自安史之乱以来，战乱不休，人民流血依旧。军声：指金鼓杀伐之声。动至今：至今未息。二句谓至今战乱不止，杀声动地。㉟葛洪：西晋时著名道教理论家和炼丹家。尸解：道家术语，即死亡。《晋中兴书》卷七："葛洪止罗浮山中炼丹。……洪已亡，时年八十一，视其貌如平生。体亦软弱。举尸入棺，其轻如空衣，时咸以为尸解得仙。"许靖：三国蜀人。曾携亲族辗转避乱。事见《三国志·蜀志·许靖传》。力难任：自己体衰难以胜任奔波之苦，不能与许靖相比。二句将自己比作葛洪，离仙去不远，已无能力像许靖一样再到处避难奔波了。㊱家事：即私下。丹砂诀：炼制丹砂之方。无成：炼丹不成。涕作霖：泪如雨下。二句谓私下里虽想炼食丹药成仙，但金丹无成，令人泪如雨降。这是杜甫的幽默话。实即病太重了，非药力所能治，将不久于人世。自"春草封归恨"以下至结尾为第三段落。向湖南亲友告别。先对亲友们对自己一家的照顾表示感谢，再述说如今仍是战乱不休，自己身疲病重，已无力再奔波避乱，即使吃丹砂这样的灵丹妙药也于事无补，将要不久于人世。但心中始终想着战乱中的人民仍在苦难之中，无法忘怀。

[评析]

这首诗是杜甫的绝笔，也是他五言排律的代表作。他以三十六韵，三百六十字的长诗，向湖南亲友依依告别，也是向苦难中的大唐人民告别，向人世告别。诗人对那些曾经帮助过他的人们，怀着一颗感恩之心，表示衷心的感谢。使他放心不下的是，"公孙仍恃险，侯景未生擒"、"战血流依旧，军声动至今"，在他生前一直未看到大唐"再光中兴业"的到来，人民仍在水深火热之中，至临终内心十分不安。这是一曲绝世的悲歌。

　　此诗是一首五排。杜甫为什么要用五排来作为答谢湖南亲友之诗？萧涤非先生认为唐人取士用五言排律，五言排律是当时官方批准的一种"正规诗体"。因此，"用这一诗体来赠人（特别是一般权贵或亲友），还含有郑重其事和尊重对方的意味"（《杜甫诗选注》）。同时也说明杜甫对此体是非常熟练的，可以说，在唐代，杜甫的五排，写得最好也最多，最长的长达百韵，称之为"千字律"。此首诗即可见杜甫的功力深厚，学问渊深，对仗工切，声律严谨，用典贴切，意象稠密，信息量较大。另外，此诗押的是"侵"韵，是诗韵中的窄韵，他竟用了三十六韵，最见诗人功力之深厚。但此诗也有不足之处，就是语言较晦涩，用典生僻，不易理解。而且其中有些韵脚较为勉强，还有凑韵的痕迹，如改刘苿为其父刘歆就是。这就减少了其艺术感染力。但总的来说，这还是一首五言排律中的杰作。